Conan Doyle

Seine Abschiedsvorstellung

—

Sherlock Holmes

Werkausgabe in neun Einzelbänden
nach den Erstausgaben neu und getreu
übersetzt

—

Erzählungen

Band IV

SIR ARTHUR CONAN DOYLE

Seine Abschiedsvorstellung

NEU ÜBERSETZT VON

LESLIE GIGER

HAFFMANS VERLAG

Titel der Originalausgabe:
»His Last Bow«,
London und New York 1917,
Umschlagzeichnung von
Peter Neugebauer

1.–6. Tausend, Sommer 1988

Satz aus der Baskerville von Mühlberger GmbH, Gersthofen
Druck: Wiener Verlag, Wien
ISBN 3 251 20021 6

Inhalt

VORWORT

Die Freunde von Mr. Sherlock Holmes werden mit Genugtuung vernehmen, daß er nach wie vor gesund und munter ist, wenn ihm auch gelegentliche rheumatische Anfälle zu schaffen machen. Er hat viele Jahre auf einem kleinen Landgut in den Downs, fünf Meilen von Eastbourne entfernt, mit dem Studium der Philosophie und der Landwirtschaft verbracht. Während dieser Zeit der Ruhe hat er sich trotz fürstlicher Angebote geweigert, weitere Fälle zu übernehmen, da er beschlossen hatte, daß sein Rückzug ins Privatleben endgültig sei. Das Heraufziehen des Weltkrieges veranlaßte ihn indessen, seine außergewöhnliche Kombination von intellektuellen und praktischen Fähigkeiten in den Dienst der englischen Regierung zu stellen, was historische Resultate zeitigte, von denen in *Seine Abschiedsvorstellung* berichtet wird. Eine Reihe früherer Erlebnisse, die lange in meiner Mappe gelegen haben, sind dieser Geschichte beigesellt, um den Band zu vervollständigen.

John H. Watson, M. D.

WISTERIA LODGE

1. Das eigenartige Erlebnis des Mr. John Scott Eccles

IN meinem Notizbuch finde ich vermerkt, daß es ein trüber und windiger Tag gegen Ende März des Jahres 1892 war. Während wir beim Mittagessen saßen, hatte Holmes ein Telegramm erhalten und rasch eine Antwort hingekritzelt. Er äußerte sich nicht dazu, aber die Angelegenheit schien ihn weiter zu beschäftigen, denn etwas später stand er mit nachdenklicher Miene vor dem Feuer, rauchte seine Pfeife und warf hin und wieder einen Blick auf die Nachricht. Plötzlich wandte er sich mit einem schalkhaften Funkeln in den Augen mir zu.

»Ich würde doch sagen, Watson, daß man Sie als einen Mann von Bildung zu betrachten hat«, sagte er. »Wie würden Sie denn das Wort ›grotesk‹ definieren?«

»Seltsam – merkwürdig«, schlug ich vor.

Er schüttelte den Kopf ob meiner Definition.

»Es steckt mit Sicherheit noch mehr darin«, entgegnete er; »ein Unterton von Tragik und Schrecken schwingt da mit. Wenn Sie Ihre Gedanken zu einigen jener Erzählungen zurückschweifen lassen, mit denen Sie Ihre langmütige Leserschaft traktiert haben, wird Ihnen auffallen, wie oft das Groteske ins Verbrecherische umgeschlagen ist. Denken Sie nur etwa an jene Episode mit den Rotschöpfen. Die hätte am Anfang kaum grotesker sein können, und doch lief sie zum Schluß auf den tollkühnen Versuch eines Bankraubs hinaus. Oder auch jene äußerst grotesk anmutende Angelegenheit mit den fünf Orangenkernen, welche in direkter Verbindung mit einem Mordkomplott stand. Mich macht dieses Wort hellhörig.«

»Steht es da drin?« fragte ich.

Er las mir das Telegramm vor.

Hatte soeben äußerst unglaubliches und groteskes Erlebnis. Darf ich Sie konsultieren?

Scott Eccles
Postamt Charing Cross

»Mann oder Frau?« fragte ich.

»Ah, ein Mann natürlich. Eine Frau würde nie ein Telegramm mit bezahlter Rückantwort senden. Sie würde einfach herkommen.«

»Werden Sie ihn empfangen?«

»Mein guter Watson, Sie wissen doch, wie sehr ich mich langweile, seit wir Colonel Carruthers hinter Schloß und Riegel gebracht haben. Mein Geist ist wie eine Maschine, die leerläuft und sich selbst in Stücke reißt, weil sie nicht mit dem Räderwerk gekoppelt ist, für das sie konstruiert wurde. Das Leben ist banal; die Zeitungen sind geistlos; Wagemut und Romantik scheinen auf immer aus der Welt des Verbrechens entschwunden zu sein. Wie können Sie mich da noch fragen, ob ich gewillt bin, ein neues Problem in Augenschein zu nehmen, wie trivial auch immer es am Ende sein mag. Aber da ist, wenn mich nicht alles täuscht, ja unser Klient.«

Man hörte einen gemessenen Schritt im Treppenhaus, und einen Augenblick später wurde eine große, stattliche, auf imposante Weise respektabel wirkende Gestalt mit grauem Bakkenbart ins Zimmer geführt. In seiner gravitätischen Miene und seinem würdevollen Auftreten stand die Geschichte seines Lebens geschrieben. Von den Gamaschen bis zu der goldgeränderten Brille war er ein Konservativer, Kirchgänger und rechtschaffener Bürger, orthodox und traditionsverhaftet bis zum Äußersten. Aber irgendein bestürzendes Erlebnis hatte die ihm eigene Gemütsruhe gestört und in seinem wirr abstehenden Haar, auf den zorngeröteten Wangen und in seinem aufgescheuchten, erregten Gebaren Spuren hinterlassen. Er sprudelte sogleich sein Anliegen hervor.

»Mr. Holmes, ich habe ein äußerst eigenartiges und unerfreuliches Erlebnis hinter mir«, sagte er. »Nie in meinem ganzen Leben bin ich in eine solche Situation gebracht worden – eine äußerst unschickliche, äußerst empörende Situation. Ich muß auf einer Erklärung bestehen.« Er schnaubte und prustete vor Wut.

»Nehmen Sie doch bitte Platz, Mr. Scott Eccles«, sagte Holmes in beschwichtigendem Ton. »Darf ich zuerst einmal fragen, was Sie überhaupt zu mir führt?«

»Nun, Sir, die Sache schien mir nicht gerade ein Fall für die Polizei zu sein, und doch werden Sie, sobald Sie die Einzelheiten vernommen haben, zugeben müssen, daß ich sie nicht einfach auf sich beruhen lassen konnte. Privatdetektive sind zwar eine Sorte Menschen, der ich nicht die geringste Sympathie entgegenbringe, aber da ich Ihren Namen früher einmal...«

»Schon gut. Und dann, zum zweiten, möchte ich wissen, weshalb Sie nicht sofort gekommen sind.«

»Wie meinen Sie das?«

Holmes blickte auf seine Uhr.

»Es ist jetzt Viertel nach zwei«, sagte er. »Ihr Telegramm ist ungefähr um ein Uhr aufgegeben worden. Aber ein Blick auf Ihren Aufzug genügt, um zu sehen, daß Ihre Verstörung vom Zeitpunkt ihres Erwachens herrührt.«

Unser Klient fuhr sich mit der Hand über das ungekämmte Haar und betastete sein unrasiertes Kinn.

»Sie haben recht, Mr. Holmes. Ich habe keinen Gedanken an meine Toilette gewendet. Ich wollte nur so schnell wie möglich hinaus aus einem solchen Haus. Aber dann bin ich herumgerannt und habe Erkundigungen eingezogen, bevor ich zu Ihnen gekommen bin. Ich war beim Häusermakler, wissen Sie, und dort hat man mir gesagt, daß Mr. Garcias Miete ordnungsgemäß bezahlt sei und daß alles seine Richtigkeit habe mit *Wisteria Lodge*.«

»Nur gemach, Sir«, sagte Holmes lachend. »Sie sind wie mein Freund Dr. Watson, der die schlechte Angewohnheit hat, seine Geschichten am verkehrten Ende anzufangen. Bitte ordnen Sie Ihre Gedanken und teilen Sie mir dann schön der

Reihe nach mit, welcher Art genau die Ereignisse waren, welche Sie dazu veranlaßt haben, sich zerzaust und ungekämmt, die Galastiefel und die Weste schief geknöpft, auf die Suche nach Rat und Beistand zu begeben.«

Unser Klient blickte mit zerknirschter Miene an seinem unkonventionellen Äußeren hinab.

»Ich muß einen äußerst unvorteilhaften Eindruck machen, Mr. Holmes, und ich wüßte nicht, daß mir zeit meines Lebens dergleichen schon passiert wäre. Aber ich will Ihnen die ganze sonderbare Geschichte erzählen, und danach werden Sie bestimmt zugeben, daß ich reichlich entschuldigt bin.«

Indes, seine Erzählung wurde noch im Keim erstickt. Draußen rührte sich etwas, und dann öffnete Mrs. Hudson die Tür, um zwei stämmige, beamtenhaft aussehende Individuen einzulassen, in deren einem wir Inspektor Gregson erkannten, den mutigen, tatkräftigen und – in seinen Grenzen – auch tüchtigen Polizeibeamten von Scotland Yard. Er schüttelte Holmes die Hand und stellte seinen Begleiter als Inspektor Baynes von der *Constabulary* der Grafschaft Surrey vor.

»Wir sind gemeinsam auf der Jagd, Mr. Holmes, und unsere Fährte führt in diese Richtung.« Er richtete seinen Bulldoggenblick auf unseren Besucher. »Sind Sie Mr. John Scott Eccles vom *Popham House* in Lee?«

»Der bin ich.«

»Wir sind schon den ganzen Vormittag hinter Ihnen her.«

»Zweifellos haben Sie ihn aufgrund des Telegramms aufgespürt«, sagte Holmes.

»Ganz recht, Mr. Holmes. Wir haben im Postamt Charing Cross seine Witterung aufgenommen und sind dann hierhergekommen.«

»Aber weshalb sind Sie hinter mir her? Was wollen Sie von mir?«

»Wir wünschen eine Aussage von Ihnen, Mr. Scott Eccles, die Ereignisse betreffend, die gestern nacht zum Tode von Mr. Aloysius Garcia, wohnhaft auf *Wisteria Lodge* bei Esher, geführt haben.«

Unser Besucher hatte sich mit starrem Blick in seinem Stuhl aufgerichtet, und aus seinem fassungslosen Gesicht war jede Spur von Farbe gewichen.

»Tot? Haben Sie gesagt, er sei tot?«

»Ja, Sir, er ist tot.«

»Aber wie? Ein Unfall?«

»Mord – so sicher wie nur je etwas auf Erden.«

»Allmächtiger Gott! Das ist ja furchtbar! Aber Sie wollen doch nicht – Sie wollen doch nicht sagen, daß Sie mich verdächtigen?«

»In einer Tasche des Toten hat man einen Brief von Ihnen gefunden, dem wir entnehmen, daß Sie vorhatten, gestern in seinem Haus zu übernachten.«

»Das habe ich auch getan.«

»Ach, haben Sie das, tatsächlich?«

Und schon wurde das amtliche Notizbuch gezückt.

»Warten Sie, Gregson«, sagte Sherlock Holmes. »Alles, was Sie wollen, ist doch eine schlichte Aussage, nicht wahr?«

»Und es ist meine Pflicht, Mr. Scott Eccles darauf aufmerksam zu machen, daß sie gegen ihn verwendet werden kann.«

»Mr. Eccles wollte uns gerade von dieser Sache berichten, als Sie ins Zimmer traten. Watson, ich glaube, ein Brandy mit Soda könnte ihm nichts schaden. Also, Sir, ich schlage vor, daß Sie von diesem Zuwachs an Publikum gar keine Notiz nehmen und Ihre Geschichte genau so vortragen, wie Sie es getan hätten, wenn Sie nie unterbrochen worden wären.«

Unser Besucher hatte seinen Brandy hinuntergestürzt, und die Farbe war in sein Gesicht zurückgekehrt. Nach einem argwöhnischen Seitenblick auf das Notizbuch des Inspektors sprudelte er seine ungewöhnliche Aussage hervor.

»Ich bin Junggeselle«, begann er, »und da ich recht gesellig bin, pflege ich einen großen Freundeskreis. Dazu zählt auch die Familie eines ehemaligen Bierbrauers namens Melville, die in *Albemarle Mansion* in Kensington wohnt. An ihrer Tafel lernte ich vor einigen Wochen einen jungen Mann namens Garcia kennen. Soweit ich wußte, war er spanischer Abstammung und hatte irgend etwas mit der Botschaft zu tun. Er sprach perfekt Englisch, hatte angenehme Umgangsformen und war einer der bestaussehenden Männer, die ich mein Lebtag gesehen habe.

Irgendwie kam es, daß wir rasch Freundschaft miteinander schlossen, dieser junge Bursche und ich. Er schien von Anfang an Gefallen an mir zu finden, und gleich am Tag nach unserer ersten Begegnung kam er mich schon in Lee besuchen. Eins gab das andere, und zu guter Letzt lud er mich ein, ein paar Tage in *Wisteria Lodge*, seinem Haus, das zwischen Esher und Oxshott liegt, zu verbringen. Gestern abend fuhr ich also nach Esher, um dieser Einladung Folge zu leisten.

Er hatte mir seinen Haushalt schon vorher geschildert. Er lebe mit einem getreuen Diener zusammen, einem Landsmann, der für all seine Bedürfnisse sorge. Dieser Bursche spreche Englisch und führe ihm den Haushalt. Außerdem habe er einen wundervollen Koch – ein Halbblut, das er von einer seiner Reisen zurückgebracht habe –, der ein ausgezeichnetes Mahl zu bereiten verstehe. Ich erinnere mich noch an seine Bemerkung, was für ein sonderbarer Haushalt dies doch sei, so mitten im Herzen von Surrey, und ich gab ihm recht, nicht ahnend, daß dieser Haushalt sich noch als weit sonderbarer erweisen sollte, als ich je erwartet hatte.

Ich fuhr also dorthin. Das Haus, etwa zwei Meilen südlich von Esher, ist groß und liegt etwas abseits der Straße, mit einer geschwungenen, von hohen, immergrünen Hecken gesäumten Einfahrt. Es ist halb verfallen und in einem Zustand unglaublicher Verwahrlosung. Als mein Einspänner auf der grasüberwachsenen Einfahrt vor der fleckigen, verwitterten Eingangstür anhielt, kamen mir Zweifel, ob es klug war, einen Mann zu besuchen, den ich nur so oberflächlich kannte. Er selbst öffnete mir jedoch die Tür und begrüßte mich mit allen Anzeichen großer Herzlichkeit. Dann übergab er mich der Obhut seines Dieners, eines dunkelhäutigen, melancholischen Menschen, der mir meine Tasche abnahm und den Weg zu meinem Schlafgemach wies. Von dem ganzen Ort ging etwas

Bedrückendes aus. Unser Abendessen verlief als ein *tête-à-tête*, und wiewohl mein Gastgeber sich alle Mühe gab, mich zu unterhalten, schien es, als ob seine Gedanken ständig abschweiften, und was er sagte, war so unklar und verworren, daß ich Mühe hatte, ihm zu folgen. Er trommelte unablässig mit den Fingern auf den Tisch, kaute an seinen Nägeln und ließ andere Zeichen nervöser Ungeduld erkennen. Das Essen selbst wurde weder gut serviert, noch war es gut zubereitet, und die düstere Präsenz des schweigsamen Dieners trug auch nicht gerade zu unserer Aufheiterung bei. Ich versichere Ihnen, ich habe mich im Laufe dieses Abends manches Mal nach einer Ausrede gesehnt, die mir erlaubt hätte, nach Lee zurückzukehren.

Da fällt mir etwas ein, was im Zusammenhang mit der Sache, in der Sie beide, Gentlemen, ermitteln, von Wichtigkeit sein könnte, wenn ich mir auch, als es passiert ist, nichts weiter dabei gedacht habe. Gegen Ende des Abendessens brachte der Diener eine Nachricht, nach deren Lektüre mein Gastgeber, wie mir schien, noch zerstreuter und seltsamer war denn zuvor. Er versuchte jetzt gar nicht mehr, den Schein einer Konversation aufrechtzuerhalten, sondern saß, eine Zigarette nach der anderen rauchend, ganz in seine Gedanken versunken da, erwähnte jedoch mit keinem Wort, was ihn beschäftigte. Als es etwa elf war, war ich froh, zu Bett gehen zu können. Einige Zeit später sah Garcia bei mir herein – das Zimmer war mittlerweile dunkel – und fragte mich, ob ich geläutet hätte. Ich sagte nein. Er entschuldigte sich für die späte Störung und erwähnte dabei, es sei schon fast ein Uhr. Danach nickte ich ein und schlief fest bis zum Morgen.

Und jetzt komme ich zu dem befremdlichsten Teil meiner Erzählung. Als ich aufwachte, war es heller Tag. Ich warf einen Blick auf meine Uhr und sah, daß es kurz vor neun war. Ich hatte ausdrücklich darum gebeten, um acht Uhr geweckt zu werden, und diese Nachlässigkeit erstaunte mich aufs höchste. Ich sprang aus dem Bett und läutete nach dem Diener. Nichts rührte sich. Ich läutete noch einmal und dann noch einmal – mit demselben Ergebnis. Ich kam darauf zum Schluß, daß die Klingel defekt sein müsse. Hastig streifte ich meine Kleider über und stürmte in übelster Laune nach unten, um heißes Wasser zu verlangen. Was glauben Sie, wie überrascht ich war, als ich ganz einfach niemanden dort vorfand. Ich rief in der Eingangshalle. Keine Antwort. Dann rannte ich von Zimmer zu Zimmer. Alle verlassen. Am Abend zuvor hatte mir mein Gastgeber sein Schlafzimmer gezeigt. Ich klopfte also dort an. Keine Antwort. Ich drehte den Türknauf und trat ein. Das Zimmer war leer, das Bett unberührt. Er war verschwunden, genau wie die anderen. Der fremdländische Gastgeber, der fremdländische Lakai, der fremdländische Koch, sie alle hatten sich im Lauf der Nacht in Luft aufgelöst! Dies war das Ende meines Besuches in *Wisteria Lodge*.«

Sherlock Holmes rieb sich schmunzelnd die Hände, während er diesen bizarren Vorfall seiner Sammlung seltsamer Geschehnisse einverleibte.

»Ihr Erlebnis ist, soweit ich weiß, vollkommen einzigartig«, sagte er. »Darf ich fragen, Sir, was Sie danach getan haben?«

»Ich war außer mir vor Wut. Mein erster Gedanke war, ich sei das Opfer irgendeines absurden Streiches geworden. Ich packte meine sieben Sachen, warf die Haustür hinter mir zu und machte mich, meine Tasche in der Hand, auf den Weg nach Esher. Dort sprach ich bei Allan Brothers, den wichtigsten Grundstücksmaklern des Dorfes, vor und erfuhr, daß die Villa durch sie vermietet worden war. Plötzlich kam mir der Gedanke, daß das Ganze wohl nicht einfach zu dem Zweck inszeniert worden war, mich zum Narren zu halten, sondern daß es in erster Linie darum gegangen sein mußte, sich vor der Zahlung der Miete zu drücken. Wir haben Ende März, der vierteljährliche Zahlungstermin steht also vor der Tür. Aber diese Theorie erwies sich als falsch. Der Makler zeigte sich zwar sehr verbunden für meine Warnung, sagte mir aber, die Miete sei schon im voraus bezahlt worden. Darauf fuhr ich in die Stadt zurück und sprach bei der spanischen Botschaft vor. Der Mann war dort unbekannt. Als nächstes suchte ich Melville auf, in dessen Haus ich Garcia kennengelernt hatte, mußte jedoch feststellen, daß er noch weniger über ihn wußte als ich selbst. Und als ich schließlich Ihre Antwort auf mein Kabel erhielt, bin ich zu Ihnen gekommen, da Sie, wenn ich richtig orientiert bin, ein Mann sind, der in schwierigen Fällen Rat weiß. Nun entnehme ich aber dem, was Sie, Herr Inspektor, beim Eintreten gesagt haben, daß meine Geschichte eine Fortsetzung hat und daß ein tragisches Ereignis eingetreten ist. Ich kann Ihnen indes versichern, daß jedes Wort, das ich gesagt habe, wahr ist und daß ich, außer dem, was ich Ihnen erzählt habe, nichts, aber auch gar nichts über das Schicksal dieses Mannes weiß. Ich habe keinen anderen Wunsch, als dem Gesetz auf jede erdenkliche Weise behilflich zu sein.«

»Davon bin ich überzeugt, Mr. Scott Eccles, davon bin ich überzeugt«, sagte Inspektor Gregson in überaus liebenswürdigem Ton. »Ich kann nicht umhin zu sagen, daß alles, was Sie uns erzählt haben, durchaus mit den Fakten übereinstimmt, die wir bisher in Erfahrung bringen konnten. Zum Beispiel diese Nachricht, die während des Abendessens eingetroffen ist. Haben Sie zufälligerweise bemerkt, was weiter damit geschehen ist?«

»Ja, das habe ich. Garcia hat sie zusammengeknüllt und ins Kaminfeuer geworfen.«

»Was haben Sie dazu zu sagen, Mr. Baynes?«

Der Detektiv vom Lande war ein stämmiger Mann mit einem roten, aufgedunsenen Gesicht, das lediglich von seinen zwei außergewöhnlich lebhaften Augen, die unter den üppigen Wülsten von Stirn und Wangen beinahe verschwanden, vor dem Eindruck von Plumpheit bewahrt wurde. Mit bedächtigem Lächeln zog er ein zerknittertes und verfärbtes Stück Papier aus der Tasche.

»Da war ein korbförmiger Feuerrost, Mr. Holmes, und Garcia hat das Papier darüber hinaus geworfen. Ich hab es unverbrannt dahinter hervorgeholt.«

Holmes lächelte anerkennend.

»Sie müssen das Haus sehr gründlich durchsucht haben, wenn es Ihnen gelungen ist, ein so unscheinbares Papierbällchen zu finden.«

»Das habe ich, Mr. Holmes. Das ist so meine Art. Soll ich es vorlesen, Mr. Gregson?«

Der Londoner Polizeibeamte nickte.

»Die Nachricht ist auf gewöhnlichem, cremefarbenem Papier ohne Wasserzeichen geschrieben. Es handelt sich um einen Viertelbogen, der durch zwei Schnitte mit einer kurzschneidigen Schere abgetrennt wurde. Er ist dreifach gefaltet und mit rotem Siegellack versiegelt, der in aller Eile appliziert und mit einem flachen, ovalen Gegenstand angedrückt worden ist. Adressiert ist die Nachricht an Mr. Garcia, *Wisteria Lodge*. Der Wortlaut ist der folgende:

> Unsere Farben, grün und weiß. Grün offen, weiß geschlossen. Haupttreppe, erster Korridor, siebte rechts, grüner Boi. Gott schütze Sie. D.

Es ist eine Frauenhandschrift, geschrieben mit einer sehr spitzen Feder; die Adresse jedoch ist entweder mit einer anderen Feder oder nicht von derselben Hand geschrieben worden; sehen Sie, die Buchstaben sind kräftiger und fetter.«

»Eine höchst bemerkenswerte Nachricht«, sagte Holmes, als er sie überflog. »Sie haben bei deren Untersuchung eine Aufmerksamkeit für Details gezeigt, zu der ich Ihnen gratuliere, Mr. Baynes. Ein paar kleine Ergänzungen ließen sich vielleicht noch anbringen. Das ovale Siegel ist ohne Zweifel ein ganz kommuner Manschettenknopf; ich wüßte nichts anderes, was diese Form hätte. Bei der Schere handelt es sich um eine Nagelschere, denn so kurz die einzelnen Schnitte auch sein mögen, so läßt sich doch bei beiden dieselbe leichte Krümmung feststellen.«

Der Detektiv vom Lande schmunzelte.

»Ich war der Meinung, den letzten Tropfen Saft herausgepreßt zu haben, aber offensichtlich war noch ein bißchen was übrig«, sagte er. »Ich muß im übrigen gestehen, daß ich der Mitteilung selbst nicht eben viel entnehmen kann, außer daß da etwas im Busch war und daß, wie üblich, eine Frau dahintersteckt.«

Mr. Scott Eccles war während dieses Gesprächs unruhig auf seinem Stuhl hin und her gerutscht.

»Ich bin froh, daß Sie den Brief gefunden haben«, sagte er, »da er das, was ich Ihnen erzählt habe, bestätigt. Ich möchte nun aber doch darauf hinweisen, daß man mir noch immer nicht gesagt hat, was Mr. Garcia widerfahren ist und was aus seiner Dienerschaft geworden ist.«

»Was Garcia betrifft«, erwiderte Gregson, »das läßt sich rasch beantworten. Man hat ihn heute früh tot aufgefunden, auf der Allmende von Oxshott, beinahe eine Meile von seinem Haus entfernt. Sein Kopf war regelrecht zu Brei gehauen, durch wuchtige Schläge mit einem Sandsack oder einem ähnlichen, nicht scharfkantigen, sondern stumpfen Gegenstand. Es ist einsam dort, im Umkreis von einer Viertelmeile findet sich kein einziges Haus. Offensichtlich ist er zuerst von hinten niedergestreckt worden; sein Angreifer muß jedoch noch weiter auf ihn eingeschlagen haben, als er schon längst tot war. Eine ungeheuer wütende Attacke. Fußspuren oder andere Hinweise auf die Täter konnten wir keine ausmachen.«

»Ist er ausgeraubt worden?«

»Nein, es gab keine Anzeichen von Raub.«

»Das ist sehr schmerzlich – sehr schmerzlich und furchtbar«, sagte Mr. Scott Eccles mit kläglicher Stimme, »aber mich trifft es wirklich ganz besonders hart. Ich hatte doch nichts damit zu tun, daß mein Gastgeber sich auf einen nächtlichen Ausflug begeben und dabei ein so trauriges Ende gefunden hat. Wie kommt es denn, daß ich in diesen Fall hineingezogen werde?«

»Ganz einfach, Sir«, erwiderte Inspektor Baynes. »Das einzige Schriftstück, das wir in der Tasche des Toten gefunden haben, war ein Brief von Ihnen, in welchem geschrieben stand, daß Sie ihn besuchen würden, in der Nacht seines

Todes. Durch den Umschlag dieses Briefes haben wir Namen und Adresse des Toten erfahren. Als wir dann heute morgen kurz nach neun bei seinem Haus anlangten, fanden wir weder Sie noch sonst jemand darin vor. Ich kabelte Mr. Gregson, er solle Sie in London aufspüren, während ich *Wisteria Lodge* unter die Lupe nahm. Darauf bin ich in die Stadt gefahren, um mich Mr. Gregson anzuschließen, und da sind wir nun.«

»Ich glaube, es wäre jetzt angebracht, der Sache mehr offizielles Gepräge zu geben«, sagte Gregson und erhob sich. »Wollen Sie so gut sein, Mr. Scott Eccles, uns zum Polizeirevier zu begleiten, damit wir Ihre Aussage schriftlich festhalten können?«

»Aber gewiß, ich komme sofort. Ihre Dienste, Mr. Holmes, möchte ich jedoch weiterhin in Anspruch nehmen. Ich wünsche, daß Sie weder Kosten noch Mühen scheuen, um die Wahrheit ans Licht zu bringen.«

Mein Freund wandte sich an den Inspektor vom Lande.

»Ich hoffe, Sie haben gegen meine Mitarbeit nichts einzuwenden, Mr. Baynes?«

»Ganz im Gegenteil, Sir, ich fühle mich hoch geehrt.«

»Ich habe den Eindruck erhalten, daß Sie in allem, was Sie bisher unternommen haben, sehr rasch und professionell vorgegangen sind. Darf ich fragen, ob es irgendeinen Hinweis darauf gibt, wann genau der Mann den Tod gefunden hat?«

»Er muß seit ein Uhr dort gelegen haben. Um diese Zeit hat es zu regnen angefangen, und sein Tod ist ohne jeden Zweifel vor dem Regen eingetreten.«

»Aber das ist doch völlig unmöglich, Mr. Baynes«, rief unser Klient. »Seine Stimme ist unverwechselbar. Ich könnte schwören, daß er es war, der um eben diese Zeit in meinem Schlafzimmer das Wort an mich gerichtet hat.«

»Bemerkenswert allerdings, jedoch keineswegs unmöglich«, entgegnete Holmes lächelnd.

»Haben Sie schon einen Anhaltspunkt?« fragte Gregson.

»Auf den ersten Blick erscheint dieser Fall nicht sonderlich kompliziert, wenngleich er einige neuartige und interessante

Züge aufweist. Ehe ich mich jedoch darauf einlasse, ein eindeutiges und endgültiges Urteil darüber abzugeben, muß ich erst weitere Fakten in Erfahrung bringen. Übrigens, Mr. Baynes, haben Sie bei Ihrer Untersuchung des Hauses außer diesem Brief sonst noch etwas Bemerkenswertes gefunden?«

Der Detektiv schaute meinen Freund mit einem eigenartigen Blick an.

»Es gab da ein, zwei *sehr* bemerkenswerte Dinge«, erwiderte er. »Hätten Sie vielleicht Lust, mit mir hinauszufahren, sobald ich auf der Wache fertig bin? Dann könnten Sie mir sagen, was Sie davon halten.«

»Ich stehe voll und ganz zu Ihren Diensten«, sagte Sherlock Holmes und läutete die Glocke. »Wollen Sie bitte diese Gentlemen hinausgeleiten, Mrs. Hudson, und seien Sie doch so freundlich und schicken Sie den Jungen los mit diesem Telegramm. Er soll fünf Shilling für die Rückantwort bezahlen.«

Nachdem unsere Besucher gegangen waren, saßen wir eine Zeitlang schweigend da. Holmes paffte heftig vor sich hin; seine Brauen über den wachsamen Augen waren zusammengezogen und sein Kopf in der für ihn so charakteristischen Weise energisch vorgereckt.

»Nun, Watson«, fragte er, indem er sich unvermittelt mir zuwandte, »was halten Sie von der Sache?«

»Was ich von dem Verwirrspiel mit Scott Eccles halten soll, das weiß ich überhaupt nicht.«

»Und das Verbrechen?«

»Nun, wenn man das Verschwinden der Gefährten dieses Mannes in Rechnung stellt, so würde ich meinen, daß sie wohl auf irgendeine Weise mit diesem Mord zu tun hatten und vor der Justiz geflohen sind.«

»Das ist gewiß ein möglicher Standpunkt. Sie müssen allerdings zugeben, daß es auf den ersten Blick höchst seltsam anmutet, daß diese zwei Bediensteten, falls sie sich gegen ihren Herrn verschworen haben, ausgerechnet diese eine Nacht, in der er einen Gast hatte, ausgewählt haben sollten, um ihn umzubringen. An jedem anderen Abend der Woche wäre er ihnen ja ganz allein ausgeliefert gewesen.«

»Aber warum sind sie dann geflohen?«

»Genau das ist die Frage. Warum sind sie geflohen? Ein gewichtiges Faktum. Ein anderes, nicht minder gewichtiges Faktum ist das merkwürdige Erlebnis unseres Klienten Scott Eccles. Nun, mein lieber Watson, sollte es wirklich die Grenzen menschlichen Scharfsinns übersteigen, eine Erklärung zu finden, die diese beiden gewichtigen Fakten umfaßte? Falls sie dann zudem noch so beschaffen sein sollte, daß sie auch diesen geheimnisvollen Brief mit seinem höchst kuriosen Wortlaut einbezöge, wohlan, dann könnte man sie gar als vorläufige Hypothese gelten lassen. Und sollten sich dann auch noch die neuen Fakten, auf die wir stoßen werden, alle in dieses Schema einfügen, dann könnte aus unserer Hypothese nach und nach eine Lösung werden.«

»Aber wie lautet denn unsere Hypothese?«

Holmes lehnte sich mit halbgeschlossenen Augen in seinem Lehnstuhl zurück.

»Sie müssen zugeben, mein lieber Watson, daß die Idee, es könnte sich um einen Streich handeln, unhaltbar ist. Wie die weitere Entwicklung gezeigt hat, waren schwerwiegende Dinge im Gang; und die Tatsache, daß Mr. Scott Eccles nach *Wisteria Lodge* gelockt worden ist, steht in irgendeinem Zusammenhang damit.«

»Aber welcher Art könnte dieser Zusammenhang sein?«

»Lassen Sie uns einmal Schritt für Schritt vorgehen. Schon auf den ersten Blick hat man doch das Gefühl, daß an dieser seltsamen und plötzlichen Freundschaft zwischen Scott Eccles und dem jungen Spanier etwas faul war. Letzterer war es, der der Sache Dampf aufsetzte. Er stattete Eccles, der am anderen Ende von London wohnt, schon am ersten Tag, nachdem sie miteinander bekannt geworden waren, einen Besuch ab und blieb in engem Kontakt mit ihm, bis er ihn soweit hatte, daß er nach Esher kam. Nun, was wollte er von Eccles? Was konnte Eccles ihm schon bieten? Ich sehe nicht, was dieser Mann für einen Reiz haben könnte. Er ist nicht besonders intelligent – wohl kaum der ebenbürtige Gesprächspartner für einen gewitzten Südländer. Was war es also, das ihn für Garcias Pläne so besonders geeignet machte, daß dieser aus all den Leuten, die er kennengelernt hatte, gerade ihn auswählte? Besitzt er irgendeine herausragende Eigenschaft? Das möchte ich meinen. Er ist der Inbegriff englischer Respektabilität, und damit der geeignete Mann dafür, in der Rolle des Zeugen auf jeden anderen Engländer den gebührenden Eindruck zu machen. Sie haben ja selbst mitansehen können, wie keiner der beiden Inspektoren auch nur im Traum daran gedacht hätte, seine Aussage anzuzweifeln, so ungewöhnlich sie auch war.«

»Aber was hätte er denn bezeugen sollen?«

»Nichts, so wie die Dinge jetzt liegen; aber alles, wenn sie einen anderen Verlauf genommen hätten. Das ist jedenfalls meine Auffassung von der ganzen Sache.«

»Ah, ich verstehe; er hätte ein Alibi liefern sollen.«

»Genau, mein lieber Watson; er hätte ein Alibi liefern sollen. Wir wollen einmal, rein spekulationshalber, annehmen, daß sämtliche Haushaltsmitglieder von *Wisteria Lodge* an irgendeinem Komplott beteiligt waren. Das Vorhaben, was immer es im einzelnen sein mag, sollte, sagen wir mal, vor ein Uhr ausgeführt werden. Nun ist es durchaus möglich, daß Scott Eccles durch irgendeine Manipulation an den Uhren dazu gebracht wurde, früher zu Bett zu gehen, als er meinte; auf jeden Fall ist anzunehmen, daß zu dem Zeitpunkt, da Garcia sich so viel Mühe machte, ihm einzureden, es sei ein Uhr, es in Wirklichkeit nicht später als zwölf war. Wenn es nun Garcia gelang, zu tun, was immer er tun wollte, und zu der besagten Zeit wieder zurückzusein, dann konnte er jedwede Anklage parieren. Denn da war dieser untadelige englische Ehrenmann, der bereit war, vor jedem Gericht zu beschwören, daß der Beschuldigte die ganze Zeit über zu Hause gewesen war. Das Ganze war eine Vorsichtsmaßnahme für den schlimmsten Fall.«

»Ja, ja, das verstehe ich schon. Aber was ist mit dem Verschwinden der anderen?«

»Ich habe zwar noch nicht all meine Fakten beisammen, aber ich kann mir nicht denken, daß uns dies vor unüberwindliche Schwierigkeiten stellen sollte. Dennoch, es ist ein Fehler, den Tatsachen mit Behauptungen zuvorzukommen. Unmerklich biegt man sich dann die Fakten zurecht, damit sie besser zu den Theorien passen.«

»Und diese Botschaft?«

»Wie lautete sie noch? ›Unsere Farben, grün und weiß‹ – klingt nach Pferderennen. ›Grün offen, weiß geschlossen.‹ Das ist eindeutig ein Signal. ›Haupttreppe, erster Korridor, siebte rechts, grüner Boi.‹ Ein Stelldichein. Schon möglich, daß hinter alledem ein eifersüchtiger Ehemann steckt. Es war ohne Zweifel ein riskantes Unternehmen; sonst hätte sie nicht ›Gott schütze Sie‹ hinzugefügt. ›D.‹ – das könnte uns auf die Sprünge helfen.«

»Der Mann war Spanier. ›D.‹ steht vermutlich für Dolores, der Name ist in Spanien sehr häufig.«

»Gut, Watson, ausgezeichnet – nur leider völlig ausgeschlossen. Eine Spanierin würde einem anderen Spanier auf spanisch schreiben. Diese Mitteilung stammt also mit Sicherheit von einer Engländerin. Nun, im Moment bleibt uns nichts anderes übrig, als uns in Geduld zu fassen, bis dieser treffliche Inspektor wiederkommt, um uns abzuholen. Einstweilen aber wollen wir froh und dankbar sein, daß ein gütiges Geschick uns für ein paar flüchtige Stunden von den unerträglichen Strapazen des Müßiggangs erlöst hat.«

Noch ehe unser Polizeibeamter aus Surrey wieder zu uns zurückgekehrt war, traf die Antwort auf Holmes' Telegramm ein. Holmes las sie durch und wollte sie schon in sein Notizbuch stecken, als sein Blick auf mein erwartungsvolles Gesicht fiel. Mit einem Lachen warf er sie mir zu.

»Wir bewegen uns in gehobenen Kreisen«, bemerkte er.

Das Telegramm enthielt eine Liste von Namen und Adressen:

Lord Harringby, *The Dingle*; Sir George Ffolliott, *Oxshott Towers*; Mr. Hynes Hynes, J. P., *Purdey Place*; Mr. James Baker Williams, *Forton Old Hall*; Mr. Henderson, *High Gable*; Rev. Joshua Stone, *Nether Walsling*.

»Dies ist ein sehr simples Verfahren zur Eingrenzung unsres Operationsfeldes«, sagte Holmes. »Zweifellos hat Baynes mit seinem Sinn für Methodik bereits einen ähnlichen Weg eingeschlagen.«

»Ich verstehe nicht ganz.«

»Nun, mein lieber Freund, wir waren bereits zu dem Schluß gediehen, daß es sich bei der Botschaft, die Garcia bei Tisch erhielt, um eine Verabredung oder ein Stelldichein gehandelt hat. Nun denn, falls die naheliegende Lesart die richtige ist und man, um sich zu diesem Treffen zu begeben, eine Haupttreppe emporsteigen und die siebte Tür in einem Korridor aufsuchen muß, so ist es völlig klar, daß das betreffende Haus sehr groß sein muß. Und mit ebensolcher Gewißheit läßt sich sagen, daß dieses Haus nicht mehr als ein oder zwei Meilen von Oxshott entfernt sein kann, da Garcia in diese Richtung gegangen ist und, nach meiner Auslegung der Tatsachen, rechtzeitig in *Wisteria Lodge* zurückzusein hoffte, um sich seines Alibis zu bedienen, das nur für die Zeit bis ein Uhr gelten würde. Da die Anzahl großer Häuser im engeren Umkreis von Oxshott begrenzt sein muß, habe ich die naheliegende Methode angewandt, den von Scott Eccles erwähnten Häusermakler anzufragen, ob er mir eine Liste davon zusammenstellen könnte. In diesem Telegramm hier sind sie nun alle aufgeführt, und in einem von ihnen muß das andere Ende unseres verschlungenen Fadens liegen.«

Es war kurz vor sechs Uhr, als wir in Begleitung von Inspektor Baynes im hübschen Dorf Esher in der Grafschaft Surrey eintrafen. Holmes und ich hatten uns für eine Übernachtung gerüstet und fanden im *Bull* behagliches Quartier. Sodann machten wir uns zusammen mit dem Detektiv auf den Weg nach *Wisteria Lodge*. Es war ein kalter, dunkler Märzabend; ein scharfer Wind wehte und peitschte uns den Nieselregen ins Gesicht; es paßte alles zusammen mit der öden Allmende, durch die wir unserem tragikumwitterten Ziel entgegenstrebten.

2. Der Tiger von San Pedro

Nach einem kalten und trübseligen Marsch von einigen Meilen kamen wir an ein hohes, hölzernes Tor, welches sich auf eine düstere Kastanienallee öffnete. Wir folgten der geschwungenen, überschatteten Einfahrt zu einem gedrungenen, finster wirkenden Haus, das sich nachtschwarz gegen den schiefergrauen Himmel abhob. Aus dem Fenster links neben der Eingangstür drang schwacher Lichtschimmer.

»Ein Constable hält die Stellung«, sagte Baynes. »Ich will mal eben ans Fenster klopfen.« Er stapfte über das Rasenstück und pochte mit der Hand gegen die Scheibe. Durch das beschlagene Glas hindurch konnte ich undeutlich erkennen, wie ein Mann aus seinem Sessel neben dem Kaminfeuer aufsprang, und gleichzeitig drang ein gellender Schrei aus dem Zimmer. Einen Augenblick später öffnete uns ein schwer atmender und totenblaßer Polizist die Tür; die Kerze in seiner Hand zitterte und schwankte.

»Was ist los, Walters?« fragte Baynes barsch.

Der Mann wischte sich mit einem Taschentuch über die Stirn und stieß einen tiefen Seufzer der Erleichterung aus.

»Bin ich froh, daß Sie hier sind, Sir. Das ist ein langer Abend gewesen, und meine Nerven sind wohl auch nicht mehr das, was sie mal waren.«

»Ihre Nerven, Walters? Ich wußte gar nicht, daß Sie so was haben.«

»Nun, Sir, das liegt an diesem einsamen, stillen Haus und diesem komischen Zeugs in der Küche. Und als Sie dann ans Fenster geklopft haben, da hab ich gedacht, es sei zurückgekommen.«

»Was sei zurückgekommen?«

»Wenn Sie mich fragen, Sir, dann war's der Teufel. Es war am Fenster.«

»Was war am Fenster, und wann?«

»Das ist jetzt etwa zwei Stunden her. Es war eben dunkel geworden. Ich hab in meinem Stuhl gesessen und gelesen. Ich weiß nicht genau, was mich von meinem Buch aufblicken ließ, aber auf jeden Fall war da ein Gesicht, das mich durch die untere Fensterscheibe hindurch anstarrte. Guter Gott, Sir, das war vielleicht ein Gesicht! Das wird mich noch im Traum verfolgen.«

»Tz, tz, Walters; so redet doch kein Constable der Polizei.«

»Ich weiß, Sir, ich weiß; aber es ist mir wirklich durch Mark und Bein gegangen, das kann ich nun einmal nicht abstreiten. Es war weder schwarz noch weiß, Sir, noch sonst von irgendeiner Farbe, die ich kenne, sondern ein ganz komischer Farbton, wie Lehm mit einem Spritzer Milch darin. Und dann seine Größe, Sir – es war zweimal so groß wie Sie. Und wie es aussah – große starrende Glotzaugen und eine Reihe weißer Zähne wie ein hungriges wildes Tier. Ich sage Ihnen, Sir, keinen Finger konnte ich rühren und keinen Atemzug tun, bis es weghuschte und nicht mehr zu sehen war. Dann bin ich hinausgerannt und habe das Gebüsch durchsucht, aber Gott sei Dank war da niemand mehr.«

»Würde ich Sie nicht als tüchtigen Mann kennen, Walters, dann müßte ich Ihnen hierfür einen Rüffel geben. Und wenn es der Teufel in Person wäre, nie darf ein Constable im Dienst Gott danken, daß er ihn nicht dingfest machen konnte. Das Ganze war doch wohl nicht bloß ein Hirngespinst oder ein Anfall von Nervenschwäche?«

»Dies zumindest läßt sich sehr einfach feststellen«, sagte Holmes und zündete seine kleine Taschenlampe an. »Ja«, meldete er nach einer kurzen Untersuchung des Rasenstücks, »Schuhgröße zwölf, würde ich sagen. Wenn alles an ihm von derselben Größenordnung ist wie seine Füße, so muß es allerdings ein Riese gewesen sein.«

»Und was ist weiter mit ihm passiert?«

»Es macht den Anschein, daß er sich durch das Gebüsch zur Straße durchgeschlagen hat.«

»Nun gut«, sagte der Inspektor mit ernster und nachdenklicher Miene, »wer immer das gewesen sein mag, und was immer er gewollt hat, jetzt ist er jedenfalls nicht da, und es gibt Dringlicheres zu erledigen. Mr. Holmes, wenn es Ihnen recht ist, werde ich Sie nun durchs Haus führen.«

Eine eingehende Durchsuchung der verschiedenen Schlafzimmer und Salons hatte keine Ergebnisse gezeitigt. Offensichtlich hatten die Mieter wenig oder gar nichts mitgebracht und das Haus mitsamt dem ganzen Inventar, bis hin zu den geringsten Kleinigkeiten, übernommen. Eine ganze Menge Kleider mit dem Etikett von Marx & Co., High Holborn, war zurückgelassen worden. Telegraphische Nachforschungen hatten bereits ergeben, daß die Firma Marx über ihren Kunden lediglich zu sagen wußte, daß er stets pünktlich bezahlt hatte. An persönlichen Habseligkeiten fand sich allerlei Krimskrams, ein paar Pfeifen, mehrere Romane, zwei davon auf Spanisch, ein altmodischer Zündnadelrevolver und eine Gitarre.

»Das alles gibt nichts her«, sagte Baynes, der mit der Kerze in der Hand von einem Raum zum andern stapfte. »Jetzt aber, Mr. Holmes, möchte ich Sie bitten, Ihre volle Aufmerksamkeit der Küche zuzuwenden.«

Es handelte sich um einen hohen, düsteren, im rückwärtigen Teil des Hauses gelegenen Raum mit einem Strohlager in der Ecke, das offenbar dem Koch als Schlafgelegenheit diente. Auf dem Tisch stapelten sich Schüsseln mit Speiseresten und schmutzige Teller, die Überbleibsel des Mahles vom vorigen Abend.

»Sehen Sie sich das an«, sagte Baynes. »Was halten Sie davon?«

Er hielt seine Kerze hoch und beleuchtete einen merkwürdigen Gegenstand, der hinten auf der Anrichte stand und so runzelig, verdorrt und verschrumpelt war, daß sich kaum feststellen ließ, was es einmal gewesen sein mochte. Es ließ sich bloß sagen, daß es schwarz und lederig war und eine gewisse Ähnlichkeit mit einer zwergenhaften menschlichen Gestalt aufwies. Bei näherer Betrachtung hielt ich es zuerst für einen mumifizierten Negersäugling, dann schien es mir mehr nach einem uralten, verhutzelten Affen auszusehen. Und ich blieb auch im Zweifel darüber, ob es menschlicher oder tierischer Natur war. Um seine Mitte war eine zweireihige Muschelkette geschlungen.

»Sehr interessant – wirklich sehr interessant!« murmelte Holmes, während er das unheimliche Relikt eingehend betrachtete.

»Sonst noch etwas?«

Wortlos ging Baynes zum Spülstein voran und hielt seine Kerze darüber. Darin lagen in wildem Durcheinander Rumpf und Glieder eines großen, weißen Vogels, den man mitsamt den Federn gewaltsam in Stücke gerissen hatte. Holmes deutete auf die Kehllappen an dem abgetrennten Kopf.

»Ein weißer Hahn«, sagte er. »Höchst interessant! Das ist wirklich ein sehr sonderbarer Fall.«

Sein schauerlichstes Schaustück hatte Mr. Baynes indes für den Schluß aufgehoben. Unter dem Spülstein zog er einen Zinkeimer hervor, der eine beträchtliche Menge Blut enthielt. Dann nahm er vom Tisch eine Platte, auf der ein Haufen verkohlter kleiner Knochenstücke lag.

»Etwas ist hier getötet und etwas ist hier verbrannt worden. Das hier haben wir alles aus dem Feuer gescharrt. Wir hatten heute früh einen Arzt hier. Er sagt, es sei nicht menschlicher Herkunft.«

Holmes lächelte und rieb sich die Hände.

»Inspektor, ich muß Ihnen wirklich gratulieren zu der Art, wie Sie einen so außergewöhnlichen und aufschlußreichen Fall angehen. Ihre Fähigkeiten – wenn ich dies sagen darf, ohne Ihnen zu nahe zu treten – scheinen Ihre Position bei weitem zu überragen.«

Inspektor Baynes' kleine Äuglein funkelten vor Freude.

»Sie haben recht, Mr. Holmes; wir versumpfen hier in der Provinz. Ein Fall wie dieser ist schon eine Chance, und ich hoffe, daß ich sie nutzen kann. Was halten Sie von diesen Knochen?«

»Ein Lamm, würde ich sagen, oder ein Zicklein.«

»Und was ist mit dem weißen Hahn?«

»Merkwürdig, Mr. Baynes, höchst merkwürdig, wenn nicht geradezu einzigartig.«

»Ja, Sir, in diesem Haus müssen sich sehr seltsame Leute mit sehr seltsamen Gewohnheiten eingenistet haben. Einer davon ist tot. Sind seine Gefährten ihm nachgeschlichen und haben ihn umgebracht? Wenn ja, so sollten sie uns nicht entwischen, denn alle Häfen werden überwacht. Ich persönlich sehe die Sache allerdings anders. Weiß Gott, Sir, ich sehe diese Sache ganz anders.«

»Sie haben also eine Theorie?«

»Das habe ich, und ich werde sie auf eigene Faust anwenden, Mr. Holmes. Das bin ich mir schuldig. Sie haben einen bekannten Namen, ich muß mir erst noch einen machen. Ich möchte hinterher gern sagen können, ich habe den Fall ohne Ihre Hilfe gelöst.«

Holmes lachte gutmütig.

»Schon gut, Inspektor«, sagte er. »Gehen Sie Ihren Weg, und ich gehe meinen Weg. Meine Resultate stehen freilich jederzeit voll und ganz zu Ihrer Verfügung, falls Sie darauf zurückgreifen wollen. Ich denke, ich habe nun alles gesehen, was ich in diesem Hause sehen wollte; woanders kann ich meine Zeit wohl nutzbringender verwenden. *Au revoir*, und viel Glück!«

Aus einer Vielzahl unscheinbarer Anzeichen, die jedem anderen als mir wohl entgangen wären, schloß ich, daß Holmes auf einer heißen Spur war. Mochte er auch einem zufälligen Beobachter so teilnahmslos wie immer erscheinen, verrieten mir seine heller gewordenen Augen und die energischeren Bewegungen jedoch eine verhaltene Ungeduld und eine gewisse Angespanntheit, die keinen Zweifel daran ließen, daß er sein

Wild aufgestöbert hatte. Er sagte nichts, das war so seine Art; meine war es, daß ich keine Fragen stellte. Ich war es zufrieden, an der Hatz teilzunehmen und meinen bescheidenen Beitrag zu leisten, wenn es galt, das Wild zu stellen, doch ich vermied es, dieses angespannt arbeitende Gehirn durch unnötige Unterbrechungen zu stören. Zu gegebener Zeit würde ich alles erfahren.

Ich wartete also, doch zu meiner ständig wachsenden Enttäuschung wartete ich vergeblich. Ein Tag nach dem anderen verstrich, ohne daß mein Freund irgendwelche Schritte unternommen hätte. Einen Vormittag verbrachte er in der Stadt, wo er, wie ich beiläufig erfuhr, das British Museum besucht hatte. Von diesem einen Ausflug abgesehen, verbrachte er seine Tage mit langen, meist einsamen Spaziergängen, oder er plauderte mit einigen Klatschmäulern aus dem Dorf, mit denen er Umgang pflegte.

»Ich bin überzeugt, Watson, eine Woche auf dem Lande wird von unschätzbarem Wert für Sie sein«, sagte er. »Es ist so wohltuend, mal wieder die ersten grünen Triebe an den Hekken und die Kätzchen an den Haselsträuchern zu sehen. Mit einem Spaten, einer Botanisierbüchse und einem Pflanzenbestimmungsbuch versehen, kann man hier lehrreiche Tage verbringen.« Er selbst streifte tatsächlich solchermaßen ausgerüstet durch die Gegend; die Ausbeute an Pflanzen, die er des abends nach Hause brachte, nahm sich indes recht kläglich aus.

Auf unseren Streifzügen begegneten wir hin und wieder auch Inspektor Baynes, dessen dickes, rotes Gesicht sich zu einem Lächeln verzog und dessen Äuglein aufleuchteten, wenn er meinen Gefährten begrüßte. Er ließ wenig über den Fall verlauten, aber diesem wenigen konnte man entnehmen, daß auch er mit dem Gang der Dinge keineswegs unzufrieden war. Dennoch muß ich gestehen, daß ich ein wenig überrascht war, als ich fünf Tage nach dem Verbrechen meine Morgenzeitung aufschlug und da in großen Lettern geschrieben fand:

Das Rätsel von Oxshott
Lösung in Sicht
Mutmasslicher Mörder gefasst

Holmes fuhr wie von der Tarantel gestochen von seinem Stuhl auf, als ich ihm diese Schlagzeile vorlas.

»Beim Zeus!« rief er aus. »Soll das heißen, daß Baynes ihn erwischt hat?«

»Allem Anschein nach«, erwiderte ich, indem ich die folgende Meldung überflog:

> Großes Aufsehen erregte in Esher und Umgebung die Nachricht, daß gestern spät abends eine Verhaftung in Zusammenhang mit dem Mord von Oxshott erfolgt sei. Unsere Leser werden sich daran erinnern, daß vor einigen Tagen Mr. Garcia von *Wisteria Lodge* tot auf der Allmende von Oxshott aufgefunden wurde, wobei sein Leichnam Spuren brutalster Gewaltanwendung aufwies, und daß in derselben Nacht sein Diener und sein Koch die Flucht ergriffen, was darauf hinzudeuten schien, daß sie an dem Verbrechen beteiligt waren. Es wurden Vermutungen laut, die jedoch nie bewiesen werden konnten, der Verstorbene habe möglicherweise Wertgegenstände in seinem Hause verwahrt, deren Entwendung das Motiv für das Verbrechen gewesen sein könnte. Inspektor Baynes, in dessen Händen der Fall liegt, hat nichts unversucht gelassen, das Versteck der Flüchtigen ausfindig zu machen, wobei er sich von der wohlbegründeten Annahme leiten ließ, daß sie nicht sehr weit geflohen waren, sondern sich in irgendeinem für diesen Fall vorbereiteten Schlupfwinkel versteckt hielten. Die Entdeckung der beiden war indes von Anfang an abzusehen, da der Koch nach Aussagen von ein oder zwei Handelsreisenden, die ihn einmal zufällig durchs Fenster gesehen hatten, ein Mann von äußerst auffallender Erscheinung ist – es handelt sich um einen

riesigen, monströs aussehenden Mulatten mit einem gelblichen Gesicht von stark negroidem Einschlag. Dieser Mann wurde nach dem Verbrechen noch einmal gesehen, da er die Unverfrorenheit hatte, noch an demselben Abend wieder in *Wisteria Lodge* aufzutauchen, wo er von Constable Walters entdeckt und verfolgt wurde. Inspektor Baynes, der davon ausging, daß dieser Besuch nicht ohne eine bestimmte Absicht erfolgt war und sich deshalb vermutlich wiederholen würde, ließ das Haus sogleich räumen, legte jedoch ein paar seiner Leute im Gebüsch in den Hinterhalt. Der Mann ging in die Falle und wurde gestern abend nach einem Handgemenge, in dessen Verlauf der Wilde Constable Downing eine üble Bißwunde beibrachte, festgenommen. Wie verlautet, soll der Gefangene dem Richter vorgeführt und ein polizeilicher Antrag auf Untersuchungshaft gegen ihn gestellt werden; man erhofft sich von dieser Festnahme Entwicklungen von großer Tragweite.

»Wir müssen unbedingt sofort zu Baynes«, rief Holmes und griff nach seinem Hut. »Wir können ihn gerade noch abfangen, ehe er aufbricht.« Wir eilten die Dorfstraße entlang, und wie erwartet trafen wir den Inspektor im Begriff, sein Quartier zu verlassen.

»Schon die Zeitung gelesen, Mr. Holmes?« fragte er und streckte uns ein Exemplar entgegen.

»Ja, Baynes, ich habe sie gelesen. Halten Sie mich bitte nicht für anmaßend, aber ich möchte Ihnen eine freundschaftliche Warnung erteilen.«

»Eine Warnung, Mr. Holmes?«

»Ich habe mich recht eingehend mit diesem Fall befaßt, und ich bin gar nicht überzeugt, daß Sie auf dem rechten Weg sind. Ich möchte nicht, daß Sie sich zu weit vorwagen, es sei denn, Sie sind sich ganz sicher.«

»Sehr freundlich von Ihnen, Mr. Holmes.«

»Ich versichere Ihnen, ich will nur Ihr Bestes.«

Einen Moment lang schien es mir, als ob etwas wie ein Zwinkern über eines von Mr. Baynes' winzigen Äuglein huschte.

»Wir hatten vereinbart, Mr. Holmes, daß jeder von uns seinen eigenen Weg verfolgt; und genau das tu ich auch.«

»Oh, sehr wohl«, sagte Holmes. »Nichts für ungut.«

»Schon recht, Sir; ich bin überzeugt, daß Sie es gut mit mir meinen. Aber jeder hat nun mal so seine eigenen Methoden, Mr. Holmes. Sie haben die Ihren, und, wer weiß, vielleicht habe ich die meinen.«

»Wir wollen kein Wort mehr darüber verlieren.«

»Ich will Ihnen gern das Neueste berichten, jederzeit. Dieser Bursche ist ein Wilder, wie er im Buche steht; stark wie ein Zugpferd und grimmig wie der Teufel. Er hat Downing fast den Daumen durchgebissen, bis sie ihn endlich überwältigt hatten. Er spricht so gut wie kein Wort Englisch, alles, was wir aus ihm herausbekommen, sind ein paar Grunzlaute.«

»Und Sie glauben, beweisen zu können, daß er seinen ehemaligen Herrn ermordet hat?«

»Das habe ich nicht gesagt, Mr. Holmes; das habe ich nicht gesagt. Wir alle haben unsere kleinen Tricks. Versuchen Sie's auf Ihre Art, und ich versuch's auf meine. So hatten wir es abgemacht.«

Holmes zuckte die Achseln, als wir gingen.

»Ich werde aus dem Mann nicht schlau. Er scheint mit offenen Augen ins Unglück zu rennen. Nun, jeder von uns muß es wohl auf seine Art versuchen, wie er zu sagen pflegt, und schauen, was dabei herauskommt. Aber dennoch ist da was an diesem Inspektor Baynes, das ich nicht ganz verstehe.«

»Nehmen Sie doch gleich mal Platz in diesem Stuhl da, Watson«, sagte Sherlock Holmes, als wir wieder in unserem Logis im *Bull* angelangt waren. »Ich möchte Sie über den Stand der Dinge informieren, da ich heute abend womöglich Ihre Hilfe brauche. Lassen Sie mich Ihnen die Entwicklung dieses Falles darlegen, soweit ich diese nachzuzeichnen vermag. So simpel der Fall in seinen Hauptzügen auch anmuten mag, so birgt er doch ungeahnte Schwierigkeiten im Hinblick auf eine Verhaftung. In dieser Beziehung gilt es noch einige Lücken zu füllen.

Wenden wir uns nochmals dem Brief zu, der Garcia am Abend seines Todes übergeben wurde. Die Theorie von Baynes, daß Garcias Diener etwas mit der Sache zu tun haben sollten, können wir ruhig übergehen. Der Beweis für ihre Unrichtigkeit liegt darin, daß Garcia selbst den Besuch von Scott Eccles in seinem Hause arrangiert hat, was sich nur dadurch erklären läßt, daß er sich ein Alibi beschaffen wollte. Folglich war es Garcia, der in jener Nacht etwas vorhatte, und zwar allem Anschein nach etwas Verbrecherisches, bei dessen Ausführung er dann den Tod fand. Ich sage ›verbrecherisch‹, weil nur ein Mann mit verbrecherischen Absichten den Wunsch hat, für ein Alibi zu sorgen. Wer also kommt dann am ehesten für den Mord an ihm in Frage? Doch wohl diejenige Person, gegen die der verbrecherische Anschlag gerichtet war. So weit, scheint mir, bewegen wir uns auf sicherem Boden.

Damit wird nun aber auch ein Grund für das Verschwinden von Garcias Dienerschaft ersichtlich. Sie waren *alle drei* Komplizen bei diesem uns unbekannten Verbrechen. Klappte die Sache und kehrte Garcia zurück, so würde die Aussage des englischen Gentleman jeglichen Verdacht entkräften, und alles wäre in Ordnung. Indes, das Unternehmen war gefährlich, und kehrte Garcia innerhalb einer festgelegten Zeit nicht zurück, so mußte angenommen werden, daß er selbst ums Leben gekommen war. Für diesen Fall hatten sie deshalb vereinbart, daß sich die beiden Bediensteten an einen vorher bestimmten Ort begeben sollten, wo sie vor den Ermittlungen der Polizei in Sicherheit und außerdem in der Lage wären, den Anschlag später zu wiederholen. Das würde die vorliegenden Fakten doch umfassend erklären, nicht wahr?«

Das ganze Durcheinander begann sich vor meinem geistigen Auge zu entwirren, und ich fragte mich, wie jedesmal, warum mir dies alles nicht längst schon klar gewesen war.

»Aber warum sollte einer der Diener zurückkommen?«

»Man könnte sich vorstellen, daß er in der Aufregung der

Flucht etwas Kostbares, etwas, von dem er sich nicht trennen konnte, zurückgelassen hat. Dies würde seine Hartnäckigkeit erklären, denken Sie nicht?«

»Nun ja, und was kommt als nächstes?«

»Als nächstes kommt der Brief, den Garcia während des Abendessens erhalten hat. Er verweist auf einen Verbündeten auf der anderen Seite. Es fragt sich bloß, wo diese andere Seite ist. Ich habe Ihnen bereits dargelegt, daß es sich um ein großes Haus handeln muß und daß die Anzahl großer Häuser begrenzt ist. Die ersten paar Tage hier in diesem Dorf verbrachte ich mit einer Reihe von Spaziergängen, auf denen ich – in den Pausen zwischen meinen botanischen Studien – alle großen Häuser in der Umgebung auskundschaftete und die Familiengeschichte ihrer Bewohner unter die Lupe nahm. Ein Haus, ein einziges nur, erregte meine Aufmerksamkeit. Es war der berühmte, alte, im Stile Jakobs des Ersten erbaute Landsitz *High Gable*, der eine Meile hinter Oxshott und weniger als eine halbe Meile vom Schauplatz der Tragödie entfernt liegt. Die anderen Landhäuser gehören alle prosaischen, ehrbaren Leuten, die ein Leben fern aller Abenteuerlichkeit führen. Mr. Henderson von *High Gable* jedoch ist nach allem, was man so hört, ein merkwürdiger Mann, dem merkwürdige Erlebnisse durchaus widerfahren könnten. Ich konzentrierte also meine Aufmerksamkeit auf ihn und seine Hausgenossen.

Ein eigenartiges Grüppchen, das kann ich Ihnen sagen, Watson – und der Mann selbst ist der eigenartigste von allen. Es gelang mir, unter einem plausiblen Vorwand bei ihm vorzusprechen, aber im grüblerischen Blick seiner dunklen, tiefliegenden Augen glaubte ich lesen zu können, daß er sich über den wahren Grund meines Besuches völlig im klaren war. Er ist ein kräftiger und energischer Mann um die fünfzig mit eisengrauem Haar, dicken, buschigen, schwarzen Augenbrauen, dem Gang eines Hirsches und dem Auftreten eines Imperators – ein gefährlicher, herrischer Mensch, hinter dessen pergamentenem Gesicht der Jähzorn lauert. Henderson ist entweder Ausländer oder hat längere Zeit in den Tropen gelebt, denn er wirkt gelblich und ausgedörrt, ist aber zäh wie Peitschenleder. Sein Freund und Sekretär, Mr. Lucas, ist ohne jeden Zweifel Ausländer; er ist schokoladenbraun, durchtrieben, glatt und katzenhaft, seine Sprechweise ist von giftiger Sanftheit. Sie sehen, Watson, jetzt haben wir bereits zwei Gruppen von Ausländern – eine in *Wisteria Lodge* und eine in *High Gable* –, womit sich die Lücken allmählich schließen.

Diese beiden Männer, zwischen denen eine enge und vertraute Freundschaft besteht, bilden das Zentrum des Haushalts; daneben gibt es aber eine Person, die in unserem speziellen Zusammenhang vielleicht noch wichtiger ist. Henderson hat zwei Kinder, Mädchen im Alter von elf und dreizehn Jahren, und eine Miss Burnet, eine Engländerin von ungefähr vierzig Jahren, ist ihre Gouvernante. Zudem gibt es da noch einen ergebenen Diener. Diese kleine Gruppe bildet die Familie im engeren Sinn, denn sie reisen gemeinsam in der Welt umher, und Henderson ist ein großer Reisender, ein Mensch, der immer auf dem Sprung ist. Erst vor ein paar Wochen ist er, nach einjähriger Abwesenheit, wieder nach *High Gable* zurückgekehrt. Beizufügen wäre noch, daß er enorm reich ist und jegliche seiner Launen mit Leichtigkeit befriedigen kann. Im übrigen wimmelt es in dem Haus von Dienern, Lakaien, Dienstmädchen und dem sonstigen überfütterten, unterbeschäftigten Personal eines englischen Landhauses.

All dies habe ich teils durch Dorfklatsch, teils durch eigene Beobachtung in Erfahrung gebracht. Es gibt kein willigeres Werkzeug als einen entlassenen, von Groll erfüllten Diener, und ich hatte das Glück, so einen aufzugabeln. Ich rede von Glück, aber natürlich wäre es mir kaum über den Weg gelaufen, wenn ich nicht danach Ausschau gehalten hätte. Jeder hat so seine Methode, wie Baynes zu sagen pflegt. Und meiner Methode ist es zu verdanken, daß ich John Warner, den ehemaligen Gärtner von *High Gable*, aufgegabelt habe, der von seinem anmaßenden Brotherrn in einer Aufwallung von Zorn gefeuert worden war. Er wiederum hatte Freunde unter dem Hauspersonal, das dem Herrn ohne Ausnahme mit Furcht und Abscheu gegenübersteht. Und damit hatte ich meinen Schlüssel zu den Geheimnissen des Hauses.

Seltsame Leute, Watson! Ich will nicht behaupten, daß mir schon alles bis ins letzte klar ist, aber seltsame Leute sind sie allemal. Das Haus hat zwei Flügel, und die Dienerschaft lebt in dem einen, die Familie im anderen. Die beiden Gruppen kommen nicht miteinander in Berührung, mit Ausnahme von Hendersons Leibdiener, welcher der Familie das Essen serviert. Alles wird zu einer bestimmten Tür gebracht, der einzigen Verbindung zwischen den beiden Hausteilen. Die Gouvernante und die Kinder gehen kaum je außer Haus, es sei denn in den Garten. Henderson macht keinen Schritt ohne Begleitung. Sein dunkler Sekretär ist wie sein Schatten. Unter der Dienerschaft wird gemunkelt, der Hausherr habe eine entsetzliche Furcht vor irgend etwas. ›Hat dem Teufel für Geld seine Seele verkauft‹, sagt Warner, ›und fürchtet sich jetzt, daß sein Gläubiger auftaucht und sein Eigentum verlangt.‹ Niemand hat die leiseste Ahnung, woher diese Leute kommen oder wer sie sind. Sie sind äußerst gewalttätig. Henderson ist schon zweimal mit der Hundepeitsche auf jemanden losgegangen, und nur sein voller Geldbeutel und großzügige Abfindungen haben verhindert, daß er vor Gericht kam.

Und nun, Watson, wollen wir unsern Fall einmal im Licht dieser neuen Informationen betrachten. Es ist so gut wie sicher, daß der Brief aus diesem merkwürdigen Haus kam und eine Aufforderung an Garcia war, einen bereits geplanten Anschlag auszuführen. Wer hat diese Mitteilung geschrieben? Es war jemand im Innern der Festung, und es war eine Frau. Wer anderes kann es gewesen sein als Miss Burnet, die Gouvernante? All unsere Überlegungen scheinen in diese Richtung zu weisen. Auf jeden Fall dürfen wir dies als Hypothese annehmen und schauen, was für Konsequenzen sich daraus ergeben würden. Ich darf hinzufügen, daß meine erste Vermutung, es könnte eine Liebesgeschichte in diese Sache hineinspielen, aufgrund des Alters und der Wesensart von Miss Burnet mit Sicherheit als nichtig ausgeschlossen werden kann.

Wenn sie die Nachricht geschrieben hat, so war sie vermutlich eine Freundin und Verbündete von Garcia. Wie dürfte sie sich also verhalten haben, als sie von seinem Tod erfuhr? Falls seine Unternehmung eine verbrecherische war, so kam wohl kein Wort über ihre Lippen. In ihrem Herzen blieben aber gleichwohl Bitternis und Haß gegen diejenigen zurück, die ihn getötet hatten, und soweit dies in ihrer Macht stünde, würde sie wohl helfen, ihn zu rächen. Könnten wir sie also aufsuchen und für unsere Zwecke einzuspannen versuchen? Dies waren meine ersten Gedanken. Aber damit kommen wir zu einem düsteren Kapitel. Miss Burnet ist seit der Mordnacht von keiner Menschenseele mehr gesehen worden. Sie ist seit jenem Abend wie vom Erdboden verschwunden. Lebt sie überhaupt noch? Hat sie vielleicht in derselben Nacht den Tod gefunden wie ihr Freund, den sie herbeigerufen hatte? Oder wird sie lediglich gefangengehalten? Das ist der Punkt, den wir noch klären müssen.

Ermessen Sie die Schwierigkeit der Lage, Watson. Wir haben keinerlei Handhabe für einen Haussuchungsbefehl. Unsere ganze Theorie würde einem Richter wohl als Hirngespinst erscheinen. Das Verschwinden der Frau hat kein Gewicht, da es in diesem seltsamen Haushalt durchaus vorkommen kann, daß eines seiner Mitglieder eine Woche lang unsichtbar bleibt. Und doch könnte es sein, daß sie sich jetzt in diesem Augenblick in Lebensgefahr befindet. Doch ich kann nichts anderes tun, als das Haus im Auge zu behalten und meinen Agenten Warner beim Tor Wache halten zu lassen. Aber wir können es nicht dulden, daß eine derartige Situation andauert. Wenn das Gesetz nichts tun kann, so müssen wir eben auf eigene Gefahr handeln.«

»Was schlagen Sie vor?«

»Ich weiß, wo ihr Zimmer liegt. Es ist vom Dach eines Nebengebäudes aus erreichbar. Mein Vorschlag ist, daß Sie und ich heute abend dorthin gehen und ins Zentrum des Rätsels vorzudringen versuchen.«

Ich muß gestehen, daß mich diese Aussicht wenig lockte. Das alte Haus mit seiner mordschwangeren Atmosphäre, seine eigenartigen und furchterregenden Bewohner, die unbekannten Gefahren auf dem Weg dorthin und die Tatsache, daß wir uns rechtlich gesehen in eine schiefe Lage brachten, dies alles wirkte zusammen und dämpfte meinen Eifer doch erheblich. Aber es lag etwas in Holmes' messerscharfer Argumentationsweise, das es unmöglich machte, von einer Unternehmung, die ihm wichtig schien, Abstand zu nehmen. Man wußte einfach, daß sich so, und nur so, eine Lösung finden würde. Ich drückte ihm also schweigend die Hand, und damit waren die Würfel gefallen.

Doch sollte unseren Ermittlungen kein so abenteuerliches Ende beschieden sein. Es war ungefähr fünf Uhr, und der Märzabend begann schon hereinzubrechen, als ein aufgeregter Mann in ländlichem Aufzug zu uns ins Zimmer stürzte.

»Sie sind weg, Mr. Holmes. Sie sind mit dem letzten Zug gefahren. Die Lady hat sich losgerissen; ich hab sie unten in 'ner Droschke.«

»Ausgezeichnet, Warner!« rief Holmes, von seinem Stuhl aufspringend. »Watson, die Lücken schließen sich zusehends.«

In der Droschke saß eine Frau, die vor nervlicher Erschöpfung beinahe zusammenbrach. Ihr adlerartiges, ausgezehrtes Gesicht trug die Spuren einer eben erst durchlittenen Tragödie. Ihr Kopf lag matt auf ihrer Brust, als sie ihn aber hob und ihren trüben Blick uns zuwandte, bemerkte ich, daß ihre Pupillen wie winzige Punkte in einer großen, grauen Iris schwammen. Sie stand unter der Wirkung von Opium.

»Ich hab aufgepaßt am Tor, genau wie Sie mich geheißen haben, Mr. Holmes«, sagte unser Kundschafter, der entlassene Gärtner. »Als der Wagen herauskam, bin ich ihm zum Bahnhof gefolgt. Sie war wie eine Schlafwandlerin, aber als sie dann versucht haben, sie in den Zug zu kriegen, ist sie plötzlich lebendig geworden und hat sich gewehrt. Sie haben sie in ein Abteil gestoßen, aber sie konnte sich wieder herauskämpfen. Da hab ich ihr geholfen, sie in eine Droschke gesetzt, und da wären wir nun. Das Gesicht am Fenster des Abteils, als ich mit ihr weggefahren bin, das werd ich mein Lebtag nicht vergessen. Ich hätt wohl nicht mehr lange zu leben, wenn's nach ihm ginge, dem schwarzäugigen, scheelen gelben Teufel dem!«

Wir trugen Miss Burnet nach oben, legten sie auf das Sofa, und ein paar Tassen sehr starken Kaffees befreiten ihren Geist bald aus der Benebelung durch das Rauschgift. Holmes hatte Baynes herbeirufen lassen und ihm die Situation in aller Kürze erklärt.

»Nun, Sir, damit verschaffen Sie mir genau die Zeugenaussage, die mir noch gefehlt hat«, sagte der Inspektor mit Wärme und schüttelte meinem Freund die Hand. »Ich war von Anfang an auf derselben Fährte wie Sie.«

»Was? Sie waren hinter Henderson her?«

»Nun, Mr. Holmes, als Sie in *High Gable* im Gebüsch herumgekrochen sind, habe ich in der angrenzenden Schonung auf einem Baum gesessen und auf Sie hinabgeschaut. Es ging nur noch darum, wer von uns als erster einen Beweis in der Hand haben würde.«

»Aber weshalb haben Sie dann den Mulatten festnehmen lassen?«

Baynes schmunzelte.

»Ich war mir sicher, daß Henderson, wie der Mann sich nennt, ahnte, daß man ihn verdächtigte, und, solange er sich in Gefahr fühlte, ruhig bleiben und keine weiteren Schritte unternehmen würde. Ich ließ den falschen Mann festnehmen, damit er sich in dem Glauben wiegte, wir kümmerten uns nicht mehr um ihn. Ich rechnete damit, daß er sich dann verdrücken würde und wir eine Chance hätten, an Miss Burnet heranzukommen.«

Holmes legte dem Inspektor die Hand auf die Schulter.

»Sie werden es weit bringen in Ihrem Beruf; Sie haben Instinkt und Intuition«, sagte er.

Baynes errötete vor Freude.

»Ich hatte die ganze Woche über einen Beamten in Zivil am Bahnhof stehen. Wo immer die Leute von *High Gable* hingehen mögen, er wird sie nicht aus den Augen verlieren. Aber er muß sich in einer Zwickmühle gefühlt haben, als Miss Burnet sich losgerissen hat. Nun, wie dem auch sei, Ihr Mann hat sie ja dann aufgegabelt, und die Sache ist gut ausgegangen. Ohne ihre Aussage können wir keine Verhaftung vornehmen, so viel steht fest; je eher sie also sprechen kann, desto besser.«

»Sie kommt mit jeder Minute mehr zu Kräften«, sagte Holmes mit einem Blick auf die Gouvernante. »Aber sagen Sie mir, Baynes, wer ist denn dieser Henderson?«

»Henderson«, erwiderte der Inspektor, »ist Don Murillo, einstmals genannt ›Der Tiger von San Pedro‹.«

Der Tiger von San Pedro! Blitzartig fiel mir die ganze Geschichte dieses Mannes wieder ein. Den Namen hatte er sich erworben als sittenlosester und blutrünstigster Tyrann, der je ein Land, das sich zur Zivilisation zählte, regiert hatte. Stärke, Furchtlosigkeit und Tatkraft waren die Tugenden, dank denen es ihm gelang, einem sich ohnmächtig duckenden Volk zehn oder zwölf Jahre lang eine Herrschaft des abscheulichsten Lasters aufzuzwingen. Er war der Schrecken ganz Zentralamerikas. Schließlich kam es zu einer allgemeinen Erhebung gegen ihn. Doch war er ebenso gerissen wie grausam, und bei den ersten Gerüchten von aufkommenden Unruhen ließ er insgeheim all seine Schätze auf ein mit getreuen Anhängern bemanntes Schiff bringen. Der Palast, den die Aufständischen tags darauf stürmten, war leer. Der Diktator, seine zwei Kinder, sein Sekretär und all seine Reichtümer waren ihnen entwischt. Von jenem Tag an war er wie vom Erdboden verschluckt, und seine Identität hatte in der europäischen Presse seither des öftern zu Spekulationen Anlaß gegeben.

»Jawohl, Sir, Don Murillo, der Tiger von San Pedro«, wiederholte Baynes. »Wenn Sie nachschlagen, so werden Sie herausfinden, daß die Nationalfarben von San Pedro Grün und Weiß sind, dieselben Farben wie in der Nachricht, Mr. Holmes. Henderson hat er sich genannt, aber ich hab seine Spur zurückverfolgt, über Paris, Rom und Madrid bis nach Barcelona, wo sein Schiff anno 86 angekommen ist. Die ganze Zeit über haben sie ihn gesucht, um Rache an ihm zu nehmen, aber erst kürzlich sind sie ihm auf die Schliche gekommen.«

»Aufgespürt haben sie ihn schon vor einem Jahr«, sagte Miss Burnet, die sich aufgesetzt hatte und dem Gespräch aufmerksam folgte. »Es wurde schon einmal ein Anschlag auf ihn verübt, aber irgendein böser Dämon muß ihn beschützt haben. Und auch jetzt wieder ist es der edle, wackere Garcia, der sein Leben lassen mußte, während dieses Ungeheuer unversehrt davongekommen ist. Aber ein anderer wird kommen, und danach wieder ein anderer, bis der Gerechtigkeit eines Tages Genüge getan ist; das weiß ich so gewiß, wie daß die Sonne morgen wieder aufgeht.« Ihre mageren Hände ballten sich zu Fäusten, und ihr abgezehrtes Gesicht wurde weiß vor leidenschaftlichem Haß.

»Aber was haben denn Sie mit dieser Sache zu tun, Miss Burnet?« fragte Holmes. »Wie kommt eine englische Lady dazu, sich an einem solch mörderischen Unternehmen zu beteiligen?«

»Ich nehme daran teil, weil es auf dieser Welt keinen anderen Weg gibt, Gerechtigkeit zu erlangen. Was schert sich das englische Gesetz um die Ströme von Blut, die vor Jahren in San Pedro vergossen wurden, oder um die Schiffsladung von Schätzen, die dieser Mann gestohlen hat? Für euch ist es, als seien diese Verbrechen auf einem anderen Stern begangen worden. *Wir* aber wissen Bescheid. Wir haben durch Kummer und Leid die Wahrheit erfahren. Für uns gibt es in der Hölle keinen Teufel wie Juan Murillo – und hier auf Erden keinen Seelenfrieden, solange seine Opfer nach Vergeltung schreien.«

»Er war bestimmt genau so, wie Sie sagen«, warf Holmes ein. »Ich habe das Schlimmste über ihn gehört. Aber inwiefern sind Sie davon betroffen?«

»Ich will Ihnen alles erzählen. Es gehörte zur Politik dieses Scheusals, jeden Mann, der sich dereinst zu einem ernstzunehmenden Rivalen entwickeln könnte, unter dem einen oder anderen Vorwand aus dem Weg zu räumen. Mein Gatte – ja, mein richtiger Name ist Señora Victor Durando – war der Gesandte von San Pedro in London. Dort haben wir uns kennengelernt und geheiratet. Nie hat ein edlerer Mann als er auf

Erden gelebt. Unseligerweise aber hörte Murillo von seinen hervorragenden Qualitäten, berief ihn unter einem Vorwand zurück und ließ ihn erschießen. Sein Schicksal vorausahnend, hatte er es abgelehnt, mich mitzunehmen. Sein Vermögen wurde konfisziert, mir blieb nichts als ein Notgroschen und ein gebrochenes Herz.

Dann kam der Sturz des Tyrannen. Er entwischte genau so, wie Sie es eben geschildert haben. Aber all die Unzähligen, deren Leben er zerstört hatte, deren Nächste und Liebste unter seinen Händen Folter und Tod erlitten hatten, waren nicht gewillt, die Sache auf sich beruhen zu lassen. Sie schlossen sich zu einem Bund zusammen, der nicht eher aufgelöst werden sollte, als bis das Werk vollbracht war. Sobald wir hinter der Maske von Henderson den gefallenen Despoten ausgemacht hatten, fiel mir die Aufgabe zu, mich in seinen Haushalt einzuschleichen und die anderen über jede seiner Bewegungen auf dem laufenden zu halten. Dies gelang mir, indem ich mir die Stellung als Gouvernante in seinem Hause verschaffte. Er hatte nicht die geringste Ahnung, daß die Frau, die ihm bei allen Mahlzeiten gegenübersaß, die Gattin eines Mannes war, dessen Lebenslicht er von einer Stunde auf die andere ausgelöscht hatte. Ich zeigte ihm ein lächelndes Gesicht, kam meinen Pflichten gegenüber den Kindern nach und wartete, bis die Zeit reif wäre. Ein erster Anschlag wurde in Paris auf ihn verübt und mißlang. Darauf reisten wir in hektischem Zickzack durch ganz Europa, um die Verfolger abzuschütteln, und kehrten schließlich in dieses Haus zurück, das er bei seinem ersten Aufenthalt in England erworben hatte.

Aber auch hier warteten die Sachwalter der Gerechtigkeit auf ihn. Garcia, welcher der Sohn des ehemaligen obersten Würdenträgers von San Pedro ist, wußte wohl, daß er hierher zurückkehren würde, und erwartete ihn zusammen mit zwei getreuen Gefährten niederen Standes, die von demselben Feuer der Rache beseelt waren wie er. Tagsüber ließ sich nicht viel ausrichten, denn Murillo war überaus vorsichtig und ging ohne seinen Trabanten Lucas, oder vielmehr Lopez, wie dieser sich in den Tagen seiner Machtfülle noch genannt hatte, nie aus. Nachts jedoch schlief er allein, und dann konnte ein Rächer Hand an ihn legen. An einem bestimmten, vorher vereinbarten Abend übersandte ich meinem Freund die letzten Instruktionen, denn der Mann war ständig auf der Hut und wechselte öfters das Schlafzimmer. Ich sollte dafür besorgt sein, daß alle Türen offen waren, und ein grünes oder weißes Licht in einem Fenster, das auf die Einfahrt blickte, sollte ihm signalisieren, ob alles in Ordnung war oder ob der Anschlag besser auf einen späteren Zeitpunkt verschoben werden sollte.

Doch es ging alles schief. Aus irgendeinem Grund hatte ich den Verdacht des Sekretärs Lopez erregt. Er schlich mir nach und stürzte sich auf mich, als ich eben meine Mitteilung fertiggeschrieben hatte. Er und sein Gebieter schleiften mich in mein Zimmer, wo sie über mich zu Gericht saßen und mich des Verrats schuldig befanden. Sie hätten mich wohl auf der Stelle mit ihren Messern durchbohrt, wenn sie eine Möglichkeit gesehen hätten, sich den Folgen einer solchen Tat zu entziehen. Endlich, nach langen Erörterungen, kamen sie zu dem Schluß, daß meine Ermordung zu gefährlich wäre. Sie beschlossen jedoch, sich Garcias ein für allemal zu entledigen. Sie hatten mich geknebelt, und Murillo verdrehte mir den Arm, bis ich ihnen die Adresse verriet. Bei meiner Seele, er hätte ihn mir gleich ganz abdrehen können, hätte ich gewußt, was Garcia bevorstand. Lopez schrieb die Adresse auf den Brief, den ich verfaßt hatte, versiegelte ihn mit Hilfe seines Manschettenknopfes und ließ ihn durch José, den Diener, überbringen. Wie sie ihn ermordet haben, weiß ich nicht; sicher ist nur, daß er durch Murillos Hand gefallen ist, denn Lopez war bei mir geblieben, um mich zu bewachen. Ich nehme an, er hat ihm bei den Stechginsterbüschen, zwischen denen der Weg sich hindurchschlängelt, aufgelauert, und als Garcia da vorbeikam, hat er ihn niedergemacht. Zuerst hatten sie vor, ihn das Haus betreten zu lassen und ihn als auf frischer Tat ertappten Einbrecher zu töten; dann überlegten sie sich jedoch, daß im Falle einer polizeilichen Untersuchung ihre wahre Identität unweigerlich ans Licht der Öffentlichkeit käme, wodurch sie weiteren Anschlägen ausgesetzt würden. Von Garcias Tod erhofften sie sich allerdings auch eine abschreckende Wirkung auf andere und somit das Ende ihrer Nachstellungen.

Damit wäre für sie nun alles in Ordnung gewesen, hätten sie nicht in mir eine Mitwisserin ihrer Tat gehabt. Ich habe keinen Zweifel, daß mein Leben zu Zeiten an einem dünnen Faden hing. Sie sperrten mich in meinem Zimmer ein, versetzten mich mit entsetzlichsten Drohungen in Angst und Schrecken, mißhandelten mich aufs grausamste, um meinen Lebensmut zu brechen – sehen Sie nur diese Stichwunde hier in meiner Schulter und die blauen Flecke, mit denen meine Arme von oben bis unten bedeckt sind –, und als ich einmal aus dem Fenster um Hilfe zu rufen versuchte, stopften sie mir einen Knebel in den Mund. Fünf Tage lang währte diese furchtbare Gefangenschaft, und ich erhielt kaum genug Nahrung, um Leib und Seele zusammenzuhalten. Heute nachmittag endlich wurde mir ein gutes Mittagessen gebracht, aber kaum hatte ich es zu mir genommen, spürte ich, daß ihm ein Rauschgift beigemengt worden war. Ich erinnere mich wie im Traum, halb geführt, halb zum Wagen getragen worden zu sein; im selben Zustand wurde ich zum Zug geschafft. Erst da, als die Räder sich schon beinah in Bewegung setzten, kam mir plötzlich zum Bewußtsein, daß ich selbst meine Freiheit in der Hand hatte. Ich sprang hinaus, sie versuchten, mich zurückzuzerren, und ohne die Hilfe dieses braven Mannes hier, der mich zu einer Droschke führte, wäre es mir nie gelungen, zu entkommen. Nun aber bin ich Gott sei Dank auf immer ihrer Gewalt entronnen.«

Wir alle hatten diesem bemerkenswerten Bericht mit gebannter Aufmerksamkeit gelauscht. Es war Holmes, der schließlich das Schweigen brach.

»Damit sind wir aber noch nicht am Ende unserer Schwierigkeiten«, sagte er kopfschüttelnd. »Die Polizeiarbeit hätten wir zwar abgeschlossen, aber die juristische Arbeit fängt erst an.«

»Genau«, pflichtete ich ihm bei. »Ein spitzfindiger Anwalt könnte die Sache immer noch so drehen, daß sie sich wie ein Akt der Notwehr ausnehmen würde. Mögen auch Hunderte von Verbrechen im Hintergrund liegen, so ist es doch nur dieses eine, für das sie belangt werden können.«

»Ach was«, sagte Baynes munter, »da habe ich aber eine bessere Meinung von unseren Gesetzen. Notwehr ist eine Sache; aber einen Mann kaltblütig in eine Falle zu locken, um ihn zu ermorden, ist eine andere, ganz gleich, was für Gefahren von ihm drohen mögen. Warten Sie's nur ab, wir alle kommen schon zu unserem Recht, wenn wir bei der nächsten Tagung des Geschworenengerichts von Guildford die Bewohner von *High Gable* wiedersehen.«

Es ist indessen eine historische Tatsache, daß es noch eine Weile dauern sollte, bis der Tiger von San Pedro seine verdiente Strafe fand. Dreist und gerissen, wie er und sein Spießgeselle nun mal waren, schüttelten sie ihren Verfolger ab, indem sie eine Pension in der Edmonton Street betraten und durch den Hintereingang, der auf den Curzon Square geht, wieder verließen. Von jenem Tag an wurden sie in England nicht mehr gesehen. Etwa sechs Monate später wurden in Madrid der Marquese von Montalva und sein Sekretär, ein Signor Rulli, in ihrem Zimmer im Hotel Escorial ermordet. Das Verbrechen wurde den Nihilisten zugeschrieben, und die Mörder wurden nie gefaßt. Inspektor Baynes besuchte uns in der Baker Street mit einer gedruckten Beschreibung des dunklen Gesichts des Sekretärs und der herrischen Gesichtszüge, des magnetischen Blicks der schwarzen Augen und der buschigen Augenbrauen seines Herrn. Es gab keinen Zweifel, die Gerechtigkeit hatte die beiden, wenn auch spät, ereilt.

»Ein chaotischer Fall, mein lieber Watson«, sagte Sherlock Holmes bei seiner Abendpfeife. »Es wird Ihnen kaum gelingen, ihn in der gedrängten Form, die Ihnen so sehr am Herzen liegt, zu präsentieren. Er erstreckt sich über zwei Kontinente, umfaßt zwei Gruppen geheimnisumwitterter Personen und wird überdies noch kompliziert durch die äußerst respektable Mitwirkung unseres Freundes Scott Eccles, dessen Einbeziehung davon zeugt, daß der verstorbene Garcia ein talentierter Ränkeschmied und ein Mann mit einem stark entwikkelten Selbsterhaltungstrieb war. Bemerkenswert an diesem Fall ist eigentlich allein die Tatsache, daß inmitten dieses undurchdringlichen Dschungels von Möglichkeiten wir und unser geschätzter Mitarbeiter, der Inspektor, das Wesentliche immer fest im Auge behielten und so dem gekrümmten und gewundenen Pfade folgen konnten. Gibt es noch irgendeinen Punkt, der Ihnen nicht ganz klar ist?«

»Der Grund für die Rückkehr des Mulattenkochs . . .«

»Ich denke, den Anlaß dazu dürfte das seltsame Geschöpf in der Küche gegeben haben. Der Mann war ein primitiver Wilder aus den Urwäldern von San Pedro, und dieser Gegenstand war sein Fetisch. Als er und sein Gefährte zu dem vorher bestimmten Versteck geflüchtet waren, wo zweifellos noch ein weiterer Verbündeter ihrer harrte, hatte ihn sein Gefährte überredet, einen so kompromittierenden Einrichtungsgegenstand zurückzulassen. Der Mulatte hing jedoch so sehr daran, daß es ihn am folgenden Tag zu dem Haus zurücktrieb, wo er aber, als er durchs Fenster spähte, feststellen mußte, daß Constable Walters die Stellung hielt. Er wartete noch einmal drei Tage, dann aber trieb ihn seine Frömmigkeit oder sein Aberglaube zu einem weiteren Versuch. Inspektor Baynes, der mit der ihm eigenen Geriebenheit den Vorfall mir gegenüber heruntergespielt hatte, war sich seiner Bedeutung in Tat und Wahrheit wohl bewußt und stellte dem Mann eine Falle, in die dieser dann auch prompt gegangen ist. Sonst noch etwas, Watson?«

»Dieser zerfetzte Vogel, der Eimer voll Blut, die verkohlten Knochen, all das rätselhafte Zeug in jener schauerlichen Küche.«

Lächelnd schlug Holmes eine Eintragung in seinem Notizbuch auf.

»Ich habe einen Vormittag im *British Museum* verbracht,

um dies und noch ein paar andere Punkte nachzulesen. Dies hier ist ein Zitat aus Eckermanns *Voodoo-Kult und Negerreligionen*:

> Der echte Voodoo-Anhänger nimmt nichts Wichtiges in Angriff, ohne zuvor bestimmte Opfer dargebracht zu haben, deren Zweck es ist, seine unreinen Götter günstig zu stimmen. In extremen Fällen kommt es bei diesen Ritualen zur Opferung von Menschen, verbunden mit Kannibalismus. Gebräuchlichere Opfer sind ein weißer Hahn, der lebendig in Stücke gerissen wird, oder eine schwarze Ziege, der die Kehle durchgeschnitten und deren Körper dann verbrannt wird.

Wie Sie sehen, ist unser wilder Freund bei seinem Ritual also ganz orthodox vorgegangen. Grotesk, Watson«, fügte Holmes hinzu, während er bedächtig sein Notizbuch zuklappte; »aber wie ich bereits die Gelegenheit hatte zu bemerken, vom Grotesken zum Entsetzlichen ist es nur ein Schritt.«

DIE PAPPSCHACHTEL

Bei meiner Auswahl typischer Fälle, welche die außergewöhnlichen geistigen Fähigkeiten meines Freundes Sherlock Holmes illustrieren, habe ich mich soweit als möglich bemüht, denjenigen den Vorrang zu geben, die möglichst wenig Sensationelles enthielten, zugleich aber ein dankbares Feld für die Anwendung seiner Fähigkeiten boten. Unglücklicherweise ist es jedoch ein Ding der Unmöglichkeit, das Sensationelle säuberlich vom Kriminellen zu scheiden, und der Chronist, der es trotzdem versucht, befindet sich ständig in dem Dilemma, daß er entweder gewisse Details, die für seinen Bericht wesentlich sind, beiseite lassen und so einen falschen Eindruck von der Sache vermitteln oder aber Themen behandeln müßte, die ihm der Zufall und nicht seine eigene Wahl an die Hand gegeben hat. Nach diesen einführenden Worten will ich mich nun meinen Notizen zu einem Fall zuwenden, der sich als eine merkwürdige und zugleich außerordentlich verhängnisvolle Verkettung von Ereignissen erweisen sollte.

Es war ein glühendheißer Tag im August. Die Baker Street war wie ein Backofen, und das gleißende Licht der Sonne auf dem gelben Gemäuer des gegenüberliegenden Hauses tat den Augen weh. Kaum zu glauben, daß dies dieselben Mauern waren, die im Winter so düster durch den Nebel lugten. Unsere Rouleaus waren halb heruntergelassen, und Holmes lag mit angezogenen Beinen auf dem Sofa und las zum wiederholten Male einen Brief, den er mit der Morgenpost erhalten hatte. Was mich betrifft, so war ich durch meine Dienstzeit in Indien gegen Hitze besser abgehärtet denn gegen Kälte, und ein Thermometerstand von neunzig konnte mir nichts anhaben. Indes, die Morgenzeitung bot nichts von Interesse. Das Parlament hatte Sommerpause. Alle hatten die Stadt verlassen, und ich sehnte mich nach den Lichtungen des New Forest oder nach dem Strand von Southsea. Mein leeres Bankkonto hatte mich meine Ferien verschieben lassen, und was meinen Gefährten betraf, so vermochte weder das Land noch das Meer auch nur die geringste Anziehungskraft auf ihn auszuüben. Für ihn gab es nichts Schöneres, als inmitten von fünf Millionen Menschen auf der Lauer zu liegen und seine Fäden zu spinnen, die sich überallhin verzweigten und von jedem noch so leisen Gerücht oder Anzeichen eines ungelösten Verbrechens in Schwingungen versetzt wurden. Sinn für die Natur zählte nicht zu seinen vielen Gaben, und er kam einzig dann zu einer Luftveränderung, wenn er seinen Geist vom Bösewicht der Stadt abwandte, um dessen Bruder auf dem Lande nachzustellen.

Da ich den Eindruck hatte, daß Holmes für ein Gespräch mit mir zu absorbiert war, warf ich die unersprießliche Zeitung beiseite, lehnte mich in meinem Lehnstuhl zurück und verfiel in Grübeleien. Plötzlich schreckte mich die Stimme meines Gefährten aus meinen Gedanken auf.

»Sie haben recht, Watson«, sagte er. »Wirklich eine ausgesprochen unsinnige Art, einen Konflikt beizulegen.«

»Ausgesprochen unsinnig!« rief ich aus, doch mit einemmal kam mir zum Bewußtsein, daß er meinen innersten Gedanken ausgesprochen hatte, ich setzte mich in meinem Sessel auf und starrte ihn ungläubig staunend an.

»Was ist das denn, Holmes?« rief ich. »Das übersteigt jetzt aber wirklich mein Vorstellungsvermögen!«

Er lachte herzlich über meine Verblüffung.

»Sie werden sich daran erinnern«, sagte er, »daß ich Ihnen vor nicht allzu langer Zeit jene Passage aus einer von Poes Skizzen vorgelesen habe, wo ein logischer Geist dem unausgesprochenen Gedankengang seines Gefährten folgt, und daß Sie dies als einen Gewaltakt des Autors abtun wollten. Und als ich Ihnen entgegenhielt, genau das sei eine meiner ständigen Gewohnheiten, gaben Sie Ihrem Unglauben Ausdruck.«

»Aber nein, keineswegs.«

»Vielleicht nicht mit Ihrer Zunge, mein lieber Watson, aber

ganz bestimmt mit Ihren Augenbrauen. Und als ich vorhin sah, wie Sie Ihre Zeitung beiseitewarfen und sich von Ihren Gedanken wegtragen ließen, war ich sehr froh, daß sich mir eine Gelegenheit bot, dieselben abzulesen und mich schließlich in sie einzumischen, zum Beweis dafür, daß ich mit Ihnen in Verbindung gestanden hatte.«

Damit war ich jedoch noch keineswegs zufrieden. »In dem Beispiel, das Sie mir vorgelesen haben, war es doch aber so, daß der Logiker seine Schlüsse aus den Handlungen des Mannes zog, den er beobachtete. Wenn ich mich recht erinnere, stolperte dieser über einen Steinhaufen, blickte zu den Sternen auf und dergleichen mehr. Ich hingegen habe die ganze Zeit über ruhig in meinem Stuhl gesessen; was für Hinweise könnte ich Ihnen denn damit gegeben haben?«

»Sie tun sich selber unrecht. Die Gesichtszüge sind dem Menschen verliehen worden, auf daß er damit seine Gefühle ausdrücke, und die Ihren versehen diesen Dienst durchaus getreulich.«

»Wollen Sie damit sagen, Sie hätten mir den Gang meiner Gedanken von den Gesichtszügen abgelesen?«

»Von Ihren Gesichtszügen, und insbesondere von Ihren Augen. Womöglich können Sie sich gar nicht mehr entsinnen, was der Ausgangspunkt Ihrer Tagträumereien war?«

»Nein, das kann ich nicht.«

»Dann will ich es Ihnen sagen. Nachdem Sie die Zeitung beiseitegeworfen hatten – was meine Aufmerksamkeit auf Sie lenkte – saßen Sie eine halbe Minute lang mit ausdruckslosem Gesicht da. Dann heftete sich Ihr Blick auf das frischgerahmte Bild von General Gordon, und aus Ihrem veränderten Gesichtsausdruck konnte ich ersehen, daß eine Gedankenkette ihren Anfang genommen hatte. Sie verfolgten sie jedoch nicht sehr weit. Plötzlich wandte sich Ihr Blick dem ungerahmten Portrait Henry Ward Beechers zu, das dort drüben auf Ihren Büchern steht. Dann glitt Ihr Blick an der Wand hoch, und was das zu bedeuten hatte, war ganz offensichtlich. Sie dachten, mit einem Rahmen wäre dieses Portrait wie geschaffen dafür, den leeren Platz auf der Wand auszufüllen und das Gegenstück zu dem Bild von Gordon da zu bilden.«

»Sie sind mir ja ganz wunderbar gefolgt!« rief ich aus.

»Bis hierhin war es auch kaum möglich fehlzugehen. Nun aber wandten sich Ihre Gedanken wieder Beecher zu, und sie blickten scharf zu ihm hinüber, als wollten Sie seinen Charakter aus seinen Zügen erschließen. Dann verloren Ihre Augen diesen angestrengten Blick wieder, Sie schauten aber noch immer zu ihm hinüber, und Ihr Gesicht wirkte nachdenklich. Sie riefen sich die einzelnen Stationen von Beechers Lebenslauf in Erinnerung. Es war mir klar, daß Ihnen unweigerlich auch jene Mission einfallen würde, die er während des Bürgerkrieges im Auftrag der Nordstaaten erfüllt hatte, denn ich weiß noch gut, wie sehr der Empfang, der ihm seitens des hitzigeren Teiles unserer Bevölkerung zuteil geworden war, Sie entrüstet hatte. Sie hatten sich damals so sehr ereifert, daß ich wußte, Sie würden nicht an Beecher denken können, ohne daß Ihnen diese Sache in den Sinn käme. Als ich dann einen Augenblick später bemerkte, daß Ihr Blick von dem Bild abschweifte, vermutete ich, daß Ihre Gedanken sich dem Bürgerkrieg zugewandt hatten, und als ich den entschlossenen Zug um Ihre Lippen, das Funkeln Ihrer Augen und Ihre zu Fäusten geballten Hände sah, war ich davon überzeugt, daß Sie des Heldenmutes gedachten, den beide Seiten in diesem verzweifelten Kampf bewiesen haben. Dann aber verdüsterte sich Ihre Miene wieder, und Sie schüttelten den Kopf. Sie sinnierten über all das Grauen und Entsetzen, über diesen sinnlosen Verschleiß an Menschenleben. Ihre Hand tastete verstohlen nach Ihrer alten Wunde, und Ihre Lippen verzogen sich zu einem verächtlichen Lächeln, was mir zeigte, daß Ihr Geist sich der Lächerlichkeit einer solchen Methode der Bewältigung internationaler Verwicklungen nicht länger verschließen konnte. An diesem Punkt pflichtete ich Ihnen bei, daß das Ganze unsinnig sei, und stellte mit Vergnügen fest, daß all meine Deduktionen richtig gewesen waren.«

»Absolut richtig«, sagte ich. »Und ich muß Ihnen gestehen,

daß mir die Sache jetzt, da Sie alles erklärt haben, nicht minder verblüffend vorkommt als zuvor.«

»Ein simpler Taschenspielertrick, mein lieber Watson, glauben Sie mir. Ich hätte Sie nicht damit belästigt, hätten Sie sich neulich nicht so ungläubig gezeigt. Aber mir liegt hier ein kleines Problem vor, dessen Lösung sich als schwieriger erweisen dürfte als mein bescheidener Versuch im Gedankenlesen. Ist Ihnen bei der Zeitungslektüre die kurze Notiz aufgefallen, über den außergewöhnlichen Inhalt eines Päckchens, das einer Miss Cushing aus der Cross Street in Croydon mit der Post zugestellt worden ist?«

»Nein, ich habe nichts dergleichen gesehen.«

»Nun, dann muß Sie ihnen entgangen sein. Schmeißen Sie mir doch mal die Zeitung herüber. Hier ist sie ja, direkt unter dem Wirtschaftsteil. Würden Sie so gut sein, sie mir vorzulesen?«

Ich nahm die Zeitung, die er mir wieder hingeworfen hatte, und las den betreffenden Artikel vor. Die Überschrift lautete »Ein grausiges Paket«.

> Miss Susan Cushing, wohnhaft in der Cross Street in Croydon, wurde gestern das Opfer eines Vorfalles, der als außerordentlich geschmackloser Streich betrachtet werden muß, sofern sich nicht herausstellt, daß es damit noch Ernsteres und Grausigeres auf sich hat. Gestern nachmittag um zwei Uhr wurde ihr vom Postboten ein in braunes Packpapier eingeschlagenes Päckchen überbracht. Darin befand sich eine Pappschachtel, die mit grobkörnigem Salz gefüllt war. Als Miss Cushing dieses ausleerte, fand sie zu ihrem Entsetzen zwei offensichtlich erst vor kurzem abgetrennte menschliche Ohren darin vor. Die Schachtel war am vorhergehenden Morgen per Paketpost von Belfast abgeschickt worden. Es gibt keinen Hinweis auf die Identität des Absenders, und die Angelegenheit erscheint um so rätselhafter, als Miss Cushing, eine

alleinstehende Dame von fünfzig, seit jeher ein zurückgezogenes Leben geführt hat und so wenige Bekannte oder Briefpartner hat, daß es für sie eine Seltenheit ist, überhaupt Post zu bekommen. Vor einigen Jahren allerdings, als sie noch in Penge lebte, hatte sie in ihrem Hause drei junge Medizinstudenten zur Untermiete, welchen sie sich später, aufgrund ihres lärmigen und ungebührlichen Betragens, zu kündigen gezwungen sah. Die Polizei ist der Ansicht, daß diese Schandtat gegenüber Miss Cushing von diesen jungen Leuten verübt worden sein könnte, die vielleicht noch immer einen Groll gegen sie hegten und hofften, ihr mit diesen Überresten aus dem Seziersaal einen Schrecken einjagen zu können. Diese Theorie wird durch die Tatsache erhärtet, daß einer der Studenten aus Nordirland stammte und zwar, soviel Miss Cushing sich erinnert, aus Belfast. Zur Zeit sind die Ermittlungen in dieser Sache in vollem Gang; zuständig für den Fall ist Mr. Lestrade, einer unserer allerfähigsten leitenden Kriminalbeamten.

»So viel zum *Daily Chronicle*«, sagte Holmes, als ich mit Lesen geendigt hatte. »Nun zu unserem Freund Lestrade. Ich habe heute morgen einen Brief von ihm erhalten, in dem er mir folgendes mitteilt:

Es scheint mir, daß dieser Fall ganz auf Ihrer Linie liegt. Wir hoffen zuversichtlich, die Sache bald aufzuklären; was uns jedoch gewisse Schwierigkeiten macht, ist, einen ersten Ansatzpunkt für unsere Arbeit zu finden. Selbstverständlich haben wir dem Postamt in Belfast gekabelt, aber an jenem Tag wurde eine große Menge von Paketen aufgegeben, und sie verfügen über keine Unterlagen, mit denen sich dieses bestimmte Paket oder die Person, die es aufgegeben hat, identifizieren ließe. Bei der Schachtel handelt es sich um eine

Halbpfundschachtel Honeydew-Tabak, die uns in keiner Weise weiterhilft. Die Theorie mit den Medizinstudenten erscheint mir noch immer als die plausibelste; sollten Sie indes ein paar Stunden erübrigen können, so wäre es mir eine große Freude, Sie hier draußen begrüßen zu dürfen. Ich werde den ganzen Tag entweder in dem Hause selbst oder auf der Polizeiwache zu finden sein.

Was meinen Sie, Watson, wäre es Ihnen möglich, der Hitze zu trotzen und mit mir nach Croydon hinauszufahren, um der geringen Chance willen, daß dabei ein Fall für Ihre Chronik herausschaut?«

»Ich brenne schon die ganze Zeit darauf, etwas zu tun zu bekommen.«

»Das können Sie haben. Läuten Sie nach unseren Stiefeln und geben Sie Anweisung, eine Droschke zu bestellen. Ich bin gleich wieder hier, ich muß nur meinen Schlafrock ablegen und mein Zigarrenetui nachfüllen.«

Als wir im Zug saßen, ging ein Regenschauer nieder, und in Croydon war die Hitze weit weniger drückend als in der Stadt. Holmes hatte ein Kabel vorausgesandt, und so wurden wir von Lestrade, der so drahtig, geschniegelt und frettchenhaft wie immer wirkte, am Bahnhof erwartet. Nach einem Fußmarsch von fünf Minuten erreichten wir die Cross Street, wo Miss Cushing wohnte.

Es war eine sehr lange Straße mit zweistöckigen Backsteinhäusern, alle hübsch und gepflegt, mit weißgestrichenen Steintreppchen und kleinen Gruppen von schürzentragenden Frauen, die vor den Türen einen Schwatz hielten. Als wir die Hälfte der Straße hinter uns gebracht hatten, hielt Lestrade an und klopfte an eine Tür, die von einem zierlichen Dienstmädchen geöffnet wurde. Miss Cushing saß im Vorderzimmer, in das wir eingelassen wurden. Sie hatte ein sanftes Gesicht, große, gütige Augen und graugesprenkeltes Haar, das sich auf beiden Seiten um ihre Schläfen schmiegte. In ihrem Schoß lag ein mit Stickereien verziertes Schondeckchen, und neben ihr, auf einem Stuhl, stand ein Körbchen mit buntem Seidengarn.

»Sie sind draußen im Schuppen, diese entsetzlichen Dinger«, sagte sie, als Lestrade eintrat. »Ich wollte, Sie würden sie mit allem drum und dran fortschaffen.«

»Das werde ich auch, Miss Cushing. Ich habe sie nur so lange hierbehalten, damit mein Freund Mr. Holmes sie in Ihrem Beisein ansehen kann.«

»Wieso in meinem Beisein, Sir?«

»Für den Fall, daß er Ihnen irgendwelche Fragen stellen möchte.«

»Was hat es denn für einen Sinn, mir Fragen zu stellen, wenn ich Ihnen doch sage, daß ich nicht das geringste über diese Sache weiß.«

»Ganz recht, Madam«, sagte Holmes auf seine besänftigende Art. »Ich kann mir vorstellen, daß Sie in dieser Angelegenheit schon mehr als genug belästigt worden sind.«

»Allerdings, Sir. Ich bin ein friedliebender Mensch und führe ein zurückgezogenes Leben. Ich bin es nicht gewohnt, meinen Namen in der Zeitung zu lesen und die Polizei im Hause zu haben. Diese Dinger kommen mir nicht mehr ins Haus, Mr. Lestrade. Wenn Sie sie ansehen wollen, müssen Sie sich schon in den Schuppen bemühen.«

Der Schuppen war ein kleiner Verschlag in dem schmalen Gartenstreifen hinter dem Haus. Lestrade ging hinein und kam mit einer gelben Pappschachtel, einem Stück Packpapier und einer Schnur zurück. Am Ende des Gartenweges stand eine Bank; wir nahmen alle darauf Platz, und Holmes begann, die Gegenstände, die Lestrade ihm einen nach dem anderen reichte, in Augenschein zu nehmen.

»Die Schnur ist außerordentlich interessant«, sagte er, während er sie gegen das Licht hielt und daran roch. »Was sagt Ihnen diese Schnur, Lestrade?«

»Sie ist mit Teer behandelt worden.«

»Ganz recht. Es ist ein Stück geteerten Zwirns. Zweifellos ist Ihnen auch aufgefallen, daß Miss Cushing die Schnur mit einer Schere aufgeschnitten hat, wie sich aus den beidseitig ausgefransten Enden ersehen läßt. Das ist von entscheidender Wichtigkeit.«

»Ich sehe nicht, was daran so wichtig sein sollte«, sagte Lestrade.

»Wichtig daran ist, daß der Knoten dadurch unversehrt geblieben ist und daß dieser Knoten von ganz besonderer Art ist.«

»Er ist sehr sauber geknüpft; das habe ich bereits in meinen Notizen festgehalten«, sagte Lestrade selbstgefällig.

»So viel also zur Schnur«, sagte Holmes mit einem Lächeln, »dann wollen wir uns jetzt der Verpackung der Schachtel zuwenden. Braunes Packpapier, mit einem deutlichen Geruch nach Kaffee. Was? Das ist Ihnen nicht aufgefallen? Ich denke, das steht doch außer Frage. Adresse in ziemlich unregelmäßigen Druckbuchstaben: ›Miss S. Cushing, Cross Street, Croydon.‹ Geschrieben mit einer breiten Feder, vermutlich einem J, und einer sehr billigen Tinte. Das Wort ›Croydon‹ ist zuerst mit einem ›i‹ geschrieben worden, das dann zu einem ›y‹ abgeändert wurde. Das Paket wurde also von einem Mann abgeschickt – diese Druckbuchstaben entstammen eindeutig einer männlichen Hand –, einem Mann von geringer Bildung, dem die Stadt Croydon kein Begriff ist. So weit, so gut. Bei der Schachtel handelt es sich um eine gelbe Honeydew-Schachtel im Halbpfundformat, an der, abgesehen von zwei Daumenabdrücken in der linken unteren Ecke, nichts Auffälliges festzustellen ist. Sie ist mit grobkörnigem Salz gefüllt, wie es zur Konservierung von Tierhäuten und für andere kommerzielle Zwecke der gröberen Art verwendet wird. Und darin eingebettet finden sich diese höchst eigenartigen Beilagen.«

Bei diesen Worten nahm er die zwei Ohren heraus und begutachtete sie eingehend auf einem Brett, das er sich über die Knie gelegt hatte, während Lestrade und ich uns rechts und links von ihm nach vorn beugten und bald die gräßlichen Überreste, bald das nachdenkliche, angespannte Gesicht unseres Gefährten betrachteten. Schließlich legte er sie wieder in die Schachtel zurück und saß dann eine Weile lang in tiefes Nachdenken versunken da.

»Gewiß ist Ihnen aufgefallen«, sagte er endlich, »daß die Ohren kein Paar bilden.«

»Ja, das habe ich bemerkt. Aber falls es sich um den Streich einiger Studenten aus dem Seziersaal handelt, so dürfte es denen ja kaum schwerer fallen, zwei verschiedene Ohren zu verschicken als ein Paar.«

»Ganz recht. Nur daß es sich nicht um einen Streich handelt.«

»Sind Sie da sicher?«

»Es spricht zu vieles stark dagegen. Den Leichen im Seziersaal wird eine Konservierungsflüssigkeit eingespritzt. Diese beiden Ohren weisen keinerlei Spuren davon auf. Zudem sind sie ganz frisch. Sie sind mit einem ziemlich stumpfen Instrument abgeschnitten worden, was wohl kaum der Fall sein dürfte, wenn ein Student es getan hätte. Überdies würde ein medizinisch gebildeter Mensch wohl Karbolsäure oder Spiritus als Konservierungsmittel wählen, ganz gewiß nicht grobkörniges Salz. Ich sage es noch einmal, wir haben es hier nicht mit einem Streich zu tun; wir untersuchen hier ein ausgewachsenes Verbrechen.«

Ein unbestimmbarer Schauder durchrieselte mich bei diesen Worten meines Gefährten und angesichts des finsteren Ernstes, der seine Miene verhärtete. Dieses blutige Vorspiel schien von einer seltsamen und unerklärlichen Greueltat zu künden, die noch im dunkeln lag. Lestrade indessen schüttelte den Kopf wie jemand, der nur halb überzeugt ist.

»Gewiß läßt sich einiges einwenden gegen die Streich-Theorie«, sagte er, »aber gegen die andere gibt es noch weit gewichtigere Argumente. Wir wissen, daß diese Frau die letzten zwanzig Jahre, sowohl in Penge als auch hier, ein äußerst ruhiges und ehrbares Leben geführt hat. Während all dieser Zeit hat sie ihr Heim kann je für einen Tag verlassen. Warum in aller Welt sollte also ein Verbrecher auf die Idee kommen, ihr diese Beweisstücke seiner Schuld zu übersenden, da doch sie – es sei denn, sie ist eine ganz vorzügliche Schauspielerin – die Sache ebenso wenig begreift wie wir?«

»Genau das müssen wir herausfinden«, erwiderte Holmes, »und ich für mein Teil werde davon ausgehen, daß meine Schlüsse richtig sind und daß ein Doppelmord begangen wurde. Eines dieser beiden Ohren ist ein Frauenohr; klein, zart geformt und perforiert für einen Ohrring. Das andere stammt von einem Mann; es ist sonnverbrannt, ungleichmäßig pigmentiert und ebenfalls perforiert. Diese beiden Personen sind sehr wahrscheinlich tot, denn sonst hätte ihre Geschichte längst die Runde gemacht. Heute haben wir Freitag. Das Paket wurde am Donnerstagmorgen aufgegeben. Das heißt, daß sich die Tragödie am Mittwoch oder am Dienstag, wenn nicht sogar noch früher ereignet hat. Wenn diese zwei Menschen ermordet worden sind, wer anders als der Mörder könnte dann Miss Cushing dieses Zeichen seiner Tat geschickt haben? Wir können also voraussetzen, daß der Absender des Paketes der Mann ist, den wir suchen müssen. Er muß jedoch einen zwingenden Grund dafür gehabt haben, Miss Cushing dieses Paket zu senden. Aber was für einen? Vielleicht geschah es, um ihr mitzuteilen, daß die Tat vollbracht war – oder er wollte ihr Kummer bereiten. Aber in diesem Fall müßte sie wissen, wer der Täter ist. Weiß sie es? Ich glaube kaum. Wenn sie es wüßte, weshalb sollte sie dann die Polizei beiziehen? Sie hätte diese Ohren ja einfach vergraben können, und kein Mensch hätte je davon erfahren. Dies hätte sie getan, wenn sie den Täter decken wollte. Will sie ihn aber nicht decken, so wird sie doch seinen Namen preisgeben. Hier liegt ein Widerspruch, welcher der Auflösung bedarf.«

Dies alles hatte er mit lauter und erregter Stimme vorgebracht und dabei mit leerem Blick zum Gartenzaun hinübergeschaut; jetzt aber sprang er jählings auf und ging dem Haus zu.

»Ich habe ein paar Fragen an Miss Cushing«, sagte er.

»Dann darf ich mich jetzt wohl von Ihnen verabschieden«, sagte Lestrade, »denn ich habe sonst noch ein paar Kleinigkeiten zu erledigen. Ich glaube kaum, daß ich von Miss Cushing noch mehr erfahren kann. Sie finden mich auf der Polizeiwache.«

»Wir werden unterwegs zum Bahnhof bei Ihnen vorbeischauen«, erwiderte Holmes. Einen Augenblick später standen er und ich wieder in dem Vorzimmer, wo die Lady immer noch ruhig und unerschütterlich an ihrem Schondeckchen stickte. Als wir eintraten, legte sie ihre Arbeit in den Schoß und blickte uns mit ihren blauen Augen offen und fragend an.

»Ich bin fest überzeugt, Sir«, sagte sie, »daß hier ein Irrtum vorliegt und daß dieses Paket gar nicht für mich bestimmt war. Ich habe das dem Gentleman von Scotland Yard immer und immer wieder gesagt, aber er hat mich bloß ausgelacht. Meines Wissens habe ich keinen einzigen Feind auf dieser Erde; weshalb sollte mir also jemand einen solchen Streich spielen?«

»Auch ich gelange mehr und mehr zu dieser Überzeugung, Miss Cushing«, sagte Holmes und nahm neben ihr Platz. »Es scheint mir mehr denn nur wahrscheinlich, daß...« – er brach mitten im Satz ab, ich wandte den Kopf und sah erstaunt, daß er mit größter Aufmerksamkeit das Profil der Dame studierte. Einen Augenblick lang war in seiner Miene sowohl Überraschung als auch Befriedigung zu lesen; als sie jedoch den Kopf wandte, um zu ergründen, weshalb er nicht weitersprach, war seine Haltung schon wieder so gesetzt wie eh und je. Ich begann nun meinerseits, ihr glanzloses, angegrautes Haar, das schmucke Häubchen, die vergoldeten Ohrringe und die sanften Züge zu mustern, vermochte jedoch nichts zu entdecken, was die sichtliche Erregung meines Gefährten erklärt hätte.

»Es gäbe da ein, zwei Fragen...«

»Ach, ich bin der Fragen so müde!« rief Miss Cushing ungehalten.

»Sie haben doch zwei Schwestern, glaube ich.«

»Wie können Sie das wissen?«

»Beim Betreten dieses Zimmers ist mir sogleich aufgefallen, daß Sie ein Gruppenbild von drei Ladies auf dem Kaminsims stehen haben, deren eine ganz unzweifelhaft Sie selbst sind, während die beiden anderen Ihnen so sehr ähneln, daß die Verwandtschaft gar nicht angezweifelt werden kann.«

»Ja, Sie haben ganz recht. Das sind meine Schwestern Sarah und Mary.«

»Und hier, gerade neben mir, ist ein weiteres Portrait, aufgenommen in Liverpool, das Ihre jüngere Schwester in Begleitung eines Mannes zeigt, der, nach seiner Uniform zu schließen, Steward auf einem Schiff ist. Wie ich sehe, war Ihre Schwester zu diesem Zeitpunkt unverheiratet.«

»Sie sind ein sehr aufmerksamer Beobachter.«

»Das ist mein Metier.«

»Nun, Sie haben ganz recht; aber ein paar Tage danach haben sie und Mr. Browner geheiratet. Er hat auf der Südamerika-Linie gearbeitet, als diese Aufnahme gemacht wurde, aber er war Mary dermaßen zugetan, daß er es nicht ertragen konnte, sie immer so lange allein zu lassen, und so hat er zur Liverpool-London-Linie übergewechselt.«

»Ist er etwa auf der *Conqueror*?«

»Nein, auf der *May Day*, soviel ich zuletzt gehört habe. Jim ist einmal hier gewesen, um mich zu besuchen. Das war, als er noch Abstinenzler war; aber nachher hat er wieder zu trinken angefangen, sobald er an Land war, und nach ein paar Gläsern war er jeweils völlig außer sich. Weiß Gott, das war ein Unglückstag, als er das erste Mal wieder zum Glas gegriffen hat. Zuerst hat er mich links liegen lassen, dann hatte er mit Sarah Streit, und jetzt, wo Mary nicht mehr schreibt, haben wir keine Ahnung, wie es um die beiden steht.«

Es war offensichtlich, daß Miss Cushing auf ein Thema gekommen war, das ihr sehr nahe ging. Wie die meisten Leute, die ein einsames Leben führen, war sie anfangs zurückhaltend gewesen, um mit der Zeit immer redseliger zu werden. Sie erzählte uns allerlei über ihren Schwager, den Steward, kam dann auf ihre ehemaligen Untermieter, die drei Medizinstudenten, zu sprechen, berichtete uns des langen und breiten von ihren Missetaten und nannte uns auch ihre Namen sowie die der Spitäler, in denen sie arbeiteten. Holmes hörte sich all dies aufmerksam an und warf hin und wieder eine Frage ein.

»Was Ihre andere Schwester, Sarah, betrifft«, sagte er, »so wundert es mich, daß Sie, da Sie doch beide alleinstehend sind, nicht einen gemeinsamen Haushalt führen.«

»Ach, du meine Güte! Sie kennen Sarah nicht und ihre Launen, sonst würden Sie sich überhaupt nicht wundern. Als ich nach Croydon kam, da hab ich es versucht, und bis vor ungefähr zwei Monaten ist das gegangen, aber dann mußten wir uns einfach trennen. Ich will ja nichts Schlechtes über meine eigene Schwester sagen, aber sie hat schon immer ihre Nase überall reinstecken müssen und an allem immer was zu nörgeln gehabt, die Sarah.«

»Sie haben erwähnt, daß sie mit Ihren Verwandten in Liverpool Streit bekommen hat?«

»Ja, und dabei waren sie noch kurz zuvor ein Herz und eine Seele. Schließlich ist sie ja dorthin gezogen, um den beiden möglichst nah zu sein. Aber jetzt läßt sie an Jim Browner keinen guten Faden mehr. Die letzten sechs Monate, als sie hier war, hat sie von nichts anderem gesprochen als von seiner Trinkerei und seinen Marotten. Ich kann mir vorstellen, daß sie mal wieder ihre Nase in Dinge steckte, die sie nichts angingen, und daß er sie erwischt und ihr mal tüchtig die Meinung gesagt hat. So wird es angefangen haben.«

»Ich danke Ihnen, Miss Cushing«, sagte Holmes, erhob sich und machte eine Verbeugung. »Sagten Sie nicht, daß Ihre Schwester in der New Street wohnt, in Wallington? Auf Wiedersehen, es tut mir leid, daß Sie in einer Angelegenheit belästigt worden sind, mit der Sie, wie Sie ganz richtig sagen, nicht das geringste zu tun haben.«

Als wir aus dem Haus traten, fuhr eben eine Droschke vorbei; Holmes hielt sie an.

»Wie weit ist es nach Wallington?« fragte er.

»Nicht mehr als eine Meile, Sir.«

»Sehr gut. Schnell, steigen Sie ein, Watson; wir müssen das Eisen schmieden, solange es heiß ist. So einfach der Fall auch liegen mag, es gab dabei doch ein, zwei recht instruktive Details. Fahrer, halten Sie doch bitte unterwegs vor einem Telegraphenamt.«

Holmes gab ein kurzes Telegramm auf, und den Rest der Fahrt verbrachte er entspannt in die Wagenpolster zurückgelehnt, den Hut zum Schutz gegen die Sonne tief ins Gesicht gezogen. Der Fahrer hielt vor einem Haus an, das demjenigen, das wir eben erst verlassen hatten, recht ähnlich sah. Mein Gefährte bedeutete ihm zu warten und hatte den Türklopfer schon in der Hand, als die Tür sich öffnete und ein ernst dreinblickender junger Mann in schwarzer Kleidung und mit einem auffallend glänzenden Hut über die Schwelle trat.

»Ist Miss Cushing zu Hause?« fragte Holmes.

»Miss Sarah Cushing ist schwer krank«, erwiderte der andere. »Sie weist seit gestern Symptome einer äußerst besorgniserregenden Gehirnerkrankung auf. Als zuständiger Arzt kann ich es in keiner Weise verantworten, jemanden zu ihr zu lassen. Ich würde Ihnen empfehlen, in zehn Tagen wieder vorzusprechen.« Er zog sich seine Handschuhe über, schloß die Tür hinter sich und marschierte davon.

»Nun, wenn es nicht geht, dann geht es eben nicht«, sagte Holmes gutgelaunt.

»Vielleicht hätte sie Ihnen gar nicht so viel sagen können oder wollen.«

»Ich bin nicht hierhergekommen, damit sie mir etwas sagt. Ich wollte sie mir lediglich ansehen. Es scheint mir indessen, daß ich nun alles beisammen habe, was ich wissen wollte. Fahrer, bringen Sie uns zu einem anständigen Hotel, wo wir etwas zu Mittag essen können. Und danach wollen wir unseren Freund Lestrade auf der Polizeiwache heimsuchen.«

Im Verlauf des schmackhaften kleinen Mahles sprach Holmes über nichts anderes als über Geigen und erzählte mir mit großer Befriedigung, wie er seine Stradivari, die mindestens fünfhundert Guineen wert sein mußte, für fünfundfünfzig Shilling bei einem jüdischen Pfandleiher in der Tottenham Court Road erstanden hatte. Dies brachte ihn auf Paganini, und so saßen wir eine Stunde lang bei einer Flasche *Claret*, und er erzählte mir eine Anekdote nach der anderen über diesen ungewöhnlichen Mann. Der Nachmittag war schon weit fortgeschritten, und das heiße Sengen der Sonne hatte sich zu milder Wärme abgeschwächt, als wir bei der Polizeiwache anlangten. Lestrade erwartete uns bereits an der Tür.

»Ein Telegramm für Sie, Mr. Holmes«, sagte er.

»Ha, das muß die Antwort sein!« Hastig riß er es auf, ließ seinen Blick darüber hinweggleiten und stopfte es dann in seine Tasche.

»Haben Sie etwas herausgefunden?«

»Ich habe alles herausgefunden!«

»Was?« Lestrade starrte ihn voll ungläubigen Erstaunens an. »Das soll wohl ein Scherz sein?«

»Ich bin mein Lebtag nie ernster gewesen. Es ist ein entsetzliches Verbrechen begangen worden, und ich glaube, es nun bis in alle Einzelheiten aufgedeckt zu haben.«

»Und der Täter?«

Holmes kritzelte ein paar Worte auf die Rückseite einer seiner Visitenkarten und warf sie Lestrade zu.

»Da haben Sie seinen Namen«, sagte er. »Die Verhaftung kann allerdings frühestens morgen abend erfolgen. Es wäre mir lieb, wenn Sie meinen Namen im Zusammenhang mit diesem Fall nicht in Erwähnung brächten, da ich es vorziehe, nur anläßlich von Verbrechen, deren Aufklärung eine gewisse Schwierigkeit bietet, genannt zu werden. Kommen Sie, Watson.« Damit machten wir uns gemeinsam zum Bahnhof auf, während Lestrade noch immer überglücklich auf die Karte starrte, die Holmes ihm hingeworfen hatte.

»Dieser Fall«, sagte Holmes, als wir am Abend plaudernd und Zigarren rauchend in unserem Logis in der Baker Street beisammensaßen, »gehört – genau wie jene Ermittlungen, die Sie unter den Titeln *Eine Studie in Scharlachrot* und *Das Zeichen der Vier* aufgezeichnet haben – zu der Sorte, die einen dazu zwingen, von den Wirkungen auf die Ursachen zurückzuschließen.

Ich habe Lestrade in einem Brief darum gebeten, uns all die Einzelheiten mitzuteilen, die uns noch fehlen und die ihm erst zugänglich sein werden, wenn er den Mann gefaßt hat. Und da können wir uns getrost auf ihn verlassen, denn wenn er auch keinen Funken Verstand hat, so ist er doch hartnäckig wie eine Bulldogge, sobald er einmal begriffen hat, was er zu tun hat; tatsächlich hat er es eben dieser Hartnäckigkeit wegen bei Scotland Yard so weit gebracht.«

»Sie haben also noch nicht alles Material?« fragte ich.

»Das wesentliche Material ist alles da. Wir kennen den Urheber dieser gräßlichen Tat, wenn uns auch eines seiner Opfer noch unbekannt ist. Aber gewiß haben Sie sich Ihr eigenes Urteil über die Sache gebildet.«

»Ich nehme an, Sie haben Jim Browner, diesen Steward auf einem der Schiffe der Liverpooler Linie, in Verdacht.«

»Oh, es ist mehr als ein Verdacht!«

»Und doch vermag ich nichts weiter als äußerst vage Hinweise in dieser Richtung zu sehen.«

»Ganz im Gegenteil; für mich könnte die Sache gar nicht klarer sein. Lassen Sie mich die wichtigsten Stationen rekapitulieren. Sie werden sich erinnern, daß wir diesen Fall gänzlich unvoreingenommen angegangen haben, was immer ein Vorteil ist. Wir hatten uns keine Theorien gebildet. Wir waren ganz einfach dort, um zu beobachten und aus unseren Beobachtungen Schlüsse zu ziehen. Was haben wir als erstes gesehen? Eine äußerst sanfte und ehrbare Lady, die gar nicht so aussah, als hüte sie ein dunkles Geheimnis, und ein Portrait, das mir zeigte, daß sie zwei jüngere Schwestern hat. Sogleich schoß mir der Gedanke durch den Kopf, diese Schachtel hätte für eine von ihnen bestimmt sein können. Ich hob mir den Einfall für später auf, wenn ich ihn in aller Ruhe auf seine Richtigkeit hin überprüfen könnte. Dann gingen wir, wie Sie sich erinnern werden, in den Garten und sahen uns den höchst eigenartigen Inhalt der kleinen gelben Schachtel an.

Die Schnur war von jener Qualität, wie sie von Segelmachern an Bord von Schiffen verwendet wird, und plötzlich schien ein Hauch Meeresluft durch unsere Untersuchung zu wehen. Als ich bemerkte, daß der Knoten von der Art war, wie sie bei Seeleuten gang und gäbe sind, daß das Paket in einer Hafenstadt aufgegeben worden war und daß das männliche Ohr eine Perforation für einen Ohrring aufwies, was bei Seeleuten weit häufiger anzutreffen ist als bei Landratten, hatte ich keinen Zweifel mehr, daß alle Figuren dieser Tragödie der Seefahrerzunft angehören.

Als ich mich dann der Adresse auf dem Paket zuwandte, stellte ich fest, daß da Miss S. Cushing stand. Nun war zwar die älteste Schwester zweifellos eine Miss Cushing, und ihr Vorname fing wirklich mit einem ›S‹ an, doch vielleicht mochte dies auch auf eine ihrer Schwestern zutreffen. Sollte dies wirklich der Fall sein, so mußten wir die Zielrichtung unserer Untersuchung von Grund auf ändern. Ich ging also ins Haus zurück, um mir über diesen Punkt Klarheit zu verschaffen. Ich war eben im Begriff, Miss Cushing zu versichern, ich sei überzeugt, daß eine Verwechslung vorliege, als ich, wie Sie sich vielleicht erinnern werden, unvermittelt abbrach. Der Grund dafür war, daß ich in diesem Augenblick etwas entdeckt hatte, das mich mit Verwunderung erfüllte und unser Untersuchungsfeld beträchtlich kleiner machte.

Als Mediziner wird es Ihnen nicht neu sein, Watson, daß kein anderer Teil des menschlichen Körpers so vielfältig in seinen Ausformungen ist wie das Ohr. Jedes Ohr ist in der Regel ganz und gar einzigartig und unverwechselbar. In der letztjährigen Ausgabe des Anthropologischen Journals finden Sie zwei kurze Abhandlungen aus meiner Feder zu diesem Thema. Ich hatte deshalb diese Ohren mit den Augen eines Sachverständigen betrachtet und mir ihre anatomischen Besonderheiten sorgfältig eingeprägt. Stellen Sie sich nun meine Überraschung vor, als ich Miss Cushing anschaute und dabei plötzlich feststellte, daß ihr Ohr ganz genau mit dem weiblichen Ohr übereinstimmte, das ich eben erst untersucht hatte. Die Ähnlichkeit war viel zu groß für einen Zufall. Da war dieselbe Verkürzung der Ohrmuschel, dieselbe großzügige

Biegung oben beim Ohrläppchen, dieselbe Windung des inneren Knorpels. In allen wesentlichen Zügen war es dasselbe Ohr.

Selbstverständlich erkannte ich sogleich die enorme Wichtigkeit meiner Beobachtung. Das Opfer war ganz offensichtlich eine Blutsverwandte, und zwar vermutlich eine sehr nahe. Ich fing deshalb ein Gespräch über ihre Familie mit ihr an, und wie Sie sich erinnern werden, teilte sie uns sogleich einige außerordentlich wertvolle Details mit.

Erstens einmal hieß ihre Schwester Sarah, und ihre Adresse war bis vor kurzem dieselbe gewesen wie die ihre, so daß es nun ganz offensichtlich war, wie es zu der Verwechslung hatte kommen können und wer der eigentliche Adressat des Pakets war. Dann hörten wir von diesem Steward, der mit der dritten Schwester verheiratet ist, und erfuhren, daß er mit Miss Sarah eine Zeitlang auf so vertrautem Fuß gestanden hatte, daß diese nach Liverpool gezogen war, um in der Nähe der Browners zu leben, daß dann aber ein Streit sie entzweit hatte. Dieser Streit hatte die Beziehungen zwischen ihnen für ein paar Monate völlig zum Erliegen gebracht, so daß Browner, sollte er Anlaß gehabt haben, Miss Sarah ein Paket zu senden, es ohne Zweifel an ihre alte Adresse geschickt hätte.

Damit aber begann sich die Angelegenheit auf wundersame Weise zu entwirren. Wir hatten diesen Steward als einen impulsiven, von starken Leidenschaften beherrschten Menschen kennengelernt – erinnern Sie sich nur daran, daß er einen, wie wir annehmen müssen, ganz ausgezeichneten Posten aufgegeben hat, um mehr bei seiner Frau sein zu können –, einen Menschen zudem, der sich hin und wieder übermäßigem Trunke hingab. Wir hatten Grund zu der Annahme, daß seine Frau ermordet worden war und daß gleichzeitig auch ein Mann, und zwar vermutlich ein Seemann, ermordet worden war. Natürlich drängte sich einem da sofort der Gedanke an Eifersucht als Motiv für das Verbrechen auf. Aber weshalb sollten dann diese Beweisstücke der Tat ausgerechnet Miss Sarah Cushing zugeschickt werden? Möglicherweise deshalb, weil sie während ihres Aufenthalts in Liverpool die Ereignisse, die zu der Tragödie führten, mit ins Rollen gebracht hatte. Sie werden feststellen, daß die Stationen der besagten Schiffahrtslinie Belfast, Dublin und Waterford sind; mal angenommen, Browner hat die Tat begangen und ist dann unverzüglich an Bord seines Schiffes, der *May Day*, gegangen, so wäre Belfast die erste Station, wo er sein entsetzliches Paket aufgeben könnte.

An diesem Punkt angelangt, mußten wir selbstverständlich auch noch eine zweite Lösungsmöglichkeit in Betracht ziehen, und obwohl diese mir als überaus unwahrscheinlich erschien, war ich entschlossen, ihr nachzugehen, ehe ich weitere Schritte unternahm. Es hätte sein können, daß ein abgewiesener Liebhaber Mr. und Mrs. Browner getötet hatte; das männliche Ohr wäre dann dasjenige ihres Gatten gewesen. Zwar gab es viele gewichtige Argumente gegen diese Theorie, aber es war zumindest vorstellbar. Ich sandte deshalb ein Telegramm an meinen Freund Algar von der Kriminalpolizei in Liverpool und bat ihn zu überprüfen, ob Mrs. Browner zu Hause sei und ob Browner sich bei der Abfahrt der *May Day* an Bord befunden habe. Danach begaben wir uns nach Wallington, um Miss Sarah einen Besuch abzustatten.

Zuerst einmal war ich neugierig, wie ausgeprägt die Familienähnlichkeit bei ihrem Ohr sein würde. Zudem bestand natürlich die Möglichkeit, daß sie über sehr wichtige Informationen verfügte, wenn ich auch nicht recht daran glauben mochte, daß sie damit herausrücken würde. Sie mußte tags zuvor von der Sache erfahren haben, denn ganz Croydon sprach von nichts anderem, und sie war der einzige Mensch, der wissen konnte, für wen das Päckchen eigentlich bestimmt war. Wäre sie gewillt gewesen, der Gerechtigkeit behilflich zu sein, so hätte sie sich wahrscheinlich schon längst mit der Polizei in Verbindung gesetzt. Aber wie dem auch sein mochte, es war eindeutig unsere Pflicht, sie aufzusuchen, und so gingen wir denn hin. Es stellte sich heraus, daß die Nachricht vom Eintreffen dieses Pakets – ihre Krankheit war nämlich genau zu diesem Zeitpunkt ausgebrochen – bei ihr eine Hirnhautentzündung ausgelöst hatte. Damit stand eindeutig fest, daß sie die Sache in ihrer vollen Bedeutung verstanden hatte; was aber ebenso feststand, war, daß es noch einige Zeit dauern würde, ehe wir Unterstützung irgendwelcher Art von ihr zu gewärtigen hätten.

Freilich stellten wir bald fest, daß wir gar nicht auf ihre Hilfe angewiesen waren. Die Antwort auf unsere Fragen lag auf der Polizeiwache schon für uns bereit, wo Algar sie, meinen Anweisungen gemäß, hingeschickt hatte. Die Sache hätte nicht eindeutiger sein können: Das Haus der Browners lag seit mehr als drei Tagen verlassen da, und die Nachbarn nahmen an, daß Mrs. Browner zu ihren Verwandten in den Süden gefahren war. Die Schiffahrtsgesellschaft hatte bestätigt, daß Browner beim Auslaufen der *May Day* an Bord gewesen war, und wenn meine Rechnung stimmt, so sollte sie morgen abend die Gewässer der Themse erreichen. Wenn Browner ankommt, wird ihn unser begriffsstutziger, aber resoluter Lestrade in Empfang nehmen, und ich zweifle nicht daran, daß wir bald alle Details, die uns noch fehlen, erhalten werden.«

Sherlock Holmes' Erwartungen sollten nicht enttäuscht werden. Zwei Tage danach erhielt er einen dicken Briefumschlag, der ein paar Zeilen aus der Hand des Detektivs sowie ein mit der Maschine geschriebenes, sich über mehrere Seiten Kanzleipapier erstreckendes Dokument enthielt.

»Lestrade hat ihn wie erwartet erwischt«, sagte Holmes, zu mir aufblickend. »Es interessiert Sie vermutlich zu hören, was er zu berichten hat.«

> Mein lieber Mr. Holmes, gemäß dem Plan, den wir zwecks Überprüfung unserer Theorien entwickelt hatten –»Das ›wir‹ ist wirklich großartig, Watson, finden Sie nicht?« – machte ich mich gestern 18.00 Uhr auf zum Albert Dock und ging an Bord der *S. S. May Day*, welche zur *Liverpool, Dublin and London Steam Packet Company* gehört. Auf meine Anfrage hin wurde mir ge-

sagt, daß sich ein Steward namens James Browner an Bord befinde und daß dieser während der Überfahrt ein so eigenartiges Verhalten an den Tag gelegt habe, daß der Kapitän sich genötigt sah, ihn von seinen Pflichten zu dispensieren. Als ich zu seiner Kajüte hinabstieg, fand ich ihn in folgendem Zustand vor: den Kopf in die Hände vergraben, auf einer Kiste sitzend und sich unablässig wiegend. Er ist ein großer, kräftiger Bursche, glattrasiert und von dunkler Gesichtsfarbe – er erinnert mich ein wenig an Aldridge, der uns in der Affäre mit dieser angeblichen Wäscherei behilflich war. Als er hörte, was mich zu ihm führte, fuhr er auf, und ich wollte schon meine Trillerpfeife an die Lippen setzen, um ein paar bereitstehende Leute von der Flußpolizei herbeizurufen, aber er schien keinen Mumm mehr zu haben und streckte seine Hände recht willig hin, um sich die Handschellen anlegen zu lassen. Wir überführten ihn in eine unserer Zellen, auch seine Kiste, da wir vermuteten, daß sie irgend etwas Belastendes enthalten könnte; aber abgesehen von einem langen, scharfen Messer, wie es die meisten Seeleute bei sich tragen, brachte uns diese Mühe nichts ein. Allerdings brauchen wir mittlerweile kein Beweismaterial mehr, denn als Browner dem Inspektor auf der Polizeiwache vorgeführt wurde, ersuchte er darum, eine Erklärung abgeben zu dürfen, die selbstverständlich Wort für Wort von unserem Stenographen mitgeschrieben wurde. Darauf ließen wir sie in dreifacher Ausfertigung mit der Maschine abschreiben, ein Exemplar davon liegt bei. Die Angelegenheit hat sich, ganz meinen Erwartungen entsprechend, als höchst einfach erwiesen; dennoch bin ich Ihnen für die Unterstützung, die Sie mir bei der Untersuchung dieses Falles angedeihen ließen, sehr verbunden. Hochachtungsvoll

Ihr sehr ergebener
G. Lestrade

»Na ja. Das war zwar in der Tat eine sehr einfache Untersuchung«, bemerkte Holmes, »aber ich glaube kaum, daß sie sich ihm schon am Anfang, als er uns um Beistand anging, in diesem Licht gezeigt hat. Nun, wie dem auch sei, wir wollen sehen, was Jim Browner vorzubringen hat. Dies hier ist die Aussage, die er gegenüber Inspektor Montgomery von der Polizeiwache in Shadwell gemacht hat, und sie hat den Vorteil, den genauen Wortlaut wiederzugeben.«

Ob ich was zu sagen habe? O ja, ich hab 'ne ganze Menge zu sagen. Ich muß mir die Sache von der Seele reden. Sie können mich hängen, oder Sie können mich laufen lassen; mir ist das so lang wie breit. Eins kann ich Ihnen sagen, seitdem ich es getan habe, hab ich kein Auge mehr zugemacht, und dabei wird's wohl bleiben, bis ich sie dereinst für immer schließen kann. Manchmal ist es sein Gesicht, aber meistens ist es ihres. Eins von beiden hab ich immer vor mir, die lassen mich nicht einen Moment in Ruhe. Er schaut finster und böse drein, aber auf ihrem Gesicht liegt so etwas wie Überraschung. Ach, das arme, unschuldige Lämmchen, sie hatte allen Grund, so überrascht zu sein, als sie den Tod geschrieben sah auf ein Gesicht, das kaum je anders als voll Liebe auf sie geblickt hatte.

Aber das ist alles Sarahs Schuld, und möge der Fluch eines gebrochenen Mannes ihr Leben vergiften und ihr das Blut in den Adern faulig werden lassen! Nicht daß ich mich dadurch reinwaschen will; klar hab ich wieder zu trinken angefangen, ich elendes Vieh, ich. Aber sie hätte mir verziehen, sie hätte an mir festgehalten wie das Tau an der Ankerwinde, wäre dieses Weib nie über unsere Schwelle getreten. Denn Sarah Cushing war in mich verliebt – da liegt doch der Hund begraben –; sie hat mich geliebt, bis ihre ganze Liebe sich in giftigen Haß verkehrte, als sie merkte, daß mir ein Fußstapfen meiner Frau im Dreck mehr wert war als sie mit Leib und Seele.

Sie waren drei Schwestern. Die älteste war ganz einfach ein guter Mensch; die zweite war ein Teufel und die dritte ein Engel. Sarah war dreiunddreißig und Mary neunundzwanzig, als wir heirateten. Als wir zusammenzogen, waren wir so glücklich, wie der Tag lang war, und in ganz Liverpool gab's keine bessere Frau als meine Mary. Dann luden wir Sarah für eine Woche zu uns ein; aus der Woche wurde ein Monat, und eins gab das andere, bis sie schließlich wie dazugehörte.

Ich war zu dieser Zeit Temperenzler, und wir konnten etwas Geld auf die hohe Kante legen, und alles glänzte wie ein frischgeprägter Dollar. Mein Gott, wer hätte das gedacht, daß es so enden würde! Wer hätte sich das auch nur im Traum einfallen lassen!

An den Wochenenden war ich meistens zu Hause, und manchmal, wenn das Schiff im Hafen auf Fracht warten mußte, hatte ich eine ganze Woche frei, und so war ich auch oft um meine Schwägerin herum. Sarah war eine schöne, großgewachsene Frau, schwarzhaarig, rassig und temperamentvoll, den Kopf trug sie stolz erhoben, und sie hatte ein Blitzen in den Augen wie Funken aus einem Feuerstein. Aber wenn meine kleine Mary da war, hatte ich nur Augen für sie, das schwöre ich, so wahr ich auf Gottes Barmherzigkeit hoffe.

Es kam mir zwar manchmal so vor, als wollte Sarah gern mit mir allein sein, oder sie versuchte, mich zu einem Spaziergang mit ihr zu überreden, doch ich hatte mir nie etwas dabei gedacht. Eines schönen Abends aber gingen mir die Augen auf. Ich kam gerade von Bord und fand meine Frau nicht zu Hause, wohl aber Sarah. »Wo ist Mary?« fragte ich. »Oh, die ist mal eben ausgegangen, um ein paar Rechnungen zu bezahlen.« Ich konnte es kaum erwarten, sie zu sehen, und ging unruhig im Zimmer auf und ab. »Kannst du es denn wirklich keine fünf Minuten ohne Mary aushalten, Jim?« sagte sie. »Es ist ja nicht gerade schmeichelhaft für mich, daß du dich nicht einmal so kurze Zeit mit meiner Gesellschaft begnügen willst.« – »Komm, laß gut sein, Mädchen«, erwiderte ich und streckte meine Hand freundschaftlich nach ihr aus, aber im selben Moment hatte sie die schon mit ihren beiden Händen umklammert, und die brannten wie im Fieber. Ich schaute ihr in die Augen, und da war mir alles klar. Kein Wort brauchte sie zu sagen und ich auch nicht. Stirnrunzelnd zog ich meine Hand zurück. Sie stand eine Zeitlang schweigend neben mir, dann hob sie die Hand und klopfte mir auf die Schulter. »Ruhig Blut, alter Jim«, sagte sie und lief mit einer Art spöttischen Auflachens aus dem Zimmer.

Nun, von diesem Tag an haßte Sarah mich aus tiefster Seele, und, weiß Gott, sie ist eine Frau, die sich aufs Hassen versteht. Ich war ein Idiot, daß ich sie länger bei uns duldete – ein Vollidiot –, aber Mary sagte ich kein Wort davon, denn ich wußte, es hätte ihr wehgetan. Alles ging ungefähr so weiter wie zuvor, nur daß es mir nach einer Weile schien, als hätte sich bei Mary selbst etwas verändert. Sie war stets so vertrauensvoll und arglos gewesen, nun aber wurde sie seltsam und mißtrauisch, wollte wissen, wo ich gewesen sei, was ich gemacht hätte, von wem die Briefe seien, die ich kriegte, was ich in meinen Taschen hätte und tausend andere so dumme Sachen. Von Tag zu Tag wurde sie seltsamer und reizbarer, und wir hatten ständig Krach wegen nichts und wieder nichts. Ich konnte mir gar keinen Reim auf all dies machen. Sarah ging mir jetzt aus dem Weg, aber sie und Mary klebten förmlich aneinander. Heute sehe ich es nur zu deutlich vor mir, wie sie gegen mich intrigiert und Ränke geschmiedet und meiner Frau die Seele regelrecht vergiftet hat; aber damals war ich so blind wie ein Regenwurm, daß ich überhaupt nichts begriffen habe. Dann brach ich mein Enthaltsamkeitsgelübde und fing wieder an zu trinken, aber das wäre wohl nicht passiert, wäre Mary noch die gleiche gewesen wie früher. Doch jetzt hatte sie wirklich Grund, mich zu verabscheuen, und die Kluft zwischen uns beiden wurde breiter und breiter. Und dann mischte sich auch noch dieser Alec Fairbairn drein, und alles wurde noch tausendmal schlimmer.

Anfänglich war er in unser Haus gekommen, um Sarah zu besuchen, aber bald kam er zu uns allen auf Besuch, denn er war ein Mann von einnehmendem Wesen, der sich überall Freunde zu machen verstand. Er war ein flotter, schneidiger Kerl, so ein gepflegter Kräuselkopf, der in der halben Welt herumgekommen war und von seinen Erlebnissen zu erzählen wußte. Er war ein guter Gesellschafter, das muß ihm der Neid lassen, und für einen Seemann hatte er ganz wunderbar feine Manieren, so daß ich fast glauben möchte, daß er früher einmal mehr auf dem Offiziersdeck als im Mannschaftsraum zu schaffen hatte. Einen Monat lang ging er in meinem Hause ein und aus, und nicht ein einziges Mal wäre mir der Gedanke gekommen, daß er Unheil anrichten könnte mit seiner gefälligen, einschmeichelnden Art. Aber dann sah ich etwas, das meinen Argwohn weckte, und von dem Tag an war's für immer aus mit meinem Seelenfrieden.

Eigentlich war es nur eine Kleinigkeit. Ich war unverhofft in die Stube getreten, und als ich auf der Schwelle stand, sah ich das Gesicht meiner Frau erwartungsvoll aufleuchten. Als sie jedoch sah, wer es war, verschwand dieser Ausdruck sogleich wieder, und sie wandte sich ab mit einem enttäuschten Blick. Das sagte mir genug. Sie konnte nur Alec Fairbairns Schritt mit meinem Schritt verwechselt haben. Wäre er mir damals in die Finger gekommen, ich hätte ihn auf der Stelle getötet, denn wenn mein Temperament mal mit mir durchgeht, bin ich der reinste Irre, das war schon immer so. Mary sah, daß mir der Teufel aus den Augen blickte, lief auf mich zu und faßte mich beim Ärmel. »Tu's nicht, Jim, tu's nicht!« sagt sie. – »Wo ist Sarah?« frag ich. – »In der Küche«, sagt sie. – »Sarah«, sag ich, als ich in die Küche trete, »dieser Fairbairn kommt mir nicht mehr über meine Schwelle.« – »Warum?« versetzt sie. – »Weil ich es so will.« – »Ei«, sagte sie, »wenn meine Freunde nicht mehr gut genug sind für dieses Haus, dann bin ich auch nicht mehr gut genug dafür.« – »Das kannst du halten, wie du willst«, sag ich, »aber wenn dieser Fairbairn sich noch einmal hier blicken läßt, dann schick ich dir ein Ohr von ihm zum Andenken.« Mein Gesicht muß sie wohl erschreckt haben, denn sie gab kein Wort zurück und verließ noch am selbigen Abend unser Haus.

Nun, ich weiß nicht, ob es die schiere Lust an der Bosheit war, was diese Frau trieb, oder ob sie hoffte, mich meiner Frau abspenstig machen zu können, wenn sie sie auf Abwege brachte. Jedenfalls bezog sie ein Haus nur zwei Straßen von dem unsrigen entfernt und vermietete da Zimmer an Seeleute. Fairbairn stieg dort ab, und Mary ging manchmal vorbei, um mit ihrer Schwester und ihm Tee zu trinken. Wie oft sie dort war, weiß ich nicht, aber eines Tages folgte ich ihr, und als ich die Tür aufriß, verdrückte sich Fairbairn, dieses feige Stinktier, über die Gartenmauer hinter dem Haus. Ich schwor meiner Frau, ich würde sie umbringen, falls ich sie noch einmal mit ihm antreffen sollte, und schluchzend, zitternd und weiß wie ein Bettlaken ließ sie sich von mir nach Hause bringen. Von Liebe war jetzt keine Spur mehr zwischen uns. Ich sah, daß sie mich fürchtete und haßte, und wenn der Gedanke daran mich zur Flasche greifen ließ, dann verachtete sie mich auch noch dazu.

Nun, Sarah mußte feststellen, daß sie in Liverpool kein Auskommen finden konnte, und ging deshalb zurück, soviel ich weiß zu ihrer Schwester nach Croydon, und bei uns zu Hause ging alles im alten Trott weiter. Und dann, letzte Woche, brach all das Elend und Verhängnis über uns herein.

Das kam so. Die *May Day* war für eine Rundreise ausgelaufen, die sieben Tage dauern sollte; dann kam aber ein Faß ins Rollen und lockerte eine unserer Stahlplanken, so daß wir für zwölf Stunden in den Hafen zurückkehren mußten. Ich ging von Bord und machte mich auf nach Hause, in der Meinung, meiner Frau eine Überraschung bereiten zu können, und in der Hoffnung, sie würde sich freuen, mich so bald wiederzusehen. Mit diesem Gedanken im Kopf bog ich in unsere Straße ein, und just in diesem Augenblick fuhr eine Droschke an mir vorbei, und da saß sie drin, an der Seite dieses Fairbairn, und die beiden schwatzten und lachten drauflos und nahmen gar keine Notiz von mir, während ich da auf dem Bürgersteig stand und sie beobachtete.

Eins sag ich Ihnen, und ich geb Ihnen mein Wort darauf, von diesem Moment an war ich nicht mehr Herr meiner selbst, und wenn ich daran zurückdenke, erscheint mir alles so undeutlich wie in einem Traum. Ich hatte mächtig viel getrunken in der letzten Zeit, und nachdem auch das jetzt noch passiert war, wußt' ich überhaupt nicht mehr, wo mir der Kopf stand. Noch jetzt hämmert es in meinem Schädel, als wäre da ein Dockarbeiter zugange, aber an jenem Morgen kam es mir so vor, als brausten und tosten mir die ganzen Niagarafälle durch die Ohren.

Ich nahm also die Beine in die Hand und rannte

hinter der Droschke her. Ich hatte einen schweren Eichenstock dabei, und – das sag ich Ihnen – ich hab vom ersten Augenblick an rotgesehen. Aber beim Rennen kam das klare Denken zurück, und ich begann, ein wenig Abstand zu halten, damit ich sie sehen konnte, ohne selbst gesehen zu werden. Es ging nicht lange, und sie hielten beim Bahnhof an. Beim Fahrkartenschalter war 'ne Menge Leute, so daß ich ziemlich nahe an sie ran konnte, ohne daß sie mich bemerkten. Sie kauften Fahrkarten nach New Brighton. Das tat ich auch, stieg aber drei Waggons hinter ihnen in den Zug ein. Nachdem wir angekommen waren, spazierten sie zuerst die Seepromenade entlang, ich immer hinterher, nie mehr als hundert Yards von ihnen entfernt. Dann sah ich, wie sie ein Boot mieteten und damit hinausruderten, denn es war ein sehr heißer Tag, und sie dachten bestimmt, auf dem Wasser draußen sei es kühler.

Es war just, als würden sie mir ausgeliefert. Es war leicht dunstig, und man konnte höchstens ein paar hundert Yards weit sehen. Ich mietete ebenfalls ein Boot und ruderte ihnen nach. Ich sah ihren Kahn als verschwommenen Fleck vor mir, aber sie kamen fast so schnell vorwärts wie ich, und als ich sie einholte, waren wir gut eine Meile von der Küste entfernt. Von allen Seiten umgab uns der Dunst wie ein Vorhang, und in der Mitte davon waren wir drei. Mein Gott, ihre Gesichter, als sie bemerkten, wer in dem Boot saß, das sich ihnen näherte – ob ich die wohl je vergessen kann? Sie schrie gellend auf. Er fluchte wie ein Wahnsinniger und stieß mit einem Ruder nach mir, denn er mußte den Tod in meinen Augen gelesen haben. Ich wich aus und konnte ihm eins überziehen mit meinem Eichenstock, was ihm den Schädel wie ein Ei zerquetschte. Sie hätte ich vielleicht verschont, obschon ich völlig außer mir war, aber dann warf sie schluchzend die Arme um ihn und rief auch noch laut »Alec«. Und da schlug ich ein zweites Mal zu, und schon lag sie neben ihm. Ich war in diesem Augenblick wie ein wildes Tier, das Blut geleckt hat. Wäre Sarah dagewesen, weiß Gott, sie hätte es gleich mit erwischt. Ich zog mein Messer und – nun ja, den Rest kann ich mir wohl sparen. Es erfüllte mich mit einer Art wilder Freude, mir vorzustellen, wie es Sarah wohl zumute sein würde, wenn sie dann sähe, was sie mit ihrer Intrigiererei da angerichtet hatte. Dann band ich die beiden Leichen im Boot fest, schlug ein Loch in die Planken und wartete, bis das Boot gesunken war. Ich wußte genau, der Bootseigner würde annehmen, sie hätten im Dunst die Orientierung verloren und seien auf offene See hinausgetrieben worden. Ich säuberte mich, brachte meine Kleider in Ordnung, ruderte an Land und ging an Bord meines Schiffes, ohne daß auch nur eine Menschenseele ahnte, was geschehen war. Noch am selben Abend machte ich das Paket für Sarah Cushing bereit, und am folgenden Tag schickte ich es in Belfast ab.

Nun haben Sie die ganze Wahrheit gehört. Hängen Sie mich oder machen Sie mit mir, was Sie wollen, doch wie Sie mich auch bestrafen mögen, nichts wird der Strafe gleichkommen, die ich schon erdulde. Ich kann die Augen nicht zumachen, ohne daß diese beiden Gesichter mich anstarren – sie starren mich an wie damals, als ich mit meinem Boot durch den Dunstschleier brach. Ich hab sie schnell getötet, sie aber töten mich langsam, und wenn ich noch so eine Nacht durchmachen muß, so bin ich noch vor dem Morgengrauen entweder wahnsinnig oder tot. Sie sperren mich doch nicht allein in eine Zelle, Sir? Um Gottes willen, tun Sie das nicht; und möge mit Ihnen in der Stunde der Not so verfahren werden, wie Sie jetzt mit mir verfahren.

»Was ist der Sinn von alldem, Watson?« sagte Holmes mit ernster Miene, als er das Papier sinken ließ. »Welchem Zweck dient dieser ewige Kreislauf von Elend, Gewalt und Angst? Dies alles muß doch auf ein Ziel zu führen, denn sonst würde unser Universum ja vom Zufall regiert, und das ist schlicht undenkbar. Doch was für ein Ziel? Das ist die große, uralte, wieder und wieder gestellte Frage, von deren Beantwortung der menschliche Geist so weit entfernt ist wie eh und je.«

DER ROTE KREIS

I

»Nun, Mrs. Warren, ich sehe wirklich keinen besonderen Grund zur Besorgnis und wüßte deshalb auch nicht, weshalb gerade ich, dessen Zeit kostbar ist, mich in diese Sache einmischen sollte. Ich habe weiß Gott anderes zu tun.« Mit diesen Worten wandte sich Sherlock Holmes wieder dem voluminösen Album zu, in das er einen Teil seines jüngsten Materials einkleben und dessen Index er nachführen wollte.

Aber die Zimmervermieterin besaß all die Beharrlichkeit und Raffinesse, die ihrem Geschlecht eigen ist, und gab sich nicht so schnell geschlagen.

»Sie haben voriges Jahr für einen meiner Mieter eine Angelegenheit geregelt«, sagte sie, »für Mr. Fairdale Hobbs.«

»Ach ja, gewiß – eine simple Sache.«

»Aber er konnte Sie gar nicht genug rühmen – Ihre Freundlichkeit, Sir, und wie Sie Licht in das Dunkel gebracht haben. Seine Worte sind mir wieder in den Sinn gekommen, als ich selbst im dunkeln getappt bin und nicht mehr weiter wußte. Oh, ich bin sicher, Sie könnten das, wenn Sie nur wollten.«

Holmes war empfänglich für Schmeicheleien, doch – um ihm Gerechtigkeit widerfahren zu lassen – auch für Appelle an seine Freundlichkeit. Diese beiden Mächte im Verein brachten ihn schließlich dazu, den Klebstoffpinsel mit einem resignierten Seufzer aus der Hand zu legen und seinen Stuhl zurückzuschieben.

»Nun, gut, Mrs. Warren, dann lassen Sie uns Ihre Geschichte hören. Ich nehme an, Sie haben doch nichts einzuwenden gegen Tabakrauch? Danke, Watson – die Streichhölzer auch, bitte. Wenn ich recht verstehe, machen Sie sich also Sorgen, weil Ihr neuer Mieter die ganze Zeit über in seinem

Zimmer steckt und sich nie blicken läßt. Meiner Treu, Mrs. Warren, wenn ich Ihr Mieter wäre, mich würden Sie auch oft wochenlang nicht zu Gesicht bekommen.«

»Schon möglich, Sir, aber das hier ist etwas anderes. Es macht mir Angst, Mr. Holmes. Ich kann vor Angst nicht mehr schlafen. Von morgens früh bis abends spät seine hastigen Schritte zu hören, wie er hin und her geht, ihn aber nie auch nur für einen Augenblick zu Gesicht zu bekommen, das geht über meine Kräfte. Mein Mann, dem zerrt das ebensosehr an den Nerven wie mir, bloß, der ist tagsüber außer Haus und arbeitet, während ich davon überhaupt nie Ruhe hab. Warum versteckt er sich? Was hat er angestellt? Von dem Mädchen abgesehen bin ich ganz allein mit ihm im Haus, und meine Nerven machen das einfach nicht mehr mit.«

Holmes lehnte sich nach vorn und legte der Frau seine langen, dünnen Finger auf die Schultern. Wenn er wollte, besaß er eine geradezu hypnotische Fähigkeit, jemanden zu beruhigen. Der verstörte Blick wich aus ihren Augen, und die Aufregung in ihren Zügen legte sich und machte ihrem Alltagsgesicht Platz. Sie ließ sich in dem Sessel nieder, den er ihr angewiesen hatte.

»Wenn ich mich mit dem Fall befassen soll, so muß ich alle Einzelheiten kennen«, sagte er. »Lassen Sie sich Zeit zum Überlegen. Das winzigste Detail kann das allerwichtigste sein. Dieser Mann ist also vor zehn Tagen bei Ihnen aufgetaucht und hat Ihnen Kost und Logis für zwei Wochen vorausbezahlt?«

»Er hat mich nach meinen Bedingungen gefragt, Sir. Ich hab gesagt, fünfzig Shilling pro Woche. Es ist ein kleines Wohnzimmer und ein Schlafzimmer zuoberst im Haus, Vollpension inbegriffen.«

»Und?«

»Er sagte: ›Ich zahle Ihnen fünf Pfund pro Woche, wenn Sie mir die Zimmer zu meinen Bedingungen überlassen.‹ Ich bin eine einfache Frau, Sir, und mein Mann verdient nicht eben viel, und das war ein Haufen Geld für mich. Auf der Stelle zog er eine Zehnpfundnote hervor und streckte sie mir hin. ›So viel können Sie alle zwei Wochen von mir bekommen, und zwar auf längere Zeit, wenn Sie sich an meine Bedingungen halten‹, sagte er. ›Wenn nicht, sind wir geschiedene Leute.‹«

»Was waren denn seine Bedingungen?«

»Nun, Sir, er wollte einen eigenen Hausschlüssel haben. Das ging schon in Ordnung; unsere Mieter haben oft einen. Zudem verlangte er, absolut in Ruhe gelassen zu werden und niemals, unter keinen Umständen, gestört zu werden.«

»Dem haftet doch wohl nichts so Absonderliches an, oder?«

»Nicht, solange es in einem vernünftigen Rahmen bleibt, Sir. Aber das hier sprengt jeden Rahmen. Er wohnt jetzt schon seit zehn Tagen bei uns, aber weder mein Mann noch ich, noch das Mädchen haben ihn auch nur ein einziges Mal zu Gesicht bekommen. Wir hören bloß immer diese gehetzten Schritte, mit denen er im Zimmer auf und ab geht, immer auf und ab, abends, morgens und mittags; aber abgesehen von jenem ersten Abend ist er kein einziges Mal außer Haus gegangen.«

»Ah so, am ersten Abend ist er also ausgegangen?«

»Ja, Sir, und erst sehr spät zurückgekehrt – wir lagen schon alle im Bett. Nachdem er sich entschieden hatte, die Zimmer zu nehmen, hat er mir dies angekündigt und mich darum gebeten, die Tür nicht zu verriegeln. Ich habe ihn dann nach Mitternacht heraufkommen hören.«

»Aber was ist mit seinen Mahlzeiten?«

»Er hat uns ausdrücklich angewiesen, ihm seine Mahlzeiten, wenn er danach läutet, auf einem Stuhl vor seiner Tür hinzustellen. Wenn er fertiggegessen hat, läutet er wieder, und wir räumen das Geschirr ab, das er auf denselben Stuhl zurückgestellt hat. Wenn er sonst etwas benötigt, schreibt er es in Druckschrift auf ein Stück Papier und legt uns dieses hin.«

»In Druckschrift?«

»Ganz recht, Sir, in Druckschrift, mit einem Stift geschrieben. Nur das Wort, sonst nichts. Ich hab Ihnen hier so einen Zettel mitgebracht, damit Sie ihn sich anschauen können –

Seife. Und da ist noch einer – Streichholz. Den da hat er am ersten Morgen hinterlegt – Daily Gazette. Seither lege ich ihm diese Zeitung jeden Morgen neben sein Frühstück.«

»Na so was, Watson«, sagte Holmes, der die Zettel, welche die Vermieterin ihm hingelegt hatte, mit großer Neugierde musterte, »das ist allerdings ein wenig ungewöhnlich. Das Bedürfnis nach Absonderung kann ich ja noch verstehen, aber was soll die Druckschrift? Druckbuchstaben zu schreiben ist eine umständliche Prozedur. Weshalb schreibt er nicht ganz gewöhnlich? Was könnte man dem entnehmen, Watson?«

»Daß er seine Handschrift nicht preisgeben möchte.«

»Aber aus welchem Grund? Was kann es ihm denn schon ausmachen, wenn seine Vermieterin ein paar Worte in seiner Handschrift hat? Aber dennoch könnten Sie natürlich recht haben. Und da ist noch etwas; weshalb diese lakonische Kürze der Anweisungen?«

»Ich kann mir keinen Reim darauf machen.«

»Hier eröffnet sich zu meiner Freude ein Feld für scharfsinnige Spekulationen. Die einzelnen Wörter sind mit einem stumpfen, violetten Stift von recht verbreiteter Machart geschrieben. Beachten Sie auch, daß hier auf der Seite ein Streifen von dem Papier abgerissen wurde, als es schon beschrieben war, so daß das ›S‹ von ›Seife‹ nur noch teilweise vorhanden ist. Sehr aufschlußreich, Watson, finden Sie nicht?«

»Eine Vorsichtsmaßregel?«

»Genau. Ganz sicher hat er hier eine Spur, vielleicht einen Daumenabdruck hinterlassen, irgend etwas, das Rückschlüsse auf seine Identität gestattet hätte. Aber jetzt wieder zu Ihnen, Mrs. Warren. Sie sagen, der Mann sei von mittlerer Größe, dunkelhaarig und bärtig. Wie alt dürfte er Ihrer Ansicht nach sein?«

»Ziemlich jung, Sir – nicht über dreißig.«

»Können Sie nicht sonst noch irgendwelche Angaben über ihn machen?«

»Er sprach gut Englisch, Sir, und doch hatte ich von seiner Aussprache her den Eindruck, er sei Ausländer.«

»War er gut gekleidet?«

»Ausgesprochen elegant sogar, Sir – von Kopf bis Fuß ein Gentleman. Dunkler Anzug – nichts, das irgendwie ins Auge fallen würde.«

»Er hat Ihnen seinen Namen nicht genannt?«

»Nein, Sir.«

»Und weder Briefe noch Besucher erhalten?«

»Nichts dergleichen.«

»Aber gewiß gehen Sie oder das Dienstmädchen des Morgens hinein, um das Zimmer zu machen?«

»Nein, Sir, er besorgt alles selbst.«

»Na so was, das ist wirklich bemerkenswert. Was ist mit seinem Gepäck?«

»Er hatte eine große, braune Reisetasche bei sich, sonst nichts.«

»Nun, es sieht so aus, als gäbe es nicht gerade viel Material, auf das wir uns abstützen könnten. Und Sie sagen, daß nichts aus diesem Zimmer gelangt ist – wirklich rein gar nichts?«

Die Pensionswirtin zog einen Umschlag aus ihrer Tasche hervor und schüttelte daraus zwei angesengte Streichhölzer und einen Zigarettenstummel auf den Tisch.

»Das lag heute morgen auf seinem Tablett. Ich habe es mitgebracht, weil ich gehört habe, daß Sie aus Kleinigkeiten Großes herauszulesen vermögen.«

Holmes zuckte mit den Achseln.

»Das gibt nicht viel her«, sagte er. »Die Streichhölzer sind selbstverständlich dazu benutzt worden, Zigaretten anzuzünden. Das geht eindeutig aus der Kürze des versengten Endes hervor. Bis eine Zigarre oder eine Pfeife brennt, ist mindestens die Hälfte des Streichholzes verkohlt. Aber – na sowas! Dieser Zigarettenstummel ist allerdings bemerkenswert. Sie sagen, der Gentleman habe Bart und Schnurrbart getragen?«

»Ja, Sir.«

»Das ist mir unbegreiflich. Ich würde meinen, daß nur ein glattrasierter Mann diese Zigarette hier geraucht haben kann. Weiß Gott, Watson, selbst Ihr bescheidener Schnurrbart wäre dabei angesengt worden.«

»Vielleicht benutzt er eine Zigarettenspitze?« mutmaßte ich.

»Nein, ausgeschlossen, das Mundstück ist feucht gewesen. Wäre es wohl möglich, daß sich zwei Personen in Ihrem Zimmer aufhalten, Mrs. Warren?«

»Nein, Sir. Er ißt so wenig, daß ich mich oft wundere, wie eine einzige Person sich damit am Leben erhalten kann.«

»Nun, ich denke, wir müssen abwarten, bis uns ein wenig mehr Material vorliegt. Alles in allem haben Sie ja keinen Grund zur Klage. Sie haben Ihre Miete erhalten, und er ist kein Mieter, der Scherereien macht, wenn er auch zweifellos ein recht ungewöhnlicher Herr ist. Er bezahlt Sie großzügig, und wenn es ihm beliebt, sich verborgen zu halten, so ist dies zunächst einmal nicht Ihre Sache. Wir haben kein Recht, uns in seine Privatangelegenheiten einzumischen, solange wir nicht guten Grund zu der Annahme haben, daß er dies aus unrechten Gründen tut. Ich habe beschlossen, mich der Sache anzunehmen, und werde sie nicht aus den Augen verlieren. Geben Sie mir Bescheid, wenn sich etwas Neues ereignen sollte, und verlassen Sie sich darauf, daß ich Ihnen jederzeit beistehen werde, falls dies erforderlich wird.«

»Ein paar Punkte sind zweifellos ganz interessant bei diesem Fall, Watson«, bemerkte er, als die Vermieterin gegangen war. »Natürlich ist es möglich, daß etwas ganz Banales dahintersteckt – Verschrobenheit etwa; aber ebensogut ist es möglich, daß die Sache weit tiefer gründet, als es auf den ersten Blick den Anschein macht. Was einem als erstes auffällt, ist, daß die Person, die sich jetzt in den Zimmern aufhält, offensichtlich auch eine ganz andere sein könnte als diejenige, die es gemietet hat.«

»Wie kommen Sie denn auf die Idee?«

»Nun, von diesem Zigarettenstummel einmal abgesehen, gibt es Ihnen nicht zu denken, daß der Mieter nur ein einziges Mal ausgegangen ist, und zwar unmittelbar nachdem er die

Zimmer gemietet hat? Und daß er – oder irgend jemand anders – erst dann zurückkam, als ihm keine Zeugen mehr über den Weg laufen konnten? Wir haben keinen Beweis dafür, daß die Person, die zurückgekommen ist, dieselbe ist wie diejenige, die ausgegangen ist. Und noch etwas; der Mann, der die Zimmer gemietet hat, sprach gut Englisch, dieser andere aber schreibt ›Streichholz‹, wo es eigentlich ›Streichhölzer‹ heißen müßte. Ich könnte mir vorstellen, daß er das Wort einem Wörterbuch entnommen hat, das ihm wohl über den Begriff selbst, jedoch nicht über dessen Plural Auskunft gab. Und die lakonische Kürze des Stils soll vielleicht verschleiern, daß er des Englischen nicht mächtig ist. Ja, Watson, ich glaube, wir haben allen Grund zu der Annahme, daß ein Mietertausch vorgenommen worden ist.«

»Aber zu welchem Zweck denn nur?«

»Genau, das ist das Problem. Es gibt da allerdings ein sehr einfaches Vorgehen, unsere Ermittlungen voranzutreiben.« Er langte sich den großen Ordner herunter, in dem er Tag für Tag die Seufzerspalten der verschiedenen Londoner Zeitungen ablegte. »Du liebe Güte!« sagte er, als er die Seiten durchblätterte. »Welch ein Chor aus Gestöhn, Gejammer und Geplärre! Welch Sammelsurium eigenartiger Begebenheiten! Und doch ist es für den, der sich dem Studium des Außergewöhnlichen verschrieben hat, mit Sicherheit das ergiebigste Jagdrevier. Die Person, von der wir sprechen, ist isoliert und kann auch brieflich nicht erreicht werden, ohne daß die absolute Geheimhaltung, die ihr offenbar ein Anliegen ist, tangiert würde. Wie also ist es möglich, ihr irgendwelche Nachrichten oder Botschaften zukommen zu lassen? Offensichtlich mittels Annoncen in einer Zeitung. Dies scheint mir der einzig mögliche Weg zu sein, und glücklicherweise ist es in diesem Fall nur eine einzige Zeitung, die für uns von Belang ist. Hier haben wir die Ausschnitte aus der *Daily Gazette* der letzten vierzehn Tage. ›Wo ist die Dame mit der schwarzen Federboa, gesehen im Prince's Rollschuhclub...‹ – das können wir wohl übergehen. ›Jimmy, Du willst doch Deiner Mutter nicht das Herz brechen ...‹ – auch das scheint irrelevant. ›Wenn die Dame, die im Bus der Brixtonlinie ohnmächtig geworden ist ...‹ – die interessiert uns nicht. ›Tag für Tag verzehrt sich mein Herz ...‹ – hab ich's nicht gesagt, Watson, Geplärr, nichts als Geplärr! Aha, das sieht schon eher nach einer Möglichkeit aus. Hören Sie mal: ›Nur Geduld. Werde bald auf sicherem Weg Kontakt aufnehmen. Einstweilen diese Spalte hier. G.‹ Das war zwei Tage, nachdem Mrs. Warrens Mieter eingezogen ist. Das scheint doch ganz einleuchtend, oder? Unser geheimnisvoller Unbekannter versteht also Englisch, wenn er es auch nicht schreiben kann. Jetzt wollen wir sehen, ob wir die Spur weiterverfolgen können. Aha, da ist er wieder – drei Tage später. ›Habe die Sache erfolgreich in die Wege geleitet. Geduld und Besonnenheit. Die Wolken werden weichen. G.‹ Danach eine Woche lang nichts. Dann folgt etwas Konkreteres: ›Der Weg lichtet sich. Übermittle Nachricht, sobald Gelegenheit. Vereinbarten Code nicht vergessen – eins A, zwei B und so fort. Melde mich bald. G.‹ Das war in der gestrigen Zeitung, und in der heutigen gibt es nichts. Es paßt alles haargenau auf Mrs. Warrens Mieter. Wir brauchen bloß ein wenig abzuwarten, Watson, dann wird diese Sache zweifellos durchsichtiger.«

Und so war es denn auch; am folgenden Morgen stand mein Freund, den Rücken dem Feuer zugewandt, auf dem Kaminvorleger, mit einem Lächeln tiefster Befriedigung.

»Was sagen Sie dazu, Watson?« rief er, die Zeitung vom Tisch nehmend. ›Hohes rotes Haus mit weißen Blendsteinen. Dritte Etage, zweites Fenster von links. Nach Einbruch der Dunkelheit. G.‹ Das läßt doch wirklich nichts an Deutlichkeit zu wünschen übrig. Ich glaube, nach dem Frühstück ist es an der Zeit, Mrs. Warrens Nachbarschaft ein wenig zu erkunden. Ah, Mrs. Warren, da sind Sie ja! Was für Neuigkeiten bringen Sie uns heute morgen?«

Unsere Klientin war Knall auf Fall in unser Zimmer geplatzt, was auf eine neue und bedeutsame Wendung schließen ließ.

»Jetzt muß die Polizei her, Mr. Holmes!« schrie sie. »Das laß ich mir nicht mehr gefallen! Der soll sich zum Teufel scheren, mitsamt seinem Gepäck! Am liebsten wär ich auf der Stelle zu ihm rauf und hätt es ihm gesagt, aber dann dacht ich mir, es sei nicht mehr als recht, Sie vorher nach Ihrer Meinung zu fragen. Aber ich bin wirklich am Ende meiner Geduld, und wenn man mir nun auch noch meinen Alten verbleut...«

»Was, Mr. Warren ist verprügelt worden?«

»Recht rauh angefaßt zumindest!«

»Aber wer hat ihn denn rauh angefaßt?«

»Eben! Genau das möchten wir ja auch gern wissen! Heute früh war's. Mein Mann ist Aufseher bei Morton & Waylight in der Tottenham Court Road. Er muß schon vor sieben aus dem Haus. Nun, heute früh war er kaum zehn Schritte weit gegangen, als von hinten zwei Männer kamen, ihm einen Mantel über den Kopf warfen und ihn in eine Droschke bugsierten, die am Bordstein wartete. Eine Stunde lang sind sie mit ihm herumkutschiert, dann haben sie den Wagenschlag geöffnet und ihn einfach rausgeschmissen. Er blieb so verdattert im Straßengraben liegen, daß er nicht mal sah, was aus der Droschke wurde. Als er sich endlich aufrappelte, stellte er fest, daß er in Hampstead Heath war; er nahm also den Bus und fuhr nach Hause, und da ist er jetzt und liegt auf dem Sofa, während ich schnurstracks hierhergelaufen bin, um Ihnen zu berichten, was passiert ist.«

»Höchst interessant«, sagte Holmes. »Hat er sich merken können, wie diese Männer aussahen – hat er sie sprechen hören?«

»Nein; er ist völlig konfus. Alles, was er weiß, ist, daß er wie durch Zauberkraft hochgehoben und dann wieder wie durch Zauberkraft fallengelassen wurde. Aber es müssen sicher zwei, wenn nicht drei Leute daran beteiligt gewesen sein.«

»Und Sie bringen diesen Angriff mit Ihrem Mieter in Verbindung?«

»Na ja, wir wohnen jetzt schon seit fünfzehn Jahren hier,

aber so etwas ist uns noch nie passiert. Ich hab die Nase voll von ihm. Geld ist nicht alles. Der kommt mir noch heute aus dem Haus.«

»Nur gemach, Mrs. Warren. Sie dürfen nichts überstürzen. Ich habe allmählich den Eindruck, daß dies eine Angelegenheit von weit größerer Tragweite sein könnte, als es zunächst den Anschein machte. Es ist nun offenkundig, daß Ihrem Mieter von irgendeiner Seite Gefahr droht. Und es ist ebenso offenkundig, daß seine Feinde, die ihm in unmittelbarer Nähe Ihres Hauses auflauerten, im nebligen Morgenlicht Ihren Mann mit ihm verwechselt haben. Sobald sie ihren Irrtum bemerkten, ließen sie Mr. Warren wieder laufen. Was sie getan hätten, wenn keine Verwechslung stattgefunden hätte, darüber können wir lediglich mußmaßen.«

»Ja, was soll ich denn jetzt machen, Mr. Holmes?«

»Ich habe große Lust, mir Ihren Mieter einmal anzusehen, Mrs. Warren.«

»Ich wüßte nicht, wie das gehen sollte, es sei denn, Sie brechen die Tür auf. Ich höre immer, wie er erst dann aufschließt, wenn ich die Treppe hinuntergehe, nachdem ich das Tablett hingestellt habe.«

»Er muß das Tablett ja irgendwie hereinnehmen. Wir könnten uns doch bestimmt in der Nähe verstecken und ihn dabei beobachten.«

Die Vermieterin sann eine Weile nach.

»Nun, Sir, gegenüber befindet sich ein Abstellraum. Ich könnte zum Beispiel einen Spiegel aufstellen, und wenn Sie dann hinter der Tür wären ...«

»Ausgezeichnet!« sagte Holmes. »Um welche Zeit ißt er zu Mittag?«

»Ungefähr um eins, Sir.«

»Dann werden Dr. Watson und ich rechtzeitig bei Ihnen sein. Einstweilen aber auf Wiedersehen, Mrs. Warren.«

Um halb eins standen wir beide vor dem Eingang zu Mrs. Warrens Haus. Es war ein hohes, schmales, aus gelbem Backstein erbautes Gebäude in der Great Orme Street, einer engen

Durchgangsstraße auf der Ostseite des British Museum. Da es nahe bei der Kreuzung stand, konnte man von ihm aus die Howe Street mit ihren prunkvolleren Häusern überblicken. Holmes deutete mit einem Schmunzeln auf eines von ihnen, einen Komplex von Etagenwohnungen, der die anderen Häuser so weit überragte, daß er einem sogleich ins Auge fiel.

»Sehen Sie nur, Watson!« sagte er. »›Hohes rotes Haus mit Blendsteinen‹. Da hätten wir unseren Signalisationsposten. Wir kennen den Ort und auch den Code; wir sollten also wirklich leichtes Spiel haben. In dem Fenster da drüben hängt ein ›Zu Vermieten‹-Schild. Offensichtlich handelt es sich um eine leerstehende Wohnung, zu welcher der Verbündete Zugang hat. Da wären wir, Mrs. Warren; was nun?«

»Es ist alles für Sie bereit. Wollen Sie beide bitte mit mir hinaufkommen und Ihre Stiefel unten auf dem Treppenabsatz lassen, dann werde ich Ihnen zeigen, wo Sie sich installieren können.«

Es war ein ausgezeichnetes Versteck, das sie für uns eingerichtet hatte. Der Spiegel war so plaziert, daß wir, während wir selbst im Dunkeln saßen, die Tür gegenüber genau im Blickfeld hatten. Kaum hatten wir unsere Plätze eingenommen und war Mrs. Warren nach unten gegangen, als uns auch schon ein fernes Gebimmel kundtat, daß unser geheimnisvoller Nachbar geklingelt hatte. Nach einer Weile erschien die Vermieterin mit dem Tablett, stellte es auf den Stuhl neben der verschlossenen Tür und entfernte sich dann mit schweren, stapfenden Schritten. Dicht aneinandergedrängt kauerten wir im Winkel hinter der Tür und ließen den Spiegel nicht aus den Augen. Während die Schritte der Wirtin immer leiser wurden, hörten wir plötzlich, wie ein Schlüssel quietschend im Schloß gedreht wurde, der Türknauf drehte sich, und zwei schmale Hände schnellten hervor und nahmen das Tablett vom Stuhl. Einen Augenblick später wurde es hastig zurückgestellt, und es gelang mir, einen flüchtigen Blick auf ein schönes, dunkelhäutiges Gesicht zu werfen, das voller Entsetzen zu der einen Spalt weit geöffneten Tür des Abstellraums herüberschaute.

Darauf wurde die Tür zugeschlagen, der Schlüssel einmal mehr im Schloß gedreht, und dann war kein Laut mehr zu hören. Holmes zupfte mich am Ärmel, und gemeinsam stahlen wir uns die Treppe hinunter.

»Ich komme heute abend nochmals hier vorbei«, sagte er zu der Vermieterin, die uns erwartungsvoll entgegenkam. »Ich glaube, Watson, diese Angelegenheit können wir besser in unseren eigenen vier Wänden erörtern.«

»Meine Vermutung hat sich, wie Sie gesehen haben, bestätigt«, sagte er etwas später aus der Tiefe seines Polstersessels. »Der Mieter ist tatsächlich ausgetauscht worden. Freilich habe ich nicht erwartet, eine Frau vorzufinden, und schon gar nicht eine so ungewöhnliche Frau, Watson.«

»Sie hat uns gesehen.«

»Nun, sie hat irgend etwas gesehen, das sie in Schrecken versetzte, so viel steht fest. Die Abfolge der Ereignisse ist nun im großen und ganzen recht klar, finden Sie nicht? Ein Paar sucht in London Zuflucht vor einer ganz entsetzlichen und unmittelbaren Gefahr. Die Größe dieser Gefahr läßt sich an der Strenge ihrer Vorsichtsmaßnahmen ermessen. Dem Mann, der hier etwas zu erledigen hat, ist es ein Anliegen, die Frau derweil in absoluter Sicherheit zu wissen. Eine alles andere als leichte Aufgabe, die er aber auf äußerst originelle Weise und mit so viel Erfolg gelöst hat, daß nicht einmal die Vermieterin, die ihr das Essen bringt, etwas von ihrer Anwesenheit ahnt. Die Druckschrift auf den Mitteilungen sollte, wie jetzt ganz klar ersichtlich ist, verhindern, daß man von ihrer Handschrift auf ihr Geschlecht schließen konnte. Der Mann kann sich nicht in die Nähe der Frau begeben, ohne dadurch den Feind auf ihre Spur zu bringen. Da es ihm verwehrt ist, direkt mit ihr Kontakt aufzunehmen, bedient er sich der Seufzerspalte einer Zeitung. Soweit ist alles klar.«

»Aber was steckt dahinter?«

»Ah, gut, Watson – ganz Mann der Praxis, wie immer. Ja, was mag wohl hinter alledem stecken? Mrs. Warrens anfänglich nur wunderlich anmutendes Problem scheint sich je länger desto mehr auszuweiten und immer bedrohlichere Züge anzunehmen. So viel freilich läßt sich sagen: Es handelt sich keineswegs um eine gewöhnliche Liebeseskapade. Sie haben das Gesicht der Frau gesehen, als sie Gefahr gewittert hat. Ferner haben wir von diesem Angriff auf den Hausherrn gehört, welcher zweifellos seinem Mieter galt. Diese beiden Alarmsignale und das verzweifelte Bedürfnis nach Geheimhaltung sprechen dafür, daß es bei dieser Sache um Leben und Tod geht. Der Angriff auf Mr. Warren zeigt uns überdies, daß der Feind, wer immer es auch sein mag, nichts davon weiß, daß der männliche Untermieter durch einen weiblichen ersetzt worden ist. Die ganze Sache ist sehr eigenartig und komplex, Watson.«

»Was treibt Sie denn dazu, sie weiterzuverfolgen? Was haben Sie davon?«

»Allerdings, was habe ich eigentlich davon? Es ist Kunst um der Kunst willen, Watson. Ich nehme an, als Sie Ihren Doktor machten, da haben Sie auch Fälle studiert, ohne an ein Honorar zu denken.«

»Für meine Bildung, Holmes.»

»Bildung ist etwas, das nie abgeschlossen ist, Watson. Sie besteht aus einer langen Reihe von Lektionen, und die größte kommt am Schluß. Dies hier ist ein lehrreicher Fall. Zwar läßt sich damit weder Gewinn noch Ruhm ernten, aber dennoch drängt es einen, die Sache in Ordnung zu bringen. Sobald die Dämmerung hereinbricht, dürften wir in unserer Untersuchung wohl einen Schritt weiterkommen.«

Als wir zu Mrs. Warrens Haus zurückkehrten, hatte sich die Düsternis des Londoner Winterabends zu einem einzigen grauen Vorhang verdichtet, dessen tödliche Monotonie nur von den klar umrissenen gelben Vierecken der Fenster und den verschwommenen Lichtsphären der Gaslampen durchbrochen wurde. Als wir im dunkel daliegenden Aufenthaltsraum der kleinen Pension aus dem Fenster spähten, glomm hoch oben in der Finsternis ein weiteres trübes Lichtlein auf.

»In dem Raum da drüben bewegt sich jemand«, sagte

Holmes flüsternd, während er sein hageres, angespanntes Gesicht zur Fensterscheibe hinreckte. »Ja, ich kann seinen Schatten sehen. Da ist er wieder! Er hält eine Kerze in der Hand. Jetzt späht er hier herüber. Er will sich wohl vergewissern, ob sie auf ihrem Posten ist. Jetzt fängt er an zu blinken. Halten Sie die Botschaft ebenfalls fest, Watson, damit wir nachher miteinander vergleichen können. Ein einzelnes Aufblinken – das muß ein ›A‹ sein. Und jetzt weiter. Auf wieviel sind Sie gekommen? Zwanzig? Ich auch. Das würde also ›T‹ heißen. ›AT‹ – nun ja, warten wir ab. Nochmals ein ›T‹. Was das wohl werden will? Also, jetzt haben wir's – ›TENTA‹. Fertig, Schluß. Aber das kann doch nicht alles sein, Watson? ›ATTENTA‹ ergibt überhaupt keinen Sinn. Es läßt sich auch nicht in mehrere Wörter zerlegen. Ob er wohl ›ATTENTAT‹ schreiben wollte? Ah, da ist er wieder! Aber was soll denn das? ›ATTE‹ – ei, das ist ja nochmals von A bis Z dieselbe Botschaft. Merkwürdig, Watson, sehr merkwürdig. Jetzt legt er wieder los. ›AT‹ – ei, jetzt wiederholt er es zum dritten Mal. Dreimal ›ATTENTA‹. Wie oft will er es denn noch wiederholen? Nein, das scheint der Schluß gewesen zu sein. Er hat sich vom Fenster zurückgezogen. Was halten Sie davon, Watson?«

»Eine verschlüsselte Botschaft, Holmes.«

Mein Gefährte gab plötzlich ein Kichern von sich, als sei ihm ein Licht aufgegangen.

»Wenn auch nicht gerade bis zur Unkenntlichkeit verschlüsselt, Watson«, sagte er. »Nun, es ist ganz einfach Italienisch! Das ›A‹ der Wortendung bedeutet, daß eine Frau angesprochen ist. ›Vorsicht! Vorsicht! Vorsicht!‹ Was meinen Sie dazu, Watson?«

»Ich glaube, Sie haben den Nagel auf den Kopf getroffen.«

»Ja, kein Zweifel. Die Botschaft ist sehr dringend; er hat sie dreifach wiederholt, um diese Dringlichkeit noch zu betonen. Aber Vorsicht vor was? Doch halt, da tritt er wieder ans Fenster.«

Abermals sahen wir die dunkle Silhouette eines geduckten Mannes und die huschenden Bewegungen der kleinen Flamme hinter dem Fenster, als die Signale wieder anhoben. Sie folgten jetzt schneller aufeinander, so schnell, daß wir Mühe hatten mitzukommen.

»PERICOLO – *›Pericolo‹* – hm, was heißt denn das, Watson? Gefahr, nicht? Ja, beim Zeus, er signalisiert Gefahr. Da ist er wieder! PERI – heda, was zum Teufel...«

Das Licht war plötzlich erloschen, das schwach erleuchtete Fensterviereck verschwunden, und die ganze dritte Etage zog sich jetzt als ein dunkles Band um das hohe Gebäude mit seinen hell erleuchteten Fensterreihen. Dieser letzte Warnschrei war abrupt unterbrochen worden. Aber wie, und von wem? Uns beiden schoß sofort ein und derselbe Gedanke durch den Kopf. Holmes sprang aus seiner Kauerstellung beim Fenster auf.

»Es gilt ernst, Watson«, rief er. »Da ist irgendeine Teufelei im Gange. Wieso sollte eine solche Botschaft auf eine solche Weise abbrechen? Wir sollten Scotland Yard verständigen – doch nein, wir müssen gehen, die Sache duldet keinen Aufschub.«

»Soll ich zur Polizei gehen?«

»Wir müssen zuerst Genaueres über die Situation in Erfahrung bringen. Vielleicht gibt es ja auch eine harmlosere Interpretation dafür. Kommen Sie, Watson, wir wollen hinübergehen und sehen, was sich machen läßt.«

II

Als wir eilig die Howe Street entlangschritten, warf ich einen Blick zurück auf das Haus, das wir soeben verlassen hatten. Dort, am obersten Fenster, zeichnete sich undeutlich der Schatten eines Kopfes, eines Frauenkopfes ab, der starr und angestrengt in die Dunkelheit hinausblickte und voll atemloser Spannung auf die Wiederaufnahme der unterbrochenen Signale harrte. Beim Eingang zu den Mietwohnungen in der Howe Street lehnte ein in Halstuch und Mantel gemummter

Mann am Geländer. Als das Licht der Eingangshalle auf unsere Gesichter fiel, fuhr er auf.

»Holmes!« rief er.

»Sieh da, Gregson!« sagte mein Gefährte und schüttelte dem Detektiv von Scotland Yard die Hand. »Wie sich mal wieder Herz zum Herzen findet. Was führt Sie hierher?«

»Vermutlich dasselbe wie Sie«, erwiderte Gregson. »Aber wie Sie auf diese Spur gekommen sind, das übersteigt mein Vorstellungsvermögen.«

»Verschiedene Fäden, die jedoch zu ein und demselben Knäuel führen. Ich habe die Signale mitverfolgt.«

»Signale?«

»Ja, in dem Fenster dort. Sie sind mittendrin abgebrochen. Wir wollten nachsehen, was der Grund dafür war. Aber nun, da Sie die Sache fest im Griff haben, erübrigt es sich wohl für uns, sie weiterzuverfolgen.«

»Halt, nicht so eilig!« rief Gregson aufgeregt. »Ich will Ihnen gern gestehen, Mr. Holmes, daß es noch nie einen Fall gegeben hat, bei dem ich mich nicht wohler gefühlt hätte, wenn ich Sie an meiner Seite wußte. Es gibt nur diesen einen Eingang zu dem Mietshaus, er kann uns also nicht entwischen.«

»Wer ist er?«

»Ei, sieh da, für einmal sind wir Ihnen eine Nasenlänge voraus, Mr. Holmes. Diesmal müssen Sie den Siegeskranz uns überlassen.« Er klopfte heftig auf den Boden mit seinem Stock, worauf ein Droschkenkutscher, die Peitsche in der Hand, von seinem auf der anderen Seite der Straße stehenden Fuhrwerk auf uns zuzuschlendern begann. »Darf ich Sie mit Mr. Sherlock Holmes bekanntmachen?« sagte Gregson zu dem Kutscher. »Dies ist Mr. Leverton, von der Agentur Pinkerton in Amerika.«

»Der Held des Rätsels der Long Island-Höhlen? Es ist mir ein Vergnügen, Ihre Bekanntschaft zu machen, Sir.«

Der Amerikaner, ein ruhiger, sachlich wirkender junger Mann mit glattrasiertem, scharfgeschnittenem Gesicht, errötete bei diesen Lobesworten. »Ich verfolge im Augenblick die Spur meines Lebens, Mr. Holmes«, sagte er. »Wenn ich Gorgiano erwische ...«

»Was? Gorgiano vom Roten Kreis?«

»Oho, sein Ruf ist also bis nach Europa gedrungen, was? Nun, wir Amerikaner können ein Lied von ihm singen. Wir *wissen*, daß er fünfzig Morde auf dem Gewissen hat, und doch haben wir nichts Handfestes, für das wir ihn hochgehen lassen könnten. Ich bin ihm von New York hier rüber gefolgt und hab mich in London eine Woche lang an seine Fersen geheftet, in der Hoffnung, es würde sich irgendeine Gelegenheit ergeben, ihn beim Schlafittchen zu packen. Mr. Gregson und ich haben ihm bis zu diesem großen Wohnblock hier nachgestellt, und es gibt nur diese eine Tür, er kann uns also nicht entwischen. Seit er reingegangen ist, sind schon drei Typen rausgekommen, aber ich könnte schwören, daß er nicht darunter war.«

»Mr. Holmes hat von Signalen gesprochen«, sagte Gregson. »Ich nehme an, er weiß, wie gewöhnlich, einen ganzen Haufen Dinge, von denen wir nichts ahnen.«

Holmes umriß mit ein paar prägnanten Worten die Situation, wie sie sich uns dargestellt hatte. Der Amerikaner schlug ärgerlich die Hände zusammen.

»Er hat uns bemerkt!« rief er.

»Wie kommen Sie denn darauf?«

»Naja, das kann man sich doch an den fünf Fingern abzählen, oder nicht? Er sitzt da oben und sendet Botschaften an irgendwelche Komplizen – zur Zeit halten sich nämlich mehrere Mitglieder seiner Bande in London auf. Dann plötzlich, wie Sie berichtet haben, kaum hat er denen mitgeteilt, daß Gefahr im Anzug ist, bricht er jählings ab. Was kann dies anderes bedeuten, als daß er uns entweder plötzlich durch das Fenster gesehen hat, wie wir da unten auf der Straße standen, oder daß ihm sonst auf irgendeine Weise aufgegangen ist, wie nahe die Gefahr war und daß er sofort handeln mußte, wenn er ihr entrinnen wollte. Was schlagen Sie vor, Mr. Holmes?«

»Daß wir unverzüglich hinaufgehen und nachsehen.«

»Aber wir haben keinen Haftbefehl.«

»Aufenthalt in leerstehenden Räumlichkeiten unter verdachterregenden Umständen«, sagte Gregson. »Das sollte für den Augenblick genügen. Wenn wir ihn erst einmal am Wickel haben, können wir immer noch schauen, ob New York uns dabei helfen kann, ihn festzuhalten. Ich übernehme die Verantwortung dafür, ihn jetzt gleich zu verhaften.«

Unseren beamteten Detektiven mag es zuweilen etwas an Intelligenz gebrechen, nie jedoch an Mut. Um diesen skrupellosen Mörder festzunehmen, stieg Gregson mit so vollkommener Ruhe und Routiniertheit die Treppe hinauf, als befände er sich auf der Haupttreppe von Scotland Yard. Der Mann von Pinkerton hatte versucht, sich an ihm vorbeizudrängeln, aber Gregson hatte ihn mit den Ellbogen bestimmt auf seinen Platz zurückverwiesen. Was Londoner Gefahren anlangte, so gebührte der Londoner Polizei der Vorrang. Die Tür zur Wohnung links auf dem dritten Treppenabsatz war nur angelehnt. Gregson stieß sie auf. Drinnen herrschte absolute Stille und Dunkelheit. Ich riß ein Streichholz an, um die Blendlaterne des Detektivs anzuzünden. Sowie dies geschehen war und die flackernde Flamme ruhiger zu brennen begann, stießen wir alle einen Überraschungslaut aus. Auf den rohen Dielen des nackten Fußbodens zeichneten sich frische Blutspuren ab. Die roten Fußstapfen zeigten in unsere Richtung und kamen aus einem Zimmer im Innern der Wohnung, dessen Tür geschlossen war. Gregson warf sie auf und ließ das Licht, das er vor sich hielt, hell aufstrahlen, während wir anderen ihm neugierig über die Schultern spähten.

Mitten in dem leeren Raum lag die zusammengekrümmte Gestalt eines riesengroßen Mannes auf dem Fußboden, sein glattrasiertes, dunkles Gesicht auf grotesk entsetzliche Weise verzerrt, sein Kopf wie von einem grausigen, karmesinroten Heiligenschein umgeben, inmitten einer großen, runden Blutlache auf dem weißen Holzboden. Seine Knie waren angezogen, seine Hände qualvoll ausgestreckt, und aus der Mitte seines kräftigen, braungebrannten Halses ragte der weiße Griff eines Messers empor, das ihm bis zum Heft in den Leib gedrungen war. Trotz seiner gewaltigen Körpergröße mußte der Mann von diesem furchtbaren Streich gefällt worden sein wie ein Ochse von einem Schlächterbeil. Neben seiner Rechten lag ein äußerst bedrohlich aussehender, zweischneidiger Dolch mit Horngriff auf dem Boden, und nicht weit davon ein schwarzer Glacéhandschuh.

»Heiliger Bimbam! Der Schwarze Gorgiano in Person!« rief der amerikanische Detektiv. »Da ist uns offenbar jemand zuvorgekommen.«

»Hier beim Fenster liegt die Kerze, Mr. Holmes«, sagte Gregson. »Ei, was in aller Welt tun Sie denn da?«

Holmes war durchs Zimmer geschritten, hatte die Kerze entzündet und bewegte diese nun vor den Fensterscheiben hin und her. Dann spähte er in die Dunkelheit hinaus, blies die Kerze aus und ließ sie auf den Fußboden fallen.

»Ich müßte mich sehr täuschen, wenn dies keinen Erfolg haben sollte«, sagte er. Darauf schloß er sich uns wieder an und stand tief in Gedanken versunken da, während die beiden Berufsdetektive die Leiche untersuchten. »Sie sagen, daß drei Personen aus diesem Haus herausgekommen sind, während Sie unten gewartet haben«, sagte er endlich. »Haben Sie sich die genau angeschaut?«

»Ja, gewiß.«

»War ein Bursche um die dreißig, von mittlerer Statur, mit schwarzem Bart und dunkler Hautfarbe darunter?«

»Ja, er war der letzte, der an mir vorbeigegangen ist.«

»Das ist wahrscheinlich unser Mann. Ich kann Ihnen eine genaue Beschreibung von ihm geben, und zudem haben wir einen ganz außerordentlich deutlichen Fußabdruck von ihm. Das sollte Ihnen eigentlich reichen.«

»Nicht besonders weit, Mr. Holmes, wenn man an die Millionenbevölkerung Londons denkt.«

»Schon möglich. Aus diesem Grund habe ich es auch für das beste gehalten, diese Dame da zu Ihrer Unterstützung aufzubieten.«

Bei diesen seinen Worten drehten wir uns alle um. Im Türrahmen stand eine schöne großgewachsene Frau – die geheimnisvolle Mieterin von Bloomsbury. Sie trat langsam näher; ihr Antlitz war bleich und von grauenhafter Angst verzerrt, ihre Augen starr und schreckgeweitet, ihr verstörter Blick auf die dunkle Gestalt am Boden geheftet.

»Sie haben ihn getötet!« murmelte sie. »Oh, *Dio mio*, Sie haben ihn getötet.« Dann hörte ich, wie sie einen jähen, heftigen Atemzug tat, und plötzlich sprang sie in die Luft mit einem Freudenschrei. Wie entfesselt begann sie, im Zimmer herumzutanzen, und klatschte dazu in die Hände; ihre dunklen Augen strahlten voll Staunen und Entzücken, und von ihren Lippen sprudelten Tausende reizender italienischer Ausrufe. Es war erschreckend und verblüffend zugleich, eine solche Frau über einen solchen Anblick so außer sich vor Freude zu sehen. Plötzlich hielt sie inne und blickte uns alle durchdringend und fragend an.

»Aber Sie – Sie sind doch von der Polizei, oder? Sie haben Giuseppe Gorgiano getötet, hab ich recht?«

»Ja, wir sind von der Polizei, Madam.«

Sie ließ ihren Blick über die schattenhaften Gestalten im Raum schweifen.

»Aber wo ist dann Gennaro?« fragte sie. »Gennaro ist mein Mann, Gennaro Lucca. Ich bin Emilia Lucca, und wir sind beide aus New York. Wo ist Gennaro? Er hat mich soeben von diesem Fenster aus gerufen, und ich bin so schnell gelaufen, wie ich nur konnte.«

»Ich bin es, der Sie gerufen hat«, sagte Holmes.

»Sie? Aber wie konnten Sie das überhaupt?«

»Ihre Verschlüsselung war nicht gerade kompliziert, Madam, und Ihre Anwesenheit hier wünschenswert. Ich wußte, daß ich nur ›Vieni‹ zu blinken brauchte, und schon würden Sie herbeieilen.«

Die schöne Italienerin schaute meinen Gefährten voll ehrfürchtiger Scheu an.

»Ich verstehe nicht, wie Sie diese Dinge wissen können«,

sagte sie. »Aber Giuseppe Gorgiano – wie ist er . . .« Sie brach ab, und dann, plötzlich, verklärte sich ihr Gesicht vor Stolz und Wonne. »Jetzt verstehe ich! Mein Gennaro! Mein großartiger, herrlicher Gennaro, der mich vor allen Gefahren beschirmt hat, er hat es getan, er hat das Ungeheuer mit seinen eigenen, starken Händen getötet! O Gennaro, wie wundervoll du doch bist! Wie kann eine Frau je eines solchen Mannes würdig sein?«

»Nun, Mrs. Lucca«, sagte der nüchterne Gregson und packte sie mit ungefähr soviel Zartgefühl am Ärmel, wie wenn er es mit einem Raufbold von Notting Hill zu tun gehabt hätte, »ich bin mir zwar noch nicht ganz darüber im klaren, wer oder was Sie sind, aber Sie haben genug gesagt, um mir völlig klar zu machen, daß ich Sie aufs Hauptquartier mitnehmen muß.«

»Einen Augenblick, Gregson«, intervenierte Holmes. »Ich könnte mir gut vorstellen, daß die Lady ebenso großes Interese daran hat, uns Auskünfte zu geben, wie wir daran, sie zu bekommen. Sie verstehen gewiß, Madam, daß man Ihren Gatten verhaften und für den Tod dieses Mannes, der da vor uns liegt, zur Rechenschaft ziehen wird. Alles, was Sie sagen, kann also gegen ihn verwendet werden. Wenn Sie jedoch glauben, daß er aus achtbaren Gründen so gehandelt hat und daß es ihm recht wäre, wenn diese bekannt würden, dann können Sie ihm gar keinen besseren Dienst erweisen, als uns die ganze Geschichte zu erzählen.«

»Nun, da Gorgiano tot ist, fürchten wir uns vor gar nichts mehr«, sagte die Dame. »Er war ein Teufel, ein Ungeheuer, und auf der ganzen Welt kann es keinen Richter geben, der meinen Gatten dafür bestrafen würde, daß er ihn getötet hat.«

»Wenn dem so ist«, sagte Holmes, »so würde ich vorschlagen, daß wir hier alles so belassen, wie wir es vorgefunden haben, die Tür hinter uns schließen, diese Lady da auf ihr Zimmer begleiten und uns anhören, was sie zu sagen hat, ehe wir uns ein Urteil über diese Sache bilden.«

Eine halbe Stunde später saßen wir alle vier in dem kleinen Wohnzimmer von Signora Lucca und lauschten ihrem außergewöhnlichen Bericht über die Folge grausiger Ereignisse, deren Abschluß wir als Zeugen miterlebt hatten. Sie sprach ein rasches und fließendes, wenn auch sehr unkonventionelles Englisch, das ich hier um der besseren Verständlichkeit willen den Regeln unserer Sprache angleichen werde.

»Ich wurde in Posilippo, in der Nähe von Neapel geboren«, begann sie. »Mein Vater Augusto Barelli war der wichtigste Rechtsanwalt und eine Zeitlang auch Parlamentsabgeordneter jener Region. Gennaro stand in meines Vaters Diensten, und ich verliebte mich in ihn, wie jede Frau sich in ihn verlieben mußte. Er hatte weder Geld noch eine angesehene Stellung – alles, was er hatte, war Schönheit, Stärke und Tatkraft – und so war mein Vater gegen unsere Verbindung. Wir flohen zusammen, ließen uns in Bari trauen und verkauften meinen Schmuck, um die Überfahrt nach Amerika bezahlen zu können. Das war vor vier Jahren, und seither haben wir die ganze Zeit in New York gelebt.

Am Anfang meinte es das Schicksal sehr gut mit uns. Gennaro hatte das Glück, einem Gentleman italienischer Abstammung einen Dienst erweisen zu können – er errettete ihn an einem Ort, den man die Bowery nennt, aus der Hand einiger Raufbolde und gewann sich so einen einflußreichen Freund. Dieser Mann hieß Tito Castalotte und war der Hauptteilhaber der großen Firma Castalotte & Zamba, des bedeutendsten Obstimporteurs von ganz New York. Signor Zamba ist Invalide, und so verfügte unser neuer Freund Castalotte über unumschränkte Macht in einer Firma, die über dreihundert Angestellte beschäftigte. Er nahm meinen Gatten in seine Dienste, machte ihn zum Abteilungsleiter und bezeigte ihm sein Wohlwollen auf alle erdenklichen Arten. Signor Castalotte war Junggeselle, und ich glaube, daß er für Gennaro Gefühle wie für einen Sohn hegte, und mein Gatte und ich liebten ihn beide, als wäre er unser Vater. Wir hatten ein kleines Haus in Brooklyn gemietet und eingerichtet, und vor uns schien eine gesicherte Zukunft zu liegen, als plötzlich diese schwarze Wolke am Horizont auftauchte, die uns schon bald den ganzen Himmel verdüstern sollte.

Eines Abends, als Gennaro von der Arbeit zurückkehrte, brachte er einen Landsmann mit. Sein Name war Gorgiano, und er stammte wie wir aus Posilippo. Er war ein Koloß von einem Mann, was Sie sicher bestätigen können, nachdem Sie seine Leiche gesehen haben. Aber nicht nur sein Körper war der eines Riesen, sondern alles an ihm war grotesk, gigantisch und schreckenerregend. Seine Stimme dröhnte wie Donner durch unser kleines Haus, und wenn er sprach, gab es kaum Platz genug für das Gefuchtel seiner mächtigen Arme. Seine Gedanken, seine Gefühle, seine Leidenschaften, alles an ihm war überdimensioniert und monströs. Er redete, oder vielmehr er brüllte mit einer solchen Gewalt, daß andere, eingeschüchtert von dem mächtigen Strom seiner Worte, nur noch dasitzen und ihm zuhören konnten. Seine Augen blitzten einem entgegen und schlugen einen ganz in seinen Bann. Er war ein entsetzlicher und absonderlicher Mensch. Ich danke Gott, daß er tot ist!

Er tauchte immer wieder bei uns auf. Doch bemerkte ich, daß es Gennaro in seiner Anwesenheit nicht wohler war als mir. Mein armer Gatte pflegte blaß und teilnahmslos dazusitzen und sich die endlosen Tiraden über Politik und soziale Fragen anzuhören, aus denen die Konversation unseres Besuchers bestand. Gennaro sagte nie etwas, aber ich, die ich ihn so gut kannte, bemerkte einen Ausdruck in seinem Gesicht, den ich nie zuvor an ihm gesehen hatte. Zuerst dachte ich, es sei Abneigung. Aber dann, mit der Zeit, wurde mir klar, daß es etwas Stärkeres als Abneigung war. Es war Angst – eine abgrundtiefe, heimliche, zersetzende Angst. An jenem Abend – dem Abend, da ich das Entsetzen auf seinem Gesicht entziffert hatte – schlang ich meine Arme um ihn und beschwor ihn bei seiner Liebe zu mir und allem, was ihm heilig war, mir nichts zu verhehlen, sondern mir zu sagen, wie es kam, daß dieser ungeheure Mann sein Leben solchermaßen überschattete.

Er sagte es mir, und das Herz erstarrte mir dabei zu Eis. In den hitzigen und wilden Tagen seiner Jugend, als die ganze Welt sich gegen ihn verschworen zu haben schien und die Ungerechtigkeiten des Lebens ihn beinahe in den Wahnsinn trieben, hatte sich mein armer Gennaro dem Roten Kreis, einer neapolitanischen Geheimgesellschaft, angeschlossen, die mit den alten Carbonari in Verbindung stand. Die Schwüre und Geheimnisse dieser Bruderschaft waren entsetzlich; aber wenn man ihr einmal angehörte, gab es kein Entrinnen mehr. Als wir nach Amerika geflohen waren, hatte Gennaro gedacht, all dies für immer hinter sich gelassen zu haben. Wie groß war deshalb sein Schreck, als er eines Abends auf der Straße ausgerechnet jenem Mann begegnete, der ihn in Neapel in diesen Kreis eingeführt hatte, dem riesenhaften Gorgiano, der sich in Süditalien den Beinamen ›der Tod‹ erworben hatte, so blutbesudelt bis zu den Ellbogen hinauf waren seine Hände! Er war nach New York gekommen, um der italienischen Polizei zu entgehen, und hatte in seiner neuen Heimat bereits eine Zweigstelle jener furchtbaren Gesellschaft gegründet. All dies erzählte mir Gennaro und zeigte mir einen Aufruf, den er an eben diesem Tag erhalten hatte; oben auf dem Blatt war ein roter Kreis und darunter stand, die Loge werde dann und dann zusammentreten und Gennaros Erscheinen werde gewünscht, ja befohlen.

Das war schlimm genug, aber es sollte noch schlimmer kommen. Schon seit einiger Zeit war mir aufgefallen, daß Gorgiano, wenn er bei uns weilte – und dies war fast jeden Abend der Fall – sehr oft das Wort an mich richtete; und selbst wenn er mit meinem Gatten sprach, ruhten seine schrecklichen, funkelnden Raubtieraugen allezeit auf mir. Eines Abends dann rückte er mit seinem Geheimnis heraus. Ich hatte etwas in ihm erweckt, was er ›Liebe‹ nannte – die Liebe eines Viehs, eines Wilden. Gennaro war noch nicht zu Hause, als er auftauchte. Er drängte sich ins Haus, packte mich mit seinen mächtigen Armen, umklammerte mich in bärenhafter Umarmung, bedeckte mich mit Küssen und flehte mich an, mit ihm wegzulaufen. Ich wehrte mich und schrie, als plötzlich Gennaro ins Zimmer trat und auf ihn losging. Er schlug Gennaro bewußtlos und floh dann aus dem Haus, das er nie wieder betreten sollte. Wir hatten uns an diesem Abend einen Todfeind gemacht.

Ein paar Tage danach fand die Versammlung statt. Als Gennaro zurückkehrte, sah ich an seiner Miene, daß etwas Schreckliches geschehen war. Es übertraf allerdings unsere schlimmsten Befürchtungen. Die Gesellschaft pflegte sich ihre Mittel zu beschaffen, indem sie reiche Leute italienischer Abstammung erpreßte und ihnen, wenn sie sich zu bezahlen weigerten, mit Gewalt drohte. Offensichtlich war auch unser teurer Freund und Wohltäter Castalotte in dieser Weise angegangen worden. Er hatte sich aber durch die Drohungen nicht einschüchtern lassen und die Erpresserbriefe der Polizei übergeben. Sie hatten deshalb beschlossen, an ihm ein Exempel zu statuieren, das es allen anderen Opfern verleiden sollte, Widerstand zu leisten. Bei der Versammlung war man übereingekommen, ihn und sein Haus mit Dynamit in die Luft zu sprengen. Reihum wurde das Los gezogen, um zu bestimmen, wer die Tat ausführen sollte. Als Gennaro in den Sack griff, sah er das grausame Gesicht unseres Feindes zu ihm herübergrinsen. Das Ganze war ohne Zweifel eine abgekartete Sache, denn was er darauf in der Hand hatte, war das schicksalhafte Los mit dem roten Kreis, der Auftrag zum Mord. So mußte er entweder seinen besten Freund umbringen oder sich selbst und mich der Vergeltung seiner Genossen preisgeben. Es gehörte nämlich zu ihrem teuflischen System, Leute, die sie fürchteten oder haßten, dadurch zu bestrafen, daß sie nicht nur ihnen selbst Leid zufügten, sondern ebenso denjenigen, die sie liebten; und das war es, was wie ein Schreckgespenst über dem Haupt meines armen Gennaro schwebte und ihn vor Sorge beinahe verrückt werden ließ.

Die ganze Nacht lang saßen wir eng umschlungen beisammen, und der eine suchte dem anderen Mut zu machen für die Prüfungen, die uns bevorstanden. Der Anschlag war schon auf den kommenden Abend festgesetzt worden. Um die Mittagszeit waren mein Gatte und ich bereits unterwegs nach London, wobei er es jedoch nicht versäumt hatte, unseren Wohltäter noch vollständig zu unterrichten über die Gefahr, in der er schwebte, und auch der Polizei genügend Informationen zukommen zu lassen, um in Zukunft seines Lebens einigermaßen sicher sein zu können.

Den Rest, Gentlemen, wissen Sie selbst. Wir waren sicher, daß unsere Feinde uns folgen würden wie unsere eigenen Schatten. Gorgiano hatte persönliche Gründe für seine Rache, aber auch davon abgesehen wußten wir, wie skrupellos, heimtückisch und hartnäckig er sein konnte. In Italien und Amerika wimmelte es von Geschichten über seine furchterregenden Fähigkeiten. Wenn diese je zur Anwendung kämen, dann gewiß jetzt. Mein Geliebter nutzte die wenigen ruhigen Tage, die unser rascher Aufbruch uns beschert hatte, um einen Schlupfwinkel für mich ausfindig zu machen, in dem ich vor jeder erdenklichen Gefahr in Sicherheit war. Was ihn selbst betraf, so wollte er sich frei bewegen können, damit es ihm jederzeit möglich war, sich mit der amerikanischen oder italienischen Polizei in Verbindung zu setzen. Wo er sich in letzter Zeit aufgehalten hat und unter was für Umständen, weiß ich selbst nicht. Nachricht von ihm bekam ich nur durch Annoncen in einer Zeitung. Als ich jedoch einmal aus dem Fenster blickte, sah ich zwei Italiener, die das Haus beobachteten, und da wußte ich, daß Gorgiano unseren Zufluchtsort entdeckt hatte. Dann ließ Gennaro mich durch die Zeitung wissen, daß er mir von einem bestimmten Fenster aus eine Botschaft signalisieren werde, aber als die Signale dann kamen, waren sie nichts anderes als Warnrufe, die plötzlich abbrachen. Mittlerweile ist mir aber völlig klar, daß er wußte, daß Gorgiano ihm dicht auf den Fersen war, und daß er – Gott sei Dank – für seinen Empfang gerüstet war. Also, Gentlemen, so sagen Sie mir denn nun, ob wir irgend etwas von seiten des Gesetzes zu befürchten haben und ob irgendein Richter auf Erden meinen Gennaro für seine Tat verurteilen würde.«

»Nun, Mr. Gregson«, sagte der Amerikaner mit einem Blick auf den Polizeibeamten, »ich weiß nicht, wie Sie die Sache von Ihrem englischen Standpunkt aus beurteilen, aber ich schätze, in New York wird der Gatte dieser Lady recht einstimmigen Dank ernten.«

»Sie wird mich zum Polizeipräsidenten begleiten müssen«, erwiderte Gregson. »Wenn das, was sie hier gesagt hat, seine Bestätigung findet, so kann ich mir nicht denken, daß sie oder ihr Gatte viel zu befürchten haben werden. Aber, was mir noch immer nicht recht in den Kopf will: Wie in aller Welt sind Sie, Mr. Holmes, in diese Sache hineingeraten?«

»Um der Bildung willen, Gregson, alles nur um der Bildung willen! Ich bin noch immer ein Wissenssuchender in der großen, alten Universität. Nun, Watson, damit hätten Sie ein weiteres Exemplar des Tragischen und Grotesken für Ihre Sammlung. Da fällt mir ein, es ist noch nicht acht, und im Covent Garden ist heute eine Wagner-Soiree. Wenn wir uns beeilen, kommen wir vielleicht gerade noch rechtzeitig zum zweiten Akt.«

DIE BRUCE-PARTINGTON-PLÄNE

In der dritten Novemberwoche des Jahres 1895 legte sich ein dichter gelber Nebel über London. Ich bezweifle, daß es uns vom Montag bis am Donnerstag je möglich war, auch nur die Schemen der Häuser auf der gegenüberliegenden Straßenseite zu sehen. Den ersten Tag hatte Holmes damit zugebracht, sein umfangreiches Nachschlagebuch mit Querverweisen zu versehen. Den zweiten und dritten widmete er sich geduldig einem Thema, das er erst vor kurzem zu seinem Steckenpferd gemacht hatte, der Musik des Mittelalters. Als wir uns jedoch zum vierten Mal vom Frühstückstisch erhoben und noch immer nichts anderes sahen als diese schmierigen, dicken, bräunlichen Strudel, die an unserem Haus vorüberzogen und sich in öligen Tropfen an den Fensterscheiben niederschlugen, konnte das ungeduldige und unternehmungslustige Wesen meines Kameraden dieses öde Dahinvegetieren nicht länger ertragen. Fiebernd vor zurückgestautem Tatendrang, ging er rastlos im Zimmer auf und ab, kaute an den Nägeln, trommelte mit den Fingern auf den Möbeln herum, innerlich wundgerieben vor Untätigkeit.

»Nichts von Interesse in der Zeitung, Watson?« fragte er.

Ich war mir darüber im klaren, daß Holmes' Interesse rein kriminalistischer Natur war. Es gab wohl Neuigkeiten – Nachrichten von einer Revolution, der Möglichkeit eines Krieges und einem unmittelbar bevorstehenden Regierungswechsel –, aber all dies lag außerhalb des Blickfelds meines Gefährten. Und in der Sparte Verbrechen konnte ich nichts entdecken, was nicht alltäglich und banal gewesen wäre. Holmes stöhnte und nahm seinen rastlosen Irrgang durch das Zimmer wieder auf.

»Der Londoner Verbrecher ist wahrhaftig ein fader Geselle«, sagte er im lamentierenden Tonfall eines Jägers, dem es an Wild gebricht. »Schauen Sie einmal aus dem Fenster, Watson. Sehen Sie die Gestalten, wie sie schemenhaft auftauchen, einen Augenblick lang undeutlich sichtbar sind und sich dann wieder in den Nebelschwaden verlieren. Ein Dieb oder Mörder könnte an einem solchen Tag durch London pirschen wie der Tiger durch den Dschungel, von niemandem gesehen, bis er über sein Opfer herfällt, und auch dann nur diesem allein sichtbar.«

»Es sind zahlreiche kleinere Diebstähle vorgekommen«, sagte ich.

Holmes schnaubte verächtlich.

»Diese gewaltige und düstere Szenerie verlangt nach etwas von mehr Format«, sagte er. »Die Allgemeinheit kann von Glück sagen, daß ich kein Verbrecher bin.«

»Das kann sie allerdings!« sagte ich von Herzen.

»Stellen Sie sich einmal vor, ich wäre Brooks oder Woodhouse oder sonst einer der fünfzig Männer, die allen Grund haben, mir nach dem Leben zu trachten; was hätte ich denn für eine Chance, meine eigenen Nachstellungen zu überleben? Eine Vorladung, ein angeblicher Termin, und schon wäre es für immer vorbei mit mir. Gut, daß es in den romanischen Ländern, den klassischen Ländern des Mordes, keine solchen Nebeltage gibt. Aber, beim Zeus, da kommt ja endlich etwas, was diese tödliche Monotonie etwas auflockern könnte!«

Es war das Dienstmädchen mit einem Telegramm. Holmes riß es hastig auf und brach dann in Gelächter aus.

»Ei, sieh da! Es geschehen noch Zeichen und Wunder!« sagte er. Mein Bruder Mycroft kommt zu Besuch.«

»Warum denn nicht?« fragte ich.

»Warum nicht? Nun, das ist, wie wenn man mitten auf einer Landstraße einer Straßenbahn begegnen würde. Mycroft bewegt sich in festen Geleisen. Seine Räumlichkeiten in der Pall Mall, der Diogenes Club, Whitehall – das sind die Stationen, zwischen denen er hin- und herpendelt. Einmal, ein einziges Mal nur, ist er hierhergekommen. Was für ein Erdbeben mag ihn wohl aus dem Geleise geworfen haben?«

»Läßt er sich nicht darüber aus?«

Holmes reichte mir das Telegramm seines Bruders.

Muß dich in der Sache Cadogan West sprechen. Komme sofort.

MYCROFT

»Cadogan West? Der Name kommt mir bekannt vor.«

»Mir fällt nichts dazu ein. Aber daß Mycroft so mir nichts dir nichts seine Gewohnheiten durchbricht! Das ist, als ob ein Planet von seiner Umlaufbahn abwiche. Wissen Sie übrigens, was Mycroft macht?«

Ich hatte eine vage Erinnerung, daß mir dies anläßlich der Sache mit dem griechischen Dolmetscher schon einmal erklärt worden war.

»Sie sagten, er habe irgendeinen bescheidenen Posten im Regierungsdienst inne.«

Holmes kicherte.

»Ich kannte Sie damals noch nicht so gut. Man kann nicht vorsichtig genug sein, wenn es sich um wichtige Staatsangelegenheiten handelt. Sie haben nicht unrecht damit, daß er in Diensten der englischen Regierung stehe. In gewisser Hinsicht hätten Sie aber auch nicht unrecht, wenn Sie sagten, er *sei* zuweilen die englische Regierung.«

»Mein lieber Holmes!«

»Ich dachte mir schon, daß Sie das überraschen könnte. Mycroft bezieht ein Jahresgehalt von vierhundertfünfzig Pfund, bleibt in untergeordneter Position, hat keinerlei Ambitionen, wird weder Titel noch Ehren empfangen, und dennoch ist er der unentbehrlichste Mann im ganzen Land.«

»Wie das?«

»Nun, seine Position ist völlig einzigartig. Er hat sie sich selbst geschaffen. Dergleichen hat es vorher nie gegeben und wird es auch nicht wieder geben. Er hat das säuberlichste und bestaufgeräumte Gehirn, mit der größten Kapazität, Fakten zu speichern, das je ein Mensch besessen hat. Dieselben großen Fähigkeiten, die ich in den Dienst der Aufklärung von Verbrechen gestellt habe, verwendet er für seinen ganz speziellen Aufgabenkreis. An ihn werden die Resultate aller Abteilungen weitergeleitet, und er ist die Zentrale, die Verrechnungsstelle, welche Bilanz zieht. Um ihn herum sind lauter Spezialisten, sein Spezialfach aber ist die Allwissenheit. Angenommen, ein Minister benötigt Informationen in einer Sache, welche die Marine, Indien, Kanada und das Problem des Bimetallismus tangiert; freilich könnte er nun von jeder der zuständigen Abteilungen einzelne Auskünfte einholen, aber nur Mycroft kann sie alle unter einen Hut bringen und auf Anhieb sagen, inwiefern jeder einzelne Faktor die anderen beeinflußt. Anfänglich haben sie ihn als eine Art Abkürzung, als praktisches Hilfsmittel betrachtet; mittlerweile führt kein Weg an ihm vorbei. In seinem großartigen Gehirn liegt alles nach Fächern geordnet da und kann im Handumdrehen hervorgeholt werden. Wieder und wieder hat sein Wort die Politik unserer Nation bestimmt. Sie ist sein Lebenselement. Er denkt an nichts anderes; es sei denn, daß er sich zur Entspannung, gleichsam als eine geistige Lockerungsübung, einem der unmaßgeblichen Probleme zuwendet, die ich ihm bisweilen unterbreite. Heute aber steigt Jupiter zu den Sterblichen hinab. Was in aller Welt mag das wohl zu bedeuten haben? Wer ist Cadogan West, und was ist er für Mycroft?«

»Ich hab's!« rief ich und begann, mich durch den Zeitungshaufen, der auf dem Sofa lag, zu wühlen. »Ja, genau, da ist es ja! Cadogan West ist der junge Mann, den man am Dienstagmorgen tot in der Untergrundbahn gefunden hat.«

Holmes setzte sich kerzengerade auf, die Pfeife auf halbem Weg zu seinen Lippen.

»Das muß eine gravierende Sache sein, Watson. Ein Todesfall, der meinen Bruder dazu veranlaßt, von seinen Gewohnheiten abzuweichen, kann kein gewöhnlicher sein. Was in aller Welt mag er bloß damit zu tun haben? Der Fall war recht unspektakulär, wenn ich mich recht erinnere. Der junge Mann war offenbar aus dem Zug gestürzt und dabei umgekommen. Er war nicht beraubt worden, und es gab nichts, was den Verdacht auf eine Gewalttat nahegelegt hätte. Ist dem nicht so?«

»Inzwischen hat jedoch eine Untersuchung stattgefunden«, sagte ich, »die eine ganze Anzahl neuer Fakten zutage gefördert hat. Bei näherem Zusehen läßt sich gewiß sagen, daß es ein recht eigenartiger Fall ist.«

»Nach den Auswirkungen auf meinen Bruder zu schließen, würde ich meinen, es sei sogar ein höchst außergewöhnlicher Fall.« Er ließ sich behaglich in die Polster seines Lehnstuhles zurücksinken. »Also, Watson, dann lassen Sie mal die Fakten hören.«

»Der Name des Mannes ist Arthur Cadogan West. Er war siebenundzwanzig Jahre alt, ledig und Angestellter im Arsenal von Woolwich.«

»Aha, Staatsdienst. Da haben wir ja eine Verbindungslinie zu Bruder Mycroft!«

»Am Montagabend ist er ganz plötzlich von Woolwich aufgebrochen. Als letzte hat ihn seine Verlobte, eine Miss Violet Westbury, gesehen, die er an jenem Abend ungefähr um sieben Uhr dreißig unversehens im Nebel stehenließ. Es hatte keinerlei Streit zwischen den beiden gegeben, und sie kann keinen Grund für seine Handlungsweise nennen. Dann weiß man nichts mehr von ihm, bis ein Streckenarbeiter namens Mason seine Leiche im Londoner Untergrundbahnnetz, etwas außerhalb der Station Aldgate entdeckt hat.«

»Wann war das?«

»Die Leiche wurde am Dienstagmorgen um sechs Uhr gefunden. Sie lag etwas abseits der Geleise, wenn man nach Osten blickt links vom Schienenstrang, und zwar ganz in der Nähe der Station an einer Stelle, wo die Strecke, die sonst unterirdisch verläuft, aus dem Tunnel auftaucht. Der Kopf war übel zerquetscht, eine Verletzung, die sehr wohl von einem Sturz aus dem Zug herrühren könnte. Die Leiche kann nur auf diese Weise auf die Strecke gelangt sein. Hätte man sie von einer der anliegenden Straßen dort hinuntertransportiert, so hätten die Bahnhofsschranken passiert werden müssen, wo immer ein Kontrolleur steht. Über diesen Punkt scheint absolute Gewißheit zu herrschen.«

»Sehr gut. Die Sachlage ist deutlich genug. Der Mann, ob tot oder lebendig, ist entweder aus dem Zug gefallen oder wurde hinausgestürzt. So viel ist mir klar. Fahren Sie fort.«

»Die Züge, die auf der Fahrspur verkehren, neben der die Leiche gefunden wurde, fahren von West nach Ost, wobei einige ausschließlich das Stadtnetz bedienen, während andere von Willesden und anderen peripher gelegenen Anschlußbahnhöfen herkommen. Man darf als sicher annehmen, daß der junge Mann zu später Stunde in dieser Richtung unterwegs war und dabei den Tod fand; an welcher Station er den Zug bestiegen hat, läßt sich allerdings nicht ausmachen.«

»Seine Fahrkarte würde natürlich darüber Aufschluß geben.«

»Man hat keine Fahrkarte auf ihm gefunden.«

»Keine Fahrkarte! Du liebe Güte, Watson, das ist wirklich sehr eigenartig. Meiner Erfahrung nach ist es unmöglich, auf den Bahnsteig eines Untergrundbahnhofes zu gelangen, ohne eine Fahrkarte vorzuweisen. Das heißt, daß der junge Mann wahrscheinlich mal eine gehabt hat. Hat man sie verschwinden lassen, damit die Station, bei der er eingestiegen ist, sich nicht ermitteln lassen würde? Das wäre denkbar. Oder hat er sie im Waggon verloren? Auch das wäre eine Möglichkeit. Jedenfalls ist das ein Punkt, der unser eingehendstes Interesse verdient. Wenn ich recht verstehe, gab es keine Anzeichen dafür, daß er beraubt wurde?«

»Allem Anschein nach nicht. Hier ist eine Liste der Dinge, die er auf sich getragen hat. Seine Börse enthielt zwei Pfund fünfzehn. Außerdem hatte er ein Scheckbuch, lautend auf die Filiale Woolwich der *Capital and Counties Bank*, bei sich. Dadurch konnte seine Identität festgestellt werden. Ferner zwei Eintrittskarten für das Theater von Woolwich, erster Rang, datiert auf eben jenen Abend, und ein schmales Bündel technischer Papiere.«

Holmes stieß einen Ausruf der Befriedigung aus.

»Da haben wir es endlich, Watson! Staatsdienst – Arsenal

von Woolwich – technische Papiere – Bruder Mycroft; die Kette schließt sich. Aber da kommt er ja gleich selbst, wenn mich nicht alles täuscht, um seine Sache vorzubringen.«

Einen Augenblick später wurde die große, behäbige Gestalt Mycroft Holmes' ins Zimmer geleitet. Schwer und massig, wie er gebaut war, haftete seiner Erscheinung eine Spur plumper Unbeweglichkeit an; aber auf dem ungeschlachten Körper thronte ein Haupt mit einer so majestätischen Stirn, so lebhaft blickenden, tiefliegenden, stahlgrauen Augen, einer so entschlossenen Mundpartie und einem so ausdrucksvollen Mienenspiel, daß man schon nach dem ersten Blick den plumpen Leib vergaß und nur noch den überragenden Geist wahrnahm.

Ihm dicht auf den Fersen folgte unser Freund Lestrade, dünn und asketisch. Der Ernst ihrer Mienen kündete von der schwerwiegenden Bedeutung ihrer Mission. Der Detektiv schüttelte uns wortlos die Hand. Mycroft kämpfte sich von seinem Mantel frei und ließ sich dann in einen Lehnstuhl fallen.

»Eine ausgesprochen ärgerliche Sache, Sherlock«, sagte er. »Es widerstrebt mir zutiefst, von meinen Gewohnheiten abzuweichen, aber die hohen Herren ließen sich nicht abweisen. In Anbetracht der Lage in Siam ist es höchst ungelegen, daß ich nicht in meinem Amt bin. Es handelt sich indessen um eine wirkliche Krise. Nie zuvor habe ich den Premierminister so außer sich gesehen. Und was die Admiralität betrifft – dort geht es zu wie in einem umgekippten Bienenkorb. Hast du dich über den Fall ins Bild gesetzt?«

»Wir sind eben erst damit fertig geworden. Worum handelt es sich bei diesen technischen Papieren?«

»Ah, genau, das ist der springende Punkt! Glücklicherweise ist nichts darüber nach außen gedrungen. Die Presse würde nur so über uns herfallen. Was dieser niederträchtige junge Kerl in der Tasche hatte, waren die Konstruktionspläne für das Bruce-Partington-Unterseeboot.«

Mycroft Holmes sprach mit einem würdevollen Ernst, der

erahnen ließ, welche Wichtigkeit er dieser Sache beimaß. Sein Bruder und ich blickten ihn fragend und erwartungsvoll an.

»Du hast doch gewiß davon gehört? Ich dachte, alle Welt wisse davon.«

»Lediglich dem Namen nach.«

»Seine Wichtigkeit kann kaum überschätzt werden. Es ist lange Zeit das am eifersüchtigsten gehütete Staatsgeheimnis gewesen. Du kannst es mir ruhig glauben, innerhalb des Operationsradius der Bruce-Partington wird jeder Seekrieg unmöglich. Vor zwei Jahren wurde eine sehr beträchtliche Summe aus der Staatskasse abgezweigt und für den Ankauf des Monopols auf diese Erfindung eingesetzt. Es sind alle erdenklichen Anstrengungen unternommen worden, die Sache geheimzuhalten. Die Pläne, welche von außerordentlicher Komplexität sind und über dreißig verschiedene Patente umfassen, von denen jedes einzelne für das Funktionieren des Ganzen notwendig ist, werden in einem mit allen Schikanen ausgerüsteten Safe aufbewahrt, der in einem nicht allgemein zugänglichen, mit diebstahlsicheren Fenstern und Türen versehenen Büro gleich neben dem Arsenal steht. Es war strengstens untersagt, die Pläne, aus was für Gründen auch immer, aus dem Büro zu entfernen. Wenn der Chefkonstrukteur der Marine sie einsehen wollte, mußte selbst er sich zu diesem Büro in Woolwich bemühen. Und dann finden wir sie unversehens mitten in London, in den Taschen eines toten jungen Angestellten. Vom Standpunkt der Behörden aus ist das ganz einfach furchtbar!«

»Aber ihr habt sie zurückbekommen?«

»Nein, Sherlock, nein. Das ist ja die Crux. Wir haben sie eben nicht. Zehn Blätter sind aus Woolwich entwendet worden. Sieben davon haben wir in den Taschen von Cadogan West gefunden. Die drei wichtigsten sind weg – gestohlen, verschwunden. Du mußt sofort alles stehen- und liegenlassen, Sherlock. Die kleinen Straftaten, an denen du sonst herumrätselst, sind jetzt nicht von Belang. Du hast diesmal ein Problem von internationaler Tragweite zu lösen. Weshalb hat Cadogan West diese Papiere an sich genommen, wo sind die fehlenden geblieben, auf welche Weise ist er umgekommen, wie ist sein Leichnam an den Ort gelangt, wo man ihn gefunden hat, wie kann die Sache wieder ins Lot gebracht werden? Finde eine Antwort auf all diese Fragen, und du wirst deinem Land einen großen Dienst erwiesen haben.«

»Weshalb klärst du die Sache nicht selber auf, Mycroft? Du siehst doch ohne Zweifel ebenso weit wie ich.«

»Das mag schon sein, Sherlock. Wenn nur die Sache mit den Details nicht wäre. Bring mir die Details, und von meinem Lehnstuhl aus werde ich dir ein exzellentes Sachverständigenurteil abgeben. Aber bald hierhin, bald dorthin zu rennen, Eisenbahnschaffner ins Kreuzverhör zu nehmen und mit dem Vergrößerungsglas vor dem Auge auf dem Bauch herumzukriechen – das ist nicht mein Metier. Nein, du bist der einzige Mensch, der diese Sache aufklären kann. Wenn dich danach gelüsten sollte, deinen Namen auf der nächsten Liste für die Verleihung von Ehrentiteln zu sehen ...«

Mein Freund schüttelte lächelnd den Kopf.

»Wenn ich mitspiele, dann um des Spieles selbst willen«, sagte er. »Aber dieses Problem weist ohne Zweifel einige Punkte von Interesse auf, und es wird mir deshalb ein Vergnügen sein, mich seiner anzunehmen. Mehr Fakten, wenn ich bitten darf.«

»Die wichtigeren davon habe ich auf diesem Blatt Papier hier festgehalten, zusammen mit ein paar Adressen, die sich als nützlich erweisen dürften. Der Mann, dem von Amtes wegen die Verantwortung für die Papiere obliegt, ist Sir James Walter, der berühmte Regierungsberater, dessen Auszeichnungen und Ehrentitel in einem Adelslexikon zwei Zeilen füllen. Er ist ein im Dienste ergrauter Beamter, ein Gentleman durch und durch, gerngesehener Gast in den allerhöchsten Kreisen, und mehr als alles andere ein Mann, dessen Vaterlandsliebe über jeden Verdacht erhaben ist. Er ist einer der beiden Männer, die einen Schlüssel zu dem Safe haben. Beizufügen wäre noch, daß die Papiere sich am Montag während der Arbeitszeit ohne Zweifel an ihrem Platz befanden und daß

Sir James das Büro um drei Uhr verlassen hat, um sich nach London zu begeben, wobei er seinen Schlüssel mitgenommen hat. Am Abend des fraglichen Vorfalls war er die ganze Zeit im Haus von Admiral Sinclair am Barclay Square.«

»Ist dies überprüft worden?«

»Ja; sein Bruder, Colonel Valentine Walter, hat seinen Aufbruch von Woolwich bestätigt, und Admiral Sinclair seine Ankunft in London; Sir James scheint also keine zentrale Rolle in dieser Sache zu spielen.«

»Wer ist der andere Mann, der einen Schlüssel hat?«

»Der Konstruktionszeichner und Bürovorsteher Mr. Sidney Johnson, ein Mann in den Vierzigern, verheiratet und Vater von fünf Kindern. Er ist ein wortkarger, mürrischer Mensch, kann aber alles in allem auf hervorragende Leistungen im öffentlichen Dienst zurückblicken. Bei seinen Kollegen ist er unbeliebt, im Dienst aber unermüdlich. Gemäß seiner eigenen Aussage, die nur durch das Zeugnis seiner Frau erhärtet wird, ist er am Montag nach Dienstschluß den ganzen Abend zu Hause gewesen, und sein Schlüssel hat die Uhrkette, an der er befestigt ist, nicht für einen Augenblick verlassen.«

»Erzähl uns von Cadogan West.«

»Er ist seit zehn Jahren im öffentlichen Dienst und hat stets gute Arbeit geleistet. Er steht in dem Ruf, hitzköpfig und impulsiv, aber ein ehrlicher, aufrechter Mann zu sein. Wir haben nichts Nachteiliges gegen ihn vorliegen. Er war Sidney Johnsons Stellvertreter und direkter Untergebener. Sein Aufgabenkreis hat ihn tagtäglich in unmittelbaren Kontakt mit den Plänen gebracht. Außer ihm hatte niemand damit zu tun.«

»Wer hat die Pläne an jenem Abend eingeschlossen?«

»Mr. Sidney Johnson, der Bürovorsteher.«

»Nun, es liegt ja wohl klar auf der Hand, wer sie entwendet hat. Man kommt nicht um die Tatsache herum, daß sie auf der Person dieses Büroangestellten Cadogan West gefunden worden sind. Das spricht doch Bände, findest du nicht?«

»Gewiß, Sherlock; und doch bleibt damit so vieles ungeklärt. Zunächst einmal, aus welchem Grund hat er sie entwendet?«

»Ich nehme an, daß sie einiges wert sind.«

»Er hätte ohne weiteres ein paar Tausend dafür herausschlagen können.«

»Kannst du dir vorstellen, daß er irgendeinen anderen Grund gehabt haben könnte, sie nach London zu bringen, als den, sie zu verkaufen?«

»Nein, das kann ich nicht.«

»Dann müssen wir dies zu unserer Arbeitshypothese machen. Der junge West hat also die Papiere an sich gebracht. Dies war ihm aber doch nur möglich, wenn er einen Nachschlüssel besaß.«

»Mehrere Nachschlüssel. Er mußte ja auch das Gebäude und das Büro aufschließen.«

»Gut, dann hatte er also mehrere Nachschlüssel. Er brachte die Papiere nach London, um das Staatsgeheimnis zu verkaufen, wobei er zweifellos die Absicht hatte, die Pläne selbst am folgenden Morgen, noch ehe sie vermißt wurden, wieder in den Safe zurückzulegen. Und während er in dieser verräterischen Mission in London unterwegs war, kam er zu Tode.«

»Wie?«

»Wir wollen einmal annehmen, daß er auf der Rückfahrt nach Woolwich getötet und aus dem Zugabteil geworfen wurde.«

»Aber Aldgate, wo die Leiche gefunden wurde, kommt ein schönes Stück nach der Verbindungsstation zum Bahnhof London Bridge, wo er hätte umsteigen müssen, um einen Zug nach Woolwich zu nehmen.«

»Man kann sich mancherlei Umstände vorstellen, die daran schuld sein könnten, daß er an London Bridge vorbeigefahren ist. Vielleicht war er beispielsweise in Beschlag genommen durch eine Unterredung mit jemandem im selben Waggon. Und diese Unterredung führte dann zu einer gewalttätigen Auseinandersetzung, die ihn das Leben kostete. Vielleicht versuchte er auch, aus dem Waggon zu entkommen, fiel dabei auf die Geleise und kam so um. Der andere schloß die Tür wieder, und draußen herrschte so dicker Nebel, daß kein Mensch etwas sehen konnte.«

»Bei unserem gegenwärtigen Wissensstand kann wohl keine bessere Erklärung gefunden werden; und doch, Sherlock, bedenke, wieviel du dabei außer acht läßt. Wir wollen einmal argumentationshalber annehmen, der junge Cadogan West habe tatsächlich beschlossen, diese Papiere nach London zu bringen. Zweifellos hätte er doch dann eine Verabredung mit einem ausländischen Agenten getroffen und sich den Abend freigehalten. Statt dessen hat er sich aber zwei Karten für das Theater besorgt, seine Verlobte den halben Weg dorthin begleitet und ist dann plötzlich verschwunden.«

»Ein Täuschungsmanöver«, warf Lestrade ein, der dem Gespräch mit einiger Ungeduld gefolgt war.

»Aber ein sehr eigenartiges. Das wäre Einwand Nummer eins. Einwand Nummer zwei ist folgendes: Mal angenommen, er hat London erreicht und trifft sich mit dem Agenten. Er weiß, daß er die Papiere noch vor dem Morgen wieder zurückbringen muß, ansonsten ihr Fehlen entdeckt werden wird. Zehn Seiten hat er mitgenommen. In seiner Tasche fanden sich aber nur sieben. Was ist aus den übrigen drei geworden? Aus freiem Willen hat er sie wohl kaum jemandem überlassen. Und dann, wo ist der Lohn für seinen Verrat? Man würde doch erwarten, daß in seinen Taschen eine große Summe Geldes zu finden wäre...«

»Mir persönlich scheint die Sache vollkommen klar«, sagte Lestrade. »Ich habe nicht den geringsten Zweifel darüber, wie die Sache abgelaufen ist. Er hat die Papiere entwendet, weil er sie verkaufen wollte. Dann hat er sich mit dem Agenten getroffen. Die beiden wurden sich über den Preis nicht einig. Er machte sich also wieder auf den Heimweg, aber der Agent folgte ihm. Im Zug hat ihn der Agent dann umgebracht, ihm die wichtigsten Papiere abgenommen und seine Leiche aus dem Waggon geworfen. Das wäre doch eine Erklärung, die alles berücksichtigt, oder?«

»Und weshalb war er ohne Fahrkarte?«

»Die Fahrkarte hätte verraten, in der Nähe welcher Station das Haus des Agenten liegt. Deshalb hat er sie dem Toten aus der Tasche genommen.«

»Gut, Lestrade, ausgezeichnet«, sagte Holmes. »Ihre Theorie hat Hand und Fuß. Aber wenn dies alles zutrifft, so ist dieser Fall an seinem Ende angelangt. Zum einen ist der Verräter tot; zum anderen befinden sich die Pläne für das Bruce-Partington-Unterseeboot vermutlich bereits auf dem Kontinent. Was bleibt uns da noch zu tun übrig?«

»Zu handeln, Sherlock, zu handeln!» rief Mycroft und sprang von seinem Sessel auf. »All meine Instinkte sträuben sich gegen diese Erklärung. Wende deine Fähigkeiten an! Begib dich an den Schauplatz des Verbrechens! Sieh dir die Leute an, die mit der Sache zu tun haben! Setz Himmel und Hölle in Bewegung! In deiner ganzen Laufbahn ist dir noch nie eine so großartige Chance zuteil geworden, deinem Lande zu dienen.«

»Schon gut«, versetzte Holmes mit einem Achselzucken. »Kommen Sie, Watson. Und Sie, Lestrade, wäre es Ihnen wohl möglich, uns auf eine Stunde oder zwei mit Ihrer Gesellschaft zu beehren? Wir wollen unsere Untersuchung mit einem Besuch auf der Station Aldgate beginnen. *Good-bye*, Mycroft. Ich werde dir noch vor dem Abend einen Rapport zukommen lassen, möchte dir aber schon im voraus raten, keine allzu großen Hoffnungen zu hegen.«

Eine Stunde später standen Holmes, Lestrade und ich auf den Geleisen der Untergrundbahn, dort, wo sie, unmittelbar vor der Station Aldgate, aus dem Tunnel auftauchen. Ein liebenswürdiger älterer Gentleman mit rotem Gesicht gab uns als Vertreter der Eisenbahngesellschaft das Geleit.

»Da drüben lag die Leiche des jungen Mannes«, sagte er und wies dabei auf eine etwa drei Fuß von den Schienen entfernte Stelle. Von oben kann er nicht heruntergestürzt sein, denn wie

Sie sehen, haben die Hausmauern ringsum weder Türen noch Fenster. Er muß also von einem Zug aus hierhergelangt sein, und zwar, soweit sich feststellen läßt, von jenem Zug, der am Montag ungefähr um Mitternacht hier durchgefahren ist.«

»Sind die Waggons auf irgendwelche Spuren eines Gewaltverbrechens untersucht worden?«

»Es gab keine solchen Spuren, und eine Fahrkarte wurde auch nicht gefunden.«

»Und Sie haben auch keine Meldung erhalten, daß irgendwo eine Tür offen vorgefunden worden wäre?«

»Nichts dergleichen.«

»Heute früh haben wir eine neue Information erhalten«, sagte Lestrade. »Ein Passagier, der am Montagabend ungefähr um elf Uhr vierzig in einem fahrplanmäßigen Zug der Stadtlinie an Aldgate vorbeigefahren ist, gab zu Protokoll, kurz bevor der Zug in die Station eingefahren sei, habe er einen dumpfen Aufprall gehört, als ob ein Körper auf den Geleisen aufgeschlagen wäre. Der Nebel sei jedoch so dicht gewesen, daß er nichts habe sehen können. An dem fraglichen Abend selbst hat er keine Meldung darüber erstattet. Aber, was ist denn bloß mit Mr. Holmes los?«

Mein Freund stand mit dem Ausdruck angestrengtester Konzentration da und blickte wie gebannt auf die Stelle, wo die Eisenbahnschienen in einer Kurve aus dem Tunnel auftauchen. Aldgate ist ein Knotenpunkt, und es gibt da ein ganzes Netzwerk von Weichen. Auf diese war sein scharfer, durchdringender Blick geheftet, und auf seinem wachen, lebhaften Gesicht konnte ich jenes Zusammenpressen der Lippen, jenes Vibrieren der Nasenflügel und jenes Zusammenziehen der markanten, buschigen Augenbrauen beobachten, das ich so gut an ihm kannte.

»Weichen«, murmelte er. »Die Weichen.«

»Was ist damit? Was meinen Sie?«

»Ich nehme an, daß es in einem Eisenbahnnetz wie diesem nicht allzu viele Weichen gibt?«

»Nein, nur sehr wenige.«

»Und zudem auch noch eine Kurve! Weichen und eine Kurve! Beim Zeus, wenn es tatsächlich so wäre!«

»Was ist, Mr. Holmes? Haben Sie einen Anhaltspunkt?«

»Eine Idee, eine Ahnung – mehr nicht. Aber der Fall gewinnt unzweifelhaft mehr und mehr an Interesse. Einmalig, ganz und gar einmalig! Und doch, warum eigentlich nicht? Ich kann keinerlei Blutspuren auf der Strecke ausmachen.«

»Es gab auch kaum welche.«

»Aber soviel ich gehört habe, war die Verwundung recht erheblich?«

»Der Schädelknochen war zerschmettert, aber es lagen keine nennenswerten äußerlichen Verletzungen vor.«

»Aber dennoch würde man doch meinen, daß es irgendwo Blutspuren geben sollte. Wäre es vielleicht möglich, daß ich mir den Zug ansehen könnte, in dem der Passagier gereist ist, der diesen Aufprall im Nebel gehört hat?«

»Leider nein, Mr. Holmes. Die Zugkomposition ist längst aufgelöst, und die Waggons sind neu zusammengestellt worden.«

»Ich kann Ihnen versichern, Mr. Holmes«, sagte Lestrade, »daß jeder einzelne Waggon einer gründlichen Untersuchung unterzogen worden ist. Ich selbst habe dies veranlaßt.«

Es war eine der augenfälligsten Schwächen meines Freundes, daß er Leuten, deren Intelligenz der seinen unterlegen war, mit Ungeduld begegnete.

»Wer wollte daran zweifeln«, versetzte er und kehrte ihm den Rücken zu. »Zufälligerweise sind es aber nicht die Waggons, die ich inspizieren wollte. Watson, wir haben hier alles getan, was wir tun konnten. Wir wollen Sie nicht länger bemühen, Mr. Lestrade. Ich glaube, als nächstes ist Woolwich an der Reihe.«

Im Bahnhof London Bridge setzte Holmes ein Telegramm an seinen Bruder auf und gab es mir zu lesen, ehe er es abschickte. Es lautete folgendermaßen:

> Sehe einen Lichtschimmer in der Finsternis, der aber auch wieder verlöschen kann. Sende mir einstweilen per Eilboten bis zu meiner Rückkehr in die Baker Street eine vollständige Liste aller ausländischen Spione und internationalen Agenten, die sich zur Zeit in England aufhalten, samt genauer Adresse.
>
> SHERLOCK

»Das sollte uns weiterbringen, Watson«, bemerkte er, als wir unsere Plätze im Zug nach Woolwich einnahmen. »Wir sind Bruder Mycroft wahrhaftig zu Dank verpflichtet, daß er uns mit diesem Fall bekanntgemacht hat, der wirklich höchst bemerkenswert zu werden verspricht.«

Auf seinem wachen Gesicht lag noch immer jener Ausdruck gesteigerter und aufs höchste angespannter Tatkraft, aus dem ich ersehen konnte, daß irgendein neu hinzugekommener, aufschlußreicher Umstand ihn zu einem Gedankengang angeregt haben mußte. Man sehe sich einen Jagdhund an, wie er mit schlaffen Ohren und hängendem Schwanz im Zwinger herumlungert, und halte sich dann zum Vergleich das Bild desselben Hundes vor Augen, wenn er mit funkelndem Blick und angespannten Muskeln einer frischen Spur nachjagt – solcher Art war die Verwandlung, die seit dem Morgen mit Holmes vorgegangen war. Niemand hätte in diesem Mann die schlaffe und träge Gestalt im mausgrauen Schlafrock wiedererkannt, die nur wenige Stunden zuvor so rastlos durch das nebelumwaberte Zimmer gestrichen war.

»Hier gibt es Material, hier bietet sich ein Spielraum«, sagte er. »Ich muß geschlafen haben, daß ich nicht früher gemerkt habe, was in dem Fall für Möglichkeiten stecken.«

»Mir kommt das alles nach wie vor sehr dunkel vor.«

»Der Ausgang von alledem liegt auch für mich im dunkeln, aber mir ist da ein Gedanke gekommen, der uns gewaltig voranbringen könnte. Dieser Mann ist an einem anderen Ort zu Tode gekommen, und seine Leiche lag auf dem *Dach* eines Waggons.«

»Auf dem Dach?«

»Bemerkenswert, nicht? Aber halten Sie sich doch einmal die Fakten vor Augen. Ist es der reine Zufall, daß die Leiche genau an jener Stelle gefunden worden ist, wo der Zug ruckt und schlingert, da er in einer Kurve über die Weichen fährt? Ist das nicht eben der Ort, wo etwas, das auf dem Dach liegt, aller Erwartung nach herunterfallen müßte? Auf einen Gegenstand im Innern des Zuges hingegen hätten die Weichen keine Auswirkung. Die Leiche ist also vom Dach gefallen, oder es müßte sich denn um einen höchst merkwürdigen Zufall handeln. Und nun wenden Sie sich dem Problem mit dem Blut zu. Wenn das Blut an einem anderen Ort geflossen ist, so ist es nicht weiter verwunderlich, daß wir auf der Strecke keine Blutspuren gefunden haben. Jede dieser beiden Tatsachen ist schon für sich allein genommen aufschlußreich, zusammen aber addiert sich ihre Aussagekraft.«

»Und dann kommt noch die Fahrkarte dazu!« rief ich.

»Ganz recht. Bisher konnten wir uns das Fehlen der Fahrkarte nicht erklären. Jetzt hätten wir die Erklärung. Es paßt alles zusammen.«

»Aber selbst wenn es sich so verhielte, so wären wir noch immer weit davon entfernt, das Rätsel dieses Todesfalles zu lösen. Mir scheint sogar, es wird dadurch nicht klarer, sondern eher noch undurchsichtiger.«

»Kann sein«, sagte Holmes nachdenklich; »kann schon sein.« Er versank wieder in stilles Brüten und verharrte darin, bis unser Bummelzug endlich im Bahnhof Woolwich einfuhr. Dort rief er eine Droschke herbei und zog Mycrofts Zettel aus der Tasche.

»Wir haben eine ganze Reihe von Nachmittagsbesuchen zu machen«, sagte er. »Ich würde meinen, Sir James Walter gebührt als erstem unsere Aufwartung.«

Das Haus des berühmten Regierungsbeamten war eine schöne Villa mit grünen Rasenflächen, die sich bis zur Themse hinab erstreckten. Als wir dort anlangten, hatte der Nebel sich zu lichten begonnen, und zaghafter, blasser Sonnenschein drang allmählich durch. Auf unser Läuten hin öffnete ein Butler.

»Sir James, Sir?« sagte er mit ernster Miene. »Sir James ist heute morgen verstorben.«

»Guter Gott!« rief Holmes bestürzt. »Woran ist er denn gestorben?«

»Vielleicht beliebt es Ihnen einzutreten, Sir, und seinen Bruder, Colonel Valentine, zu sprechen?«

»Ja, das wird wohl das beste sein.«

Wir wurden in einen schwach erleuchteten Salon geführt, wo sich uns einen Augenblick später ein etwa fünfzigjähriger, sehr großgewachsener, gutaussehender Mann mit dünnem Bart beigesellte, der jüngere Bruder des verstorbenen Wissenschaftlers. Sein verstörter Blick, die fleckigen Wangen, das zerzauste Haar, all dies zeugte von dem schweren Schlag, der das Haus so jählings getroffen hatte. Er mußte nach Worten ringen, als er darüber zu sprechen anhob.

»Es war dieser furchtbare Skandal«, sagte er. »Mein Bruder, Sir James, war in Angelegenheiten der Ehre sehr empfindlich. Eine Affaire wie diese konnte er nicht verkraften. Sie hat ihm das Herz gebrochen. Er war immer so stolz auf das tadellose Funktionieren seiner Abteilung, und dies war ein vernichtender Schlag für ihn.«

»Wir sind in der Hoffnung hierhergekommen, vielleicht irgendwelche Hinweise von ihm zu erhalten, die uns bei der Aufklärung der Angelegenheit weiterhelfen könnten.«

»Ich kann Ihnen versichern, daß die ganze Sache für ihn ebenso rätselhaft war wie für Sie und für uns alle. Er hat alles, was er wußte, bereits der Polizei zu Protokoll gegeben. Natürlich hat er keinen Moment an der Schuld von Cadogan West gezweifelt; alles übrige jedoch war ihm schlicht unbegreiflich.«

»Und Sie sind nicht imstande, irgendein neues Licht auf die Affaire zu werfen?«

»Ich selbst weiß lediglich das, was ich darüber gehört oder gelesen habe. Ich möchte nicht unhöflich erscheinen, aber Sie werden gewiß verstehen, Mr. Holmes, daß wir alle zur Zeit sehr aufgewühlt sind, und ich muß Sie deshalb bitten, diese Unterredung ihrem Ende zuzuführen.«

»Das ist wahrhaftig eine unerwartete Entwicklung«, sagte mein Freund, als wir wieder in der Droschke saßen. »Ich möchte bloß wissen, ob er eines natürlichen Todes gestorben ist oder ob der arme alte Mann sich das Leben genommen hat. Und wenn letzteres der Fall sein sollte, wäre dies dann vielleicht so zu interpretieren, daß er sich vorwarf, seine Pflicht versäumt zu haben? Die Antwort müssen wir der Zukunft überlassen. Nun aber wollen wir uns der Familie Cadogan West zuwenden.«

Ein kleines, aber gepflegtes Haus am Rande der Stadt war das Obdach der trauernden Mutter. Die alte Dame war zu betäubt vom Schmerz, um uns von irgendwelchem Nutzen sein zu können, aber an ihrer Seite fanden wir eine junge Dame mit sehr bleichem Gesicht vor, die sich als Miss Violet Westbury vorstellte, die Verlobte des Verstorbenen und diejenige Person, die ihn an jenem verhängnisvollen Abend zuletzt gesehen hatte. »Ich kann's mir nicht erklären, Mr. Holmes«, sagte sie. »Seit dieser Tragödie habe ich kein Auge zugetan und Tag und Nacht nichts als nachgedacht, nachgedacht, nachgedacht, was denn nur dies alles zu bedeuten haben könnte. Arthur war der redlichste, loyalste und patriotischste Mensch, den man sich nur vorstellen kann. Eher hätte er sich die rechte Hand abhacken lassen, als ein Staatsgeheimnis zu verschachern, das seiner Obhut anvertraut war. Für jeden, der ihn gekannt hat, ist das absurd, undenkbar, widersinnig.«

»Aber die Fakten, Miss Westbury?«

»Ja, ja; ich gebe zu, daß ich sie nicht erklären kann.«

»Befand er sich in Geldnöten irgendwelcher Art?«

»Nein; seine Bedürfnisse waren äußerst bescheiden und sein Gehalt reichlich bemessen. Er besaß Ersparnisse von ein paar hundert Pfund, und wir hatten vor, an Neujahr zu heiraten.«

»Und keinerlei Anzeichen von seelischem Ungleichgewicht? Kommen Sie, Miss Westbury, seien Sie uns gegenüber absolut offen.«

Dem flinken Auge meines Gefährten war eine Veränderung ihres Gebarens aufgefallen. Sie errötete und zögerte.

»Doch«, sagte sie endlich, »ich hatte tatsächlich das Gefühl, daß ihm irgend etwas auf der Seele lastete.«

»Schon seit längerer Zeit?«

»Erst seit einer Woche ungefähr. Er machte einen nachdenklichen und besorgten Eindruck. Einmal versuchte ich, in ihn zu dringen. Er gab zu, daß da tatsächlich etwas war und daß es etwas mit seinen Amtspflichten zu tun hatte. ›Es ist eine Angelegenheit von zu großer Tragweite, als daß ich darüber sprechen dürfte, und wäre es auch nur zu dir‹, sagte er. Das war alles, was ich aus ihm herausbekam.«

Holmes machte ein bedenkliches Gesicht. Fahren Sie fort, Miss Westbury. Selbst wenn es so aussehen sollte, als würden Sie ihn dadurch belasten, fahren Sie fort. Es ist unmöglich vorauszusagen, was für eine Wendung die Sache schließlich nehmen wird.«

»Eigentlich habe ich nichts weiter zu sagen. Ein- oder zweimal hatte ich den Eindruck, daß er drauf und dran war, mir etwas zu sagen. Eines Abends sprach er davon, wie wichtig dieses Geheimnis sei, und wenn ich mich recht erinnere, so sagte er, daß ausländische Spione ohne Zweifel einen schönen Haufen Geld bezahlen würden, um es in ihren Besitz zu bringen.«

Das Gesicht meines Freundes nahm einen noch bedenklicheren Ausdruck an.

»Sonst noch etwas?«

»Er sagte, wir seien in diesen Dingen zu nachlässig und einem Verräter wäre es ein leichtes, an die Pläne heranzukommen.«

»Hat er solche Bemerkungen erst in letzter Zeit gemacht?«

»Ja, erst ganz kürzlich.«

»Dann berichten Sie uns doch von diesem letzten Abend.«

»Wir wollten ins Theater gehen. Der Nebel war so dick, daß es keinen Sinn gehabt hätte, eine Droschke zu nehmen. Wir gingen also zu Fuß, und der Weg führte uns ganz in der Nähe des Amtes vorbei. Da plötzlich stürzte er Hals über Kopf davon und verschwand im Nebel.«

»Ohne ein Wort?«

»Er stieß einen Schrei aus, das war alles. Ich wartete auf ihn, aber er kam nicht wieder. Darauf ging ich nach Hause zurück. Am folgenden Morgen, kurz nach dem Dienstbeginn im Amt, kamen sie zu mir, um Nachforschungen anzustellen. Gegen zwölf Uhr vernahmen wir die Schreckensnachricht. Ach, Mr. Holmes, ach wenn es Ihnen nur gelänge, seine Ehre wiederherzustellen! Sie hat ihm so viel bedeutet.«

Holmes schüttelte bekümmert den Kopf.

»Kommen Sie, Watson«, sagte er, »wir müssen weiter. Unsere nächste Station ist das Amt, aus dem die Papiere entwendet worden sind.«

»Die Sache hat von allem Anfang an schon düster ausgesehen für den jungen Mann, aber im Laufe unserer Untersuchung ist sie noch weit düsterer geworden«, bemerkte er, als sich die Droschke holpernd in Bewegung setzte. »Die geplante Heirat wäre ein Motiv für das Verbrechen. Es liegt auf der Hand, daß er Geld brauchte. Und diese Idee hat schon längere Zeit in seinem Kopf herumgespukt, sonst hätte er nicht davon gesprochen. Fast hätte er das junge Mädchen zur Komplizin seines Verrats gemacht, indem er ihr von seinen Plänen erzählt hätte. Das Ganze sieht wirklich übel aus.«

»Aber sollte man nicht auch seinen guten Leumund mit berücksichtigen, Holmes? Und dann ist da noch etwas; warum sollte er sein Mädchen mitten im Nebel stehenlassen und Hals über Kopf davonstürzen, wenn er vorhat, ein Verbrechen zu begehen?«

»Ganz recht! Gewiß sind da einige Widersprüche. Aber erdrückend viel spricht eben gegen ihn.«

Mr. Sidney Johnson, der Bürovorsteher, empfing uns auf dem Amt und hieß uns mit jenem Respekt willkommen, den die Visitenkarte meines Gefährten selten auszulösen verfehlt. Er war ein hagerer, mürrischer Mann mittleren Alters mit

Brille, dessen Wangen ausgezehrt wirkten und dessen Hände unter der nervlichen Belastung ständig zuckten.

»Eine schlimme Sache, Mr. Holmes, sehr schlimm! Haben Sie schon vom Ableben unseres Chefs gehört?«

»Wir kommen gerade von seinem Haus.«

»Hier geht alles drunter und drüber. Der Chef tot, Cadogen West tot, die Pläne gestohlen... Und dabei waren wir am Montagabend, als wir das Büro verließen, noch eine so tadellos funktionierende Dienststelle der Regierung wie nur irgendeine. Guter Gott, es ist furchtbar, auch nur daran zu denken! Daß ausgerechnet West so etwas tun mußte!«

»Sie sind also von seiner Schuld überzeugt?«

»Ich wüßte nicht, wie man darum herumkommt. Und dabei hatte ich ihm so vertraut, wie ich mir selbst vertraue.«

»Um wieviel Uhr wurde das Büro am Montag geschlossen?«

»Um fünf.«

»Haben Sie es abgeschlossen?«

»Ich bin immer der letzte, der geht.«

»Wo waren die Pläne?«

»In dem Safe dort. Ich selbst habe sie hineingelegt.«

»Gibt es keinen Nachtwächter für dieses Gebäude?«

»Doch; aber er hat sich daneben auch noch um andere Amtsgebäude zu kümmern. Es ist ein ehemaliger Soldat, ein äußerst vertrauenswürdiger Mann. An jenem Abend ist ihm nichts Außergewöhnliches aufgefallen. Aber es herrschte ja auch sehr dicker Nebel.«

»Angenommen, Cadogan West hätte nach Dienstschluß in dieses Gebäude eindringen wollen, so hätte er drei Schlüssel benötigt, um an die Papiere heranzukommen, oder?«

»Ja, ganz recht. Den Schlüssel des Hauptportals, den Schlüssel zum Büro und den Safeschlüssel.«

»Und nur Sir James Walter und Sie selbst waren im Besitze dieser Schlüssel?«

»Die Türschlüssel hatte ich nicht, nur den Safeschlüssel.«

»War Sir James ein Mensch, der in seinen Angelegenheiten auf Ordnung hielt?«

»Ja, ich glaube schon. Was diese drei Schlüssel anbelangt, so weiß ich jedenfalls, daß er sie alle an ein und demselben Schlüsselring zu tragen pflegte. Ich habe sie oft so gesehen.«

»Und diesen Schlüsselring hat er bei sich gehabt, als er nach London ging?«

»Das hat er jedenfalls gesagt.«

»Und Sie haben Ihren Schlüssel nicht einen Moment aus der Hand gegeben?«

»Nicht einen Moment.«

»In diesem Fall muß West, falls er der Täter ist, ein Duplikat davon gehabt haben. Auf seiner Leiche ist jedoch nichts dergleichen gefunden worden. Und da ist noch ein anderes Problem: Wenn ein Angestellter dieses Amtes sich mit dem Gedanken trägt, die Pläne zu verkaufen, wäre es da nicht einfacher für ihn, sie heimlich zu kopieren, als sich der Originale zu bemächtigen, wie es tatsächlich geschehen ist?«

»Es würde einiges an technischem Fachwissen voraussetzen, diese Pläne auf taugliche Art zu kopieren.«

»Aber ich nehme doch an, daß entweder Sir James oder Sie oder West über dieses technische Wissen verfügten?«

»Ja, gewiß doch; aber alles was recht ist, Mr. Holmes, Sie werden mich doch nicht in diese Sache hineinziehen wollen. Was sollen uns dergleichen Spekulationen, wo doch die Originalpläne auf West gefunden worden sind?«

»Nun, es ist immerhin eigenartig, daß er das Risiko eingegangen sein sollte, die Originale zu entwenden, wenn er in aller Gemütsruhe Kopien davon hätte anfertigen können, die den Zweck ebensogut erfüllt hätten.«

»Eigenartig schon – aber er hat es nun einmal getan.«

»Jeder Schritt bei der Untersuchung dieses Falles fördert wieder ein neues Rätsel zutage. Da sind auch diese drei Seiten, die noch immer fehlen. Wenn ich recht verstehe, handelt es sich dabei um das Kernstück der Pläne?«

»Ja, das ist richtig.«

»Darf ich das so verstehen, daß, wer im Besitze dieser drei Seiten ist, auch ohne die übrigen sieben ein Bruce-Partington-Unterseeboot konstruieren könnte?«

»Mein Bericht an die Admiralität lautete in diesem Sinne. Nachdem ich mir jedoch heute die Zeichnungen noch einmal angesehen habe, bin ich dessen nicht mehr so sicher. Der Entwurf zu den Doppelventilen mit selbstregulierender Verschlußklappenautomatik befindet sich auf einer der Seiten, die wir zurückerhalten haben. Solange die ausländische Macht nicht selbst im Besitz dieser Erfindung ist, dürften sie das Boot wohl kaum nachbauen können. Aber die Schwierigkeit könnten sie schon bald gemeistert haben.«

»Aber die drei fehlenden Entwürfe sind die wichtigsten von allen?«

»Ganz zweifellos.«

»Ich möchte mich jetzt, mit Ihrer gütigen Erlaubnis, ein wenig in den Räumlichkeiten umsehen. Es fällt mir nichts mehr ein, das ich Sie fragen wollte.«

Er besah sich das Safeschloß, die Tür zum Büro und die eisernen Fensterläden. Aber erst draußen auf dem Rasen fand er etwas, das sein Interesse wirklich weckte. Vor dem Fenster des Büros stand ein Lorbeerbusch, an dem mehrere Zweige offensichtlich geknickt oder abgebrochen waren. Er betrachtete sie eingehend durch sein Vergrößerungsglas und tat dann desgleichen mit einigen verwischten und undeutlichen Abdrücken im Erdreich darunter. Schließlich bat er den Bürovorsteher, die eisernen Fensterläden zuzuziehen, und wies mich darauf hin, daß diese in der Mitte nicht ganz schlossen, so daß, wer draußen stand, sehen konnte, was im Innern des Raumes vor sich ging.

»Die Spuren sind nicht mehr viel wert, nachdem wir drei Tage zu spät sind. Sie mögen etwas zu bedeuten haben oder auch nicht. Nun, Watson, es sieht nicht so aus, als ob wir hier in Woolwich weiterkommen würden. Eine magere Ernte haben wir da eingebracht. Wir wollen sehen, ob uns in London mehr Erfolg beschieden ist.«

Ehe wir vom Bahnhof Woolwich abfuhren, sollte jedoch noch eine weitere Garbe zu unserem Ertrag hinzukommen. Der Angestellte am Fahrkartenschalter war nämlich in der Lage, mit Bestimmtheit zu sagen, er habe Cadogan West, den er vom Sehen her gut kannte, am Montagabend den 8.15-Zug nach London Bridge besteigen und in Richtung London abfahren sehen. Er war offenbar allein gewesen und hatte eine einfache Fahrkarte dritter Klasse gelöst. Dem Angestellten war sein aufgeregtes und nervöses Gebaren sofort aufgefallen. Er hatte so sehr gezittert, daß er kaum imstande war, das Wechselgeld einzustecken, worauf der Angestellte ihm dabei behilflich war. Ein Blick auf den Fahrplan ergab, daß der 8.15-Zug der früheste Zug war, den West hatte erreichen können, wenn er sich um sieben Uhr dreißig von der jungen Dame getrennt hatte.

»Lassen Sie uns den Fall rekonstruieren, Watson«, sagte Holmes, nachdem er eine halbe Stunde lang schweigend dagesessen hatte. »Ich kann mich nicht entsinnen, daß wir es in all der Zeit gemeinsamer Forschungsarbeit je mit einem Fall zu tun gehabt hätten, der so schwer in den Griff zu bekommen war wie dieser. Jede Anhöhe, die wir nehmen, gibt nur wieder den Blick auf einen neuen Grat frei. Und doch haben wir zweifellos einige beachtliche Fortschritte gemacht.

Was wir bei unseren Nachforschungen in Woolwich herausgefunden haben, spricht im großen und ganzen gegen Cadogan West; die Spuren beim Fenster indessen könnten eine ihm günstigere Hypothese zulassen. Lassen Sie uns beispielsweise einmal annehmen, daß sich ein ausländischer Agent an ihn herangemacht hätte. Dieser hätte ihm wahrscheinlich strengstes Stillschweigen auferlegt, was ihn zwar davon abgehalten hätte, sich jemandem mitzuteilen, jedoch nicht verhindern konnte, daß seine Gedanken jene Richtung nahmen, die sich aus den Bemerkungen gegenüber seiner Verlobten erschließen läßt. Schön und gut. Nehmen wir nun weiter an, daß er, als er sich mit der jungen Dame auf dem Weg zum Theater befand, denselben Agenten für einen kurzen Augenblick im Nebel auftauchen und in Richtung des Amtes gehen sah. Er war ein impulsiver Mensch, ein Mann der raschen Entschlüsse. Seine Pflicht ging ihm über alles. Er folgte also dem Mann, kam zu jenem Fenster, sah, wie die Dokumente entwendet wurden, und machte sich an die Verfolgung des Diebes. Damit fiele auch der Einwand dahin, daß jemand wohl kaum die Originale an sich nehmen würde, wenn er Kopien davon anfertigen kann. Dieser Mann von außen hatte keine andere Wahl, als die Originale zu nehmen. Bis hierhin ist die Sache schlüssig.«

»Und wie geht es weiter?«

»Dann geraten wir in Schwierigkeiten. Das Nächstliegende für den jungen Cadogan West in einer solchen Situation wäre es doch gewesen, den Schurken zu stellen und Alarm zu schlagen, sollte man meinen. Warum hat er dies nicht getan? Wäre es möglich, daß einer seiner Vorgesetzten vom Amt die Papiere genommen hat? Das würde Wests Verhalten erklären. Oder könnte es sein, daß der Dieb ihm im Nebel entschlüpft ist und West sich darauf unverzüglich nach London aufgemacht hat, um ihn vor dessen Haus abzufangen, vorausgesetzt, er wußte, wo sich dieses befand? Auf jeden Fall muß er einem Gebot von höchster Dringlichkeit gefolgt sein, sonst hätte er sein Mädchen nicht einfach so im Nebel stehenlassen, sondern sich die Zeit genommen, ihr die Sache zu erklären. Hier wird unsere Fährte kalt, und zwischen diesen beiden Hypothesen und der Tatsache von Wests Leiche, die, mit sieben Seiten Plänen in der Tasche, auf dem Dach eines Untergrundbahnzuges liegt, klafft eine große Lücke. Mein Instinkt sagt mir, daß wir die Sache jetzt vom anderen Ende her angehen müssen. Wenn Mycroft uns die Adreßliste geschickt hat, so ist es uns vielleicht möglich, den rechten Mann herauszugreifen und zwei Spuren zu verfolgen statt nur einer.«

Und siehe da, in der Baker Street lag eine Nachricht für uns bereit. Ein Regierungsbote hatte sie per Eilpost überbracht. Holmes überflog das Blatt und warf es dann zu mir herüber.

Kleine Fische gibt es in Hülle und Fülle, aber nur wenige Männer, die sich an eine so große Sache heranwagen würden. Die einzigen, die dafür in Frage kommen, sind Adolph Meyer, wohnhaft in der Great George Street 13, Westminster; Louis La Rothière, wohnhaft in Campden Mansions, Notting Hill, und Hugo Oberstein in Caulfield Gardens 13, Kensington.

Letzterer ist am Montag in London gesehen worden, soll aber inzwischen die Stadt verlassen haben. Bin froh, daß du etwas Licht siehst. Das Kabinett sieht deinem abschließenden Bericht voll bangster Erwartung entgegen. Dringliche Sendschreiben von allerhöchster Stelle sind hier eingetroffen. Der ganze Machtapparat des Staates steht hinter dir, falls du ihn benötigen solltest.

Mycroft

»Ich fürchte«, sagte Holmes mit einem Lächeln, »daß in dieser Sache mit allen Recken und Rossen der Königin nicht viel auszurichten ist.« Er hatte seine große Karte von London ausgebreitet und lehnte sich mit gespannter Aufmerksamkeit darüber. »Na also«, sagte er nach einer Weile mit einem Seufzer der Befriedigung, »das Blatt scheint sich endlich in unserem Sinn zu wenden. Tja, Watson, nun glaube ich doch fest, daß wir die Sache noch hinkriegen werden.« In einer plötzlichen Anwandlung von Ausgelassenheit klopfte er mir auf die Schultern. »Ich gehe jetzt aus. Es ist nichts weiter als ein Erkundungsgang. Ohne meinen getreuen Kameraden und Biographen an meiner Seite würde ich nie etwas Entscheidendes unternehmen. Sie bleiben hier; wenn mich nicht alles täuscht, werden wir uns in ein, zwei Stunden wiedersehen. Sollte Ihnen die Zeit lang werden, so nehmen Sie einfach Papier und Feder zur Hand und fangen an, für die Nachwelt aufzuzeichnen, wie wir den Staat gerettet haben.«

Seine Hochstimmung hatte ein wenig auf mich abgefärbt, denn ich wußte wohl, daß er sich nicht so weit von jener

Haltung gemessenen Ernstes, die ich an ihm gewohnt war, entfernt hätte, wenn er nicht allen Grund zum Frohlocken gehabt hätte. Den ganzen langen Novemberabend wartete ich voller Ungeduld auf seine Rückkehr. Endlich, kurz nach neun Uhr, traf ein Bote mit einer Nachricht ein:

> Diniere im Restaurant Goldini in der Gloucester Road, Kensington. Kommen Sie bitte sofort dorthin. Bringen Sie ein Brecheisen, eine Blendlaterne, einen Meißel und einen Revolver mit.
>
> S. H.

Eine reizende Ausrüstung für einen ehrbaren Bürger, was ich da durch die schummrigen, nebelverhangenen Straßen tragen sollte. Ich verbarg alles fein säuberlich unter meinem Mantel und ließ mich geradenwegs zu der Adresse fahren, die er mir angegeben hatte. Mein Freund saß an einem kleinen runden Tisch nahe beim Eingang des kitschigen italienischen Restaurants.

»Haben Sie schon gegessen? Nun, dann leisten Sie mir wenigstens bei Kaffee und Curaçao Gesellschaft. Und versuchen Sie eine Zigarre der Hausmarke; sie sind gar nicht mal so abscheulich. Haben Sie das Werkzeug mitgebracht?«

»Hier ist es, unter meinem Mantel.«

»Vorzüglich. Lassen Sie mich Ihnen nun einen kurzen Abriß davon geben, was ich in der Zwischenzeit unternommen habe, nebst einigen Hinweisen auf unser Vorhaben. Es dürfte Ihnen inzwischen klargeworden sein, Watson, daß die Leiche dieses jungen Mannes auf das Zugdach *gelegt* wurde. Sobald ich einmal nachgewiesen hatte, daß sie vom Dach und nicht aus einem Waggon gefallen war, lag dies ja auf der Hand.«

»Könnte es nicht sein, daß man ihn von einer Brücke hinuntergeworfen hat?«

»Das halte ich für ausgeschlossen. Wenn Sie die Zugdächer etwas näher betrachten, so werden Sie feststellen, daß sie leicht gewölbt und von keinerlei Einfassung umgeben sind. Es ist deshalb so gut wie sicher, daß der junge Cadogan West auf ein Dach gelegt wurde.«

»Aber wie sollte man das angestellt haben?«

»Das ist genau die Frage, die es zu beantworten galt. Es gibt nur eine einzige Möglichkeit. Sie wissen ja, daß es im West End ein paar Streckenabschnitte gibt, wo die Untergrundbahn nicht unterirdisch verläuft. Ich erinnerte mich plötzlich vage daran, auf meinen Fahrten damit hin und wieder dicht über meinem Kopf Fenster gesehen zu haben. Angenommen, einer der Züge hielte nun unter einem solchen Fenster, was wäre dann einfacher, als eine Leiche auf das Dach zu legen?«

»Mir kommt das äußerst unwahrscheinlich vor.«

»Wir müssen hier einmal mehr auf das alte Axiom zurückgreifen: Wenn alle anderen Erklärungsmöglichkeiten versagen, muß das, was übrigbleibt, und sei es noch so unwahrscheinlich, die Lösung sein. In diesem Fall hier *haben* alle anderen Erklärungsmöglichkeiten versagt. Als ich deshalb herausgefunden hatte, daß einer der bedeutendsten internationalen Agenten, der sich zudem soeben aus London abgesetzt hatte, in einer direkt an die Untergrundbahnlinie angrenzenden Häuserzeile wohnt, war ich so entzückt, daß mein plötzlicher Ausbruch von Leichtsinn Sie fast ein wenig befremdete.«

»Ah, das war es also!«

»Ja, das war es. Ich hatte Mr. Hugo Oberstein, wohnhaft in Caulfield Gardens 13, ins Visier gefaßt. Ich begann mein Unternehmen bei der Station Gloucester Road, von wo aus ein äußerst hilfsbereiter Bahnbeamter die Strecke mit mir abschritt, was mir Gelegenheit gab, mich nicht allein davon zu überzeugen, daß die Hintertreppenfenster der Häuser in Caulfield Gardens tatsächlich auf die Untergrundlinie hinausgehen, sondern ebenso von der viel wesentlicheren Tatsache, daß die Züge der Untergrundbahn oft mehrere Minuten lang just an jener Stelle anhalten müssen, was auf eine Kreuzung mit einer der Haupteisenbahnlinien zurückzuführen ist.«

»Großartig, Holmes, Sie haben es geschafft!«

»Bis hierhin, Watson, bis hierhin. Wir kommen voran, aber das Ziel ist noch weit. Nun gut, nachdem ich die Rückseite von Caulfield Gardens in Augenschein genommen hatte, stattete ich der Frontseite einen Besuch ab und überzeugte mich davon, daß der Vogel wirklich ausgeflogen war. Es ist ein ansehnliches Haus, dessen oberstes Stockwerk, soviel ich sehen konnte, unmöbliert ist. Oberstein hat dort mit einem einzigen Diener, vermutlich einem Verbündeten, der sein unumschränktes Vertrauen genießt, gewohnt. Wir müssen uns klar vor Augen halten, daß Oberstein sich nach dem Kontinent begeben hat, um seine Beute an den Mann zu bringen, und nicht etwa, um zu fliehen, denn einen Haftbefehl brauchte er nicht zu befürchten, und daß ein Amateur eine Haussuchung bei ihm vornehmen könnte, das wäre ihm gewiß nie eingefallen. Doch genau das haben wir jetzt vor.«

»Könnten wir nicht einen Haussuchungsbefehl erwirken und so auf legaler Basis vorgehen?«

»Bei der derzeitigen Beweislage wohl kaum.«

»Was hoffen Sie denn, dort ausrichten zu können?«

»Man kann nie wissen, was für Korrespondenz man vorfindet.«

»Die Sache gefällt mir nicht, Holmes.«

»Mein lieber Freund, Sie brauchen bloß auf der Straße Wache zu stehen. Den kriminellen Teil übernehme ich. Das ist jetzt nicht der Zeitpunkt, sich an Kleinigkeiten zu stoßen. Denken Sie an Mycrofts Brief, an die Admiralität, das Kabinett, an die durchlauchte Person, die auf Neuigkeiten harrt. Wir *müssen* hingehen.«

Zur Antwort erhob ich mich vom Tisch.

»Sie haben recht, Holmes, das müssen wir.«

Er sprang auf und drückte mir die Hand.

»Wußt ich's doch, daß Sie zu guter Letzt nicht zaudern würden«, sagte er, und einen Augenblick lang lag etwas in seinem Blick, das näher an Herzenswärme herankam als alles, was ich je an ihm gesehen hatte. Schon im nächsten Moment aber war er wieder ganz der überlegene, nüchterne Holmes.

»Der Ort liegt etwa eine halbe Meile von hier, aber wir haben keine Eile. Lassen Sie uns zu Fuß hingehen«, sagte er. »Und daß Sie mir unsere Instrumente ja nicht fallen lassen, wenn ich bitten darf. Ihre Verhaftung als verdächtiges Subjekt würde eine höchst unglückselige Komplikation bedeuten.«

Caulfield Gardens war eine jener Reihen von nichtssagenden, mit Säulen und Portikos ausstaffierten Häusern, die sich als unübersehbare Erzeugnisse der Mitte des Viktorianischen Zeitalters im Londoner West End breitmachen. Im Nachbarhaus schien ein Kinderfest im Gange zu sein, denn das fröhliche Geschnatter junger Stimmen und das Klimpern eines Pianos schallten durch den Abend. Der Nebel hing noch immer tief und verbarg uns hinter seinen freundlichen Schleiern. Holmes hatte seine Laterne entzündet und richtete den Lichtstrahl auf die massive Eingangstür.

»Das ist ein harter Brocken«, sagte er. »Gewiß ist sie nicht nur verschlossen, sondern auch verriegelt. Wir sollten es besser über das Untergeschoß versuchen. Dort unten ist übrigens auch ein vortrefflicher Torbogen, für den Fall, daß ein übereifriger Polizist uns stören sollte. Wenn Sie mir behilflich sein wollten, Watson, ich werde mich nachher revanchieren.«

Eine Minute später standen wir beide drunten in dem kleinen Vorhof. Kaum hatten wir den sicheren Schatten erreicht, als wir auch schon die Schritte des Polizisten über uns im Nebel hörten. Als ihr gedämpfter Rhythmus wieder verklungen war, nahm Holmes sich die untere Tür vor. Ich sah, wie er sich bückte und hebelte, bis sie mit einem scharfen Krachen aufsprang. Hastig drängten wir uns hinein in den dunklen Gang und schlossen die Tür hinter uns. Holmes begann mir voran die gewundene, teppichlose Treppe hinaufzusteigen. Der kleine Fächer gelben Lichtes in seiner Hand fiel auf ein tiefliegendes Fenster.

»Da wären wir, Watson – das muß es sein.« Er öffnete das Fenster, und man vernahm ein tiefes Rumpeln und Grollen, das langsam und beständig anschwoll, bis der Zug mit lautem Getöse in der Dunkelheit an uns vorüberschoß. Holmes ließ den Lichtschein über das Fenstersims gleiten. Es war dicht bedeckt vom Ruß der vorbeifahrenden Lokomotiven, aber an einigen Stellen war der schwarze Überzug verwischt und abgescheuert.

»Da sieht man, wo sie die Leiche abgesetzt haben. Aber, holla, Watson, was haben wir denn da? Das ist zweifellos ein Blutfleck.« Er deutete auf einige schwache Farbmale entlang dem Fensterrahmen. »Und dort auf der Treppenstufe ist noch einer. Die Demonstration ist damit abgeschlossen. Lassen Sie uns noch so lange bleiben, bis ein Zug hält.«

Wir brauchten nicht lange zu warten. Schon der nächste Zug kam zwar ebenso grollend aus dem Tunnel geschossen wie sein Vorgänger, verlangsamte aber seine Fahrt, sobald er im Freien war, und hielt dann mit kreischenden Bremsen direkt unter uns. Vom Fenstersims bis zum Dach des nächsten Waggons waren es weniger als vier Fuß. Holmes schloß behutsam das Fenster.

»Bis hierhin hätten wir recht behalten«, sagte er. »Was meinen Sie dazu, Watson?«

»Ein Meisterwerk! Nie haben Sie sich zu größeren Höhen emporgeschwungen.«

»Hierin kann ich Ihnen nicht beipflichten. Sobald mir einmal der Gedanke mit der Leiche auf dem Zugdach gekommen war, der gewiß nicht besonders weit hergeholt war, hat sich alles übrige ganz von selbst ergeben. Ginge es bei dieser Affaire nicht um so bedeutende Interessen, so müßte sie bis hierhin als belanglos bezeichnet werden. Die Schwierigkeiten fangen erst jetzt an. Aber vielleicht läßt sich hier etwas finden, das uns weiterhilft.«

Wir waren die Hintertreppe hinaufgestiegen und betraten nun die Zimmerflucht im ersten Stockwerk. Der eine Raum war ein spartanisch eingerichtetes Eßzimmer, das nichts von Interesse enthielt; der nächste ein Schlafzimmer, das ebenfalls nichts hergab. Das letzte Zimmer indes sah vielversprechender aus, und mein Gefährte schickte sich zu einer systematischen Untersuchung an. Es diente offenbar als Arbeitszimmer, denn überall lagen Bücher und Papiere herum. Rasch und methodisch durchwühlte Holmes Schublade um Schublade und Schrank um Schrank, aber kein Funke eines Triumphes wollte seine gestrengen Züge erhellen. Nach einer Stunde war er kein bißchen weiter als am Anfang.

»Der schlaue Hund hat seine Spuren verwischt«, sagte er. »Er hat nichts hinterlassen, was ihn in irgendeiner Weise belasten könnte. Entweder hat er seine verfängliche Korrespondenz vernichtet, oder er hat sie an einen anderen Ort gebracht. Das hier ist unsere letzte Chance.«

Die Rede war von einer kleinen Geldkassette aus Zinn, die auf dem Schreibpult stand. Holmes brach sie mit Hilfe des Meißels auf. Sie enthielt mehrere Papierrollen, die mit Zahlen und Berechnungen vollgeschrieben waren, doch nichts, was über deren Bedeutung Aufschluß gegeben hätte. Wiederholt vorkommende einzelne Wörter wie ›Wasserdruck‹ oder ›Druck pro Quadratzoll‹ wiesen auf einen allenfalls möglichen Zusammenhang mit Unterseebooten hin. Holmes warf sie alle ungeduldig beiseite. Das einzige, was jetzt noch übrigblieb, war ein Briefumschlag mit ein paar Zeitungsausschnitten. Er schüttelte sie auf den Tisch hinaus, und noch im selben Augenblick verkündete mir seine erregte Miene, daß etwas sein Herz höher schlagen ließ.

»Was haben wir denn hier, Watson? Ei, was haben wir denn hier? Belegstücke einer ganzen Serie von Botschaften, die im Anzeigenteil einer Zeitung erschienen sind. In der Seufzerspalte des *Daily Telegraph*, soviel sich aus Druck und Papier ersehen läßt. Rechte obere Ecke der Seite. Datum fehlt – aber die Reihenfolge der Botschaften ergibt sich von selbst. Das hier muß die erste sein: ›Hoffte, Nachricht früher zu erhalten. Bedingungen akzeptiert. Ausführliches Schreiben an Adresse auf der Karte. Pierrot.‹

Dann kommt das hier: ›Materie zu komplex, Beschreibung nicht ausreichend. Benötige vollständiges Dokument. Geld bei Ablieferung der Ware. Pierrot.‹

Und dann das: ›Zeit drängt. Muß Angebot zurückziehen,

wenn Kontrakt nicht erfüllt. Erwarte Termin per Brief. Bestätigung per Annonce. Pierrot.‹

Und zu guter Letzt das: ›Montagabend nach neun. Zweimal klopfen. Nur wir beide. Kein Grund zum Mißtrauen. Barzahlung bei Lieferung der Ware. Pierrot.‹

Recht vollständig, unsere Sammlung von Belegen, Watson! Wenn wir bloß irgendwie an den Mann am anderen Ende herankommen könnten!« Er saß gedankenverloren da und trommelte mit den Fingern auf den Tisch. Schließlich sprang er auf.

»Nun, vielleicht wird sich das zum Schluß als gar nicht so schwierig erweisen. Hier können wir nichts weiter tun, Watson. Doch sollten wir noch schnell bei den Büros des *Daily Telegraph* vorbeifahren und unser umfangreiches Tagewerk damit zum Abschluß bringen.

Mycroft Holmes und Lestrade hatten sich am folgenden Morgen nach dem Frühstück verabredungsgemäß bei uns eingefunden, und Sherlock Holmes gab unsere Taten vom Vortag zum besten. Der Polizeibeamte quittierte das Geständnis unseres Einbruchs mit einem Kopfschütteln.

»Wir von der Polizei können uns solcherlei nicht leisten, Mr. Holmes«, sagte er. »Kein Wunder, daß Sie zu Resultaten kommen, von denen wir nur träumen können. Aber eines schönen Tages werden Sie es zu weit treiben, und dann werden Sie und Ihr Freund in Teufels Küche kommen.«

»Und all dies für England, Heimat und Schönheit, was, Watson? Märtyrer auf dem Altar des Vaterlandes! Aber was meinst denn du dazu, Mycroft?«

»Großartig, Sherlock! Wirklich großartig! Nur, was willst du damit machen?«

Holmes griff nach dem *Daily Telegraph*, der auf dem Tisch lag.

»Hast du Pierrots heutige Annonce schon gesehen?«

»Was! Noch eine?«

»Ja, sie lautet so: ›Heute abend. Gleiche Zeit, gleicher Ort.

Zweimal klopfen. Von allergrößter Wichtigkeit. Ihre Sicherheit hängt davon ab. Pierrot.‹«

»Heiliger Strohsack!« rief Lestrade. »Wenn er darauf reagiert, dann haben wir ihn.«

»Genau deswegen habe ich sie ja auch aufgegeben. Wenn Sie beide es einrichten können, uns ungefähr um acht nach Caulfield Gardens zu begleiten, dann sollte es uns aller Voraussicht nach gelingen, der Lösung ein wenig näher zu kommen.«

Eine der bemerkenswertesten Eigenschaften von Sherlock Holmes war die Fähigkeit, sein Gehirn jederzeit abschalten und all seine Gedanken weniger gewichtigen Dingen zuwenden zu können, wenn er der Überzeugung war, weiterzuarbeiten lohne sich im Augenblick nicht. Wie ich mich erinnere, vertiefte er sich für den ganzen Rest jenes denkwürdigen Tages in eine Abhandlung über die mehrstimmigen Motetten von Lassus, die er zu schreiben begonnen hatte. Ich für mein Teil besaß diese Fähigkeit zur Distanznahme in keiner Weise, und so schien der Tag für mich überhaupt kein Ende nehmen zu wollen. Die große nationale Bedeutung dieser Sache, die gespannte Erwartung an höchster Stelle und die Unmittelbarkeit des Experimentes, auf das wir uns eingelassen hatten – all dies setzte meinen Nerven mit vereinten Kräften zu. Ich war geradezu erleichtert, als wir, nach einem leichten Abendessen, endlich zu unserer Expedition aufbrachen. Lestrade und Mycroft trafen uns wie vereinbart vor der Station Gloucester Road. Wir hatten die untere Tür zu Obersteins Haus am Abend zuvor offengelassen, und da Mycroft es entschieden und voller Entrüstung von sich wies, über das Geländer zu klettern, kam ich nicht darum herum, hineinzugehen und ihnen die Haupttür zu öffnen. Noch vor neun saßen wir alle im Arbeitszimmer und warteten geduldig auf unseren Mann.

Eine Stunde verstrich, und dann noch eine. Als es elf Uhr schlug, kam es mir vor, als würden mit den gemessenen Schlägen der mächtigen Kirchenglocke unsere Hoffnungen zu

Grabe getragen. Lestrade und Mycroft rutschten unruhig auf ihren Stühlen hin und her und schauten zweimal in der Minute auf ihre Uhren. Holmes saß ruhig und gesammelt da; er hatte die Augenlider halb geschlossen, aber jeder einzelne seiner Sinne war hellwach. Mit einem jähen Ruck hob er den Kopf.

»Er kommt«, sagte er.

Jemand war mit verstohlenen Schritten an der Tür vorbeigehuscht. Jetzt kam er zurück. Man hörte ein scheuerndes Geräusch von draußen und dann zwei bestimmte Schläge mit dem Türklopfer. Holmes erhob sich und bedeutete uns sitzenzubleiben. Das Gaslicht im Flur draußen war nicht mehr als ein heller Punkt. Holmes öffnete die Außentür, und kaum war die dunkle Gestalt an ihm vorbeigeschlüpft, schloß er sie wieder und schob den Riegel vor. »Hier hinein!« hörte man ihn sagen, und einen Augenblick später stand unser Mann vor uns. Holmes hatte sich dicht hinter ihm gehalten, und als der Mann sich mit einem Aufschrei der Überraschung und der Bestürzung zur Flucht wenden wollte, packte er ihn beim Kragen und stieß ihn ins Zimmer zurück. Noch ehe unser Gefangener das Gleichgewicht wieder erlangt hatte, war die Tür geschlossen, und Holmes lehnte sich mit dem Rücken dagegen. Der Mann warf wilde Blicke um sich, taumelte und fiel dann bewußtlos zu Boden. Beim Aufprall fiel ihm sein breitrandiger Hut vom Kopf, das Halstuch, das sein Gesicht bis zu den Lippen bedeckt hatte, rutschte herunter, und zum Vorschein kamen der lange, dünne Bart und die weichen, gutgeschnittenen, feinen Gesichtszüge von Colonel Valentine Walter.

Holmes stieß einen Pfiff der Überraschung aus.

»Jetzt können Sie mal schreiben, was ich für ein Esel bin, Watson«, sagte er. »Dies ist nicht der Vogel, den ich zu fangen erwartete.«

»Wer ist es?« wollte Mycroft wissen.

»Der jüngere Bruder des verstorbenen Sir James Walter, des Leiters der Abteilung für Unterseeboote. So, so; jetzt sehe ich, wie die Karten liegen. Er kommt allmählich wieder zu sich. Ich glaube, ihr überlaßt das Verhör am besten mir.«

Wir hatten die hingestreckte Gestalt vom Boden aufs Sofa gehoben. Nun setzte sich unser Gefangener auf, blickte mit schreckverzerrtem Gesicht um sich und fuhr sich mit der Hand über die Stirn wie jemand, der seinen eigenen Sinnen nicht traut.

»Was hat dies alles zu bedeuten?« fragte er. »Ich bin hierhergekommen, um Mr. Oberstein zu besuchen.«

»Wir wissen alles, Colonel Walter«, sagte Holmes. »Wie ein englischer Gentleman sich so verhalten konnte, übersteigt freilich mein Fassungsvermögen. Ihre Beziehungen zu Oberstein und Ihre ganze Korrespondenz mit ihm sind uns hingegen bekannt. Dies also sind die Umstände, die zum Tod des jungen Cadogan West geführt haben. Wenn ich Ihnen einen Rat geben darf, so könnte es wenigstens ein geringes zu Ihrer Ehrenrettung beitragen, wenn Sie Reue bezeigen und ein Geständnis ablegen; es gibt da nämlich noch ein paar Details, die wir nur aus Ihrem Mund erfahren können.«

Der Mann stöhnte auf und ließ den Kopf in die Hände sinken. Wir warteten, aber er verharrte weiterhin in Schweigen.

»Ich kann Ihnen versichern, über alles Wesentliche wissen wir bereits Bescheid. Wir wissen, daß Sie unter dem Druck einer Geldforderung standen, daß Sie von den Schlüsseln, die Ihr Bruder in Gewahrsam hatte, einen Abdruck nahmen und daß Sie eine Korrespondenz mit Oberstein begannen, der Ihre Briefe mittels Annoncen im *Daily Telegraph* beantwortete. Es ist uns auch bekannt, daß Sie den Nebel vom Montagabend nutzten, um zum Amt zu gehen, daß Sie dabei aber von dem jungen Cadogan West, dessen Verdacht Sie vermutlich bereits früher erweckt hatten, gesehen und verfolgt wurden. Er sah den Diebstahl, konnte jedoch keinen Alarm schlagen, da nicht auszuschließen war, daß Sie die Papiere lediglich Ihrem Bruder in London überbringen würden. Als guter Staatsbürger, der er war, stellte er all seine privaten Interessen hintan, blieb Ihnen im Nebel dicht auf den Fersen und ließ Sie nicht aus den Augen, bis Sie eben dieses Haus hier erreicht hatten. Erst dann trat er Ihnen entgegen, und bei dieser Gelegenheit, Colonel Walter, fügten Sie dem Verrat das noch weit entsetzlichere Verbrechen des Mordes hinzu.«

»Das ist nicht wahr! Das ist nicht wahr! Gott sei mein Zeuge, daß das nicht wahr ist!« schrie unser unseliger Gefangener.

»Dann sagen Sie uns, wie Cadogan West den Tod fand, ehe Sie ihn auf das Dach jenes Eisenbahnwagens gelegt haben.«

»Das will ich. Sie haben mein Wort darauf. Alles übrige habe ich getan; ich gebe es zu. Es war genau so, wie Sie gesagt haben. Ich hatte eine Börsenschuld zu begleichen. Ich brauchte das Geld ganz dringend. Oberstein hat mir fünftausend angeboten. Ich habe es nur getan, um mich vor dem Ruin zu retten. Aber was den Mord anbelangt, da bin ich so unschuldig wie Sie selbst.«

»Also, was ist denn nun geschehen?«

»Er hatte wirklich schon früher Verdacht geschöpft und folgte mir, ganz wie Sie es vorher geschildert haben. Ich bemerkte nicht das geringste davon, bis ich hier vor diesem Haus stand. Der Nebel war so dick, daß man keine drei Yards weit sehen konnte. Ich hatte eben zweimal angeklopft, und Oberstein war in der Tür erschienen. Da plötzlich stürzte dieser junge Mann aus dem Nebel hervor und verlangte zu wissen, was wir mit den Papieren vorhätten. Oberstein hat einen kurzen Totschläger. Er trägt ihn immer bei sich. Als West sich hinter uns durch die Tür drängte, schlug er ihm damit über den Kopf. Der Hieb war mörderisch. Es dauerte keine fünf Minuten, und der Mann war tot. Da lag er nun im Flur, und wir hatten keine Ahnung, was wir mit ihm anfangen sollten. Dann kam Oberstein auf diese Idee mit den Zügen, die hier direkt unter dem hinteren Fenster anhalten. Zuerst aber nahm er die Papiere, die ich ihm mitgebracht hatte, in Augenschein. Er sagte, drei davon seien wesentlich, und er müsse sie behalten. ›Sie können sie unmöglich behalten‹, entgegnete ich. ›In Woolwich wird die Hölle los sein, wenn sie nicht an ihrem Platz sind.‹ – ›Ich muß sie behalten‹, sagte er, ›sie enthalten so viele technische Einzelheiten, daß es unmöglich ist, in dieser kurzen Zeit Kopien anzufertigen.‹ – ›Dann müssen sie allesamt noch heute nacht zurück an ihren Platz‹, sagte ich. Er dachte eine Weile nach und rief dann plötzlich aus, er habe die Lösung. ›Drei behalte ich‹, sagte er. ›Die übrigen stecken wir dem jungen Mann da in die Tasche. Wenn er gefunden wird, wird die ganze Sache bestimmt ihm zugeschrieben.‹ Ich sah keinen anderen Ausweg, und so taten wir denn, was er vorgeschlagen hatte. Wir mußten eine halbe Stunde beim Fenster warten, bis ein Zug anhielt. Der Nebel war so dick, daß kein Mensch etwas davon bemerken konnte, und wir hatten keinerlei Schwierigkeiten, Wests Leichnam auf den Zug hinabzulassen. Das war das Ende der Geschichte, soweit sie mich betraf.«

»Und Ihr Bruder?«

»Er hat nichts gesagt, aber er hatte mich früher einmal mit seinen Schlüsseln ertappt, und ich glaube, er hat etwas vermutet. Ich konnte es in seinen Augen lesen, daß er etwas vermutete. Wie Sie wissen, ist er von diesem Schlag nie wieder aufgestanden.«

Im Zimmer breitete sich Schweigen aus. Endlich wurde es von Mycroft Holmes gebrochen.

»Wollen Sie nicht Wiedergutmachung leisten? Das würde Ihr Gewissen erleichtern und wohl auch Ihre Strafe mildern.«

»Wie soll ich denn Wiedergutmachung leisten können?«

»Wohin ist Oberstein mit den Papieren gegangen?«

»Ich weiß es nicht.«

»Hat er Ihnen keine Adresse hinterlassen?«

»Er sagte mir, Briefe ans Hôtel du Louvre in Paris würden ihn früher oder später dort erreichen.«

»Dann können Sie noch etwas wiedergutmachen«, sagte Sherlock Holmes.

»Ich will alles tun, was in meinen Kräften steht. Ich schulde diesem Burschen keine Rücksichtnahme. Er ist mein Ruin und Untergang gewesen.«

»Da haben Sie Papier und Feder. Setzen Sie sich hier an dieses Pult und schreiben Sie, was ich Ihnen diktiere. Setzen

Sie die Adresse, die er Ihnen gegeben hat, auf den Umschlag. Gut so. Und jetzt der Brief: ›Sehr geehrter Herr, bezüglich unserer Transaktion wird Ihnen inzwischen zweifellos aufgefallen sein, daß ein sehr wesentliches Detail fehlt. Ich bin im Besitze einer Pauskopie, welche diese Lücke füllen würde. Ihre Beschaffung war allerdings mit zusätzlichen Umtrieben verbunden, so daß ich Sie um die Zahlung von weiteren fünfhundert Pfund ersuchen muß. Ich kann die Zeichnung auf keinen Fall der Post anvertrauen und muß auf Auszahlung der Summe in Gold oder Banknoten bestehen. Ich hätte Sie gerne im Ausland aufgesucht, aber zum jetzigen Zeitpunkt würde es zuviel Aufsehen erregen, wenn ich mein Land verließe. Ich erwarte Sie deshalb am kommenden Samstag um neun Uhr im Rauchsalon des Charing Cross Hotels. Beachten Sie bitte, daß ich ausschließlich englische Banknoten oder Gold entgegennehmen kann.‹ So, das sollte seinen Zweck mehr als erfüllen. Es würde mich sehr wundern, wenn uns das den Mann nicht herbeischaffen sollte.«

Und wahrhaftig, so kam es. Es ist eine historische Tatsache – eine Tatsache jener geheimen Historie eines Landes, die oft so viel intimer und interessanter ist als die der offiziellen Geschichtsschreibung –, daß Oberstein, begierig, den Coup seines Lebens zu landen, in die Falle ging und für fünfzehn Jahre hinter den sicheren Mauern eines englischen Gefängnisses verschwand. In seinem Koffer fand man die unschätzbaren Bruce-Partington-Pläne, die er bereits in allen Marinezentren Europas zum Verkauf an den Höchstbietenden angeboten hatte.

Colonel Walter starb im Gefängnis gegen Ende des zweiten Jahres seiner Freiheitsstrafe. Was Holmes betrifft, so kehrte er erquickt zu seiner Abhandlung über die mehrstimmigen Motetten von Lassus zurück, die inzwischen als Privatdruck erschienen ist und unter Sachverständigen als der Weisheit letzter Schluß zu diesem Thema gilt. Einige Wochen später vernahm ich durch Zufall, daß mein Freund einen Tag in Windsor verbracht hatte, von wo er mit einer auffallend schönen smaragdenen Krawattennadel zurückkehrte. Als ich ihn fragte, ob er sie gekauft habe, gab er mir zur Antwort, sie sei das Geschenk einer gewissen huldvollen Lady, für die es ihm einmal vergönnt gewesen sei, eine kleinere Sache in Ordnung zu bringen. Mehr verriet er nicht; ich möchte jedoch meinen, daß der erhabene Name dieser Lady nicht schwer zu erraten ist, und ich zweifle nicht daran, daß jene smaragdene Nadel meinem Freund die Erinnerung an die Bruce-Partington-Pläne auf immer wachhalten wird.

DER DETEKTIV AUF DEM STERBEBETT

Mrs. Hudson, Sherlock Holmes' Vermieterin, war eine leidgeprüfte Frau. Nicht genug damit, daß die Wohnung im ersten Stockwerk ihres Hauses zu allen Tages- und Nachtzeiten von Scharen merkwürdiger und oft auch anrüchiger Gestalten heimgesucht wurde, ihr eigenartiger Mieter führte zudem auch noch einen so exzentrischen und unregelmäßigen Lebenswandel, daß ihre Geduld wohl des öfteren auf eine harte Probe gestellt wurde. Seine unglaubliche Schlampigkeit, seine musikalischen Exzesse zu den seltsamsten Zeiten, seine gelegentlichen Revolverübungen in der Wohnung, seine abstrusen und oft übelriechenden naturwissenschaftlichen Experimente und schließlich die Atmosphäre von Gewalt und Gefahr, die ihn umgab, dies alles machte ihn zum allerschlimmsten Mieter von ganz London. Andererseits aber zahlte er fürstlich. Ich habe keinen Zweifel, daß die Summe, die Holmes im Lauf der Jahre, die ich mit ihm verbrachte, für die Miete seiner Räumlichkeiten aufwandte, gereicht hätte, um das ganze Haus zu kaufen.

Die Vermieterin brachte ihm tiefste Ehrfurcht entgegen, und wie anrüchig seine Machenschaften auch scheinen mochten, sie hätte es nie gewagt, dagegen Einspruch zu erheben. Zudem mochte sie ihn wirklich gern, denn im Umgang mit Frauen legte er eine ganz bemerkenswerte Liebenswürdigkeit und Artigkeit an den Tag. Wohl stand er dem schönen Geschlecht ablehnend und mißtrauisch gegenüber, doch war er allezeit ein ritterlicher Gegner. Da ich also wußte, wie aufrichtig sie ihm gewogen war, lauschte ich ihrer Erzählung mit ernster Besorgnis, als sie mich im Verlauf meines zweiten Ehejahres bei mir zu Hause aufsuchte, um mir vom traurigen Zustand meines Freundes zu berichten.

»Er liegt im Sterben, Dr. Watson«, sagte sie. »Seit drei

Tagen geht es ständig bergab mit ihm, und ich weiß nicht, ob er den heutigen Tag noch überleben wird. Er hat es mir verboten, einen Arzt zu holen. Aber als ich dann heute früh gesehen habe, wie seine Knochen aus dem Gesicht hervortraten und wie er mich mit großen, glänzenden Augen anstarrte, da hab ich es nicht länger ausgehalten. ›Mit oder ohne Ihre Erlaubnis, Mr. Holmes, ich hole jetzt auf der Stelle einen Arzt‹, sagte ich zu ihm. ›Dann aber Watson‹, sagte er. An Ihrer Stelle würd ich keine Stunde damit warten, Sir, sonst sehen Sie ihn vielleicht nicht mehr lebend.«

Ich war entsetzt, denn ich hatte nichts davon gewußt, daß er krank war. Es versteht sich wohl von selbst, daß ich in aller Eile Hut und Mantel holte. Auf der Fahrt zu ihm erkundigte ich mich dann nach den Einzelheiten.

»Ich kann Ihnen gar nicht viel sagen, Sir. Er hat sich in letzter Zeit mit einem Fall drunten in Rotherhithe befaßt, in einer dieser Gassen beim Fluß, und von dort hat er auch diese Krankheit zurückgebracht. Am Mittwochnachmittag hat er sich ins Bett gelegt, und seither ist er nicht wieder davon aufgestanden. Die letzten drei Tage ist weder was zu essen noch was zu trinken über seine Lippen gekommen.«

»Gütiger Gott! Warum haben Sie denn keinen Arzt geholt?«

»Er wollte es einfach nicht haben, Sir. Sie wissen ja selbst, wie herrisch er sein kann. Ich habe es nicht gewagt, ihm einfach nicht zu gehorchen. Aber seine Stunden hienieden sind gezählt, das werden Sie selbst sehen, sobald Sie einen Blick auf ihn geworfen haben.«

Und in der Tat, er bot ein Bild des Jammers. Im trüben Licht des nebligen Novembertages nahm sich das Krankenzimmer sowieso schon düster aus, aber dieses ausgezehrte, verfallene, mir aus dem Bett entgegenstarrende Gesicht ließ mich bis tief ins Herz hinein erschauern. Seine Augen hatten einen fiebrigen Glanz, auf beiden Wangen zeichneten sich hektisch rote Flecke ab, und seine Lippen waren schwärzlich verkrustet. Die mageren Hände auf der Bettdecke krampften sich unablässig zusammen, und seine Stimme war krächzend und brüchig. Als ich das Zimmer betrat, lag er apathisch da, sowie er aber meiner ansichtig wurde, glomm ein Funke des Wiedererkennens in seinen Augen auf.

»Nun, Watson, es sieht so aus, als seien schlechte Zeiten angebrochen«, sagte er mit schwacher Stimme, in der jedoch noch etwas von seiner alten Unbekümmertheit mitschwang.

»Mein lieber Freund!« rief ich und eilte auf ihn zu.

»Zurück! Treten Sie augenblicklich zurück!« sagte er in dem scharfen, herrischen Ton, den ich bei ihm nur in Krisensituationen kannte. »Wenn Sie mir näher kommen, Watson, so muß ich Sie aus dem Haus weisen.«

»Aber warum?«

»Weil ich es so wünsche. Ist das nicht Grund genug?«

Ja, Mrs. Hudson hatte recht gehabt. Er war herrischer denn je. Doch war es herzzerreißend, zu sehen, wie entkräftet er gleichzeitig war.

»Ich wollte ja nur helfen«, erklärte ich.

»Eben! Und am besten helfen Sie, indem Sie tun, was man Ihnen sagt.«

»Gewiß, Holmes.«

Er milderte die Strenge seines Tons ein wenig.

»Sie sind mir nicht gram?« fragte er, nach Atem ringend.

Wie hätte ich dem armen Teufel gram sein können, wenn er in einem solchen Zustand vor mir lag!

»Es ist nur zu Ihrem eigenen Besten, Watson«, krächzte er.

»Zu *meinem* Besten?«

»Ich weiß, was mit mir los ist. Es ist eine Krankheit, die unter den Kulis von Sumatra grassiert – die Holländer wissen mehr darüber als wir, wenn sie auch bis zum heutigen Tage wenig dagegen unternehmen konnten. Eines allerdings ist sicher: Sie führt unweigerlich zum Tode und ist grauenhaft ansteckend.«

Er sprach jetzt mit fiebriger Erregung, und seine langen Hände zuckten und verkrampften sich, als er mich fortzuscheuchen suchte.

»Ansteckend durch bloße Berührung, Watson – so ist es,

durch bloße Berührung. Halten Sie also Abstand, dann ist alles in Ordnung.«

»Guter Gott, Holmes! Sie werden doch nicht im Ernst annehmen, daß derlei Erwägungen für mich auch nur einen Augenblick ins Gewicht fallen? Selbst wenn es um einen Fremden ginge, würden sie mich nicht anfechten. Und Sie bilden sich ein, sie könnten mich davon abhalten, einem so alten Freund gegenüber meine Pflicht zu erfüllen?«

Ich näherte mich ihm aufs neue, er aber wies mich mit einem Blick voll unbändiger Wut zurück.

»Wenn Sie dort stehenbleiben, rede ich. Wenn nicht, müssen Sie den Raum verlassen.«

Mein Respekt vor den außergewöhnlichen Fähigkeiten von Holmes ist so tief, daß ich mich seinen Wünschen immer gebeugt hatte, selbst wenn sie mir in keiner Weise verständlich waren. Nun aber bäumten sich all meine ärztlichen Instinkte auf. Mochte er auch in anderen Dingen mein Meister sein, hier in seinem Krankenzimmer war ich der seine.

»Holmes«, sagte ich, »Sie sind nicht der, der Sie sonst sind. Ein Kranker ist einem Kind vergleichbar, und wie mit einem solchen will ich nun auch mit Ihnen umgehen. Ob es Ihnen paßt oder nicht, ich werde mir jetzt Ihre Symptome ansehen und Sie dagegen behandeln.«

Er warf mir einen giftigen Blick zu.

»Wenn ich mich schon, ob ich will oder nicht, verarzten lassen muß, dann soll es aber wenigstens ein Arzt sein, zu dem ich Vertrauen habe.«

»Zu mir haben Sie also keines?«

»Zu Ihnen als Freund gewiß. Aber Tatsachen sind nun mal Tatsachen, Watson; letzten Endes sind Sie doch nur ein kleiner praktischer Arzt mit sehr beschränkter Erfahrung und mittelmäßigen Qualifikationen. Es schmerzt mich, Ihnen so etwas sagen zu müssen, aber Sie lassen mir keine andere Wahl.«

Ich war tief gekränkt.

»Eine solche Bemerkung ist Ihrer unwürdig, Holmes. Sie zeigt mir bloß klar und deutlich, in was für einem Zustand

Ihre Nerven sind. Aber wenn Sie kein Vertrauen zu mir haben, dann will ich Ihnen meine Dienste gewiß nicht aufdrängen. Lassen Sie mich Sir Jasper Meek oder Penrose Fisher oder sonst jemanden aus der ersten Garnitur der Londoner Ärzteschaft herbeirufen. Aber irgendeinen Arzt *müssen* Sie haben, und damit basta. Wenn Sie meinen, ich bleibe hier stehen und schaue zu, wie Sie sterben, ohne daß ich Ihnen selber helfe oder jemand anders herbeihole, der Ihnen helfen kann, dann haben Sie sich gründlich in mir getäuscht.«

»Sie meinen es gewiß nur gut, Watson«, sagte der Kranke mit einer Mischung aus Schluchzen und Stöhnen. »Aber muß ich Ihnen denn Ihre eigene Unwissenheit vor Augen führen? Was, bitte schön, wissen Sie über das Tapanulifieber? Und was über die Schwarze Formosafäulnis?«

»Ich habe weder vom einen noch vom anderen je gehört.«

»Im Osten gibt es viele rätselhafte Krankheiten, viele seltsame Ausformungen des Pathologischen, Watson.« Er mußte nach jedem Satz innehalten, um seine versagenden Kräfte wieder zu sammeln. »So viel habe ich bei meinen jüngsten Untersuchungen, die in den Bereich der Gerichtsmedizin fallen, gelernt. Und eben dabei habe ich mir diese Krankheit zugezogen. Sie können nichts dagegen tun.«

»Schon möglich. Aber ich weiß zufällig, daß Dr. Ainstree, die größte lebende Kapazität auf dem Gebiet der Tropenkrankheiten, sich momentan in London aufhält. Sie können sich sträuben, wie Sie wollen, Holmes; ich gehe jetzt, noch diesen Augenblick zu ihm und bringe ihn her.« Damit wandte ich mich entschlossen zur Tür.

Nie habe ich einen solchen Schock erlebt! Mit einem Tigersprung verstellte mir der Sterbende den Weg. Ein Schlüssel schnappte im Schloß. Einen Augenblick später hatte Holmes torkelnd zu seinem Bett zurückgefunden und lag nun, nach diesem grandiosen Auflodern seiner Lebenskraft, erschöpft und keuchend in den Kissen.

»Mit Gewalt werden Sie mir den Schlüssel wohl nicht abnehmen, Watson; jetzt habe ich Sie in der Hand, mein Freund.

Hier sind Sie, und hier bleiben Sie, bis es mir anders beliebt. Aber ich will Ihnen ein Zugeständnis machen.« (Dies alles kam stoßweise, wieder und wieder unterbrochen von furchtbarem Ringen nach Atem.) »Ihnen liegt nur mein Wohl am Herzen; das weiß ich natürlich bestens. Sie sollen Ihren Willen haben, aber lassen Sie mir ein wenig Zeit, meine Kräfte zu sammeln. Nicht jetzt, Watson, nicht jetzt. Es ist vier Uhr; um sechs können Sie meinetwegen gehen.«

»Das ist schierer Wahnsinn, Holmes.«

»Nur zwei Stunden, Watson. Ich verspreche Ihnen, daß ich Sie um sechs Uhr gehen lasse. Sind Sie bereit, bis dann zu warten?«

»Es scheint mir nicht viel anderes übrigzubleiben.«

»Rein gar nichts, Watson. Danke, ich komme schon allein zurecht mit den Bettlaken. Sie halten Abstand, wenn ich bitten darf. Und dann, Watson, muß ich noch eine weitere Bedingung stellen. Sie werden nicht den Mann, den Sie erwähnt haben, um Hilfe angehen, sondern einen Mann meiner eigenen Wahl.«

»Ganz wie Sie wollen.«

»Das sind die ersten vier vernünftigen Worte, die ich von Ihnen höre, seit Sie dies Zimmer hier betreten haben, Watson. Dort drüben finden Sie Lesestoff. Ich bin ein wenig erschöpft; wie mag sich wohl eine Batterie fühlen, wenn sie Elektrizität an einen nichtleitenden Körper abgibt? Um sechs nehmen wir unser Gespräch wieder auf, Watson.«

Doch es sollte weit früher wiederaufgenommen werden, und zwar unter Umständen, die mich kaum weniger erschreckten als sein Satz zur Tür. Ich hatte einige Minuten lang in stiller Betrachtung der regungslos im Bett liegenden Gestalt verharrt. Sein Gesicht war fast vollständig von den Laken bedeckt, und er schien zu schlafen. Da ich nicht die Ruhe hatte, zu lesen, begann ich darauf, langsam im Zimmer herumzuwandeln und die Portraits berühmter Verbrecher zu betrachten, welche sämtliche Wände zierten. Schließlich kam ich auf meiner ziellosen Wanderung beim Kaminsims an, der von einem Wust von Pfeifen, Tabaksbeuteln, Spritzen, Federmessern, Revolverpatronen und anderem Krimskrams übersät war. Inmitten von alledem stand eine kleine schwarzweiße Elfenbeinschatulle mit einem Schiebedeckel. Es war ein hübsches kleines Ding, und ich hatte eben meine Hand danach ausgestreckt, um es näher zu betrachten ...

Sein Schrei war ganz entsetzlich – ein schrilles Aufheulen, das wohl bis hinunter auf die Straße zu vernehmen war. Meine Haut wurde eiskalt ob dieses grauenhaften Gellens, und die Haare standen mir zu Berge. Ich fuhr herum und sah ein krampfhaft verzerrtes Gesicht und wild rollende Augen. Wie gelähmt stand ich da, die kleine Schatulle noch immer in der Hand haltend.

»Legen Sie das hin! Hinlegen, Watson, und zwar augenblicklich – augenblicklich, hab ich gesagt!« Er ließ den Kopf in die Kissen zurücksinken und stieß einen tiefen Seufzer der Erleichterung aus, als ich die Schatulle auf den Kaminsims zurückstellte. »Ich hasse es, wenn man meine Sachen anfaßt, Watson. Sie wissen genau, daß ich das hasse. Sie strapazieren meine Nerven weit über das Maß des Erträglichen hinaus. Sie sind mir ein schöner Arzt – Sie ganz allein bringen es fertig, einen Patienten reif fürs Irrenhaus zu machen. Setzen Sie sich jetzt hin, Mann, und gönnen Sie mir ein wenig Ruhe!«

Dieser Zwischenfall hatte einen höchst schmerzlichen Eindruck in meiner Seele hinterlassen. Die Heftigkeit und Grundlosigkeit seiner Erregung und die Grobheit der darauffolgenden Worte, die so weit von seiner gewohnten Höflichkeit entfernt war, ließen mich das ganze Ausmaß seiner geistigen Zerrüttung ermessen. Es gibt nichts Beklagenswerteres auf dieser Erde als den Zerfall eines großen Geistes. In stiller Verzweiflung saß ich da und wartete, bis die festgesetzte Stunde herangerückt war. Er mußte die Uhr ebenso im Auge behalten haben wie ich, denn es war noch kaum sechs, als er wieder mit derselben fiebrigen Lebhaftigkeit wie zuvor zu sprechen anhob.

»Nun, Watson«, sagte er, »haben Sie etwas Kleingeld in der Tasche?«

»Ja.«
»Auch Silbermünzen darunter?«
»Eine ganze Menge.«
»Wie viele *Half-crowns*?«
»Fünf.«

»Ah, nicht genug! Nicht genug! Das ist wirklich jammerschade, Watson! Aber wie dem auch sei, wenn es ihrer nicht mehr sind, können Sie sie in Ihre Uhrentasche stecken. Und alles übrige Geld in die linke Hosentasche. Vielen Dank. So wird es Ihnen leichter fallen, das Gleichgewicht zu halten.«

Das war nun wirklich galoppierender Wahnsinn. Er schauderte und gab abermals diesen Laut von sich, der sich wie eine Mischung aus Husten und Schluchzen anhörte.

»Und jetzt zünden Sie bitte das Gaslicht an, Watson, aber lassen Sie größte Sorgfalt walten, daß es auch nicht für einen Augenblick mehr als zur Hälfte angedreht ist. Ich beschwöre Sie, Watson, achten Sie sorgfältig darauf. Danke, das ist vortrefflich. Nein, die Rouleaus brauchen Sie nicht herunterzulassen. Und jetzt werden Sie die Freundlichkeit haben, mir ein paar Briefe und Akten hier in meiner Reichweite auf den Tisch zu legen. Und dann noch ein wenig von dem Wust da drüben auf dem Kaminsims. Vortrefflich, Watson! Dort drüben liegt eine Zuckerzange. Seien Sie doch so gut und heben Sie damit jene kleine Elfenbeinschatulle auf. Und nun stellen Sie sie hier zwischen den Akten ab. Wunderbar! So, jetzt können Sie gehen und Mr. Culverton Smith, der in der Lower Burke Street 13 wohnt, herbeiholen.«

Der Wahrheit zuliebe muß ich gestehen, daß mein Wunsch, einen Arzt herbeizuholen, inzwischen einiges an Heftigkeit verloren hatte, denn der bedauernswerte Holmes befand sich so offensichtlich im Delirium, daß es gefährlich schien, ihn alleinzulassen. Er hingegen wollte nun mit dem gleichen Starrsinn eben die genannte Person beiziehen, mit dem er sich zuvor gegen eine Konsultation gesträubt hatte.

»Ich habe diesen Namen noch nie gehört«, sagte ich.

»Das ist gut möglich, mein lieber Watson. Es wird Sie vielleicht überraschen zu hören, daß der Mann auf Erden, der sich mit dieser Krankheit am besten auskennt, kein Mediziner, sondern ein Plantagenbesitzer ist. Mr. Culverton Smith ist in Sumatra, wo er lebt, ein wohlbekannter Mann; zur Zeit hält er sich besuchshalber in London auf. Ein Ausbruch dieser Krankheit auf seiner Plantage, die weitab von jeglicher medizinischen Hilfe liegt, gab ihm den Anstoß dazu, sich selbst ihrem Studium zu widmen, was recht weit reichende Folgen hatte.

Er ist ein sehr systematischer Mensch, und ich wollte Sie nicht vor sechs Uhr aufbrechen lassen, weil ich genau wußte, daß Sie ihn vor dieser Zeit nicht in seinem Arbeitszimmer antreffen würden. Wenn Sie ihn dazu überreden können, hierherzukommen und uns seine einzigartige Erfahrung auf dem Gebiet dieser Krankheit zugutekommen zu lassen, deren Erforschung sein liebstes Steckenpferd ist, so könnte er mir ohne Zweifel helfen.«

Ich gebe hier Holmes' Rede als ein zusammenhängendes Ganzes wieder und will davon absehen, all das Ringen um Atem und Zusammenkrampfen der Hände aufzuzeichnen, das deren Fluß unterbrach und von der furchtbaren Qual, die er zu erdulden hatte, Zeugnis gab. Sein Aussehen hatte sich im Verlauf der wenigen Stunden, die ich bei ihm verbracht hatte, verschlechtert. Die Fieberflecken auf seinen Wangen traten deutlicher hervor, seine Augen blinkten mit noch hellerem Glanz aus den noch stärker umschatteten Augenhöhlen, und auf seiner Stirn schimmerte kalter Schweiß. Doch noch immer hielt er an seiner frohgemuten und unerschütterlichen Art zu reden fest. Er würde sich bis zum letzten Atemzug nicht unterkriegen lassen.

»Sie werden ihm bis in alle Einzelheiten schildern, in was für einem Zustand ich war, als Sie mich verlassen haben«, sagte er. »Sie werden ihm ganz genau den Eindruck vermitteln, den Sie selbst hier empfangen haben – den eines sterbenden Mannes, eines sterbenden und delirierenden Mannes. Wahrhaftig, es will mir nicht in den Kopf, weshalb nicht der ganze Grund des Ozeans eine einzige, kompakte Masse von Austern ist, so schnell scheinen sich diese Wesen zu vermehren. Ach je, ich schweife ab! Seltsam, wie das Gehirn das Gehirn kontrolliert. Wo war ich stehengeblieben, Watson?«

»Bei dem, was ich Mr. Culverton Smith sagen sollte.«

»Ah, ja, ich erinnere mich. Mein Leben hängt davon ab. Bitten Sie ihn ganz inständig, Watson. Zwischen uns beiden besteht kein gutes Einvernehmen. Sein Neffe, Watson – ich hatte den Verdacht, da sei etwas faul, und ließ dies ihm gegenüber durchschimmern. Der Junge starb einen schrecklichen Tod. Er ist nicht gut auf mich zu sprechen. Sie müssen sein Herz erweichen, Watson. Bitten Sie ihn, flehen Sie ihn an, setzen Sie alle Ihnen zur Verfügung stehenden Mittel ein, um ihn hierherzubringen. Er kann mich retten – er allein!«

»Ich werde ihn in einer Droschke hierherbringen, und wenn ich ihn eigenhändig zu ihr heruntertragen muß.«

»Sie werden nichts dergleichen tun! Sie überreden ihn, hierherzukommen. Und dann kommen Sie noch vor ihm wieder her. Lassen Sie sich irgendeine Ausrede einfallen, damit Sie nicht mit ihm fahren müssen. Denken Sie daran, Watson! Sie lassen mich nicht im Stich. Sie haben mich noch nie im Stich gelassen. Gewiß gibt es natürliche Feinde, welche die Ausbreitung dieser Spezies in Schranken halten. Sie und ich, Watson, wir haben unser Teil geleistet. Soll denn die ganze Welt von Austern überflutet werden? Nein, nein, entsetzlich! Sie werden alles weitersagen, was Ihnen durch den Kopf geht.«

Als ich ging, war ich erfüllt von Bildern dieses überragenden Geistes, der nun daherplapperte wie ein einfältiges Kind. Er hatte mir den Schlüssel in die Hand gedrückt, und ich hatte die glückliche Eingebung, ihn mitzunehmen, damit er sich nicht einschließen könnte. Mrs. Hudson stand weinend und zitternd draußen auf dem Flur. Als ich aus der Wohnung trat, hörte ich hinter mir Holmes' hohe, dünne Stimme irgendwelche deliriösen Gesänge anstimmen. Sowie ich unten auf der Straße stand und nach einer Droschke pfiff, kam ein Mann durch den Nebel auf mich zu.

»Wie geht es Mr. Holmes, Sir?« fragte er.

Es war ein alter Bekannter, Inspektor Morton von Scotland Yard, der in zivilen Tweed gekleidet war.

»Er ist schwer krank«, erwiderte ich.

Er warf mir einen höchst eigenartigen Blick zu. Wäre die Vorstellung nicht allzu teuflisch gewesen, so hätte ich in dem schwachen Lichtschimmer, der durch die Lünette über der Tür nach draußen fiel, geglaubt, auf seinem Gesicht eine Art Frohlocken zu sehen.

»Ich habe so etwas munkeln hören«, sagte er.

Inzwischen war die Droschke vorgefahren, und so verließ ich ihn.

Die Lower Burke Street erwies sich als eine Reihe stattlicher Häuser im vagen Grenzgebiet zwischen Notting Hill und Kensington. Das Haus, vor dem mein Kutscher anhielt, strahlte eine Art selbstgefälliger und gezierter Respektabilität aus mit seinen altmodischen Eisengittern, der schweren Flügeltür und den glänzenden Messingverzierungen. All dies stand in schönstem Einklang mit dem feierlichen Butler, der, vom rosigen Licht einer hinter ihm stehenden elektrischen Buntglaslampe umflossen, im Türrahmen erschien.

»Ja, Mr. Culverton Smith ist anwesend. Dr. Watson! Sehr wohl, Sir, ich werde Ihre Karte sogleich nach oben bringen.«

Mein bescheidener Name und ebenso bescheidener Titel schienen indes Mr. Culverton Smith nicht sonderlich zu beeindrucken. Durch die halboffene Tür war eine hohe, durchdringende, gereizte Stimme zu hören.

»Wer ist dieser Mensch? Was will er von mir? Sapperlot, Staples, wie oft habe ich Ihnen schon gesagt, daß ich während der meinem Studium geweihten Stunden auf keinen Fall gestört zu werden wünsche?«

Dem folgte ein sanft dahinfließender Strom begütigender Erklärungen seitens des Butlers.

»Nun, ich werde ihn auf keinen Fall empfangen, Staples. Es geht nicht an, daß man mich solchermaßen bei der Arbeit stört. Ich bin nicht da. Bestellen Sie ihm das. Sagen Sie ihm, er solle morgen früh wieder herkommen, wenn er mich unbedingt sprechen muß.«

Wieder erklang das sanfte Murmeln.

»Schon gut; richten Sie ihm das aus. Er kann morgen früh wieder herkommen, oder er kann es auch bleibenlassen. Nichts darf mich von meiner Arbeit abhalten.«

Ich dachte an Holmes, der sich jetzt vielleicht auf seinem Krankenlager hin- und herwälzte und die Minuten zählte, bis ich Hilfe brächte. Es war wirklich nicht der Zeitpunkt, auf Etikette zu achten. Holmes' Leben hing von meinem raschen Handeln ab. Noch ehe der betretene Butler dazu kam, seine Botschaft auszurichten, hatte ich mich an ihm vorbeigedrängt und das Zimmer betreten.

Mit einem schrillen Schrei der Entrüstung sprang ein Mann von seinem Ruhesessel neben dem Kaminfeuer auf. Mein Blick fiel auf ein großflächiges, gelbes Gesicht mit großporiger, fettiger Haut, einem gewaltigen Doppelkinn und zwei grauen Augen, die mich unter buschigen, rotblonden Brauen hervor finster und drohend anfunkelten. Seitlich auf der rosigen Rundung seines hochgewölbten, kahlen Kopfes saß in koketter Schräge eine kleine, samtene Rauchmütze. Der Schädel war von enormer Größe, aber als ich den Blick senkte, sah ich zu meiner Verwunderung, daß der Mann von kleiner und zerbrechlicher Statur und daß seine Schultern und sein Rücken verwachsen waren, wie bei jemandem, der in der Kindheit an Rachitis gelitten hat.

»Was soll das?« schrie er mit hoher, gellender Stimme. »Wie kommen Sie dazu, hier einfach so einzudringen? Habe ich Ihnen nicht sagen lassen, daß ich Sie morgen früh empfangen werde?«

»Ich bitte um Verzeihung«, entgegnete ich, »aber die Sache duldet keinen Aufschub. Mr. Sherlock Holmes . . .«

Der Name meines Freundes hatte eine ganz außergewöhnliche Wirkung auf den kleinen Mann. Der Ausdruck des Zornes verschwand augenblicklich von seinem Gesicht, und seine Züge wurden gespannt und wachsam.

»Kommen Sie von Holmes?«

»Ich habe ihn eben verlassen.«

»Was ist mit Holmes? Wie geht es ihm?«

»Er ist furchtbar krank. Eben deshalb bin ich hier.«

Der Mann wies auf einen Stuhl und wandte mir den Rükken zu, um seinen Platz wieder einzunehmen. Dabei erhaschte ich in dem Spiegel über dem Kaminsims einen Blick auf sein Gesicht. Ich hätte schwören können, daß es zu einem heimtükkischen, abscheulichen Grinsen verzerrt war. Ich beschwichtigte mich jedoch damit, daß es wohl eine nervöse Zuckung war, die ich unvermutet bemerkt hatte, denn als er sich mir einen Augenblick später wieder zuwandte, sprach aufrichtige Anteilnahme aus seiner Miene.

»Es tut mir leid, dies zu hören«, sagte er. »Ich kenne Mr. Holmes zwar lediglich aufgrund einiger geschäftlicher Kontakte, aber ich habe den größten Respekt vor seinen Fähigkeiten und seinem Charakter. Er ist ein Amateur auf dem Gebiet des Verbrechens, wie ich auf dem der Krankheit. Was ihm seine Gesetzesbrecher sind, sind mir meine Mikroben. Und das sind meine Gefängnisse«, fuhr er fort, indem er auf eine Reihe von Flaschen und Glasbehältern wies, die auf einem Beistelltisch standen. »In diesen Gallertkulturen da sitzen einige der schlimmsten Missetäter der Welt in Haft.«

»Es ist just wegen Ihres Fachwissens auf diesem Gebiet, daß Mr. Sherlock Holmes Sie zu sehen wünscht. Er hat eine hohe Meinung von Ihnen und ist der festen Überzeugung, daß Sie der einzige Mensch in ganz London sind, der ihm helfen kann.«

Der kleine Mann fuhr vom Stuhl auf, wobei ihm seine adrette Rauchmütze vom Kopf glitt.

»Wie das?« fragte er. »Wie kommt Mr. Holmes auf die Idee, daß ausgerechnet ich ihm in seiner Notlage sollte helfen können?«

»Wegen Ihres Fachwissens über Tropenkrankheiten.«

»Aber wie kommt er darauf, daß die Krankheit, die er sich zugezogen hat, eine Tropenkrankheit sein könnte?«

»Weil er kürzlich bei einer seiner kriminalistischen Untersuchungen drunten in den Docks mit chinesischen Seeleuten in Berührung gekommen ist.«

Mr. Culverton Smith lächelte verbindlich und hob seine Rauchmütze wieder vom Boden auf.

»Ah, so ist das also, ah, so«, sagte er. »Nun, ich bin sicher, die Sache ist nicht halb so schlimm, wie Sie meinen. Wie lange ist er denn schon krank?«

»Seit etwa drei Tagen.«

»Deliriert er?«

»Zeitweise.«

»Ts, ts. Das klingt allerdings ernst. Es wäre unmenschlich, seinem Hilferuf nicht Folge zu leisten. Ich dulde zwar sonst keinerlei Unterbrechung bei meiner Arbeit, Dr. Watson, aber hier handelt es sich zweifellos um einen Ausnahmefall. Ich werde unverzüglich mit Ihnen aufbrechen.«

Holmes' nachdrückliche Weisung fiel mir ein.

»Ich habe leider noch eine andere Verabredung«, entgegnete ich.

»Auch gut; dann gehe ich eben allein. Ich habe mir Mr. Holmes' Adresse irgendwo notiert. Sie können sich darauf verlassen, daß ich in spätestens einer halben Stunde bei ihm bin.«

Mit bangem Herzen betrat ich kurz danach Holmes' Schlafzimmer. Nach allem, was ich gesehen hatte, mochte während meiner Abwesenheit das Schlimmste eingetreten sein. Doch zu meiner großen Erleichterung hatte sich sein Zustand in der Zwischenzeit ganz erheblich verbessert. Wohl war sein Aussehen noch immer so gespenstisch wie zuvor, aber jegliche Spur von Delirium war von ihm gewichen, und er sprach zwar mit schwacher Stimme, aber mit einer Festigkeit und Luzidität, die das gewohnte Maß beinahe noch zu übertreffen schien.

»Nun, haben Sie ihn gesprochen, Watson?«

»Ja, er ist unterwegs hierher.«

»Bewundernswert, Watson! Einfach bewundernswert! Sie sind wirklich ein Muster von einem Kurier.«

»Er wollte sich mir gleich anschließen.«

»Das wäre ganz ungünstig gewesen, Watson. Das wäre wirklich nicht gegangen. Hat er gefragt, was mir fehlt?«

»Ich habe ihm die Sache mit den Chinesen drunten im East End erzählt.«

»Sehr gut! Nun, Watson, damit haben Sie alles getan, was ein guter Freund tun kann. Jetzt können Sie vom Schauplatz abtreten.«

»Aber ich muß doch hierbleiben, um seine Meinung zu hören, Holmes.«

»Selbstverständlich müssen Sie das. Aber ich habe Gründe zu der Annahme, daß diese Meinung offener und aufschlußreicher ausfallen wird, wenn er sich mit mir allein glaubt. Hinter dem Kopfende meiner Bettstatt ist just genug Platz für Sie, Watson.«

»Mein lieber Holmes!«

»Ich fürchte, es bleibt Ihnen keine Wahl, Watson. In diesem Zimmer hier gibt es sonst nichts, was sich zum Versteck eignen würde, und das ist ganz gut so, denn um so weniger wird er Verdacht schöpfen. Nur dort, Watson, dort könnte es vielleicht gehen.« Plötzlich setzte er sich auf, die hageren Gesichtszüge aufs äußerste gespannt. »Ich höre die Räder, Watson. Rasch jetzt, wenn Ihnen an mir liegt! Und keinen Mucks, was immer auch geschieht – was immer auch geschieht, hören Sie! Kein Wort! Spitzen Sie nur die Ohren, so gut Sie können.« Dann, von einem Augenblick zum andern, war es mit dieser plötzlichen Anwandlung von Stärke vorbei, und sein überlegenes, wohlbedachtes Reden verkam zu dem leisen, unverständlichen Gemurmel eines Menschen, der ins Delirium sinkt.

Von dem Versteck aus, in das ich so hastig gescheucht worden war, hörte ich Schritte auf der Treppe und dann das Öffnen und Schließen der Schlafzimmertür. Dem folgte zu meiner Überraschung ein langes Schweigen, das nur vom beschwerlichen Atmen und Keuchen des Kranken gestört wurde. Ich stellte mir vor, daß unser Besucher wohl neben dem

Bett stand und auf den Leidenden hinabblickte. Endlich wurde diese sonderbare Stille durchbrochen.

»Holmes!« rief er, »Holmes!« in dem eindringlichen Ton, mit dem man einen Schläfer aufzuwecken versucht. »Hören Sie mich, Holmes?« Man vernahm ein Rascheln, als schüttelte er den Kranken unsanft bei den Schultern.

»Sind Sie das, Mr. Smith?« flüsterte Holmes. »Ich habe kaum zu hoffen gewagt, daß Sie kommen würden.«

Der andere lachte.

»Das kann ich mir vorstellen«, sagte er. »Und doch bin ich hier, wie Sie sehen. Feurige Kohlen, Holmes, feurige Kohlen!«

»Das ist wirklich sehr gütig von Ihnen – sehr edelmütig von Ihnen. Ich schätze Ihr Fachwissen sehr hoch ein.«

Unser Besucher kicherte.

»Ach ja? Zum Glück sind Sie der einzige in London, der das tut. Wissen Sie, was mit Ihnen los ist?«

»Dasselbe«, erwiderte Holmes.

»Ach, Sie erkennen also die Symptome wieder?«

»Nur allzu gut.«

»Nun, das sollte mich nicht überraschen, Holmes. Es sollte mich gar nicht überaschen, wenn es tatsächlich dasselbe wäre. Schlechte Aussichten für Sie, allerdings, wenn dem so sein sollte. Der arme Victor war am vierten Tage tot – und er war ein gesunder, kräftiger junger Bursche. Gewiß war es, wie Sie damals sagten, sehr eigentümlich, daß er sich mitten in London eine so ausgefallene asiatische Krankheit zugezogen haben sollte – eine Krankheit noch überdies, deren Studium ich zu meinem ganz ausgesprochenen Spezialgebiet gemacht hatte. Ein merkwürdiges Zusammentreffen, Holmes! Sehr schlau von Ihnen, es zu bemerken, aber nicht eben feinfühlig, anzudeuten, es könnte dabei um Ursache und Wirkung gehen.«

»Ich wußte, daß Sie es getan hatten.«

»So, so, Sie wußten es. Na ja, aber beweisen konnten Sie es nicht. Aber was soll man denn dazu sagen, daß Sie einerseits solche Gerüchte über mich in die Welt setzen, andererseits, sobald Sie in Nöten sind, bei mir angekrochen kommen und um Hilfe betteln? Was sind denn das für Spielchen, hm?«

Ich hörte das rasselnde, mühselige Atmen des Kranken.

»Reichen Sie mir das Wasser!« stieß er unter Keuchen hervor.

»Sie sind dem Ende ganz schön nahe, mein Freund, aber ich werde nicht zulassen, daß Sie sich davonmachen, ehe wir ein Wörtchen miteinander gesprochen haben. Deshalb gebe ich Ihnen auch das Wasser. Da, verschütten Sie es nicht! So ist's recht. Können Sie hören, was ich sage?«

Holmes gab ein Stöhnen von sich.

»Tun Sie alles, was in Ihrer Macht steht, um mich zu retten. Lassen Sie, was vergangen ist, vergessen sein«, flüsterte er. »Ich will diese Worte aus meinem Gedächtnis tilgen, das schwöre ich. Kurieren Sie mich, und ich will alles vergessen.«

»Was wollen Sie vergessen?«

»Nun, die Sache mit Victor Savages Tod. Sie haben eben so gut wie zugegeben, daß Sie es getan haben. Aber ich will es vergessen.«

»Sie können es vergessen oder im Gedächtnis behalten, ganz wie es Ihnen beliebt. Sie sehe ich nicht auf der Zeugenbank sitzen. Sondern liegen – in einer Holzkonstruktion ganz anderer Art, mein lieber Holmes, das können Sie mir glauben. Es berührt mich herzlich wenig, daß Sie wissen, wie mein Neffe gestorben ist. Wir sind nicht hier, um über ihn zu sprechen, sondern über Sie.«

»Ja, ja.«

»Dieser Bursche, der mich geholt hat – sein Name ist mir entfallen – sagte, daß Sie sich drunten im East End bei Seeleuten angesteckt hätten.«

»Ich konnte mir die Sache nicht anders erklären.«

»Sie sind mächtig stolz auf Ihre Intelligenz, was, Holmes? Sie halten sich doch für besonders schlau, nicht wahr? Aber diesmal sind Sie an einen noch Schlaueren geraten. Besinnen

Sie sich einmal zurück, Holmes. Fällt Ihnen wirklich keine andere Möglichkeit ein, wie Sie diese Sache aufgelesen haben könnten?«

»Ich kann nicht mehr denken. Mein Verstand ist hin. Um Gottes willen, helfen Sie mir!«

»Ja, ich werde Ihnen helfen. Ich werde Ihnen verstehen helfen, was mit Ihnen los ist und wie es dazu gekommen ist. Ich möchte, daß Sie dies wissen, ehe Sie sterben.«

»Geben Sie mir etwas gegen diese Schmerzen.«

»Schmerzhafte Sache, was? Ja, ja, die Kulis pflegten auch einiges Geschrei zu erheben, wenn das Ende herannahte. Eine Art Krämpfe, nehme ich an.«

»Ja, ja, Krämpfe.«

»Nun, aber auf jeden Fall sind Sie imstande zu hören, was ich sage. So hören Sie mir denn nun gut zu! Erinnern Sie sich an irgendein ungewöhnliches Ereignis, ungefähr zu der Zeit, als die ersten Krankheitssymptome auftraten?«

»Nein; nein, nichts.«

»Denken Sie nach.«

»Ich bin zu krank, um nachzudenken.«

»Nun, dann will ich Ihnen helfen, Ihr Gedächtnis aufzufrischen. Ist nicht etwas mit der Post gekommen?«

»Mit der Post?«

»Eine Schatulle beispielsweise?«

»Mir wird schwarz vor den Augen – es ist aus!«

»Hören Sie mir zu, Holmes!« Man vernahm ein Geräusch, als schüttelte er den Sterbenden, und es kostete mich große Überwindung, ruhig in meinem Versteck zu bleiben. »Sie müssen mich anhören. Sie *werden* mich anhören. Erinnern Sie sich an eine Schatulle, eine Elfenbeinschatulle? Sie ist am Mittwoch bei Ihnen angekommen. Sie haben sie geöffnet – erinnern Sie sich jetzt?«

»Ja, genau, ich habe sie geöffnet. Im Innern befand sich eine scharfe Sprungfeder. Irgendein Scherz ...«

»Das war kein Scherz, wie Sie schon bald am eigenen Leibe erfahren werden. Sie Narr, Sie; Sie wollten es nicht anders, und jetzt haben Sie's! Was brauchten Sie mir in die Quere zu kommen? Hätten Sie mich in Frieden gelassen, so hätte ich Ihnen kein Haar gekrümmt.«

»Jetzt erinnere ich mich«, stieß Holmes unter Keuchen hervor. »Diese Sprungfeder; Sie hat mich bis aufs Blut gestochen. Die Schatulle – da drüben auf dem Tisch...«

»Wahrhaftig, da steht sie ja! Und viel besser als in diesem Zimmer ist sie wohl in meiner Tasche aufgehoben. Womit Sie dann auch noch das letzte Zipfelchen eines Beweises losgeworden wären. Sie kennen jetzt die Wahrheit, Holmes, und können mit dem Wissen sterben, daß ich Sie umgebracht habe. Sie wußten zuviel über das Schicksal von Victor Savage, und so habe ich dafür gesorgt, daß Sie es teilen würden. Der Tod naht sich Ihnen mit Riesenschritten, Holmes. Und ich werde dasitzen und zuschauen, wie Sie sterben.«

Holmes' Stimme war zu einem fast unhörbaren Flüstern herabgesunken. »Was sagen Sie?« versetzte Smith. »Das Gaslicht aufdrehen? Aha, es wird allmählich Nacht um Sie, was? Gut, ich will es gern aufdrehen, dann kann ich Sie um so besser sehen.« Er ging durch das Zimmer, und plötzlich wurde das Licht heller. »Gibt es sonst noch irgendeinen kleinen Liebesdienst, den ich Ihnen erweisen könnte, mein Freund?«

»Bringen Sie mir eine Zigarette und ein Streichholz.«

Vor Freude und Überraschung hätte ich beinahe laut aufgeschrien. Er hatte mit seiner normalen Stimme gesprochen – sie mochte ein wenig schwach sein, aber im übrigen war es ganz genau die Stimme, die mir so vertraut war. Es folgte eine lange Pause, und ich ahnte, daß Culverton Smith in wortloser Verblüffung dastand und auf seinen Gegenspieler hinabblickte.

»Was soll das heißen?« hörte ich ihn schließlich mit rauher und trockener Kehle sagen.

»Die beste Methode, eine Rolle überzeugend zu spielen, ist die, sie zu leben«, sagte Holmes. »Sie haben mein Wort darauf, daß ich drei Tage lang weder Speise noch Trank zu mir genommen habe, ehe Sie die Güte hatten, mir jenes Glas mit Wasser vollzuschenken. Aber der Tabak war mir die härteste

Entbehrung. Aha, da haben wir ja Zigaretten.« Ich hörte, wie ein Streichholz angerissen wurde. »Ah, das tut gut. Aber, hallo! Hallo! Habe ich da nicht eben den Schritt eines Freundes vernommen?«

Draußen näherten sich Tritte, dann ging die Tür auf, und Inspektor Morton trat ein.

»Alles in Ordnung; hier haben Sie den Mann«, sagte Holmes.

Der Polizeibeamte schnurrte die übliche Rechtsmittelbelehrung herunter.

»Hiermit verhafte ich Sie unter dem Verdacht des Mordes an einem gewissen Victor Savage«, schloß er.

»Man könnte noch hinzufügen, ›und des versuchten Mordes an einem gewissen Sherlock Holmes‹«, warf mein Freund kichernd ein. »Um einem Hinfälligen eine Mühe abzunehmen, Inspektor, war Mr. Culverton Smith so freundlich, Ihnen das vereinbarte Signal zu geben, indem er das Gaslicht aufdrehte. Da fällt mir übrigens ein, der Verhaftete hat in seiner rechten Manteltasche eine kleine Schatulle, die in Gewahrsam zu nehmen sich wohl empföhle. Vielen Dank. An Ihrer Stelle würde ich sehr behutsam damit umgehen. Stellen Sie sie hierhin. Sie wird bei der Gerichtsverhandlung wohl noch eine Rolle spielen.«

Plötzlich vernahm ich rasche Schritte und die Geräusche eines Handgemenges, gefolgt von Metallklirren und einem Schmerzensschrei.

»Damit erreichen Sie nichts anderes, als daß man Ihnen wehtut«, sagte der Inspektor. »Wollen Sie jetzt wohl stillhalten?« Dann schnappten Handschellen deutlich hörbar zu.

»Eine reizende Falle!« fauchte die hohe Stimme. »Aber diese Sache wird *Sie* auf die Anklagebank bringen, Holmes, nicht mich. Er hat mich gebeten, hierherzukommen und ihn zu kurieren. Er tat mir leid, und so bin ich gekommen. Und bestimmt wird er jetzt dann behaupten, ich hätte irgend etwas gesagt, was er sich aus den Finger saugt, zur Untermauerung seiner irrwitzigen Verdächtigungen. Aber Sie können lügen, soviel Sie wollen, Holmes. Mein Wort gilt immer noch gleich viel wie das Ihre.«

»Ach, du lieber Himmel!« rief Holmes. »Den hätte ich doch beinahe vergessen. Mein lieber Watson, ich muß mich tausendmal entschuldigen bei Ihnen. Wirklich ein starkes Stück, Sie so zu ignorieren! Mr. Culverton Smith brauche ich Ihnen wohl nicht vorzustellen; wenn ich recht verstehe, sind Sie einander ja bereits früher am Abend begegnet. Wartet Ihre Droschke unten auf Sie, Inspektor? Dann werde ich nachkommen, sobald ich angekleidet bin; ich nehme an, ich werde Ihnen auf der Polizeiwache von einigem Nutzen sein können.«

»So dringend hab ich das noch nie gebraucht«, sagte Holmes, der sich beim Ankleiden an einem Glas Wein und einigen Biskuits labte; »obwohl, wie Sie ja wissen, meine Lebensgewohnheiten recht unregelmäßig sind und mir deshalb so eine Fastenperiode weniger ausmacht als den meisten anderen Leuten. Es war von außerordentlicher Wichtigkeit, Mrs. Hudson von der Echtheit meines Zustandes zu überzeugen, denn sie sollte den Bericht davon zu Ihnen tragen, und Sie wiederum zu ihm. Sie nehmen mir das doch nicht übel, Watson? Sie sehen doch ein, daß Verstellungskunst nicht zu Ihren mannigfaltigen Gaben zählt und daß Sie, wären Sie in mein Geheimnis eingeweiht gewesen, Smith niemals von der dringlichen Notwendigkeit seines Kommens hätten überzeugen können, was ja eben der Punkt war, von dem das Gelingen des ganzen Plans abhing. Ich kannte sein rachsüchtiges Naturell gut genug, um absolut sicher zu sein, daß er herkommen würde, um sein Werk in Augenschein zu nehmen.«

»Aber Ihr Aussehen, Holmes – dieses gespenstische Gesicht?«

»Drei Tage strikten Fastens sind der Schönheit nicht eben zuträglich, Watson. Und was den Rest betrifft, so gibt es nichts, was ein nasser Schwamm nicht kurieren könnte. Mit Vaseline auf der Stirn, Belladonna in den Augen, etwas Rouge über den Backenknochen und Krusten von Bienenwachs um die Lippen läßt sich ein sehr zufriedenstellender Effekt erzielen.

Das Simulieren von Krankheiten ist ein Thema, über das ich schon lange einmal eine Abhandlung schreiben wollte. Und ein paar hie und da ins Gespräch eingestreute Bemerkungen über *Half-crowns*, Austern oder sonst irgendein nicht zur Sache gehörendes Thema vermögen einen recht gefälligen Eindruck von Delirium zu erwecken.«

»Aber weshalb haben Sie mich nicht in Ihre Nähe gelassen, wenn doch in Tat und Wahrheit gar keine Ansteckungsgefahr bestand?«

»Das fragen Sie noch, mein lieber Watson? Glauben Sie allen Ernstes, daß ich Ihre medizinischen Talente so niedrig veranschlage? Wie hätte ich mir denn einbilden können, daß Sie mit Ihrer unbestechlichen Urteilskraft mir den im Sterben Liegenden abgekauft hätten, wenn ich, so geschwächt ich auch war, weder einen erhöhten Puls noch Fieber vorzuweisen hatte? Auf vier Yards Entfernung war es mir möglich, Sie zu täuschen. Wäre mir dies mißlungen, wer hätte mir dann Smith in die Hände liefern sollen? Nein, Watson, diese Schatulle würde ich wirklich nicht anfassen. Wenn Sie sie von der Seite betrachten, können Sie knapp sehen, wo die Sprungfeder, scharf wie der Giftzahn einer Viper, herausschnellt, wenn man sie öffnet. Wir dürfen wohl annehmen, daß der unglückliche Savage, der zwischen diesem Ungeheuer und einer großen Anwartschaft stand, durch irgendeine Vorrichtung dieser Art ums Leben gebracht wurde. Aber wie Sie wissen, ist meine Korrespondenz von äußerst reger und vielfältiger Natur, und so bin ich immer ein wenig auf der Hut, wenn ein Paket bei mir eintrifft. Ich sah indes gleich die Möglichkeit, Smith ein Geständnis zu entlocken, wenn ich ihm vorgaukelte, daß sein Plan Erfolg gehabt hatte. Und dieses Gaukelspiel habe ich dann mit der Perfektionssucht des wahren Künstlers in Szene gesetzt. Danke, Watson, wollen Sie mir jetzt bitte noch in den Mantel helfen. Ich würde sagen, wenn wir auf der Polizeiwache fertig sind, wäre eine kleine Stärkung bei Simpson's gar nicht mal fehl am Platz.«

DAS VERSCHWINDEN DER LADY FRANCES CARFAX

Aber warum denn ausgerechnet türkisch?« fragte mich Mr. Sherlock Holmes, den Blick unverwandt auf meine Stiefel gerichtet. Ich saß in diesem Augenblick behaglich in einen Rohrstuhl zurückgelehnt, und meine ausgestreckten Füße hatten seine nimmermüde Aufmerksamkeit auf sich gezogen.

»Es sind englische«, erwiderte ich einigermaßen verblüfft. »Ich habe sie bei Latimer's in der Oxford Street erstanden.«

Holmes lächelte mit einem Ausdruck müder Nachsicht.

»Das Bad!« sagte er; »ich spreche vom Bad! Warum das Erschlaffung bewirkende und kostspielige türkische Bad statt seines so belebenden einheimischen Pendants?«

»Weil ich mich in den letzten paar Tagen alt und rheumatisch gefühlt habe. Das türkische Bad ist etwas, was wir Mediziner als ein Alterantium bezeichnen würden; eine Auffrischung, ein Jungbrunnen für den ganzen Organismus.

Im übrigen, Holmes«, fügte ich hinzu, »habe ich ja nicht den geringsten Zweifel, daß für einen logischen Geist der Zusammenhang zwischen meinen Stiefeln und dem türkischen Bad klar auf der Hand liegt, wäre Ihnen aber dennoch sehr verbunden für einen Fingerzeig.«

»Der entsprechende Gedankengang ist nicht sonderlich dunkel, Watson«, sagte Holmes mit schalkhaftem Augenzwinkern. »Er gehört in die gleiche Kategorie einfachster und grundlegendster Deduktionen, zu deren Illustration ich Sie auch etwa fragen könnte, wer Sie heute morgen auf Ihrer Fahrt in der Droschke begleitet hat.«

»Ich bin nicht bereit, eine weitere Illustration des Problems als seine Erklärung zu akzeptieren«, sagte ich mit einiger Schärfe.

»Bravo, Watson! Ein sehr achtenswerter und logischer Einwand. Also, was waren unsere Beispiele? Nehmen wir uns zuerst das zweite, das mit der Droschke, vor. Wie Sie sehen, haben Sie auf dem linken Ärmel und der linken Schulter Ihres Mantels ein paar Spritzer. Hätten Sie in der Mitte eines Hansoms gesessen, so hätten Sie vermutlich keine Spritzer abbekommen, und wenn doch, so wären sie zweifellos symmetrischer angeordnet. Daraus folgt ganz klar, daß Sie auf der Seite gesessen haben. Und daraus wiederum folgt ebenso klar, daß Sie sich in Begleitung befanden.«

»Das ist wirklich sehr einleuchtend.«

»Von geradezu lächerlicher Banalität, finden Sie nicht?«

»Und was ist mit den Stiefeln und dem Bad?«

»Ebenfalls kinderleicht. Sie haben eine ganz bestimmte Art, Ihre Stiefel zu schnüren. Heute aber sehe ich, daß Ihre Schnürsenkel zu einer raffinierten Doppelschleife gebunden sind, was nicht Ihrer üblichen Methode entspricht. Sie müssen die Stiefel also irgendwo ausgezogen haben. Wer könnte sie Ihnen geschnürt haben? Ein Schuhmacher – oder der Diener im Bad. Daß es ein Schuhmacher war, ist unwahrscheinlich, denn Ihre Stiefel sind so gut wie neu. Was bleibt also übrig? Das Bad. Lächerlich einfach, finden Sie nicht? Aber trotzdem hat das Gespräch über das türkische Bad seinen Zweck erfüllt.«

»Und der wäre?«

»Sie sagen, Sie seien dort gewesen, um sich zu entspannen. Was ich Ihnen vorschlagen möchte: Spannen Sie doch einmal gründlich aus. Wie wäre es denn mit Lausanne, mein lieber Watson – Fahrkarten erster Klasse und ein fürstliches Spesenkonto inbegriffen?«

»Großartig! Aber wie käme ich dazu?«

Holmes lehnte sich in seinen Armsessel zurück und zog sein Notizbuch aus der Tasche.

»Zu den gefährlichsten Klassen dieser Erde«, begann er, »gehört die in der Weltgeschichte herumvagabundierende, alleinstehende Frau. Zwar mag sie selbst nicht den geringsten Schaden anrichten, ja oft genug sogar von größtem Nutzen sein, sie ruft jedoch in anderen unweigerlich verbrecherische Gelüste wach. Sie ist hilflos. Sie hat keinen festen Wohnsitz. Sie besitzt genügend Mittel, um von Land zu Land, von Hotel zu Hotel zu reisen. Sie verliert sich oft in einem wahren Labyrinth zwielichtiger Pensionen und Gasthäuser. Sie ist ein verirrtes Huhn in einer Welt von Füchsen, und wird sie gefressen, so fällt dies kaum jemandem auf. Ich habe große Befürchtungen, daß Lady Frances Carfax ein Leid zugestoßen ist.«

Dieser plötzliche Abstieg aus den Höhen des Allgemeinen in die Niederungen des Besonderen war mir eine Erleichterung. Holmes konsultierte seine Notizen.

»Lady Frances«, fuhr er fort, »ist die letzte Überlebende der Familie des verstorbenen Earl of Rufton. Die Ländereien sind damals, wie Sie sich erinnern werden, in der männlichen Linie vererbt worden. Ihr selbst fiel ein Vermögen beschränkten Umfangs zu, daneben aber auch einige höchst bemerkenswerte altspanische Schmuckstücke aus Silber und Diamanten von seltenem Schliff, an denen sie mit ganzem Herzen hängt – zu sehr hängt, denn sie hat es stets von sich gewiesen, sie bei ihrem Bankier zu deponieren, und hat sie statt dessen mit sich in der Welt herumgetragen. Eine recht tragische Gestalt, diese Lady Frances; eine schöne Frau, noch in den besten Jahren, zugleich aber, durch den Willen eines seltsamen Geschicks, das letzte verlassene Schiff einer vor zwanzig Jahren noch stattlichen Flotte.«

»Was ist denn mit ihr geschehen?«

»Ja, was ist wohl mit Lady Frances geschehen? Weilt sie noch unter den Lebenden, oder ist sie schon tot? Das ist die Frage. Sie ist eine Dame mit ganz bestimmten Gewohnheiten, und in den letzten vier Jahren hat sie regelmäßig jede zweite Woche einen Brief an Miss Dobney geschrieben, ihre ehemalige Gouvernante, die schon seit langer Zeit im Ruhestand in Camberwell lebt. Diese Miss Dobney war es denn auch, die mich aufgesucht hat, nachdem beinahe fünf Wochen ohne ein Lebenszeichen von Lady Frances vergangen waren. Der letzte Brief erreichte sie aus dem Hôtel National in Lausanne. Es macht den Anschein, daß Lady Frances dieses Hotel verlassen hat, ohne eine Adresse zu hinterlegen. Die Verwandtschaft ist äußerst besorgt, und da es sich um überaus reiche Leute handelt, werden sie keine Kosten scheuen, um Licht in die Sache zu bringen.«

»Ist Miss Dobney unsere einzige Informationsquelle? Es gibt doch gewiß noch andere Leute, mit denen die Lady korrespondiert.«

»Es gibt *einen* Korrespondenten, bei dem man nie fehlgehen kann, Watson, und das ist die Bank. Alleinstehende Damen müssen von irgend etwas leben, und ihre Sparbücher sind so etwas wie komprimierte Tagebücher. Ihr Geld liegt bei der Silvester's Bank. Ich habe ihr Konto durchgesehen. Mit ihrem vorletzten Scheck hat sie die Hotelrechnung in Lausanne beglichen, aber er lautete über eine so große Summe, daß sie vermutlich noch Bargeld auf die Hand bekam. Seither ist nur noch ein Scheck ausgestellt worden.«

»Wo, und auf wessen Namen?«

»Auf eine Miss Marie Devine. Wo er ausgestellt wurde, läßt sich nicht ersehen. Eingelöst wurde er vor weniger als drei Wochen beim Crédit Lyonnais in Montpellier. Er lautete über fünfzig Pfund.«

»Und wer ist diese Miss Marie Devine?«

»Auch darüber konnte ich Aufschluß erlangen. Miss Marie Devine war die Kammerzofe von Lady Frances Carfax. Weshalb sie ihr diese Summe ausbezahlt hat, konnte ich noch nicht ermitteln. Ich habe indessen nicht den geringsten Zweifel daran, daß Ihre Nachforschungen bald Licht in die Sache bringen werden.«

»*Meine* Nachforschungen?«

»Deshalb ja der gesundheitsfördernde Ausflug nach Lausanne. Sie wissen doch, ich kann unmöglich weg aus London, solange der alte Abrahams so furchtbar um sein Leben bangt. Überdies ist es, ganz allgemein gesehen, besser, wenn ich das Land nicht verlasse. Die Leute von Scotland Yard fühlen sich ein wenig einsam, wenn ich nicht hier bin, und in Verbrecherkreisen entsteht ein ungesunder Aufruhr. Gehen Sie also, mein lieber Watson, und wenn Ihnen mein bescheidener Ratschlag je den horrenden Preis von zwei Pence pro Wort wert sein sollte, so steht er Ihnen am anderen Ende des Kontinentalkabels Tag und Nacht zur Verfügung.«

Zwei Tage später befand ich mich im Hôtel National in Lausanne, wo mir von Seiten Monsieur Mosers, des bekannten Hoteldirektors, jede nur erdenkliche Aufmerksamkeit bezeigt wurde. Lady Frances, so sagte er mir, habe sich mehrere Wochen dort aufgehalten. Sie sei bei allen Leuten, mit denen sie in Berührung kam, sehr beliebt gewesen. Ihr Alter schätze er auf höchstens vierzig. Sie sei noch immer attraktiv und besitze alle Merkmale einer Frau, die in ihrer Jugend von außergewöhnlichem Liebreiz gewesen sei. Von irgendwelchem wertvollen Schmuck wußte Monsieur Moser nichts, aber dem Hotelpersonal war aufgefallen, daß der schwere Überseekoffer der Lady stets sorgsam verschlossen gehalten wurde. Marie Devine, die Zofe, stand ebenso hoch im Kurs wie ihre Herrin. Sie hatte sich gar mit einem Oberkellner des Hotels verlobt, und so war es nicht schwierig, ihre Adresse ausfindig zu machen. Sie lautete 11, rue de Trajan, Montpellier. All dies notierte ich geflissentlich und sonnte mich in dem Gefühl, daß selbst Holmes persönlich sich beim Sammeln der Fakten nicht geschickter hätte anstellen können.

Nur eine Sache lag nach wie vor im dunkeln. Ich hatte überhaupt nichts in der Hand, was die Hintergründe des so plötzlichen Aufbruchs der Lady erhellt hätte. Sie hatte sich in Lausanne sehr wohl gefühlt. Alles hatte dafür gesprochen, daß sie den Rest der Saison in ihren luxuriösen Gemächern mit Blick auf den See verbringen würde. Dann aber hatte sie diese von einem Tag auf den andern gekündigt, was bedeutete, daß sie die Miete für die unbenutzten Zimmer eine ganze Woche weiterbezahlen mußte. Jules Vibart, der Liebhaber der Zofe, war der einzige, der eine Erklärung dafür anzubieten hatte. Er brachte ihre überstürzte Abreise mit dem Auftauchen eines großen, bärtigen Mannes von dunklem Typ in Verbindung, der sie ein oder zwei Tage zuvor im Hotel besucht hatte. *»Un sauvage – un véritable sauvage!«* rief er aus. Dieser Mann habe sich irgendwo in der Stadt ein Zimmer genommen, sagte er mir. Man habe ihn auf der Seepromenade eindringlich auf Madame einreden sehen. Dann sei er im Hotel erschienen. Sie habe es jedoch abgelehnt, ihn zu empfangen. Allem Anschein nach sei er Engländer gewesen; an seinen Namen könne sich indessen niemand mehr erinnern. Madame sei unmittelbar danach abgereist. Jules Vibart und – was noch mehr ins Gewicht fiel – sein Liebchen waren der Meinung, der Besuch dieses Mannes und ihre Abreise hätten sich zueinander wie Ursache und Wirkung verhalten. Nur zu einer Frage wollte Jules Vibart keine Stellung nehmen, zu der Frage nach den Gründen, weshalb Marie ihre Herrin verlassen hatte. Darüber konnte oder wollte er nichts sagen. Wenn ich darüber etwas zu erfahren wünsche, meinte er, so müsse ich nach Montpellier gehen und sie selber fragen.

Damit war das erste Kapitel meiner Untersuchung abgeschlossen. Das zweite sollte mich an den Ort führen, den Lady Carfax nach ihrer Abreise von Lausanne aufgesucht hatte. In diesem Zusammenhang gab es allerhand Geheimniskrämerei, was die Hypothese bestätigte, daß sie abgereist war, um einen Verfolger abzuschütteln. Welch anderen Grund hätte sie denn haben können, ihr Gepäck nicht in aller Offenheit nach Baden-Baden zu adressieren? Sowohl sie selbst als auch ihre Koffer hatten nämlich den Badekurort am Rhein auf verschlungenen Wegen erreicht. Dies hatte ich vom Geschäftsführer der örtlichen Niederlassung von Cook's Reisebüro in Erfahrung bringen können. So machte ich mich denn nach Baden-Baden auf, nachdem ich Holmes einen ausführlichen Bericht von all meinen Unternehmungen gesandt und zur Antwort ein Telegramm voller ironisch gefärbter Lobesworte erhalten hatte.

In Baden-Baden fiel es mir nicht schwer, die Spur wieder aufzunehmen. Lady Frances war für zwei Wochen im Hotel

Englischer Hof abgestiegen. Während ihres Aufenthalts dort hatte sie die Bekanntschaft eines gewissen Dr. Shlessinger, eines Missionars aus Südamerika, und seiner Gemahlin gemacht. Wie die meisten Damen, die ein einsames Leben führen, suchte auch Lady Frances Trost und Ablenkung in der Religion. Dr. Shlessingers außerordentliche Persönlichkeit, seine rückhaltlose Frömmigkeit und die Tatsache, daß er hier war, um sich von einer Krankheit zu erholen, die er sich in Ausübung seiner apostolischen Pflichten zugezogen hatte, beeindruckten sie deshalb zutiefst. Sie hatte Mrs. Shlessinger bei der Pflege des rekonvaleszenten Heiligen geholfen, der, wie mir der Hoteldirektor schilderte, seine Tage in einem Klubsessel auf der Veranda verbrachte, mit einer ihn umsorgenden Dame auf jeder Seite. Er sei mit dem Entwurf zu einer Karte des Heiligen Landes unter besonderer Berücksichtigung des Königreichs der Midianiten beschäftigt gewesen, über welch letzteres er auch eine Monographie in Arbeit gehabt habe. Nachdem sich sein Gesundheitszustand erheblich gebessert habe, seien er und seine Frau schließlich nach London zurückgekehrt, und Lady Frances habe sich ihnen angeschlossen. Das sei vor drei Wochen gewesen, und seither habe er nichts mehr von ihnen gehört. Was die Zofe, Marie, betreffe, so sei diese ein paar Tage zuvor in Tränen aufgelöst davongelaufen, nachdem sie den anderen Mädchen gesagt habe, sie quittiere den Dienst endgültig. Dr. Shlessinger habe vor seiner Abreise die Rechnung für die ganze Gesellschaft beglichen.

»Da fällt mir übrigens ein«, bemerkte der Herr des Hauses abschließend, »Sie sind nicht der einzige Freund von Lady Frances, der hier nach ihr gefragt hat. Erst vor einer Woche oder so hat ein Mann mit demselben Anliegen bei uns vorgesprochen.«

»Hat er Ihnen seinen Namen genannt?« fragte ich.

»Nein; aber er war Engländer, wenn auch einer von recht ungewöhnlichem Schlag.«

»Ein Wilder?« mutmaßte ich, die mir zur Verfügung stehenden Fakten nach der Art meines berühmten Freundes miteinander verknüpfend.

»Genau. So ließe er sich sehr treffend beschreiben. Er ist ein stämmiger, sonnenverbrannter Kerl mit Bart und schien mir eher in einen Landgasthof zu passen als in ein elegantes Hotel. Ein harter, gewalttätiger Bursche, wie ich vermuten würde, und auf jeden Fall einer, dem ich lieber nicht zu nahe treten würde.«

Damit begann das Rätsel allmählich klarere Umrisse anzunehmen, so wie Gestalten deutlicher werden, wenn der Nebel sich lichtet. Da hatten wir also diese ehrbare und fromme Lady, die von einer unheimlichen Gestalt von einem Ort zum anderen unerbittlich verfolgt wurde. Sie mußte Furcht vor ihm empfinden, sonst hätte sie Lausanne nicht so fluchtartig verlassen. Doch er war ihr noch immer auf den Fersen. Früher oder später mußte er sie einholen. Oder hatte er sie bereits eingeholt? War *das* die Erklärung für ihr andauerndes Schweigen? War es den wackeren Leuten, in deren Gesellschaft sie sich befand, nicht möglich gewesen, sie gegen Tätlichkeiten oder Erpressungen seinerseits abzuschirmen? Welch abscheulicher Plan, welch dunkle Absicht steckte hinter dieser langen Verfolgungsjagd? Dies waren die Fragen, auf die ich Antworten zu finden hatte.

An Holmes schrieb ich einen Brief, in dem ich schilderte, wie rasch und zielsicher ich zum Kern der Sache vorgedrungen war. Als Antwort erhielt ich ein Telegramm, in dem er mich um eine Beschreibung von Dr. Shlessingers linkem Ohr bat. Holmes' Sinn für Humor war schon immer recht sonderbar und zuweilen gar anstößig gewesen, und so nahm ich keine Notiz von diesem unangebrachten Scherz – zumal ich, die Spur von Marie der Zofe verfolgend, bereits in Montpellier angekommen war, als mich seine Nachricht erreichte.

Es fiel mir nicht schwer, die ehemalige Bedienstete aufzuspüren und alles in Erfahrung zu bringen, was sie dazu zu sagen hatte. Sie war ein anhängliches Wesen und hatte ihre Herrin nur deshalb verlassen, weil sie diese in guten Händen wußte und weil ihre bevorstehende Heirat eine Trennung früher oder später ohnehin unumgänglich machte. Ihre Herrin sei ihr allerdings, wie sie mir bekümmert gestand, während ihres gemeinsamen Aufenthaltes in Baden-Baden mit etwelcher Reizbarkeit begegnet und habe sie einmal sogar ausgefragt, als hätte sie an ihrer Ehrlichkeit gezweifelt, und das habe ihr den Abschied dann um einiges leichter gemacht. Die fünfzig Pfund habe Lady Frances ihr als Hochzeitsgeschenk gegeben. Wie ich selbst, so war auch Marie von einem tiefen Argwohn gegenüber diesem Fremden erfüllt, der ihre Herrin aus Lausanne vertrieben hatte. Sie hatte mit eigenen Augen gesehen, wie er die Lady auf der öffentlichen Seepromenade mit großer Heftigkeit beim Handgelenk gepackt hatte. Sie bezeichnete ihn als einen gewalttätigen und furchterregenden Menschen und war der Ansicht, Lady Frances habe sich aus Angst vor ihm vom Ehepaar Shlessinger nach London begleiten lassen. Zwar hatte sie Marie gegenüber nie etwas derartiges erwähnt, aber anhand vielerlei unscheinbarer Anzeichen war die Zofe zu der Überzeugung gekommen, daß die Nerven ihrer Herrin einer großen Belastung ausgesetzt waren. So weit war sie mit ihrer Erzählung gekommen, als sie plötzlich mit schreckverzerrtem und überraschtem Gesicht von ihrem Stuhl aufsprang. »Sehen Sie nur!« rief sie, »der Bösewicht läßt noch immer nicht von der Verfolgung ab! Da steht der Mann, von dem ich eben gesprochen habe.»

Durch das offenstehende Stubenfenster sah ich einen riesengroßen Mann mit dunklem Gesicht und stoppeligem, schwarzem Bart langsam in der Mitte der Straße dahinschreiten und mit aufmerksamem Blick die Hausnummern mustern. Es war offensichtlich, daß er, genau wie ich, die Spur der Zofe verfolgte. Der Eingebung des Augenblicks folgend stürzte ich hinaus und sprach ihn an.

»Sie sind Engländer«, sagte ich.

»Na und?« versetzte er mit äußerst schurkischer Miene.

»Darf ich Sie fragen, wie Sie heißen?«

»Nein, das dürfen Sie nicht«, sagte er mit Entschiedenheit.

Die Situation war verfahren, aber oft kommt man mit Direktheit am besten zum Ziel.

»Wo ist Lady Frances Carfax?« fragte ich also.

Er starrte mich voller Verblüffung an.

»Was haben Sie mit ihr angestellt? Warum haben Sie sie verfolgt? Ich bestehe auf einer Antwort!« fuhr ich fort.

Der Bursche stieß ein Wutgebrüll aus und sprang mich wie ein Tiger an. Ich habe in manch einem Streit meinen Mann gestanden, aber der Griff dieses Kerls war eisern, und er raste wie ein Teufel. Er drückte mir mit der Hand die Kehle zu, und ich war schon beinahe ohne Besinnung, als ein unrasierter französischer *ouvrier* in blauem Arbeitskittel aus einem *cabaret* auf der gegenüberliegenden Straßenseite geschossen kam und meinem Angreifer mit einem Knüppel, den er in der Hand hielt, einen scharfen Hieb auf den Unterarm versetzte, so daß dieser von mir abließ. Schäumend vor Wut stand er einen Augenblick da, unschlüssig, ob er seinen Angriff erneuern sollte oder nicht. Schließlich, mit einem zornigen Schnauben, ließ er mich stehen und betrat das Haus, das ich eben erst verlassen hatte. Ich wandte mich um und wollte meinem Lebensretter danken, der neben mir auf der Straße stand.

»Nun, Watson«, sagte er, »da haben Sie ja ein schönes Schlamassel angerichtet! Ich glaube, am besten nehmen Sie noch heute mit mir den Nachtexpreß zurück nach London.«

Eine Stunde später saß Sherlock Holmes, nun wieder in seiner gewohnten Aufmachung, in meinem Hotelzimmer. Die Erklärung für sein so plötzliches und rettendes Auftauchen hätte nicht einfacher sein können. Sobald er nämlich festgestellt hatte, daß er in London abkömmlich war, hatte er beschlossen, mich an der absehbar nächsten Station meiner Reiseroute abzufangen. Als Arbeiter verkleidet hatte er dann in dem *cabaret* gesessen und mein Erscheinen abgewartet.

»Sie haben Ihre Untersuchung wirklich mit einzigartiger Konsequenz vorangetrieben, mein lieber Watson«, sagte er. »Es fällt mir im Moment kein einziges Fettnäpfchen ein, in das zu treten Sie versäumt hätten. Der Endeffekt Ihres

Vorgehens ist der, daß man nun allenthalben auf der Hut ist, ohne daß Sie auch nur das Geringste entdeckt hätten.«

»Vielleicht hätten Sie es auch nicht besser gemacht«, entgegnete ich voller Bitternis.

»Es gibt hier kein ›Vielleicht‹. Ich *habe* es besser gemacht. Aber da kommt ja der Ehrenwerte Philip Green, auch er ein Gast in diesem Hotel, mal sehen, ob von ihm ausgehend unsere Untersuchung einen erfolgreicheren Verlauf nehmen wird.«

Auf einem Präsentierteller war uns eine Visitenkarte heraufgebracht worden, und ihr folgte eben der bärtige Grobian, der mich auf der Straße attackiert hatte. Als sein Blick auf mich fiel, zuckte er zusammen.

»Was soll denn das, Mr. Holmes?« fragte er. »Ich habe Ihre Mitteilung erhalten und bin unverzüglich gekommen. Aber was hat dieser Mensch hier mit der Sache zu schaffen?«

»Dies ist mein langjähriger Freund und Mitarbeiter Dr. Watson, der uns in dieser Angelegenheit zur Seite steht.«

Der Fremde streckte mir seine riesige, sonnverbrannte Pranke entgegen und ließ ein paar Worte der Entschuldigung folgen.

»Ich hoffe, ich habe Sie nicht verletzt. Aber als Sie mich beschuldigten, ihr ein Leid angetan zu haben, da habe ich die Kontrolle über mich verloren. Ich bin zur Zeit nicht ganz zurechnungsfähig. Meine Nerven sind wie elektrisch geladene Drähte. Diese Situation geht einfach über meine Kräfte. Was ich zuallererst einmal von Ihnen wissen möchte, Mr. Holmes, ist, wie in aller Welt Sie überhaupt von meiner Existenz erfahren haben.«

»Ich stehe mit Miss Dobney, der Gouvernante von Lady Frances, in Verbindung.«

»Was, die alte Susan Dobney mit der Morgenhaube! Ich kann mich noch gut an sie erinnern.«

»Und sie erinnert sich Ihrer. Das muß noch in der Zeit gewesen sein, bevor – bevor Sie es für besser erachtet haben, nach Südafrika auszuwandern.«

»Ah, wie ich sehe, kennen Sie meine ganze Geschichte. Ich

brauche also nichts vor Ihnen zu verbergen. Eins kann ich Ihnen schwören, Mr. Holmes, nie hat ein Mann auf dieser Erde aufrichtigere Liebe für eine Frau empfunden als ich für Frances. Ich war ein wilder Junge, das weiß ich wohl – aber auch nicht schlimmer als andere meines Standes. Ihre Seele dagegen war so rein wie Schnee. Sie ertrug nicht die geringste Spur von Derbheit. Als ihr gewisse Dinge zu Ohren kamen, die ich getan hatte, wollte sie deshalb nichts mehr mit mir zu schaffen haben. Und doch liebte sie mich – das ist das Wunderbare an der Sache –, liebte mich noch so sehr, daß sie ganz allein um meinetwillen all die Tage ihres heiligmäßigen Lebens ledig geblieben ist. Die Jahre vergingen, und ich hatte in Barberton ein Vermögen gemacht, und da dachte ich mir, es könnte mir vielleicht gelingen, sie ausfindig zu machen und umzustimmen. Ich hatte nämlich gehört, daß sie noch immer unverheiratet war. In Lausanne fand ich sie dann und versuchte alles, was in meinen Kräften stand. Ich hatte den Eindruck, ihr Widerstand sei im Schwinden, aber sie hat einen harten Kopf, und als ich das nächste Mal bei ihr vorsprechen wollte, hatte sie die Stadt bereits verlassen. Ich verfolgte ihre Spur bis nach Baden-Baden, wo ich nach einiger Zeit erfuhr, daß ihre Zofe sich hier aufhalte. Ich bin ein rauher Bursche, der eben erst ein rauhes Leben hinter sich gelassen hat, und als mich Dr. Watson dann so angesprochen hat, da habe ich für einen Augenblick die Selbstbeherrschung verloren. Aber nun sagen Sie mir doch um Gottes willen, was aus Lady Frances geworden ist.«

»Genau das müssen wir herausfinden«, sagte Sherlock Holmes mit ganz eigentümlichem Ernst. »Wie lautet Ihre Adresse in London, Mr. Green?«

»Sie können mich im Langham Hotel erreichen.«

»In diesem Fall würde ich Ihnen empfehlen, dorthin zurückzukehren und sich für den Fall, daß ich Sie benötigen sollte, zur Verfügung zu halten. Ich möchte keine falschen Hoffnungen erwecken, aber seien Sie versichert, daß wir alles tun werden, was für die Sicherheit von Lady Frances überhaupt getan werden kann. Mehr kann ich Ihnen im Augenblick nicht sagen. Ich gebe Ihnen diese Karte hier, damit Sie sich mit uns in Verbindung setzen können. Also, Watson, Sie sind jetzt so gut und packen Ihre Koffer, und ich will indessen Mrs. Hudson kabeln, sie solle sich zu einer Höchstleistung aufschwingen, um zwei hungrigen Reisenden morgen abend um sieben Uhr dreißig einen würdigen Empfang zu bereiten.«

Als wir in unseren Räumlichkeiten in der Baker Street eintrafen, wartete dort bereits ein Telegramm auf uns. Holmes las es durch, quittierte es mit einem Ausruf des Interesses und warf es dann zu mir herüber. »Ausgefranst oder zerfleischt«, lautete die Botschaft, und ihr Herkunftsort war Baden-Baden.

»Was hat denn das nun wieder zu bedeuten?« fragte ich.

»Alles«, erwiderte Holmes. »Sie erinnern sich vielleicht an meine scheinbar belanglose Frage bezüglich des linken Ohrs jenes geistlichen Herrn. Sie haben nicht geruht, sie zu beantworten.«

»Ich hatte Baden-Baden damals bereits verlassen und konnte keine Nachforschungen mehr darüber anstellen.«

»Eben. Und aus diesem Grund habe ich ein Doppel des Telegramms an den Direktor des Hotels Englischer Hof gesandt, dessen Antwort uns hier vorliegt.«

»Aber was geht daraus hervor?«

»Daraus geht hervor, mein lieber Watson, daß wir es mit einem ganz außerordentlich gerissenen und gefährlichen Mann zu tun haben. Der Reverend Dr. Shlessinger, Missionar aus Südamerika, ist nämlich kein Geringerer als Holy Peters, einer der skrupellosesten Halunken, die Australien je hervorgebracht hat – und für ein so junges Land hat es doch schon einige recht vollkommene Exemplare dieser Gattung produziert. Seine besondere Spezialität ist es, alleinstehende Damen unter Ausnützung ihrer religiösen Gefühle um ihr Vermögen zu betrügen, und seine sogenannte Gemahlin, eine Engländerin namens Fraser, ist ihm dabei eine ebenbürtige Gehilfin. Die Art seines Vorgehens hat mich auf ihn gebracht, und dieses besondere körperliche Merkmal – er hat anno 89 bei einer Saloonschlägerei in Adelaide eine schwere Bißwunde davongetragen – bestätigt nun meinen Verdacht. Das heißt, daß die erbarmenswerte Lady sich in den Händen eines ganz teuflischen Paares befindet, das vor nichts zurückschreckt, Watson. Die Vermutung, sie könnte bereits tot sein, läßt sich nicht von der Hand weisen. Sollte dem nicht so sein, so wird sie ohne Zweifel irgendwie gefangengehalten und ist deshalb nicht in der Lage, Miss Dobney oder einem ihrer übrigen Freunde zu schreiben. Natürlich läßt sich nicht ausschließen, daß sie London gar nie erreicht hat oder von dort aus weitergefahren ist; aber ersteres ist recht unwahrscheinlich, da es Ausländern bei der strengen Meldepflicht, die auf dem Kontinent herrscht, alles andere als leichtfallen dürfte, der dortigen Polizei ein Schnippchen zu schlagen, und letzteres ist ebenfalls kaum anzunehmen, da diese Schurken schwerlich einen anderen Ort finden dürften, wo es ebenso einfach ist, eine Person unbemerkt festzuhalten. All meine Instinkte sagen mir, daß sie in London ist, aber da wir zur Zeit keine Möglichkeit haben, herauszufinden wo, bleibt uns nichts anderes übrig, als uns auf die nächstliegenden Maßnahmen zu beschränken, unser Abendessen zu verzehren und uns in Geduld zu fassen. Später am Abend will ich dann bei Scotland Yard vorbeigehen und ein Wort mit Freund Lestrade sprechen.«

Aber weder der offiziellen Polizei noch Holmes' kleiner, aber äußerst leistungsfähiger Spezialtruppe gelang es, unserer Ungewißheit ein Ende zu machen. Die drei Personen, die wir suchten, waren so spurlos in den Millionenmassen Londons untergetaucht, als hätten sie nie exisitert. Annoncen wurden aufgegeben; ohne Erfolg. Hinweisen wurde nachgegangen; sie führten zu nichts. Jede Verbrecherhöhle, in der Shlessinger hätte verkehren können, wurde durchstöbert; vergeblich. Seine früheren Komplizen wurden unter Beobachtung gestellt, aber keiner nahm Kontakt mit ihm auf. Doch dann, plötzlich, nach einer Woche ohnmächtigen Hangens und Bangens, blitzte etwas auf. Bei Bovington's in der Westminster Road war ein silbernes, brillantbesetztes Ohrgehänge spanischen Stils verpfändet worden. Der Mann, der es versetzt hatte, war groß, glattrasiert und wie ein Geistlicher gekleidet gewesen. Name und Adresse, die er angegeben hatte, waren erwiesenermaßen falsch. Seinen Ohren hatte niemand Beachtung geschenkt, aber der Beschreibung nach war es unzweifelhaft Shlessinger.

Dreimal war unser bärtiger Freund vom Langham Hotel bei uns vorstellig geworden, um Neuigkeiten zu erfahren – das dritte Mal kaum eine Stunde nach Bekanntwerden dieser neuesten Entwicklung. Die Kleider schlotterten ihm von Mal zu Mal mehr um den gewaltigen Leib. Er schien vor lauter Sorge dahinzuwelken. »Wenn Sie mir doch nur etwas zu tun geben könnten«, hatte er uns ständig in den Ohren gelegen. Nun endlich konnte Holmes seinem Wunsch entsprechen.

»Er hat angefangen, den Schmuck zu versetzen. Jetzt sollten wir ihn eigentlich kriegen.«

»Aber bedeutet das nicht, daß sie Lady Frances ein Leid angetan haben?«

Holmes wiegte seinen Kopf sehr bedenklich hin und her.

»Wenn unsere Annahme, daß man sie bisher gefangengehalten hat, zutrifft, so ist es klar, daß sie sie nicht freilassen können, ohne sich selbst zugrundezurichten. Wir müssen uns auf das Schlimmste gefaßt machen.«

»Was kann ich tun?«

»Haben diese Leute Sie schon einmal gesehen?«

»Nein.«

»Die Möglichkeit ist nicht auszuschließen, daß er in Zukunft einen anderen Pfandleiher aufsuchen wird. In diesem Fall müßten wir wieder von vorne anfangen. Andererseits hat er aber einen anständigen Preis herausschlagen können und mußte keine Fragen über sich ergehen lassen, das heißt, daß er wahrscheinlich wieder zu Bovington's zurückkehrt, wenn er Bargeld braucht. Ich gebe Ihnen einen Begleitbrief an die Leute mit, damit Sie ihn im Geschäft abpassen können. Wenn der Bursche auftaucht, folgen Sie ihm zu seinem Quartier. Aber keine Unbedachtsamkeiten, und, vor allem, keine Tätlichkeiten. Sie haften mir mit Ihrer Ehre dafür, daß Sie ohne mein Wissen und Einverständnis nichts unternehmen werden.«

Zwei Tage lang blieben wir ohne irgendwelche Neuigkeiten vom Ehrenwerten Philip Green (der, wie ich hier erwähnen darf, der Sohn des berühmten Admirals selbigen Namens war, welcher im Krimkrieg die Flotte im Asowschen Meer befehligt hatte). Am Abend des dritten Tages kam er bleich und zitternd in unser Wohnzimmer hereingestürzt; jeder einzelne Muskel seiner mächtigen Gestalt bebte vor Erregung.

»Wir haben ihn! Wir haben ihn!« schrie er.

Vor lauter Aufregung sprach er ganz zusammenhangslos. Holmes besänftigte ihn mit ein paar Worten und nötigte ihn in einen Lehnstuhl.

»So, und jetzt erzählen Sie alles schön der Reihe nach«, sagte er.

»Vor einer Stunde erst ist sie gekommen. Diesmal war es die Frau; aber das Ohrgehänge, das sie mitgebracht hat, war das Gegenstück zum anderen. Sie ist eine hochgewachsene, blaßhäutige Frau mit Frettchenaugen.«

»Das ist die Dame«, bestätigte Holmes.

»Als sie das Kontor verlassen hat, bin ich ihr gefolgt. Sie ist die Kennington Road entlanggegangen, und ich immer hinter ihr her. Nach einer Weile ist sie in einem Geschäft verschwunden. Mr. Holmes, es war ein Leichenbestatter!«

Mein Gefährte fuhr zusammen. »Und weiter?« fragte er mit einem Beben in der Stimme, das sein inneres Feuer hinter dem frostigen, ausdruckslosen Gesicht verriet.

»Sie unterhielt sich mit der Frau hinter dem Ladentisch. Ich trat ebenfalls ein. ›Er ist noch nicht gekommen‹, hörte ich sie sagen, oder jedenfalls etwas in diesem Sinn. Die Frau entschuldigte sich. ›Er sollte längst bei Ihnen eingetroffen sein‹, sagte sie. ›Wahrscheinlich hat es länger gedauert, weil er nicht ganz der Norm entspricht.‹ Dann brachen beide ab und schauten zu mir hin, worauf ich ein paar Fragen stellte und dann wieder hinausging.«

»Sie haben Ihre Sache vortrefflich gemacht. Was ist weiter geschehen?«

»Die Frau ist herausgekommen, und ich stand in einem Türeingang versteckt. Ich glaube, sie hatte Verdacht geschöpft, denn sie ließ ihre Blicke rundherum schweifen. Dann rief sie eine Droschke und stieg ein. Ich hatte das Glück, eine andere zu erwischen und ihr folgen zu können. Schließlich stieg sie vor dem Haus Nummer 36 am Poultney Square in Brixton aus. Ich fuhr vorbei, stieg bei der nächsten Straße, die in den Square einmündet, aus meiner Droschke und ging mir das Haus anschauen.«

»Haben Sie irgend jemanden gesehen?«

»Die Fenster waren dunkel, mit Ausnahme eines einzigen im Untergeschoß. Aber dort war das Rouleau heruntergelassen, so daß ich nicht hineinsehen konnte. Während ich so dastand und mir überlegte, was als nächstes zu tun sei, fuhr ein gedeckter Wagen vor, in dem zwei Männer saßen. Sie stiegen aus, luden etwas aus dem Wagen und trugen es die Stufen zum Haupteingang empor. Mr. Holmes, es war ein Sarg!«

»Oho!«

»Einen Augenblick lang war ich nahe daran, ins Haus zu stürzen. Die Tür stand nämlich offen, um die Männer und ihre Last einzulassen. Es war die Frau, die aufgemacht hatte. Als ich so dastand, streifte mich ihr Blick, und ich glaube, sie hat mich wiedererkannt. Ich sah, wie sie zusammenfuhr und hastig die Tür schloß. Dann kam mir das Versprechen wieder in den Sinn, das ich Ihnen gegeben habe, und da bin ich nun.«

»Sie haben ausgezeichnete Arbeit geleistet«, sagte Holmes, während er ein paar Worte auf einen Halbbogen Papier kritzelte. »Ohne Haussuchungsbefehl haben wir nicht das Recht, gegen sie vorzugehen. Sie können der Sache am besten dienen, wenn Sie diese Notiz hier der Polizeibehörde überbringen und sich das nötige Dokument ausstellen lassen. Es könnte sein, daß dies nicht ganz unproblematisch ist, aber der Verkauf der Schmuckstücke müßte eigentlich reichen, meine ich. Die Einzelheiten sind die Sache von Lestrade.«

»Aber inzwischen wird sie vielleicht ermordet! Was kann dieser Sarg denn anderes zu bedeuten haben? Für wen sonst sollte er bestimmt sein?«

»Wir werden alles tun, was getan werden kann, Mr. Green. Kein Augenblick soll ungenutzt verstreichen. Überlassen Sie dies ganz uns. Nun denn, Watson«, fügte er hinzu, als unser Klient hinweggeeilt war, »er wird die regulären Streitkräfte in Bewegung setzen. Wir sind wie gewöhnlich die irregulären und müssen unserem eigenen Schlachtplan folgen. Die Lage ist meiner Meinung nach so verzweifelt, daß sie die äußersten Maßnahmen rechtfertigt. Wir dürfen keinen Augenblick mehr säumen und müssen uns unverzüglich zum Poultney Square aufmachen.

Versuchen wir einmal, die Sachlage zu rekonstruieren«, sagte er, als wir mit großer Geschwindigkeit an den Parlamentsgebäuden vorbei und über die Westminster Bridge fuhren. »Diese Schurken haben unsere unglückselige Lady dazu überredet, mit ihnen nach London zu kommen, nachdem sie einen Keil zwischen sie und ihre getreue Zofe getrieben hatten. Falls sie seither irgendwelche Briefe geschrieben hat, sind diese abgefangen worden. Durch die Vermittlung eines Komplizen sind sie zu einem möblierten Mietshaus gekommen. Sobald die Tür hinter ihnen zu war, haben sie sie zu ihrer Gefangenen gemacht und sich des wertvollen Schmuckes, hinter dem sie von Anfang an her waren, bemächtigt. Inzwischen haben sie bereits begonnen, einen Teil davon zu veräußern, was sie für wenig riskant halten, da alles dafür zu sprechen scheint, daß kein Mensch am Schicksal der Lady interessiert ist. Wird diese freigelassen, wird sie natürlich Anzeige gegen die beiden erstatten. Folglich darf sie nicht freigelassen werden. Andererseits können sie sie aber auch nicht für alle Zeiten hinter Schloß und Riegel halten. Und somit ist Mord die einzige Lösung.«

»Das ist sehr einleuchtend.«

»Dann wollen wir jetzt einen anderen Gedankengang aufgreifen. Folgt man nämlich zwei verschiedenen Argumentationsketten, Watson, und kommt an einen Punkt, wo sich die beiden überschneiden, sollte man damit der Wahrheit recht nahe kommen. Diesmal wollen wir nicht von der Lady, sondern vom Sarg ausgehen und rückwärts schließen. Der Umstand, daß ein Sarg gebracht wurde, beweist, so fürchte ich, ganz eindeutig, daß die Lady bereits tot ist. Außerdem verweist er auf eine ordentliche Beerdigung mit allem vorschriftsmäßigen Drum und Dran wie ärztlich ausgestelltem Totenschein und Eintragung ins Sterberegister. Wäre es ganz augenfällig, daß die Lady ermordet worden ist, so hätten sie sie bestimmt im Garten hinter dem Haus verscharrt. Aber hier geht alles ganz offen und ordnungsgemäß zu und her. Was hat das zu bedeuten? Doch wohl, daß sie auf eine Art und Weise umgebracht worden ist, die den Arzt zu täuschen vermochte und den Anschein eines natürlichen Todes erweckte – mit Gift zum Beispiel. Aber auch dann mutet es höchst seltsam an, daß sie einen Arzt in ihre Nähe lassen sollten, es sei denn, es handle sich um einen Komplizen, was allerdings kaum anzunehmen ist.«

»Wäre es nicht möglich, daß sie einen Totenschein gefälscht haben?«

»Das ist eine riskante Sache, Watson, sehr riskant. Nein, ich kann mir nicht vorstellen, daß sie so etwas täten. Kutscher, halten Sie hier an! Das hier muß der Leichenbestatter sein; wir sind nämlich eben beim Pfandleiher vorbeigefahren. Wären Sie so gut hineinzugehen, Watson? Ihre Erscheinung ist so vertrauenerweckend. Erkundigen Sie sich einfach, um wieviel Uhr das Poultney-Square-Begräbnis morgen stattfinden soll.«

Die Frau im Geschäft sagte mir ohne Zögern, es sei auf acht Uhr morgens angesetzt.

»Sehen Sie, Watson, keinerlei Geheimniskrämerei; ein Spiel mit offenen Karten! Auf die eine oder andere Art ist den gesetzlichen Vorschriften ohne Zweifel Genüge getan worden, so daß sie sich jetzt in Sicherheit wiegen. Nun denn, in diesem Fall bleibt uns nichts anderes übrig als ein offener Frontalangriff. Sind Sie bewaffnet?«

»Ich habe meinen Stock!«

»Schon gut, wir werden stark genug sein. ›Dreimal bewehrt ist der gerechte Streiter.‹ Wir können es uns ganz einfach nicht leisten, das Eintreffen der Polizei abzuwarten oder uns von den gesetzlichen Schranken zurückhalten zu lassen. Kutscher, Sie können wegfahren. Also, Watson, wir werden nun einfach gemeinsam unser Glück versuchen, wie wir dies früher schon hin und wieder getan haben.«

Bei diesen Worten betätigte er heftig die Türklingel des großen, düsteren Hauses in der Mitte des Poultney Square. Die Tür öffnete sich augenblicklich, und gegen das dämmerige Licht der Eingangshalle hob sich eine hochgewachsene Frauengestalt ab.

»Sie wünschen?« fragte sie mit schneidender Stimme und versuchte, uns in der Dunkelheit genauer auszumachen.

»Ich möchte Dr. Shlessinger sprechen«, sagte Holmes.

»Hier gibt es keine Person dieses Namens«, versetzte sie und wollte uns die Tür vor der Nase zuschlagen, aber Holmes hielt den Fuß dazwischen.

»Nun, dann will ich mit dem Mann sprechen, der hier wohnt, wie immer er sich auch im Augenblick nennen mag«, sagte Holmes mit Bestimmtheit.

Sie zögerte. Dann riß sie die Tür weit auf. »Also gut, kommen Sie rein!« versetzte sie. »Mein Gatte braucht sich vor keinem Menschen auf Erden zu fürchten.« Sie schloß die Tür hinter uns und führte uns in ein Wohnzimmer zur Rechten der Eingangshalle, dessen Gaslicht sie beim Hinausgehen höher drehte. »Mr. Peters wird sofort da sein«, sagte sie.

Dies stimmte aufs Wort, denn wir hatten kaum Zeit, uns in dem verstaubten und mottenzerfressenen Raum ein wenig umzusehen, als auch schon die Tür aufging und ein großer, glattrasierter, kahlköpfiger Mann leichten Schrittes ins Zimmer trat. Er hatte ein großes, rotes Gesicht mit Hängebacken und ein auf den ersten Blick gütiges Gehabe, das durch den grausamen, gemeinen Zug um seinen Mund Lügen gestraft wurde.

»Hier liegt ganz gewiß eine Verwechslung vor, Gentlemen«,

sagte er mit salbungsvoll abwiegelnder Stimme. »Ich nehme an, Sie haben sich in der Adresse geirrt. Vielleicht, wenn Sie es ein paar Häuser weiter versuchen wollten ...«

»Genug jetzt, wir haben keine Zeit zu verlieren«, sagte mein Gefährte mit Bestimmtheit. »Sie sind Henry Peters aus Adelaide, bis vor kurzem auch als Rev. Dr. Shlessinger aus Baden-Baden und Südamerika bekannt. Das weiß ich so gewiß, wie daß ich Sherlock Holmes heiße.«

Peters, wie ich ihn von nun an nennen will, zuckte zusammen und maß seinen gefährlichen Verfolger mit festem Blick. »Ihr Name kann mich nicht sonderlich schrecken, Mr. Holmes«, sagte er ungerührt. »So ein Mensch reinen Gewissens ist, läßt er sich nicht so leicht aus der Fassung bringen. Was haben Sie in meinem Haus zu suchen?«

»Ich will wissen, was Sie mit Lady Frances Carfax gemacht haben, die Sie aus Baden-Baden mitgenommen haben.«

»Ich wäre meinerseits sehr froh, wenn Sie mir etwas über den Verbleib dieser Lady sagen könnten«, erwiderte Peters ungerührt. »Sie schuldet mir an die hundert Pfund, und ich habe nichts in der Hand, außer einem Paar Kitschohrringe, denen der Händler kaum einen Blick gönnen wollte. Sie hat sich Mrs. Peters und mir in Baden-Baden angeschlossen – wobei es den Tatsachen entspricht, daß ich mich zu jener Zeit eines anderen Namens bediente – und hat sich an uns geklammert, bis wir in London eintrafen. Ich habe sowohl ihre Hotelrechnung als auch ihre Fahrkarte bezahlt. Kaum waren wir in London, hat sie sich aus dem Staub gemacht und, wie ich bereits erwähnt habe, diese antiquierten Schmuckstücke zurückgelassen, die wohl ihre Schulden begleichen sollten. Finden Sie die Dame, Mr. Holmes, und ich werde Ihnen zu großem Dank verpflichtet sein.«

»Keine Sorge, ich *werde* sie finden«, versetzte Sherlock Holmes. »Und wenn ich das ganze Haus auf den Kopf stellen muß, ich werde sie finden.«

»Und wo ist Ihr Haussuchungsbefehl?«

Holmes zog seinen Revolver aus der Tasche. »Sie müssen wohl mit diesem da vorliebnehmen, bis ein besserer eintrifft.«

»Nanu, Sie sind ja nur ein hundskommuner Einbrecher.«

»Wenn Sie mich so bezeichnen wollen«, sagte Holmes vergnügt. »Mein Begleiter hier ist außerdem ein ganz gefährlicher Schläger. Und wir beide werden jetzt Ihr Haus durchsuchen.«

Unser Gegenspieler öffnete die Tür.

»Geh, hol einen Polizisten, Annie!« sagte er. Man hörte Frauenröcke den Flur entlangwischen und dann das Öffnen und Schließen der Eingangstür.

»Unsere Zeit ist begrenzt, Watson«, sagte Holmes. »Wenn Sie versuchen, sich uns in den Weg zu stellen, Peters, wird es sich kaum vermeiden lassen, daß Sie etwas abbekommen. Wo ist dieser Sarg, den man Ihnen ins Haus gebracht hat?«

»Was wollen Sie mit dem Sarg? Er ist in Gebrauch. Es liegt eine Leiche darin.«

»Ich muß diese Leiche sehen.«

»Nie und nimmer lasse ich das zu!«

»Dann eben nicht.« Mit einer raschen Bewegung hatte Holmes den Burschen zur Seite gestoßen und war an ihm vorbei in die Eingangshalle getreten. Direkt uns gegenüber stand eine Tür halb offen. Wir traten ein und befanden uns im Eßzimmer. Auf dem Tisch, unter einem auf halber Flamme brennenden Lüster stand der Sarg. Holmes drehte das Gas auf und hob den Sargdeckel. Ganz unten, in den Tiefen des Sarges lag eine ausgemergelte Gestalt. Der helle Schein der Lichter über uns fiel auf ein altes, schrumpeliges Gesicht. Was immer auch Grausamkeit, Hunger und Krankheit aus einem Menschen zu machen vermögen, dieses verfallene Wrack konnte unmöglich die noch immer als schön bezeichnete Lady Frances sein. Holmes standen Verblüffung und Erleichterung zugleich im Gesicht geschrieben.

»Gott sei Dank!« murmelte er. »Es ist jemand anders.«

»Ha, diesmal haben Sie sich aber böse vertan, Mr. Sherlock Holmes«, sagte Peters, der uns in das Zimmer gefolgt war.

»Wer ist diese Tote?«

»Nun, wenn Sie es unbedingt wissen müssen, sie ist ein ehemaliges Kindermädchen meiner Frau, Rose Spender mit

Namen, auf die wir zufällig in der Krankenstation des Armenhauses von Brixton gestoßen sind. Wir nahmen sie zu uns, zogen Dr. Horsom von den Firbank Villas 13 bei – versäumen Sie nicht, sich diese Adresse zu notieren, Mr. Holmes – und ließen ihr die allerbeste Pflege angedeihen, wie unsere Christenpflicht es von uns fordert. Am dritten Tag verschied sie – laut Totenschein an Altersschwäche –, aber dies ist natürlich nur die unmaßgebliche Meinung des Arztes; selbstverständlich wissen Sie es besser. Mit der Bestattung haben wir die Firma Stimson & Co. in der Kennington Road betraut, und morgen um acht Uhr früh wird sie zu Grabe getragen. Glauben Sie immer noch, ein Haar in der Suppe finden zu können, Mr. Holmes? Sie haben einen ganz dummen Schnitzer gemacht, und es würde Ihnen wohl anstehen, dies zuzugeben. Was würde ich nicht geben für eine Photographie von Ihrem blöde starrenden, fassungslosen Gesicht, als Sie vorhin den Deckel vom Sarg hoben und statt Lady Frances Carfax nur eine arme alte Frau von neunzig darin vorfanden.«

Holmes' Miene blieb bei den Hohnreden seines Widersachers so ungerührt wie immer, aber seine zu Fäusten geballten Hände verrieten die Heftigkeit seines Verdrusses.

»Ich durchsuche jetzt Ihr Haus«, sagte er.

»Ach ja?« rief Peters, als eine Frauenstimme und schwere Schritte vom Flur her zu vernehmen waren. »Das wollen wir doch mal sehen. Hier herein, die Herren Polizeibeamten, wenn ich bitten darf! Diese zwei Männer hier sind gewaltsam in mein Haus eingedrungen, und es will mir nicht gelingen, sie wieder loszuwerden. Bitte, helfen Sie mir, sie vor die Tür zu setzen.«

Auf der Schwelle standen ein Sergeant und ein Constable. Holmes zog eine Visitenkarte aus seiner Brieftasche hervor.

»Hier haben Sie meinen Namen und meine Adresse. Und das hier ist mein Freund Dr. Watson.«

»Meiner Treu, Sir, wir kennen Sie doch gut genug«, sagte der Sergeant, »aber ohne Haussuchungsbefehl dürfen Sie sich hier nicht aufhalten.«

»Selbstverständlich, das ist mir klar.«

»Verhaften Sie ihn!« schrie Peters.

»Wir wissen schon, wo wir diesen Gentleman finden können, wenn wir ihn zu sprechen wünschen«, versetzte der Sergeant würdevoll, »aber Sie sollten jetzt wirklich gehen, Mr. Holmes.«

»Ja, Watson, wir sollten jetzt wirklich gehen.«

Eine Minute später standen wir wieder auf der Straße. Holmes war so kühl und gelassen wie immer, ich aber glühte vor Wut und gedemütigtem Stolz. Der Sergeant war uns nachgekommen.

»Tut mir leid, Mr. Holmes, aber so will es nun mal das Gesetz.«

»Ganz recht, Sergeant, Sie konnten nicht anders handeln.«

»Ich nehme an, Sie hatten gute Gründe dafür, dort zu sein. Wenn ich irgend etwas tun kann ...«

»Es geht um eine verschwundene Lady, Sergeant, und wir glauben, daß sie sich in diesem Haus befindet. Ich erwarte jeden Moment einen Haussuchungsbefehl.«

»In diesem Fall werde ich ein Auge auf die Leute haben, Mr. Holmes. Sobald sich irgend etwas tut, gebe ich Ihnen Bescheid.«

Es war erst neun Uhr, und sogleich trieb uns das Jagdfieber weiter. Zuerst fuhren wir zur Krankenstation des Armenhauses von Brixton, wo wir erfuhren, daß vor ein paar Tagen tatsächlich ein barmherziges Ehepaar dort vorgesprochen hatte, daß diese Leute in einer schwachsinnigen alten Frau eine ehemalige Bedienstete zu erkennen geglaubt und darauf die Erlaubnis erwirkt hatten, sie mitzunehmen. Die Nachricht, daß die alte Frau inzwischen verstorben sei, löste keine besondere Überraschung aus.

Unser nächstes Ziel war der Arzt. Wie er uns sagte, war er zu der Frau gerufen worden, hatte festgestellt, daß sie im Begriff war, an schierer Altersschwäche zu sterben, war dabeigewesen, als sie den Geist aufgab, und hatte den Totenschein unter Einhaltung sämtlicher Vorschriften ausgestellt. »Ich kann Ihnen versichern, daß in dieser Angelegenheit alles seinen ganz natürlichen Verlauf genommen hat und daß es nicht den geringsten Spielraum für verbrecherische Machenschaften gegeben hat«, sagte er. Nichts in dem Haus hatte seinen Verdacht erregt, nur daß es ihm ein wenig ungewöhnlich erschienen war, daß Leute dieses Standes keine Bediensteten hatten. So weit und keinen Schritt weiter ging der Arzt mit seinen Äußerungen.

Zu guter Letzt fuhren wir noch zu Scotland Yard. Hinsichtlich des Haussuchungsbefehls hatten sich verfahrensrechtliche Schwierigkeiten ergeben. Eine gewisse Verzögerung sei unvermeidlich. Die richterliche Unterschrift könne aller Voraussicht nach nicht vor dem folgenden Morgen erwirkt werden. Falls Holmes gegen neun Uhr wieder vorsprechen wollte, könnte er Lestrade begleiten und bei der Aktion zugegen sein. Damit fand der Tag seinen Abschluß, abgesehen davon, daß kurz vor Mitternacht unser Freund, der Sergeant, bei uns hereinschaute, um zu melden, er habe hinter den Fenstern des großen, dunkel daliegenden Hauses da und dort Lichter aufflackern sehen, es sei aber niemand herausgekommen und auch niemand hineingegangen. Jetzt blieb uns nichts anderes mehr übrig, als um Geduld zu beten und den kommenden Tag abzuwarten.

Sherlock Holmes war zu gereizt, um mit mir zu plaudern, und zu ruhelos, um schlafen zu können. Als ich mich zurückzog, saß er heftig paffend, die schweren Augenbrauen zusammengezogen, in seinem Lehnsessel, trommelte mit seinen langen, nervösen Fingern auf den Seitenlehnen herum und wendete jede denkbare Lösung des Rätsels in seinem Geist hin und her. Mehrmals im Laufe der Nacht hörte ich ihn im Haus herumtigern. Und kaum war ich am Morgen geweckt worden, da kam er auch schon in mein Zimmer gestürzt. Er war im Morgenrock, aber sein bleiches, hohläugiges Gesicht verriet mir, daß er eine schlaflose Nacht hinter sich hatte.

»Um wieviel Uhr sollte das Begräbnis stattfinden? Um acht, nicht wahr?« fragte er aufgeregt. »Nun, es ist zwanzig nach sieben. Allmächtiger, Watson, was ist nur aus dem bißchen Hirn geworden, das Gott mir gegeben hat? Schnell, Mann, schnell! Es geht um Leben oder Tod – und die Chancen stehen hundert zu eins für den Tod. Wenn wir zu spät kommen, verzeih ich mir das nie, niemals!«

Es ging keine fünf Minuten, und schon rasten wir in einer Droschke durch die Baker Street. Dennoch war es schon fünfundzwanzig vor acht, als wir beim Big Ben vorbeifuhren, und als wir durch die Brixton Road sprengten, schlug es eben acht. Aber wir waren nicht die einzigen, die Verspätung hatten. Zehn Minuten nach der vollen Stunde stand der Leichenwagen noch immer vor dem Hauseingang, und genau in dem Augenblick, als unser Pferd mit Schaum vor dem Maul zum Stehen kam, erschien, von drei Männern getragen, der Sarg auf der Schwelle. Holmes preschte vor und versperrte ihnen den Weg.

»Zurück damit!« rief er und drückte dem vordersten Träger die Hand auf die Brust. »Tragen Sie ihn augenblicklich zurück!«

»Was zum Teufel fällt denn Ihnen ein? Ich frage Sie zum zweiten Mal, wo ist Ihr Haussuchungsbefehl?« schrie Peters, dessen großes, rotes Gesicht schäumend vor Wut am jenseitigen Ende des Sarges auftauchte.

»Der Haussuchungsbefehl ist unterwegs. Und dieser Sarg verläßt derweilen nicht das Haus.«

Die Autorität in Holmes' Stimme verfehlte ihre Wirkung auf die Träger nicht. Peters war plötzlich im Haus verschwunden, und so gehorchten sie den neuen Befehlen. »Schnell, Watson, schnell! Da haben Sie einen Schraubenzieher!« schrie er, als der Sarg wieder auf den Tisch zurückgestellt worden war. »Und hier ist einer für Sie, guter Mann! Ein Sovereign, wenn der Deckel in einer Minute weg ist! Keine Fragen – ranhalten! Gut so! Noch eine! Und noch eine! Und jetzt ziehen, alle miteinander! Er rührt sich! Er rührt sich! Ah, jetzt, endlich, geschafft!«

Mit vereinten Kräften rissen wir den Deckel vom Sarg. Im

selben Moment schlug uns aus seinem Inneren ein betäubender und überwältigender Chloroformgeruch entgegen. Im Sarg lag eine Gestalt, deren Kopf über und über mit Watte umwickelt war, die mit dem Betäubungsmittel getränkt war. Holmes riß die Watte weg, und zum Vorschein kam das statuenhafte Antlitz einer schönen, durchgeistigten Frau mittleren Alters. Schon hatte er seinen Arm um sie geschlungen und sie in sitzende Position gebracht.

»Ist sie dahin, Watson? Ist noch ein Funke Leben in ihr? Wir dürfen einfach nicht zu spät gekommen sein!«

Während der nächsten halben Stunde sah es ganz so aus. War es Erstickung durch den Luftmangel, waren es die giftigen Dämpfe des Chloroforms, jedenfalls schien der Punkt, an dem man Lady Frances noch hätte zurückholen können, überschritten zu sein. Dann aber, endlich, nachdem wir es mit künstlicher Beatmung, Ätherinjektionen und allen anderen Tricks der ärztlichen Kunst versucht hatten, kündeten ein paar flatternde Pulsschläge, ein zartes Beben der Augenlider und das leichte Anlaufen eines ihr vorgehaltenen Spiegels davon, daß das Leben langsam in sie zurückkehrte. Inzwischen war eine Droschke vorgefahren, und Holmes zog die Rouleaus auf, um hinauszusehen. »Da kommt Lestrade mit dem Haussuchungsbefehl«, sagte er. »Doch er wird feststellen müssen, daß seine Vögel ausgeflogen sind. Und hier«, setzte er hinzu, als man schwere, hastige Schritte auf dem Flur hörte, »kommt einer, der hat ein größeres Anrecht darauf, diese Lady zu pflegen, als wir beide. Guten Morgen, Mr. Green; ich glaube, je eher wir die Lady an einen anderen Ort bringen können, desto besser. Einstweilen mag die Beerdigung ihren Fortgang nehmen und die arme, alte Frau, die noch immer in diesem Sarg liegt, nun allein zu ihrer letzten Ruhestätte gebracht werden.«

»Sollten Sie sich mit dem Gedanken tragen, diesen Fall Ihrer Chronik einzuverleiben, mein lieber Watson«, sagte Holmes am Abend, »so müßten Sie ihn als Beispiel für jene zeitweilige Verfinsterung behandeln, die selbst den klarsten Verstand bisweilen überkommen kann. Kein Sterblicher ist gegen solcherlei Versehen gefeit; der aber beweist wahre Größe, der sie zu erkennen und wiedergutzumachen vermag. Und dieses relativierte Verdienst darf ich wohl für mich in Anspruch nehmen. Die ganze Nacht lang peinigte mich der Gedanke, daß mir irgendwann ein versteckter Hinweis, ein seltsamer Satz, eine eigenartige Beobachtung untergekommen, ich dann aber zu schnell darüber hinweggegangen war. Endlich, im Morgengrauen, kamen mir die Worte ganz plötzlich wieder in den Sinn. Es war jene Äußerung der Leichenbestattersfrau, von der Philip Green uns berichtet hatte. Sie hatte gesagt: ›Er sollte längst bei Ihnen eingetroffen sein. Wahrscheinlich hat es länger gedauert, weil er nicht ganz der Norm entspricht.‹ Sie hatte den Sarg gemeint. *Der* entsprach nicht ganz der Norm, und dies konnte nichts anderes heißen, als daß er eine Spezialanfertigung mit besonderen Abmessungen war. Aber weshalb dies? Weshalb? Dann sah ich plötzlich die hohen Seitenwände des Sarges und die winzige, eingefallene Gestalt tief auf seinem Grund wieder vor mir. Weshalb ein so großer Sarg für eine so kleine Leiche? Um Platz für eine zweite Leiche zu haben. Beide sollten mit dem einen Totenschein bestattet werden. Es war alles so klar – wenn nur mein Blick nicht so getrübt gewesen wäre. Um acht Uhr würde Lady Frances zu Grabe getragen. Uns blieb nur noch die Möglichkeit, den Sarg aufzuhalten, ehe er das Haus verließ.

Die Chance, daß wir sie noch lebend vorfinden würden, war verzweifelt klein, aber es *bestand* immerhin eine Chance, wie das Ergebnis ja dann gezeigt hat. Meines Wissens hatten diese Leute noch nie einen Mord begangen. Vielleicht schreckten sie, wenn es darauf ankam, vor einer aktiven Gewalttat zurück. Sie brauchten sie ja nur zu beerdigen, und nichts würde darauf hindeuten, wie sie den Tod gefunden hatte; und selbst wenn sie später exhumiert werden sollte, bestand die Möglichkeit, daß die beiden ungeschoren davonkämen. Ich hoffte, sie würden sich von solcherlei Erwägungen leiten lassen. Na ja, Watson, Sie können sich die Szene wohl vorstellen, Sie waren ja auch oben und haben gesehen, in was für einem schauerlichen Loch die bemitleidenswerte Lady so lange gefangengehalten wurde. Die beiden stürzten hinein und überwältigten sie mit Hilfe des Chloroforms, trugen sie nach unten, gossen mehr von dem Zeug in den Sarg, um sicher zu sein, daß sie nicht wieder zu sich käme, und schraubten dann den Deckel fest. Ein raffiniertes Vorgehen, Watson. Meines Wissens eine Neuheit in den Annalen des Verbrechens. Sollte es unserem ehemaligen Missionarspaar gelingen, Lestrades Fängen zu entgehen, so erwarte ich, im Laufe ihrer weiteren Karriere noch von einigen Meisterstreichen zu hören.«

DER TEUFELSFUSS

Bei meinen gelegentlichen Aufzeichnungen der eigenartigen Erlebnisse und interessanten Erinnerungen, die ich meiner langjährigen und engen Freundschaft mit Mr. Sherlock Holmes verdanke, hat es immer eine grundlegende Schwierigkeit gegeben: seine Abneigung gegen jede Art von Publizität. Seinem melancholischen und zynischen Geist war der Beifall der Menge immer ein Greuel, und nichts bereitete ihm größeres Vergnügen, als am Ende eines erfolgreich gelösten Falles die eigentliche Enthüllung irgendeinem biederen Beamten zu überlassen und dann mit spöttischem Lächeln dem allgemeinen Chor falsch adressierter Beglückwünschungen zu lauschen. Tatsächlich ist es eben dieser Haltung meines Freundes und ganz gewiß nicht dem Mangel an interessantem Material zuzuschreiben, daß ich in den letzten paar Jahren dem Publikum nur wenige meiner Aufzeichnungen vorlegen konnte. Das Privileg, an einigen seiner Abenteuer teilnehmen zu dürfen, bedingte meinerseits stets Diskretion und Verschwiegenheit.

So war ich denn nicht wenig überrascht, als ich am letzten Dienstag ein Telegramm von Holmes erhielt – es ist noch nie vorgekommen, daß er einen Brief geschrieben hätte, wenn auch ein Telegramm den Zweck erfüllte –, ein Telegramm also mit dem folgenden Wortlaut: »Setzen Sie ihnen doch das Grauen von Cornwall vor – seltsamster Fall meiner ganzen Laufbahn.« Ich habe keine Ahnung, was seine Erinnerung zurückschweifen und diese Sache wieder frisch vor seinem Geist erstehen ließ, noch, welcher Laune wohl der Wunsch entsprang, ich möge davon erzählen; aber wie dem auch sei, nun heißt es, eilends die Notizen über die genauen Einzelheiten dieses Falles aufstöbern und meinen Lesern die Geschichte vorlegen, ehe ein neues Telegramm all dem ein Ende setzt.

Nun denn, im Frühling des Jahres 1897 ließ Holmes' eiserne Konstitution Anzeichen davon erkennen, daß sie der ununterbrochenen harten Arbeit, die außerdem noch höchste Ansprüche stellte, nicht mehr gewachsen war, was durch gelegentliche Unbesonnenheiten seinerseits vielleicht noch verschärft wurde. Im März dieses Jahres ordnete Dr. Moore Agar von der Harley Street – die dramatischen Umstände seiner Bekanntschaft mit Holmes will ich ein andermal erzählen – mit großem Nachdruck an, daß der berühmte Privatdetektiv all seine Fälle niederlegen und sich absoluter Ruhe hingeben müsse, wenn er einen vollständigen Zusammenbruch vermeiden wolle. Nun gehört zwar sein Gesundheitszustand zu den Dingen, denen er nicht das geringste Interesse entgegenbringt, da sein Geist die größtmögliche Unabhängigkeit vom Körper erlangt hat, aber angesichts der drohenden Gefahr, daß die Ausübung seiner Arbeit ihm für immer verwehrt sein könnte, ließ er sich schließlich doch dazu bewegen, sich eine gründliche Orts- und Luftveränderung zu gönnen. So kam es denn, daß wir beide uns zum Frühlingsanfang jenes Jahres in einem kleinen Cottage in der Nähe von Poldhu Bay, in der entferntesten Ecke der Halbinsel Cornwall, wiederfanden.

Es war ein eigenartiger Flecken Erde, und er hätte der grimmigen Laune meines Patienten nicht angemessener sein können. Von den Fenstern unseres kleinen, weißgetünchten Hauses aus, welches hoch oben auf einer grasbewachsenen Landzunge stand, sah man direkt auf das unheilvolle Halbrund von Mounts Bay hinab, jene von schwarzen Kliffen gesäumte alte Todesfalle, deren wellenumbrandete Riffe schon unzähligen Segelschiffen und Seeleuten zum Verhängnis geworden sind. Bläst der Wind von Norden her, so liegt die Bucht friedlich und windgeschützt da und verspricht dem sturmgeschüttelten Gefährt Schutz und Ruhe.

Dann jäh ein Wirbeln, brausend von Südwesten ein Orkan, der Anker ohne Halt, die Küste leewärts, und der letzte Kampf im Aufschäumen der Brecher. Der weise Seefahrer hält sich von dieser Stätte des Verderbens fern.

Landeinwärts war unsere Umgebung nicht minder düster als zur See hin. Es war eine gewellte Moorlandschaft, öde und graubraun, aus der hier und da ein Kirchturm aufragte und den Standort irgendeines verschlafenen Dorfes kennzeichnete. Wohin man sich auf diesem Moor auch wenden mochte, überall fanden sich Spuren von einem früheren, längst völlig verschwundenen Menschengeschlecht, von dem allein noch seltsame Steinmonumente zeugten, unregelmäßig geformte Hügel, welche die Asche ihrer Verstorbenen bargen, und eigenartige Erdwälle, die von prähistorischen Fehden kündeten. Das Magische und Geheimnisvolle dieser Gegend mit ihrer unheimlichen Präsenz langvergessener Völker sagte der Phantasie meines Freundes zu, und er verbrachte einen großen Teil seiner Zeit mit langen Spaziergängen und einsamen Meditationen auf dem Moor. Auch die Ursprache von Cornwall hatte es ihm angetan, und ich weiß noch, daß er die Theorie aufstellte, sie sei mit dem Chaldäischen verwandt und im wesentlichen von den phönizischen Seefahrern, die mit Zinn handelten, übernommen worden. Er hatte eben eine Sendung philologischer Sachbücher erhalten und war im Begriff, sich auf eine gründlichere Ausarbeitung dieser These einzulassen, als wir plötzlich, zu meinem Leid und zu seinem unverhohlenen Entzücken, selbst hier in dieser Traumlandschaft, direkt vor unserer Haustür mit einem Problem konfrontiert wurden, das größer, erregender und unendlich viel rätselhafter war als all jene, die uns aus London fortgetrieben hatten. Unsere schlichte Lebensweise und der geruhsame, gesunde Tagesablauf, den wir uns angewöhnt hatten, wurden gewaltsam unterbrochen, und von einem Augenblick zum anderen befanden wir uns inmitten einer Reihe von Ereignissen, die nicht allein in Cornwall, sondern überall in ganz Westengland größtes Aufsehen erregten. Viele meiner Leser werden sich wahrscheinlich noch an ›Das Grauen von Cornwall‹ erinnern, wie es damals genannt wurde; was davon bis zu den Londoner Zeitungen durchdrang, war allerdings nur ein höchst unvollständiger Bericht. Jetzt, dreizehn Jahre danach, will ich dem

Publikum die Wahrheit über diese unglaubliche Affaire in allen Einzelheiten enthüllen.

Ich habe bereits von den vereinzelt aufragenden Kirchtürmen gesprochen und davon, daß sie Wahrzeichen der in diesem Teil von Cornwall weit verstreut liegenden Dörfer waren. Das uns am nächsten gelegene war der Weiler Tredannick Wollas, wo sich die Cottages von ein paar hundert Einwohnern dicht um eine alte, moosüberwachsene Kirche scharten. Der Pfarrer dieser Gemeinde, Mr. Roundhay, war ein Freizeitarchäologe, und deswegen hatte Holmes auch seine Bekanntschaft gemacht. Er war ein Mann mittleren Alters, rundlich und leutselig, und konnte, was das Sagengut dieser Gegend anbelangte, aus dem vollen schöpfen. Er hatte uns einmal zum Tee ins Pfarrhaus eingeladen, und bei dieser Gelegenheit machten wir auch die Bekanntschaft von Mr. Mortimer Tregennis, einem Privatier, der die kärglichen Mittel des Geistlichen dadurch etwas vermehrte, daß er in dessen großem, weitläufigem Haus zur Untermiete wohnte. Dem Pfarrer, der ledig war, kam diese Übereinkunft sehr zupaß, wenn ihn auch wenig verband mit seinem Untermieter, der ein hagerer, dunkelhaariger Mann mit Brille war und so vornübergeneigt ging, daß es wie eine echte körperliche Behinderung wirkte. Wie ich mich erinnere, hatten wir während dieses kurzen Besuches den Pfarrer als einen redseligen, seinen Untermieter hingegen als einen eigenartig verschlossenen, trübselig aussehenden und introvertierten Menschen kennengelernt, der mit abgewandtem Blick dasaß und offenbar seinen eigenen Angelegenheiten nachgrübelte.

Dies also waren die beiden Männer, die am Dienstag, dem sechzehnten März, kurz nach dem Frühstück unvermittelt unser Wohnzimmer betraten, wo wir gemeinsam saßen und uns rauchenderweise rüsteten für unseren täglichen Ausflug auf das Moor.

»Mr. Holmes«, begann der Pfarrer mit erregter Stimme, »heute nacht hat sich etwas höchst Außergewöhnliches und Tragisches ereignet. So etwas ist noch gar nie dagewesen. Und wir müssen es wirklich als einen ganz besonderen Akt der Vorsehung betrachten, daß Sie gerade jetzt hier bei uns sind, denn Sie sind der einzige Mann in ganz England, der uns helfen kann.«

Ich warf diesem pfarrherrlichen Störenfried einen nicht eben freundlichen Blick zu; Holmes indessen nahm die Pfeife aus dem Mund und straffte sich in seinem Stuhl wie ein Jagdhund, der das Halali gehört hat. Er machte eine einladende Handbewegung zum Sofa hin, und unser zitternder Besucher und sein aufgeregter Gefährte nahmen Seite an Seite darauf Platz. Mr. Mortimer Tregennis schien gefaßter als der Geistliche, aber das Zucken seiner hageren Hände und der Glanz seiner dunklen Augen zeigten an, daß die beiden sich in einer ähnlichen Gemütsverfassung befanden.

»Soll ich sprechen, oder wollen Sie?« fragte er den Pfarrer.

»Nun, da allem Anschein nach Sie diese Sache, was immer es auch sein mag, entdeckt haben, während der Pfarrer sie nur aus zweiter Hand hat, wäre es wohl von Vorteil, wenn Sie das Wort ergriffen«, sagte Holmes.

Ich warf einen Blick auf die Hast verratende Kleidung des Geistlichen und auf den korrekt gekleideten Untermieter an seiner Seite und amüsierte mich über die verblüfften Gesichter der beiden ob Holmes' simpler Deduktion.

»Vielleicht sollte doch besser ich erst ein paar Worte sagen«, meinte der Pfarrer, »und danach können Sie entscheiden, ob Sie von Mr. Tregennis die Einzelheiten zu hören wünschen oder ob wir uns nicht besser unverzüglich zum Schauplatz dieser rätselhaften Affaire aufmachen sollten. So lassen Sie mich Ihnen denn erklären, daß unser gemeinsamer Freund hier den gestrigen Abend in Gesellschaft seiner beiden Brüder Owen und George sowie seiner Schwester Brenda in deren Haus namens Tredannick Wartha verbracht hat, das ganz in der Nähe des alten Steinkreuzes auf dem Moor gelegen ist. Als er sie kurz nach zehn verließ, saßen sie bei bester Gesundheit und Laune um den Eßtisch herum und spielten Karten. Heute morgen dann unternahm er als Frühaufsteher noch vor dem

Frühstück einen Spaziergang in dieselbe Richtung. Unterwegs wurde er von Dr. Richards' Wagen eingeholt, und der Arzt erklärte ihm, er habe soeben einen höchst dringlichen Notruf aus Tredannick Wartha erhalten. Selbstverständlich fuhr Mr. Mortimer Tregennis sogleich mit. In Tredannick Wartha bot sich ihm ein ganz unerhörtes Schauspiel. Seine beiden Brüder und die Schwester saßen noch genau so um den Tisch herum, wie er sie verlassen hatte, die Karten lagen noch vor ihnen ausgebreitet, und die Kerzen waren bis auf die Tropfenfänger niedergebrannt. Die Schwester saß totenstarr in ihren Stuhl zurückgesunken, während die beiden Brüder lachend, johlend und singend zu ihren Seiten saßen und ganz offensichtlich den Verstand verloren hatten. Auf den Gesichtern der drei, der toten Frau und der beiden Wahnsinnigen, hatte sich ein Ausdruck tiefsten Grauens festgesetzt, eine Fratze des Entsetzens, die fürchterlich anzuschauen war. Es gab keine Anzeichen dafür, daß sonst noch jemand im Haus gewesen war, abgesehen von Mrs. Porter, der alten Köchin und Haushälterin, die erklärte, sie habe die ganze Nacht hindurch tief geschlafen und keinerlei Geräusche gehört. Nichts ist gestohlen oder in Unordnung gebracht worden, und es gibt nicht den geringsten Fingerzeig darauf, was so grauenvoll gewesen sein mag, daß es eine Frau zu Tode erschreckt und zwei starke Männer um den Verstand gebracht hat. Dies ist in aller Kürze die Situation, Mr. Holmes, und wenn Sie uns dabei helfen können, sie aufzuklären, so tun Sie damit ein großes Werk.«

Ich hatte zuerst gehofft, meinem Gefährten die Ruhe, den ursprünglichen Zweck dieser Reise, wieder schmackhaft machen zu können; jetzt aber zeigte mir ein einziger Blick auf sein angespanntes Gesicht und die zusammengezogenen Augenbrauen, daß diese Hoffnung völlig eitel war. Er saß eine Weile schweigend da, ganz vertieft in dieses seltsame Drama, das unser friedvolles Dasein gestört hatte.

»Ich will mich der Sache annehmen«, sagte er schließlich. »Auf den ersten Blick scheint es sich um einen Fall ganz eigentümlicher Prägung zu handeln. Sind Sie selbst auch schon dort gewesen, Mr. Roundhay?«

»Nein, Mr. Holmes. Mr. Tregennis ist mit dem Bericht davon ins Pfarrhaus zurückgekehrt, und dann bin ich sogleich mit ihm hierhergeeilt, um Sie zu konsultieren.«

»Wie weit ist es bis zu dem Haus, in dem sich diese eigenartige Tragödie abgespielt hat?«

»Etwa eine Meile landeinwärts.«

»Dann wollen wir alle gemeinsam zu Fuß dorthingehen. Ehe wir aber aufbrechen, habe ich Ihnen noch ein paar Fragen zu stellen, Mr. Mortimer Tregennis.«

Dieser hatte die ganze Zeit über in Schweigen verharrt, aber mir war nicht entgangen, daß seine Erregung, wiewohl besser im Zaum gehalten, vielleicht sogar noch stärker war als die offensichtliche Aufgeregtheit des Geistlichen. Er saß mit bleichem, abgespanntem Gesicht da, den angsterfüllten Blick unverwandt auf Holmes gerichtet, und seine hageren Hände verklammerten sich krampfhaft ineinander. Seine blassen Lippen bebten, während er dem Bericht von der furchtbaren Heimsuchung seiner Familie lauschte, und in seinen dunklen Augen schien sich etwas von dem Grauen der Szene widerzuspiegeln.

»Fragen Sie, was Sie wollen, Mr. Holmes«, sagte er beflissen. »Wenn es mich auch hart ankommt, darüber zu sprechen, ich werde Ihnen die Wahrheit sagen.«

»Erzählen Sie mir von gestern abend.«

»Nun, Mr. Holmes, ich habe dort zu Abend gegessen, wie der Herr Pfarrer bereits erwähnt hat, und danach hat mein älterer Bruder George eine Partie Whist vorgeschlagen. Wir setzten uns gegen neun Uhr dazu nieder. Um Viertel nach zehn habe ich mich aufgemacht, und als ich ging, da saßen sie alle so vergnügt wie nur möglich um den Tisch herum.«

»Wer hat Ihnen aufgesperrt?«

»Mrs. Porter war bereits zu Bett gegangen, deshalb sperrte ich selbst auf und ließ dann die Haustür hinter mir ins Schloß fallen. Das Fenster des Zimmers, in dem sie saßen, war geschlossen, aber das Rouleau war nicht heruntergelassen. Heute morgen fand ich Tür und Fenster in unverändertem

Zustand vor, und nichts deutete darauf hin, daß ein Fremder im Haus gewesen war. Und doch saßen da die beiden, wahnsinnig geworden vor Entsetzen, und da lehnte Brenda, gestorben vor lauter Angst, und ihr Kopf hing über die Armlehne ihres Stuhles herab. Niemals, so lange ich lebe, wird mir das Bild dieses Zimmers aus dem Sinn gehen.«

»Die Fakten, die Sie uns hier vorlegen, sind in der Tat höchst bemerkenswert«, sagte Holmes. »Wenn ich recht verstehe, haben Sie selbst keine Theorie, die sie in irgendeiner Weise erklären könnte?«

»Es ist Teufelswerk, Mr. Holmes, Teufelswerk!« rief Mortimer Tregennis. »Es muß etwas gewesen sein, das nicht von dieser Welt ist. Irgend etwas ist in dieses Zimmer gekommen und hat das Licht der Vernunft in ihnen ausgelöscht. Wie könnte Menschenwerk so etwas tun?«

»Ich fürchte«, entgegnete Holmes, »daß diese Sache, sollte sie in außermenschliche Bereiche lappen, entschieden nicht mehr in mein Ressort gehört. Aber ehe wir uns auf eine solche Theorie zurückziehen, müssen wir erst einmal alle natürlichen Erklärungsmöglichkeiten ausschöpfen. Was Sie selber betrifft, Mr. Tregennis, so nehme ich an, daß Sie sich aus irgendeinem Grund mit Ihren Familienangehörigen entzweit haben, da diese zusammenlebten, während Sie Ihre separaten Räumlichkeiten haben?«

»So ist es, Mr. Holmes, obwohl diese Sache längst vorbei und abgetan ist. Unsere Familie besaß eine Zinnmine in Redruth, aber wir verkauften das Unternehmen an eine Gesellschaft, was uns genügend Mittel an die Hand gab, um uns zur Ruhe setzen zu können. Ich will nicht bestreiten, daß es anläßlich der Teilung des Geldes ein wenig böses Blut gab und daß diese Sache eine Zeitlang zwischen uns stand, aber all dies war längst vergessen und vergeben, und wir standen wieder auf dem freundschaftlichsten Fuß miteinander.«

»Ist Ihnen, wenn Sie auf diesen gemeinsam verbrachten Abend zurückblicken, irgend etwas im Gedächtnis haften geblieben, das die Hintergründe dieser Tragödie in irgendeiner

Weise erhellen könnte? Denken Sie gründlich nach, Mr. Tregennis, ob sich nicht irgend etwas finden läßt, das mir als Anhaltspunkt weiterhelfen könnte.«

»Es gibt wirklich gar nichts, Sir.«

»War die Gemütsverfassung Ihrer Angehörigen so wie immer?«

»Besser denn je.«

»Waren sie nervös? Machten sie je den Eindruck von Menschen, die sich vor einer lauernden Gefahr fürchten?«

»Nein, nichts dergleichen.«

»Sie haben also gar nichts mehr hinzuzufügen, was mir von Nutzen sein könnte?«

Mortimer Tregennis besann sich eine Weile lang eingehend.

»Eine einzige Sache fällt mir eben ein«, sagte er schließlich. »Als wir um den Tisch herum saßen, kehrte ich dem Fenster den Rücken zu, und mein Bruder George, der beim Kartenspiel mein Partner war, saß ihm direkt gegenüber. Einmal sah ich ihn scharf über meine Schulter blicken und drehte mich um, weil ich wissen wollte, was es da zu sehen gab. Das Rouleau war hochgezogen und das Fenster geschlossen, aber mit einiger Mühe gelang es mir, die Büsche im Garten draußen auszumachen, und einen Augenblick lang schien es mir, als bewege sich etwas zwischen ihnen. Ich hätte nicht sagen können, ob es Mensch oder Tier war, aber ich konnte mich des Eindrucks nicht erwehren, daß dort etwas war. Als ich ihn darauf fragte, was er denn gesehen habe, sagte er mir, es sei ihm genau gleich ergangen wie mir. Das ist alles, was ich Ihnen sagen kann.«

»Sind Sie der Sache nicht nachgegangen?«

»Nein, wir kümmerten uns nicht weiter darum, da es nicht von Belang zu sein schien.«

»Sie hatten also keinerlei düstere Vorahnungen, als Sie Ihre Angehörigen verließen?«

»Nicht im geringsten.«

»Was ich noch nicht ganz verstehe, ist, wie Sie heute morgen so früh von der Sache erfahren haben.«

»Ich bin Frühaufsteher und mache im allgemeinen einen Spaziergang vor dem Frühstück. Heute morgen war ich kaum recht aufgebrochen, als mich der Doktor mit seinem Wagen überholte. Er sagte mir, die alte Mrs. Porter hätte einen Jungen zu ihm geschickt mit der Nachricht, es sei dringend. Ich sprang sogleich neben ihm in den Wagen, und weiter ging die Fahrt. Als wir ankamen, nahmen wir dieses Schreckenszimmer in Augenschein. Die Kerzen und das Kaminfeuer mußten bereits Stunden zuvor ausgegangen sein, so daß sie im Dunkeln gesessen hatten, bis die Morgendämmerung angebrochen war. Der Doktor meinte, Brenda müsse schon mindestens sechs Stunden tot gewesen sein. Es gab keinerlei Anzeichen von Gewaltanwendung. Sie lag einfach über der Armlehne ihres Stuhles mit diesem unsäglichen Ausdruck auf ihrem Gesicht. George und Owen grölten Liederfetzen und schnatterten wie zwei große Affen. Ach, es war ein grauenhafter Anblick! Ich konnte ihn fast nicht ertragen, und der Doktor war weiß wie ein Bettlaken. Tatsächlich sank er sogar in einer Art Ohnmacht auf einen Stuhl nieder, und es hätte nicht viel gefehlt, so hätten wir ihn auch noch am Hals gehabt.«

»Bemerkenswert – höchst bemerkenswert!« versetzte Holmes, während er sich erhob und nach seinem Hut griff. »Ich denke, am besten machen wir uns ohne weiteren Verzug auf nach Tredannick Wartha. Ich muß gestehen, ich habe es kaum je mit einem Fall zu tun gehabt, der einem auf Anhieb ein so seltsames Rätsel aufgegeben hätte.«

Was wir an jenem ersten Morgen unternahmen, trug wenig dazu bei, die Untersuchung voranzutreiben. Doch gleich zu Anfang gab es einen Vorfall, der in meiner Seele einen überaus grausigen Eindruck hinterließ. Zum Ort der Tragödie führt ein enger, gewundener Feldweg. Während wir des Weges gingen, hörten wir plötzlich das Rattern eines uns entgegenkommenden Wagens und traten beiseite, um ihn vorbeizulassen. Als er auf gleicher Höhe mit uns war, erspähte ich durch das geschlossene Fenster ein grauenhaft verzerrtes, grinsendes

Gesicht, das uns entgegenstarrte. Wie eine fürchterliche Traumvision jagte dies Augenrollen und Zähnefletschen an uns vorbei.

»Meine Brüder!« rief Mortimer Tregennis, weiß bis in die Lippen. »Sie bringen sie nach Helston.«

Grauenerfüllt blickten wir dem schwarzen, dahinrumpelnden Wagen eine Weile nach. Dann wandten wir unsere Schritte dem Unglückshaus zu, in dem die beiden von diesem seltsamen Schicksal ereilt worden waren.

Es war ein großes, helles Gebäude, mehr stattliches Landhaus denn Cottage, mit einem Garten von beträchtlicher Größe, in dem bereits – was Wunder bei dem milden Klima von Cornwall – Frühlingsblumen in Hülle und Fülle standen. Auf diesen Garten hin blickte das Wohnzimmerfenster, und von dort her mußte, laut Mortimer Tregennis, diese Ausgeburt der Hölle gekommen sein, deren Schrecken den Verstand der Hausbewohner auf einen Schlag verheert hatte. Langsam und nachdenklich ging Holmes zwischen den Blumenbeeten umher und den Gartenweg entlang, ehe wir den überdachten Hauseingang betraten. Er war so tief in Gedanken versunken – das weiß ich noch ganz genau –, daß er über die Gießkanne stolperte, die umkippte und sich über unsere Füße und den Gartenweg ergoß. Im Innern des Hauses wurden wir von Mrs. Porter, der bejahrten einheimischen Haushälterin, in Empfang genommen, die, unterstützt von einem jungen Mädchen, dafür sorgte, daß es der Familie an nichts fehlte. Bereitwillig antwortete sie auf all die Fragen, die Holmes ihr stellte. Sie habe die ganze Nacht hindurch nichts gehört, sagte sie. Ihre Brotherren seien in letzter Zeit alle bei bester Laune gewesen; nie habe sie sie fröhlicher und glücklicher gesehen. Sie sei vor Entsetzen in Ohnmacht gefallen, als sie am Morgen das Zimmer betreten und diese gräßliche Runde um den Tisch versammelt gefunden habe. Als sie wieder zu sich gekommen sei, habe sie das Fenster geöffnet, um die Morgenluft hereinzulassen, und sei dann zur Landstraße hinuntergerannt, wo sie einen Bauernjungen getroffen und nach dem Arzt geschickt habe. Die Lady liege oben auf ihrem Bett, falls wir sie zu sehen wünschten. Vier starke Männer habe es gebraucht, um die beiden Brüder in den Wagen der Irrenanstalt zu verfrachten. Sie selbst werde keinen Tag länger in diesem Hause bleiben und beabsichtige, noch diesen Nachmittag zu ihrer Familie in St. Ives zurückzukehren.

Wir stiegen die Treppe hinauf und warfen einen Blick auf die Leiche. Miss Brenda Tregennis war eine sehr schöne Frau gewesen, wiewohl sie sich den mittleren Jahren nähern mußte. Ihr dunkles, klar geschnittenes Gesicht hatte auch im Tod noch etwas von dieser Schönheit bewahrt, obschon eine Spur jenes Grauens, das ihre letzte menschliche Empfindung gewesen war, darauf zu liegen und es zu verzerren schien. Von ihrem Schlafzimmer stiegen wir wieder hinunter zum Wohnzimmer, dem eigentlichen Schauplatz dieser seltsamen Tragödie. Im Kamin lagen die verkohlten Überreste des Feuers vom vergangenen Abend. Auf dem Tisch standen die vier Kerzen, niedergebrannt und von heruntergetropftem Wachs umgeben, und auf der Tischplatte verstreut lagen die Spielkarten. Die Stühle waren inzwischen gegen die Wand gerückt worden, aber sonst war alles noch genau so wie am Abend zuvor. Holmes ging mit leichten, behenden Schritten im Zimmer umher und setzte sich auf die verschiedenen Stühle, nachdem er sie an den Tisch herangezogen und ihren ursprünglichen Standort rekonstruiert hatte. Er probierte aus, wieviel von dem Garten zu sehen war, untersuchte den Fußboden, die Decke und den Kamin, aber nicht für einen Augenblick sah ich jenes Aufleuchten in seinen Augen und jenes Zusammenpressen seiner Lippen, das mir angezeigt hätte, daß er in dieser tiefen Finsternis einen Lichtschimmer erblickt hatte.

»Warum bloß ein Kaminfeuer?« fragte er zwischendurch. »Hatten sie an Frühlingsabenden immer ein Feuer in diesem kleinen Raum?«

Mortimer Tregennis erklärte, es sei ein kalter und feuchter Abend gewesen. Deshalb habe man nach seiner Ankunft ein Feuer angemacht. »Was gedenken Sie jetzt zu tun, Mr. Holmes?« fragte er dann.

Mein Freund lächelte und legte mir die Hand auf den Arm. »Ich glaube fast, Watson, daß ich auf meine alte Methode der Selbstvergiftung mittels Tabak zurückgreifen muß, die Sie so oft und mit so viel Recht verurteilt haben«, sagte er. »Mit Ihrer gütigen Erlaubnis, Gentlemen, werden wir jetzt zu unserem Cottage zurückkehren, denn ich wüßte nicht, welch neue Faktoren sich uns hier noch erschließen sollten. Ich will mir die Tatsachen durch den Kopf gehen lassen, Mr. Tregennis, und falls mir irgend etwas dazu einfallen sollte, so können Sie sich darauf verlassen, daß ich mich mit Ihnen und dem Herrn Pfarrer in Verbindung setzen werde. Einstweilen wünsche ich Ihnen beiden einen guten Morgen.«

Erst als wir schon wieder seit geraumer Zeit im Poldhu Cottage zurück waren, brach Holmes sein undurchdringliches und gedankenschweres Schweigen. Er saß zusammengekauert in seinem Lehnsessel, und sein hageres, asketisches Gesicht war hinter den blauen Schwaden seines Tabakrauches kaum zu sehen, seine schwarzen Brauen zogen sich dicht über den Augen zusammen, seine Stirn war in Falten gelegt und sein Blick leer und abwesend. Endlich legte er seine Pfeife hin und sprang auf.

»So geht das nicht, Watson!« sagte er mit einem Auflachen. »Lassen Sie uns den Kliffen entlangspazieren und Pfeilspitzen aus Feuerstein suchen. Die finden wir eher als Anhaltspunkte zur Lösung dieses Problems. Ein Gehirn, das nicht genügend Material zu verarbeiten bekommt, ist wie eine Maschine, die leerläuft. Es reißt sich selbst in Stücke. Meerluft, Sonne und Geduld, Watson – alles übrige wird sich schon finden.«

»Nun lassen Sie uns einmal in aller Ruhe unsere Position abstecken, Watson«, nahm er den Faden wieder auf, während wir gemeinsam den Kliffen entlanggingen. »Halten wir das winzige bißchen, das wir wirklich wissen, fest, damit wir, wenn neue Fakten an den Tag kommen, diese auch richtig einordnen können. Zuerst einmal darf ich wohl als gegeben annehmen, daß keiner von uns beiden gewillt ist, an das Eingreifen teuflischer Mächte in die Angelegenheiten von uns

Menschen zu glauben. Verbannen wir diesen Gedanken also gleich von Anfang an aus unseren Köpfen. Gut so. Was dann bleibt, sind drei Personen, denen durch menschliche Einwirkung, sei diese absichtlich oder unabsichtlich erfolgt, auf ganz furchtbare Weise mitgespielt worden ist. Soweit sind wir auf festem Boden. Nun denn, wann hat sich dies zugetragen? Offenbar doch – vorausgesetzt, die Geschichte von Mr. Mortimer Tregennis entspricht der Wahrheit – unmittelbar nachdem dieser den Raum verlassen hat. Das ist ein sehr wichtiger Punkt. Es spricht alles dafür, daß es nur ein paar wenige Minuten danach geschehen ist. Die Karten lagen noch immer auf dem Tisch. Die Zeit, zu der die Leute gewöhnlich zu Bett gingen, war bereits überschritten. Und dennoch haben sie sich nicht von der Stelle gerührt oder vom Tisch erhoben. Ich wiederhole deshalb, daß diese Sache sich unmittelbar nach seinem Weggehen und nicht später als elf gestern nacht ereignet haben muß.

Der nächste Schritt, der sich uns aufdrängt, ist dann der, so weit als möglich die Bewegungen von Mortimer Tregennis nach Verlassen des Hauses nachzuzeichnen. Dies bietet keinerlei Schwierigkeiten, und es sieht so aus, als seien sie über jeden Verdacht erhaben. Sie, der Sie meine Methoden so gut kennen, werden natürlich mein etwas plumpes Manöver mit der Gießkanne bemerkt haben, dank dem ich zu einem deutlicheren Abdruck seines Fußes gekommen bin, als dies sonst möglich gewesen wäre. Der nasse, sandige Gartenweg hat eine ideale Unterlage abgegeben. Gestern nacht war es, wie Sie sich erinnern werden, ebenfalls sehr feucht, und es fiel mir deshalb – nun, da ich im Besitze eines Musterabdrucks war – nicht schwer, seine Spur unter all den anderen ausfindig zu machen und seinen Bewegungen zu folgen. Es macht den Anschein, daß er ziemlich schnell in Richtung des Pfarrhauses davongegangen ist.

Wenn also Mortimer Tregennis den Schauplatz verlassen hat, andererseits aber eine von außen kommende Person auf die Kartenspieler eingewirkt hat, so stellt sich nun die Frage, wie wir diese Person ermitteln können und wie es ihr möglich war, solches Grauen hervorzurufen. Mrs. Porter können wir ausschließen. Sie ist ganz offensichtlich harmlos. Gibt es irgendeinen Anhaltspunkt dafür, daß sich jemand bis zu jenem dem Garten zugewandten Fenster geschlichen und auf irgendeine Weise einen so entsetzlichen Effekt hervorgebracht hat, daß diejenigen, die ihn sahen, den Verstand verlieren mußten? Der einzige Hinweis in dieser Richtung stammt von Mortimeer Tregennis selbst, der sagt, sein Bruder habe von einer Bewegung im Garten gesprochen. Das ist ohne Zweifel bemerkenswert, denn es war ein regnerischer, bedeckter und finsterer Abend, und wer immer beabsichtigte, diese Leute in Angst und Schrecken zu versetzen, war gezwungen, sein Gesicht ganz nahe ans Fenster zu halten, wenn er gesehen werden wollte. Vor dem Fenster befindet sich ein drei Fuß breites Blumenbeet, aber von einem Fußabdruck nicht eine Spur. Dann fällt es einem auch schwer, sich vorzustellen, wie ein von außen Kommender es fertigbringen soll, in dieser Runde solches Entsetzen zu verbreiten; und auf ein mögliches Motiv für ein so seltsames und perfides Unterfangen sind wir bisher auch noch nicht gestoßen. Sie sehen unsere Schwierigkeiten, Watson?«

»Nur allzu deutlich«, sagte ich mit Überzeugung.

»Und doch, nur ein kleines bißchen mehr Material, und es müßte sich erweisen, daß sie für uns nicht unüberwindlich sind«, sagte Holmes. »Ich nehme an, Watson, in Ihren umfangreichen Archiven ließe sich einiges finden, was fast genauso undurchsichtig war wie dies hier. Einstweilen wollen wir nun aber den Fall ruhen lassen, bis uns genauere Angaben zur Verfügung stehen, und den Rest des Morgens darauf verwenden, dem Menschen des Neolithikums nachzuspüren.«

Ich habe wohl bereits an anderer Stelle von der Fähigkeit meines Freundes, seinen Geist von einer Sache loszulösen, berichtet; nie aber hat sie mir größere Bewunderung abgerungen als an diesem Frühlingsmorgen in Cornwall, als er mir während zweier Stunden einen Vortrag über Faustkeile, Pfeilspitzen und Tonscherben hielt, und dies mit einer Unbekümmertheit, als harrte nicht ein grausiges Rätsel seiner Lösung. Erst als wir am Nachmittag zu unserem Cottage zurückkehrten, brachte ein Besucher, der schon auf uns wartete, uns die Sache wieder in Erinnerung. Keinem von uns beiden brauchte man zu sagen, wer dieser Besucher war. Der gewaltige Leib, das faltige, von tiefen Furchen durchzogene Gesicht mit den flammenden Augen und der Adlernase, das angegraute Haar, das beinahe die Decke unseres Cottages streifte, der unverkennbare Bart – an den Spitzen goldblond und in Lippennähe weiß, abgesehen von dem Nikotinflecken wegen seiner unvermeidlichen Zigarre – all diese Kennzeichen waren in London so bekannt wie in Afrika und gehörten zwingend zu der ehrfurchtgebietenden Person Dr. Leon Sterndales, des berühmten Löwenjägers und Forschungsreisenden.

Wir hatten gehört, daß er sich in der Gegend aufhielt, und ein- oder zweimal hatten wir seine hochgewachsene Gestalt auf einem der Pfade durch das Moor erspäht. Er hatte indessen keinerlei Anstalten gemacht, sich uns zu nähern, und ebensowenig wäre es uns in den Sinn gekommen, an ihn heranzutreten, denn es war allgemein bekannt, daß er aus einem Bedürfnis nach Zurückgezogenheit den größten Teil der Zeit zwischen seinen Reisen in einem kleinen Häuschen, ganz versteckt im Wald von Beauchamp Arriance, verbrachte. Hier führte er, umgeben von seinen Büchern und Landkarten, ein vollkommen einsames Leben in größter Einfachheit und schien sich wenig um die Angelegenheiten seiner Nachbarn zu kümmern. Um so mehr überraschte es mich deshalb, als ich ihn Holmes sehr dringend fragen hörte, ob er bei der Rekonstruktion dieser rätselhaften Angelegenheit schon ein Stück vorangekommen sei. »Die Polizei der Grafschaft tappt völlig im dunkeln«, sagte er, »aber vielleicht sind Sie aufgrund Ihrer größeren Erfahrung zu einer plausiblen Erklärung gekommen. Mein Anspruch, von Ihnen ins Vertrauen gezogen zu werden, beruht allein darauf, daß ich mich schon so oft hier aufgehalten habe, daß ich die Familie Tregennis mittlerweile sehr gut kenne – um nicht zu sagen, daß ich über meine Mutter, die aus Cornwall stammt, mit ihnen verwandt bin und sie mit Fug und Recht als Cousins bezeichnen könnte –, und so war das seltsame Schicksal, das sie getroffen hat, natürlich ein schwerer Schock für mich. Ich darf Ihnen in diesem Zusammenhang sagen, daß ich unterwegs nach Afrika und bereits bis nach Plymouth gekommen war, als mich heute morgen diese Nachricht erreichte, worauf ich schnurstracks wieder umgekehrt bin, um mich bei den Nachforschungen nützlich zu machen.«

Holmes zog die Augenbrauen hoch.

»Haben Sie jetzt dadurch Ihr Schiff verpaßt?«

»Ich werde das nächste nehmen.«

»Meine Güte, das nennt man aber wirklich Freundschaft!«

»Ich sage Ihnen doch, daß sie Verwandte von mir waren.«

»Ach ja, ganz recht – Cousins auf seiten Ihrer Mutter. Befand sich Ihr Gepäck schon an Bord des Schiffes?«

»Ein paar Koffer – aber der größte Teil war noch im Hotel.«

»Aha. Aber dieser Vorfall stand doch bestimmt noch nicht in den Morgenzeitungen von Plymouth?«

»Nein, Sir; ich habe ein Telegramm erhalten.«

»Darf ich fragen, von wem?«

Über das hagere Gesicht des Forschungsreisenden huschte ein Schatten.

»Sie sind sehr wißbegierig, Mr. Holmes.«

»Das ist mein Metier.«

Mit einiger Mühe gewann Dr. Sterndale seine angeschlagene Fassung zurück.

»Ich wüßte nicht, weshalb ich Ihnen das verhehlen sollte«, versetzte er. »Mr. Roundhay, der Pfarrer, hat mir das Telegramm geschickt, das mich umkehren ließ.«

»Ich danke Ihnen«, sagte Holmes. »Um nun auf Ihre ursprüngliche Frage zurückzukommen, so kann ich Ihnen dazu sagen, daß ich mir über diesen Fall noch nicht ganz im klaren bin, daß ich aber zuversichtlich hoffe, bald zu einem Schluß zu gelangen. Mehr darüber zu sagen, wäre verfrüht.«

»Aber würden Sie mir vielleicht sagen, ob Ihr Verdacht in irgendeine bestimmte Richtung weist?«

»Darauf kann ich Ihnen leider keine Antwort geben.«

»Dann habe ich bloß meine Zeit verschwendet und sehe keinen Grund, noch länger hier zu bleiben.« In übelster Laune stapfte der berühmte Doktor aus unserem Cottage, und keine fünf Minuten später war Holmes ihm gefolgt. Ich sah ihn nicht mehr bis zum Abend, als er mit schleppendem Schritt und abgespannter Miene zurückkehrte, was mir deutlich zeigte, daß er mit seiner Untersuchung keine großen Fortschritte gemacht hatte. Er ließ seinen Blick über das Telegramm gleiten, das für ihn bereitlag, und warf es dann in den Kamin.

»Das war von dem Hotel in Plymouth, Watson«, sagte er. »Ich habe seinen Namen vom Pfarrer erfahren und ein Kabel abgeschickt, um zu überprüfen, ob Dr. Leon Sterndale uns die Wahrheit gesagt hat. Es macht den Anschein, daß er gestern wirklich dort übernachtet hat und daß er tatsächlich einen Teil seines Gepäckes nach Afrika abgehen ließ, während er selbst hierher zurückgekehrt ist, um bei der Untersuchung zugegen zu sein. Was schließen Sie daraus, Watson?«

»Daß er ein tiefes Interesse an der Sache hat.«

»Ein tiefes Interesse – nun ja. Jedenfalls gibt es hier irgendwo einen Faden, den wir noch nicht zu fassen bekommen haben und der uns aus dem Gewirr herausführen könnte. Nur Mut, Watson, ich bin ganz sicher, daß uns noch nicht alles Material vorliegt. Sobald dies der Fall ist, werden unsere Schwierigkeiten wahrscheinlich sehr bald überwunden sein.«

Ich hatte natürlich keine Ahnung, wie bald Holmes' Worte sich bewahrheiten sollten und wie seltsam und unheimlich die weitere Entwicklung sein würde, die unserer Untersuchung neue Perspektiven eröffnen sollte. Am folgenden Morgen war ich eben dabei, mich am Fenster zu rasieren, als ich plötzlich Hufgeklapper hörte und, den Kopf hebend, einen Einspänner in vollem Galopp die Straße heransprengen sah. Er hielt vor unserem Tor, und heraus sprang unser Freund, der Pfarrer, und hastete den Gartenweg entlang. Holmes war bereits angekleidet, und so gingen wir eilends hinunter, um ihn zu empfangen.

Unser Besucher war so außer sich vor Erregung, daß er kaum sprechen konnte, aber unter Keuchen und Stocken kam seine tragische Geschichte dann doch aus ihm heraus.

»Wir sind vom Teufel besessen, Mr. Holmes! Meine arme Gemeinde ist vom Teufel besessen!« schrie er. »Der leibhaftige Satan geht hier um! Wir sind ihm hilflos ausgeliefert!« In seiner Aufregung tanzte er herum, was völlig lachhaft ausgesehen hätte, wären da nicht sein aschfahles Gesicht und seine verstörten Augen gewesen. Endlich schleuderte er uns die entsetzliche Nachricht entgegen.

»Mr. Mortimer Tregennis ist heute nacht gestorben, und die Symptome sind genau dieselben wie bei seiner Familie.«

Holmes sprang auf, im Handumdrehen voller Tatendrang.

»Haben wir beide noch Platz in Ihrem Einspänner?«

»Ja, das geht.«

»Dann, Watson, verschieben wir unser Frühstück. Mr. Roundhay, wir stehen voll und ganz zu Ihrer Verfügung. Los, rasch – ehe sie alles durcheinanderbringen!«

Der Untermieter hatte im Pfarrhaus zwei Zimmer belegt, die, eines über dem anderen, ein wenig für sich in einer Ecke des Gebäudes lagen. Unten befand sich ein geräumiges Wohnzimmer, im Obergeschoß das Schlafzimmer. Beide gingen hinaus auf einen Krocketrasen, der sich bis unter die Fenster hin erstreckte. Wir waren noch vor dem Arzt und der Polizei dort eingetroffen, so daß wir alles ganz unversehrt vorfanden. Ich will die Szene nun genau so schildern, wie sie sich uns an jenem dunstigen Märzmorgen darbot. Sie hat sich mir so tief eingeprägt, daß sie nie wieder aus meiner Erinnerung getilgt werden kann.

Die Luft in dem Zimmer war von einer grauenhaften und niederdrückenden Stickigkeit. Die Bedienstete, die den Raum als erste betreten hatte, hatte das Fenster weit aufgemacht, ansonsten es noch viel unerträglicher gewesen wäre. Vermutlich war daran die Lampe schuld, die schwelend und rauchend auf dem Tisch in der Mitte des Zimmers stand. Daneben saß, in seinen Stuhl zurückgesunken, der Tote; sein schütterer Bart ragte nach oben, seine Brille war ihm auf die Stirn hinaufgerutscht, und sein hageres, dunkles Gesicht war dem Fenster zugewandt und zu derselben Fratze des Entsetzens verzerrt, welche auch die Züge seiner Schwester im Tode geprägt hatte. Seine Glieder waren verrenkt und seine Finger krampfhaft zusammengekrallt, als wäre er in einem Anfall höchster Panik gestorben. Er war vollständig angekleidet, wenn es auch Zeichen dafür gab, daß er sich die Kleider in aller Eile übergestreift hatte. Wie wir bereits erfahren hatten, war sein Bett benutzt worden, so daß ihn sein tragisches Ende wahrscheinlich am frühen Morgen ereilt hatte.

Welch glühendheiße Energie unter Holmes' phlegmatischer Oberfläche brodelte, wurde einem klar, wenn man die jähe Veränderung sah, die in dem Augenblick, da er das Unglückszimmer betrat, mit ihm vorging. Von einem Augenblick zum andern war er angespannt und hellwach, seine Augen glänzten, seine Miene war entschlossen, und seine Glieder bebten vor Tatendrang. Hinaus auf den Rasen, herein durch das Fenster, im Zimmer herum und hinauf in das Schlafzimmer, er verhielt sich nicht anders als ein Jagdhund, der, von der Leine gelassen, das Versteck des Wildes durchstöbert. Rasch ließ er seinen Blick durchs Schlafzimmer schweifen, dann öffnete er das Fenster, was seine Aufregung noch anzufachen schien, denn unter lauten Ausrufen des Interesses und des Entzückens lehnte er hinaus. Dann stürmte er die Treppe hinab, stieg unten durch das offene Fenster, warf sich bäuchlings auf den Rasen, sprang wieder auf und eilte zurück ins Zimmer – all dies mit der Spannkraft eines Jägers, der seiner Beute dicht auf den Fersen ist. Die Lampe, bei der es sich um ein gängiges Modell handelte, untersuchte er mit minuziöser Sorgfalt und nahm einige Messungen an ihrem Ölbehälter vor. Mit Hilfe seines Vergrößerungsglases betrachtete er dann aufmerksam den Trübglasschirm über dem Lampenzylinder, kratzte einige Aschepartikel, welche auf dessen Oberseite hafteten, ab und gab einen Teil davon in einen Umschlag, den er in seine Brieftasche steckte. Schließlich winkte er, just in dem Augenblick, als der Arzt und die Polizei auf den Plan traten, den Pfarrer herbei, und wir alle drei gingen auf den Rasen hinaus.

»Ich freue mich, Ihnen sagen zu können, daß meine Untersuchung nicht ganz fruchtlos geblieben ist«, bemerkte er. »Leider ist es mir aber nicht möglich, hierzubleiben und die Angelegenheit mit den Herren von der Polizei zu erörtern, aber ich wäre Ihnen überaus verbunden, Mr. Roundhay, wenn Sie mich dem Inspektor empfehlen und seine Aufmerksamkeit auf das Schlafzimmerfenster sowie auf die Lampe im Wohnzimmer lenken würden. Jedes für sich allein genommen ist schon aufschlußreich, und zusammen haben sie beinahe Beweiskraft. Falls die Polizei weitere Informationen von mir wünschen sollte, wird es mir jederzeit ein Vergnügen sein, einen ihrer Vertreter in unserem Cottage zu empfangen. Und jetzt, Watson, glaube ich, gibt es andernorts dringlichere Aufgaben für uns.«

Mag sein, daß der Polizei die Einmischung eines Amateurs mißfiel oder daß sie glaubte, eine vielversprechende Spur gefunden zu haben; fest steht jedenfalls, daß wir die nächsten zwei Tage nichts von ihr hörten. Einen Teil dieser Zeit verbrachte Holmes rauchend und vor sich hin träumend in unserem Cottage, den weitaus größeren aber mit Wanderungen, die er ohne mich unternahm und von denen er jeweils nach vielen Stunden zurückkehrte, ohne auch nur ein Wort darüber, wo er gewesen war. Durch eines seiner Experimente kam ich dann aber darauf, in welche Richtung seine Nachforschungen gingen. Er hatte eine Lampe gekauft, die das genaue Ebenbild von der war, die an dem Morgen der Tragödie in Mortimer Tregennis' Zimmer gebrannt hatte. Diese füllte er mit demselben Öl, wie es im Pfarrhaus verwendet wurde, und maß dann aufs genaueste die Zeit, die es dauerte, bis sie verlöschte. Ein anderes Experiment, das er anstellte, war unangenehmerer Natur und wird mir wohl für alle Zeiten unvergeßlich bleiben.

»Sie werden sich gewiß erinnern, Watson«, sagte er eines

Nachmittags zu mir, »daß die verschiedenen Berichte, die wir vernommen haben, eine Gemeinsamkeit aufweisen. Und zwar in beiden Fällen die Wirkung der Luft auf die Personen, die den jeweiligen Raum als erste betreten haben. Sie werden sich entsinnen, daß Mortimer Tregennis anläßlich der Schilderung seines letzten Besuches im Hause seiner Geschwister bemerkte, der Arzt sei, nachdem er das Zimmer betreten habe, auf einen Stuhl gesunken. Was, das haben Sie vergessen? Nun, ich verbürge mich dafür, daß es so war. Sodann werden Sie sich ebenfalls erinnern, daß Mrs. Porter, die Haushälterin, uns gesagt hat, sie selbst sei beim Betreten des Raumes in Ohnmacht gefallen und habe hernach das Fenster geöffnet. Was nun den zweiten Fall betrifft – den von Mortimer Tregennis –, so können Sie unmöglich vergessen haben, wie furchtbar stikkig es in dem Zimmer war, als wir dort eintrafen, und dies, obwohl die Bedienstete das Fenster weit geöffnet hatte. Wie meine Nachforschungen ergeben haben, war diese Frau danach so krank, daß sie das Bett hüten mußte. Sie werden zugeben müssen, Watson, daß diese Tatsachen sehr aufschlußreich sind. In beiden Fällen ist es offenkundig, daß die Luft vergiftet war. Und in beiden Fällen war in dem Zimmer ein Verbrennungsprozeß im Gange – im einen brannte ein Feuer, im anderen eine Lampe. Für das Feuer bestand eine gewisse Notwendigkeit; die Lampe indessen wurde – wie sich durch Vergleichsmessungen der Menge des verbrannten Öls beweisen läßt – erst entzündet, als es schon längst heller Tag war. Weshalb dies? Nun, doch ganz gewiß deshalb, weil zwischen diesen drei Faktoren – dem Verbrennungsprozeß, der stickigen Luft und schließlich dem Wahnsinn beziehungsweise Tod dieser bedauernswerten Menschen – irgendein Zusammenhang besteht. Das ist doch einleuchtend, oder?«

»Es scheint so.«

»Zumindest ist es eine brauchbare Arbeitshypothese. Wir wollen also davon ausgehen, daß in beiden Fällen etwas verbrannt wurde, das die Luft so verpestete, daß seltsame Vergiftungserscheinungen hervorgerufen wurden. Nun gut. Beim ersten Mal – der Sache mit der Familie Tregennis – wurde die Substanz ins Kaminfeuer geschüttet. Nun war zwar das Fenster geschlossen, aber natürlich trug das Feuer einen Teil des Rauches durch den Schornstein empor. Demnach sollte man meinen, daß die Auswirkungen des Giftes hier weniger gravierend sein sollten als im zweiten Fall, wo die Dämpfe viel weniger gut entweichen konnten. Und der Ausgang der Sache scheint uns recht zu geben, denn im ersten Fall ist nur die Frau, deren Organismus wahrscheinlich empfindlicher war, ums Leben gekommen, während die anderen beiden diese Symptome vorübergehender oder chronischer Geisteskrankheit aufweisen, welche offenbar der primäre Effekt dieser Droge ist. Im zweiten Fall dann hätte die Wirkung nicht vollständiger sein können. Die Tatsachen scheinen also die Theorie zu bestätigen, daß hier ein Gift zur Anwendung gekommen ist, das seine Wirkung bei der Verbrennung entfaltet.

Nachdem ich mit meinen Überlegungen einmal so weit gekommen war, schaute ich mich in Mortimer Tregennis' Zimmer natürlich nach Überresten dieser Substanz um. Der erfolgversprechendste Ort für eine solche Suche war der Trübglasschirm oder der sogenannte Rauchschutz der Lampe. Und wahrhaftig entdeckte ich darauf eine schöne Anzahl flockiger Aschepartikel und drumherum einen Saum bräunlichen Pulvers, das noch nicht verbrannt war. Wie Sie gesehen haben, habe ich die Hälfte dieses Pulvers genommen und in einen Briefumschlag gegeben.«

»Warum die Hälfte, Holmes?«

»Es liegt mir fern, mein lieber Watson, den offiziellen Vertretern der Polizei im Weg zu stehen. Was immer ich an Beweismitteln finde, lasse ich auch für sie zurück. Es gibt noch immer genug von dem Gift auf dem Trübglasschirm, vorausgesetzt, sie sind schlau genug, es zu finden. Und nun, Watson, werden wir unsere Lampe entzünden, wobei wir jedoch so vorsichtig sein wollen, das Fenster zu öffnen, um dem vorzeitigen Ableben zweier verdienter Mitglieder der menschlichen Gesellschaft entgegenzuwirken; und Sie nehmen da drüben in dem Lehnstuhl neben dem Fenster Platz, es sei denn, Sie sind vernünftig genug, mit dieser Sache nichts zu tun haben zu wollen. Was, Sie wollen die Sache wirklich bis zum Schluß mit durchstehen? Wußt ich's doch, mein guter, alter Watson! Diesen Stuhl hier will ich dem Ihren gegenüber plazieren, so daß wir beide in derselben Entfernung von dem Gift und einander vis-à-vis sitzen. Die Tür lassen wir angelehnt. Jeder von uns beiden ist nun in der Lage, den anderen zu beobachten und das Experiment abzubrechen, sollten die Symptome besorgniserregende Ausmaße annehmen. Ist Ihnen alles klar? Nun, dann will ich jetzt das Pulver – oder was davon übriggeblieben ist – aus dem Umschlag nehmen und es auf die brennende Lampe legen. So. Und nun, Watson, setzen wir uns und harren der Dinge, die da kommen sollen.«

Diese ließen nicht lange auf sich warten. Kaum hatte ich es mir in meinem Sessel bequem gemacht, als ich auch schon einen aufdringlichen, moschusartigen Geruch wahrnahm, der einschmeichelnd und ekelerregend zugleich war. Schon beim allerersten Atemzug geriet mein Gehirn völlig außer Kontrolle. Vor meinen Augen wirbelte eine dicke, schwarze Wolke, und ich war von dem Wissen erfüllt, daß in dieser Wolke, zwar noch verborgen, jedoch bereit, im nächsten Augenblick über meine schreckensstarren Sinne herzufallen, alles namenlose Grauen, alles Monströse, Abgrundböse dieses Universums lauerte. Vage Schemen wirbelten und schwammen in der dunklen Wolkenbank umher, ein jedes von ihnen ein bedrohlicher und unheilverkündender Vorbote von etwas Unaussprechlichem, das vor der Schwelle stand und dessen bloßer Schatten schon meine Seele zermalmen würde. Eisiges Grausen bemächtigte sich meiner. Ich spürte, wie mir die Haare zu Berge standen und die Augen hervorquollen; mein Mund stand halb offen, und meine Zunge fühlte sich wie Leder an. In meinem Kopf herrschte ein solcher Tumult, daß gleich etwas zerspringen mußte. Ich versuchte zu schreien und hörte ein heiseres Krächzen, wohl meine eigene Stimme, aber weit entfernt und wie abgelöst von mir. Noch im selben Moment gelang es mir in einem Versuch, dem Verderben zu entrinnen, diese Wolke der Verzweiflung zu durchdringen und einen Blick auf Holmes' Gesicht zu werfen, das weiß, starr und vor Grauen wie versteinert war – nicht anders als der Ausdruck, den ich auf den Zügen der Toten gesehen hatte. Dieses Bild gab mir für einen Augenblick Verstand und Kraft zurück. Ich sprang vom Stuhl auf, schlang meine Arme um Holmes, und gemeinsam taumelten wir durch die Tür ins Freie. Einen Augenblick später hatten wir uns ins Gras geworfen und lagen Seite an Seite, nichts anderes wahrnehmend als den herrlichen Sonnenschein, der sich durch diese höllische Wolke des Schreckens, die uns umfangen hielt, allmählich Bahn brach. Langsam wich sie von unseren Seelen wie Nebelschleier über einer Landschaft, bis Vernunft und Frieden schließlich wieder Einzug hielten und wir uns in der Wiese aufsetzten, den kalten Schweiß von der Stirn wischten und voll Besorgnis in des anderen Gesicht nach Spuren dieser furchtbaren Erfahrung forschten.

»Bei meiner Seele, Watson!« sagte Holmes schließlich mit unsicherer Stimme, »Ihnen gebührt nicht nur mein Dank, sondern auch eine Entschuldigung. Dieses Experiment läßt sich nicht rechtfertigen, für mich selber nicht und für einen Freund erst recht nicht. Es tut mir wirklich zutiefst leid.«

»Sie wissen doch«, erwiderte ich mit etwelcher Bewegung, denn nie zuvor hatte ich ihm so tief ins Herz gesehen, »daß es für mich keine größere Freude und Auszeichnung gibt, als Ihnen beistehen zu dürfen.«

Sogleich fiel er wieder in den halb spaßhaften, halb zynischen Ton zurück, den er im Verkehr mit den Menschen seiner Umgebung gewöhnlich anschlug. »Uns in den Wahnsinn zu treiben wäre überflüssig, mein lieber Watson«, sagte er. »Denn ein unvoreingenommener Beobachter käme bestimmt zum Schluß, wir seien bereits wahnsinnig gewesen, uns auf ein so hirnverbranntes Experiment einzulassen. Ich muß gestehen, ich hätte mir nie träumen lassen, daß die Wirkung so plötzlich und so verheerend sein könnte.« Er verschwand im Cottage und erschien dann wieder mit der brennenden Lampe, die er mit weit ausgestreckten Armen vor sich her trug und in ein Brombeergestrüpp warf. »Wir müssen dem Zimmer ein wenig Zeit zum Auslüften lassen. Ich darf doch wohl annehmen, Watson, daß nunmehr auch Ihre letzten Zweifel beseitigt sind, was die Ursache der beiden Tragödien betrifft?«

»Restlos.«

»Die Hintergründe aber sind noch immer so undurchsichtig als wie zuvor. Kommen Sie mit mir in die Laube da, und lassen Sie uns die Sache gemeinsam erörtern. Dieses bösartige Zeugs scheint mir noch immer in der Kehle zu sitzen. Ich glaube, wir können uns der Tatsache nicht länger verschließen, daß sämtliche Indizien auf diesen Mortimer Tregennis als den Schuldigen der ersten Tragödie hindeuten, obwohl ihm in der zweiten die Rolle des Opfers zugefallen ist. Erstens einmal müssen wir uns in Erinnerung halten, daß es da einen Familienzwist gab, gefolgt von einer Versöhnung. Wie erbittert dieser Zwist oder wie oberflächlich die Versöhnung gewesen sein mag, können wir nicht sagen. Aber wenn ich an Mortimer Tregennis mit seinem fuchsschlauen Gesicht und den kleinen Knopfaugen hinter den Brillengläsern zurückdenke, so scheint er mir nicht gerade der Mensch zu sein, dem ich ein besonders versöhnliches Naturell zutrauen würde. Zum zweiten werden Sie sich daran erinnern, daß diese Geschichte von etwas, das sich im Garten bewegt haben sollte, die unsere Aufmerksamkeit eine Zeitlang von den wahren Ursachen der Tragödie abgelenkt hat, von ihm kam. Er muß also einen Grund gehabt haben, uns in die Irre zu führen. Und zu guter Letzt, wenn nicht er diese Substanz im Hinausgehen ins Feuer geschüttet hat, wer dann? Die Sache hat sich unmittelbar nach seinem Aufbruch ereignet. Hätte nach ihm noch jemand das Haus betreten, so hätte sich die Familie mit Sicherheit vom Tisch erhoben. Zudem sind im friedlichen Cornwall nach zehn Uhr abends kaum noch Besucher zu erwarten. Wir können also sagen, daß sämtliche Indizien darauf hindeuten, daß Mortimer Tregennis der Täter war.«

»Dann war sein eigener Tod Selbstmord!«

»Nun, Watson, auf den ersten Blick scheint dies keine abwegige Vermutung zu sein. Es wäre gut denkbar, daß jemand, auf dessen Seele die Schuld lastet, auf solche Weise Tod und Verderben über die eigene Familie gebracht zu haben, von seinen Gewissensbissen dazu getrieben würde, sich ein Gleiches anzutun. Es gibt aber einige zwingende Gründe, die dagegen sprechen. Glücklicherweise gibt es einen Mann in England, der über all das Bescheid weiß, und ich habe es so eingefädelt, daß wir noch heute nachmittag die Tatsachen aus seinem eigenen Mund erfahren werden. Ah; er kommt etwas früher als verabredet! Würden Sie sich freundlicherweise hierher bemühen, Dr. Leon Sterndale! Wir haben drinnen ein chemisches Experiment durchgeführt, weswegen unser kleines Zimmer sich in einem Zustand befindet, der dem Empfang eines so vortrefflichen Besuchers wenig angemessen ist.«

Ich hatte unser Gartentor ins Schloß fallen hören, und nun wurde die majestätische Gestalt des berühmten Afrikaforschers auf dem Gartenweg sichtbar. Mit einiger Überraschung lenkte er seine Schritte zu der ländlichen Laube, in der wir saßen.

»Sie haben nach mir geschickt, Mr. Holmes. Ich habe Ihre Mitteilung vor ungefähr einer Stunde erhalten, und hier bin ich, wenn ich auch beim besten Willen nicht weiß, weshalb ich Ihrer Aufforderung Folge leisten sollte.«

»Vielleicht läßt sich dieser Punkt noch klären, ehe wir wieder auseinandergehen«, versetzte Holmes. »Einstweilen aber möchte ich Ihnen meinen tiefsten Dank für Ihr freundliches Entgegenkommen aussprechen. Ich hoffe, Sie entschuldigen diesen etwas unkonventionellen Empfang im Freien, aber um ein Haar hätten mein Freund Watson und ich dem, was die Zeitungen ›Das Grauen von Cornwall‹ nennen, ein weiteres Kapitel hinzugefügt, weshalb wir im Augenblick der frischen Luft den Vorzug geben. Und da die Angelegenheiten, die wir miteinander zu erörtern haben, Sie persönlich betreffen und von sehr vertraulicher Natur sind, schadet es vermutlich nichts, daß die Unterredung an einem Ort stattfindet, wo es keine Lauscher gibt.«

Der Forschungsreisende nahm seine Zigarre aus dem Mund und schaute meinen Gefährten mit finsterem Blick an.

»Ich kann mir wahrhaftig nicht vorstellen, Sir«, entgegnete er, »was es zwischen uns an Persönlichem und sehr Vertraulichem zu besprechen geben sollte.«

»Die Ermordung von Mortimer Tregennis«, sagte Holmes.

Einen Augenblick lang wünschte ich mir, ich wäre bewaffnet. Sterndales grimmiges Gesicht lief dunkelrot an, seine Augen sprühten Funken, und auf seiner Stirn traten wulstige Zornesadern hervor, als er mit geballten Fäusten auf meinen Gefährten zusprang. Dann hielt er jedoch inne, und unter heftiger Anstrengung gelang es ihm, einen Zustand kalter, starrer Ruhe zu erlangen, der beinahe noch bedrohlicher wirkte als sein hitziger Ausbruch.

»Ich habe so lange Zeit unter Wilden und jenseits von Recht und Gesetz gelebt«, sagte er, »daß es mir zur Gewohnheit geworden ist, nach meinem eigenen Gesetz zu leben. Sie würden gut daran tun, Mr. Holmes, dies nicht zu vergessen, denn ich habe nicht die Absicht, Ihnen Böses zuzufügen.«

»Genausowenig, wie es meine Absicht sein kann, Ihnen Böses zuzufügen, Dr. Sterndale. Der deutlichste Beweis dafür ist doch gewiß die Tatsache, daß ich, angesichts dessen, was ich weiß, nach Ihnen geschickt habe und nicht nach der Polizei.«

Sterndale, der vielleicht zum erstenmal in seinem abenteuerlichen Leben an einen Stärkeren geraten war, rang nach Luft und mußte sich setzen. In Holmes' Auftreten lag eine ruhige, kraftvolle Selbstsicherheit, deren Macht man sich nicht entziehen konnte. Unserem Besucher verschlug es für einen Augenblick die Sprache, und seine großen Hände ballten und öffneten sich vor Aufregung.

»Was wollen Sie damit sagen?« fragte er endlich. »Wenn Sie mit mir ein Spielchen treiben wollen, Mr. Holmes, so sind Sie mit Ihrem Experiment an den Falschen geraten. Schleichen wir nicht länger wie die Katze um den heißen Brei. Worauf wollen Sie hinaus?«

»Das will ich Ihnen sagen«, erwiderte Holmes, »und zwar sage ich es Ihnen in der Hoffnung, daß Sie Offenheit mit Offenheit vergelten werden. Mein nächster Schritt hängt einzig und allein von der Art Ihrer Verteidigung ab.«

»Meiner Verteidigung?«

»Ja, Sir.«

»Wogegen soll ich mich verteidigen?«

»Gegen die Anklage, Mortimer Tregennis getötet zu haben.«

Sterndale wischte sich mit seinem Taschentuch die Stirn. »Auf mein Wort, Sie treiben es ziemlich weit«, sagte er. »Beruhen all Ihre Erfolge auf dieser großartigen Fähigkeit zum Bluff?«

»Der Bluff«, erwiderte Holmes streng, »liegt voll und ganz auf Ihrer Seite, Dr. Leon Sterndale, und nicht auf der meinigen. Zum Beweis will ich Ihnen einige der Tatsachen nennen, auf denen meine Schlüsse beruhen. Zu Ihrer Rückkehr von Plymouth, bei der Sie es in Kauf genommen haben, daß ein großer Teil Ihrer Habseligkeiten ohne Sie nach Afrika abging, will ich nur so viel sagen, daß sie mir den ersten Anhaltspunkt dafür geliefert hat, daß Sie einer der Faktoren waren, die es bei der Rekonstruktion dieses Dramas zu berücksichtigen galt...«

»Ich bin umgekehrt, um...«

»Ich habe Ihre Gründe bereits gehört und halte sie für unzulänglich und nicht überzeugend. Aber lassen wir das. Sie sind damals hierhergekommen, um zu fragen, wen ich im Verdacht hätte. Ich habe Ihnen die Antwort verweigert. Darauf sind Sie zum Pfarrhaus gegangen, haben eine Zeitlang davor gewartet und sind schließlich zu Ihrem Cottage zurückgekehrt.«

»Woher wissen Sie das?«

»Ich bin Ihnen gefolgt.«

»Ich habe niemanden gesehen.«

»Eben das bekommt einer zu sehen, dem ich folge. Sie haben eine ruhelose Nacht in Ihrem Cottage verbracht und sich einen Plan zurechtgelegt, zu dessen Vollstreckung Sie dann am nächsten Morgen in aller Frühe geschritten sind. Nachdem Sie Ihr Haus bei Tagesanbruch verlassen hatten, steckten Sie etwas von dem rötlichen Kies, der neben Ihrer Gartenpforte an einem Haufen liegt, in Ihre Tasche.«

Sterndale fuhr heftig zusammen und blickte Holmes voller Verblüffung an.

»Dann legten Sie in raschem Lauf die Meile zurück, die Sie vom Pfarrhaus trennte. Ich darf anmerken, daß Sie dieselben Tennisschuhe mit gerippten Sohlen trugen, die ich jetzt in diesem Augenblick an Ihren Füßen sehe. Beim Pfarrhaus angekommen, drangen Sie durch den Obstgarten und die seitliche Hecke zum Fenster des Untermieters Tregennis vor. Inzwischen war es Tag geworden, aber im Hause rührte sich noch nichts. Sie nahmen etwas Kies aus der Tasche und warfen ihn gegen die Scheibe des Fensters über Ihnen.«

Sterndale sprang auf.

»Sie sind wohl der Teufel persönlich!« schrie er.

Holmes quittierte das Kompliment mit einem Lächeln. »Es brauchte zwei, wenn nicht sogar drei Handvoll Kies, bis der Untermieter sich am Fenster blicken ließ. Sie bedeuteten ihm, herunterzukommen, worauf er sich hastig ankleidete und in sein Wohnzimmer hinabstieg. Sie kletterten durch das Fenster zu ihm hinein. Es kam zu einer Unterredung – einer recht kurzen –, in deren Verlauf Sie im Zimmer auf und ab gingen. Dann stiegen Sie wieder heraus, schlossen das Fenster hinter sich und blieben draußen auf dem Rasen stehen, wobei Sie eine Zigarre rauchten und das Zimmer im Auge behielten. Sobald Tregennis tot war, entfernten Sie sich schließlich wieder auf demselben Weg, den Sie gekommen waren. Nun, Mr. Sterndale, was haben Sie zur Rechtfertigung eines solchen Verhaltens vorzubringen, und was waren die Motive für ihr Handeln? Sollten Sie Ausflüchte machen oder mich an der Nase herumzuführen versuchen, so können Sie sich darauf verlassen, daß die Angelegenheit unwiderruflich in andere Hände übergeht.«

Das Gesicht unseres Besuchers war aschfahl geworden, während er den Worten seines Anklägers lauschte. Nun saß er eine Zeitlang in Gedanken versunken da, das Gesicht in seine Hände vergraben. Dann, mit einer jähen, heftigen Bewegung, zog er eine Photographie aus seiner Brusttasche und warf sie auf den rohen Bauerntisch vor uns.

»Das ist der Grund, weshalb ich es getan habe«, sagte er.

Es war das Brustbild einer außergewöhnlich schönen Frau. Holmes beugte sich darüber.

»Brenda Tregennis«, sagte er.

»Ja, Brenda Tregennis«, wiederholte unser Besucher. »Seit vielen Jahren habe ich sie geliebt. Seit vielen Jahren hat sie mich geliebt. Das ist das Geheimnis meines Rückzugs nach Cornwall, über den die Leute sich so sehr gewundert haben. So konnte ich ihr nahesein, dem einzigen Wesen auf Erden, das mir teuer war. Heiraten konnte ich sie nicht, denn ich habe eine Frau, die mich vor Jahren schon verlassen hat, von der ich mich aber der mißlichen Gesetze in England wegen nicht scheiden lassen konnte. Brenda hat jahrelang gewartet. Ich habe jahrelang gewartet. Und das ist nun der Lohn dafür!« Ein furchtbares Schluchzen schüttelte seinen mächtigen Körper, und er fuhr sich mit der Hand an die Kehle, die von seinem scheckigen Bart verdeckt wurde. Mit einiger Mühe gelang es ihm, sich wieder zu fassen, und er sprach weiter:

»Der Pfarrer wußte alles. Wir hatten ihn ins Vertrauen gezogen. Er könnte Ihnen sagen, was für ein Engel in Menschengestalt sie war. Und deshalb sandte er mir dieses Telegramm, das mich zurückrief. Was bedeutete mir denn mein Gepäck, was Afrika, nun da ich wußte, daß meine Liebste von einem so furchtbaren Schicksal dahingerafft worden war? Da haben Sie nun die Erklärung für mein Handeln, die Ihnen noch gefehlt hat, Mr. Holmes.«

»Fahren Sie fort«, sagte mein Freund.

Dr. Sterndale zog ein Papierpäckchen aus seiner Tasche

hervor und legte es auf den Tisch. *»Radix pedis diaboli«* stand außen drauf, und daneben klebte das rote Giftetikett. Er schob es mir zu. »Wenn ich recht verstehe, sind Sie Arzt, Sir. Haben Sie je von diesem Präparat gehört?«

»Teufelsfußwurzel – nein, davon habe ich noch nie gehört.«

»Das tut Ihrer fachlichen Befähigung keinen Abbruch«, versetzte er, »denn soviel ich weiß, gibt es in ganz Europa einzig eine kleine Probe davon in einem Laboratorium in Buda. Es hat bisher weder in die Arzneikunde noch in die toxikologische Fachliteratur Eingang gefunden. Die Wurzel hat die Form eines Fußes, halb Menschenfuß, halb Bocksfuß; daher der phantasievolle Name, den ihr ein botanisch interessierter Missionar gegeben hat. In einigen Gebieten Westafrikas wird sie von den Medizinmännern bei der Vollstreckung von Gottesurteilen verwendet, wobei sie das Geheimnis dieses Giftes hüten. Diese Probe hier ist unter ganz außerordentlichen Umständen im Lande des Ubanghi in meinen Besitz gelangt.« Während er dies sagte, entfaltete er das Papier, und zum Vorschein kam ein Häufchen rötlichbraunen, an Schnupftabak gemahnenden Pulvers.

»Und weiter, Sir?« fragte Holmes unerbittlich.

»Ich werde Ihnen alles erzählen, Mr. Holmes, so wie es sich tatsächlich zugetragen hat, denn Sie wissen bereits so viel, daß es eindeutig in meinem Interesse liegt, daß Sie die ganze Wahrheit erfahren. Welcher Art meine Beziehungen zur Familie Tregennis waren, habe ich Ihnen ja bereits erklärt. Um der Schwester willen verkehrte ich auch mit den Brüdern auf freundschaftlichem Fuß. Es hatte einer Geldsache wegen einmal einen Familienzwist gegeben, was diesen Mortimer den anderen entfremdet hatte, aber dann schien er beigelegt worden zu sein, und darauf traf ich mich mit ihm genauso wie mit den andern beiden. Er war ein raffinierter und verschlagener Mensch voller Ränke, und mehrmals weckte etwas meinen Argwohn gegen ihn, aber zu einem offenen Streit hatte er nie Anlaß gegeben.

Eines Tages, es ist erst ein paar Wochen her, kam er zu mir

in mein Cottage, und ich zeigte ihm einige meiner afrikanischen Kuriositäten. Unter anderem präsentierte ich ihm auch dieses Pulver und schilderte ihm dessen sonderbare Eigenschaften; wie es jene Zentren des Gehirns anregt, die das Gefühl der Angst regulieren, und wie der bedauernswerte Eingeborene, der von seinem Stammespriester dem Gottesurteil unterworfen wird, unweigerlich dem Wahnsinn oder dem Tod anheimfällt. Ich sagte ihm auch, daß die europäische Wissenschaft unfähig wäre, die Wirkung davon nachzuweisen. Wie er es in seinen Besitz gebracht hat, weiß ich nicht zu sagen, denn ich habe das Zimmer nicht für einen Augenblick verlassen; aber es kann kein Zweifel daran bestehen, daß es ihm bei dieser Gelegenheit, während ich damit beschäftigt war, Vitrinen aufzuschließen und mich über Kisten zu beugen, gelungen ist, etwas von dem Teufelsfußpulver zu entwenden. Ich kann mich noch gut erinnern, wie er mich mit Fragen nach der Dosierung bestürmte und nach der Zeit, die es dauert, bis die Wirkung eintritt, aber nicht im Traum hätte ich daran gedacht, daß seine Wißbegier persönliche Gründe haben könnte.

Ich verwandte keinen weiteren Gedanken mehr auf diese Sache, bis mich das Telegramm des Pfarrers in Plymouth erreichte. Der Schurke hatte wohl damit gerechnet, daß ich noch vor dem Eintreffen der Nachricht bereits auf hoher See sein und danach jahrelang in Afrika verschollen bleiben würde. Ich aber kehrte auf der Stelle zurück. Als ich die Einzelheiten der Tragödie zu hören bekam, war ich mir natürlich sicher, daß da mein Gift zur Anwendung gekommen war. Ich kam bei Ihnen vorbei, für den Fall, daß sich Ihnen eine andere Erklärung aufgedrängt haben sollte. Aber es konnte keine andere Erklärung geben. Ich war überzeugt, daß Mortimer Tregennis der Mörder war; um des Geldes willen und vielleicht mit dem Hintergedanken, wenn alle anderen Familienmitglieder dem Wahnsinn verfielen, würde er als Treuhänder über ihren gesamten Besitz eingesetzt, hatte er das Teufelsfußpulver angewandt und damit zwei von ihnen um den Verstand gebracht und seine Schwester Brenda getötet, wie gesagt, das einzige

menschliche Wesen, das ich je geliebt habe und das mich je geliebt hat. Sein Verbrechen stand klar vor mir; was aber sollte seine Strafe sein?
Sollte ich den gesetzlichen Weg beschreiten? Aber wo waren meine Beweise? Ich wußte, was sich tatsächlich zugetragen hatte, aber durfte ich hoffen, ein Geschworenengericht von Bauern von einer so phantastischen Geschichte zu überzeugen? Vielleicht – vielleicht auch nicht. Doch einen Fehlschlag durfte es nicht geben. Meine Seele schrie nach Rache. Ich habe Ihnen vorhin schon gesagt, Mr. Holmes, daß ich einen großen Teil meines Lebens fernab von Recht und Gesetz verbracht habe und schließlich dazu gekommen bin, nach meinem eigenen Gesetz zu handeln. Dies tat ich auch hier. Ich entschied, daß er das Schicksal, das er über andere verhängt hatte, teilen sollte. Entweder dies, oder ich würde mit eigenen Händen Gerechtigkeit an ihm üben. Es gibt wohl in ganz England keinen einzigen Menschen, der weniger an seinem Leben hängt als ich in diesem Augenblick.

Nun wissen Sie alles. Den Rest haben Sie ja schon selbst zusammengetragen. Wie Sie ganz richtig bemerkt haben, brach ich nach einer ruhelos verbrachten Nacht frühmorgens von meinem Cottage auf. Ich sah voraus, daß es schwierig sein könnte, ihn aus dem Schlaf zu rütteln, und so nahm ich ein wenig Kies von dem Haufen, den Sie erwähnt haben, und benutzte die Kiesel dann, um sie gegen sein Fenster zu werfen. Er kam herunter und ließ mich durch das Wohnzimmerfenster ein. Ich hielt ihm seine Untat vor und sagte ihm, daß ich als Richter und Henker in einer Person zu ihm gekommen sei. Der elende Lump fiel beim Anblick meines Revolvers wie gelähmt in einen Sessel. Ich zündete die Lampe an, schüttete das Pulver darauf und stellte mich draußen vor dem Fenster hin, bereit, meine Drohung wahrzumachen, daß ich ihn beim geringsten Versuch, das Zimmer zu verlassen, erschießen würde. Binnen fünf Minuten war er tot. Mein Gott, aber was für einen Tod er starb! Jedoch, mein Herz war hart wie Stein, denn er hatte nichts anderes zu erdulden, als was mein unschuldiger

Liebling vor ihm hatte ausstehen müssen. Das ist meine Geschichte, Mr. Holmes. Vielleicht hätten Sie, wenn Sie eine Frau so liebten, dasselbe getan. Aber wie dem auch sei, mein Schicksal liegt in Ihrer Hand. Verfahren Sie mit mir ganz nach Belieben. Wie ich bereits gesagt habe, kann kein Mensch auf Erden dem Tod mit weniger Furcht entgegensehen als ich.«

Eine Zeitlang verharrte Holmes in Schweigen.

»Was waren Ihre Pläne?« fragte er schließlich.

»Ich hatte vor, mich in Zentralafrika zu vergraben. Meine Arbeit dort ist erst zur Hälfte getan.«

»So gehen Sie, und vollenden Sie die zweite Hälfte«, sagte Holmes. »Ich jedenfalls gedenke nicht, Sie daran zu hindern.«

Dr. Sterndale richtete seine riesenhafte Gestalt zu voller Größe auf, verneigte sich ernst und schritt aus der Laube hinweg. Holmes zündete sich seine Pfeife an und reichte mir den Tabaksbeutel.

»Ein wenig Rauch von der ungiftigen Sorte wäre jetzt eine willkommene Abwechslung«, sagte er. »Sie werden doch wohl mit mir einiggehen, Watson, daß dies ein Fall ist, in den einzugreifen wir nicht berufen sind. Wir haben unsere Nachforschungen in völliger Unabhängigkeit betrieben, und mit unseren Maßnahmen wollen wir es ebenso halten. Sie würden diesen Mann doch auch nicht anzeigen, oder?«

»Gewiß nicht«, erwiderte ich.

»Ich habe nie geliebt, Watson, aber wäre dies der Fall und wäre die von mir geliebte Frau auf eine solche Weise ums Leben gekommen, wer weiß, vielleicht hätte ich genauso gehandelt wie unser gesetzloser Löwenjäger? Nun Watson, ich will Ihrer Intelligenz nicht zu nahe treten, indem ich Ihnen Dinge erkläre, die auf der Hand liegen. Der Kies auf dem Fenstersims bildete natürlich den Ausgangspunkt für meine Untersuchung. Er hatte nicht die entfernteste Ähnlichkeit mit irgend etwas, was sich im Pfarrhausgarten finden läßt. Erst nachdem meine Aufmerksamkeit auf Dr. Sterndale und sein Cottage gelenkt worden war, fand ich das Pendant dazu. Die Lampe, die am hellichten Tag brannte, und die Reste des

Pulvers auf dem Schirm folgten dann als die nächsten beiden Glieder einer schon ziemlich absehbaren Kette. Und jetzt, mein lieber Watson, glaube ich, daß diese Sache unseren Geist nicht länger in Anspruch nehmen sollte und daß wir uns guten Gewissens wieder dem Studium der chaldäischen Ursprünge zuwenden können, die sich unzweifelhaft im kornischen Zweig der großen keltischen Sprachfamilie nachweisen lassen.«

SEINE ABSCHIEDSVORSTELLUNG

Ein Sherlock-Holmes-Epilog

Es war abends um neun Uhr am zweiten August – jenem schrecklichsten August der Weltgeschichte. Man hätte sich da schon denken können, daß Gottes Fluch schwer dräuend über einer degenerierten Welt hing, denn eine furchterregende Stille und eine ungewisse Vorahnung erfüllten die schwüle, von keinem Windhauch bewegte Luft. Die Sonne war längst untergegangen; nur fern im Westen klaffte ein blutroter Spalt wie eine offene Wunde am Horizont. Oben glänzten hell die Sterne, und unten funkelten die Schiffahrtslichter in der Bucht. Die beiden berühmten Deutschen standen an der Steinbrüstung der Gartenpromenade, hinter sich das langgestreckte, niedrige, plumpgiebelige Haus, und blickten hinab auf den weiten Bogen des Strandes am Fuße des hochaufragenden Kalksteinkliffs, auf dem von Bork sich vor vier Jahren, gleich einem durchziehenden Adler, vorübergehend niedergelassen hatte. Sie hatten die Köpfe zusammengesteckt und unterhielten sich in gedämpftem, vertraulichem Ton. Von unten hätte man die glimmenden Enden ihrer Zigarren für die glühenden Augen eines bösen Dämons halten können, der in die Dunkelheit hinabstarrte.

Ein bemerkenswerter Mann, dieser von Bork – unter all den treu ergebenen Agenten des Kaisers gab es kaum seinesgleichen. Von Anfang an waren es seine Talente gewesen, die ihn für die Mission in England, die wichtigste von allen, empfohlen hatten; aber seit er sie übernommen hatte, waren diese Talente immer augenfälliger geworden für jene Handvoll Leute, die wirklich wußten, was gespielt wurde. Einer davon leistete ihm gegenwärtig Gesellschaft, Baron von Herling, der Oberste Rat der deutschen Botschaft, während sein riesiger, hundert Pferde starker Benz die Landstraße versperrte und darauf wartete, seinen Eigentümer wolkensanft nach London zurückzutragen.

»Soweit ich die Entwicklung der Ereignisse abschätzen kann, werden Sie vermutlich noch vor Ende dieser Woche wieder in Berlin sein«, sagte der Botschaftsrat. »Ich denke, Sie werden überrascht sein von dem Empfang, den man Ihnen, mein lieber von Bork, bei Ihrer Rückkehr bereiten wird. Ich weiß nämlich zufällig, was man in höchsten Kreisen von Ihrer Arbeit hier in diesem Land hält.« Er war ein mächtiger Brokken von einem Mann, der Sekretär, groß, breit und dick zugleich, und er hatte eine bedächtige und nachdrückliche Art zu sprechen, die der stärkste Trumpf seiner politischen Laufbahn gewesen war.

Von Bork lachte.

»Sie sind nicht sonderlich schwer hinters Licht zu führen«, versetzte er. »Ein duldsameres und unkomplizierteres Volk als diese Engländer kann man sich kaum vorstellen.«

»Da bin ich mir nicht so sicher«, entgegnete der andere nachdenklich. »Es gibt bei ihnen seltsame Grenzen, und man muß lernen, diese zu wahren. Und gerade diese scheinbare Unkompliziertheit wird dem Fremden zur Falle. Auf den ersten Blick scheinen sie durch und durch weich und nachgiebig. Dann aber trifft man unversehens auf etwas äußerst Hartes, und dann weiß man, daß man an eine dieser Grenzen gestoßen ist und daß man sich damit abfinden muß. Zum Beispiel haben sie ihre ganz eigenen, insularen Konventionen, an die man sich ganz einfach halten *muß*.«

»Sie meinen den ›guten Ton‹ und dergleichen mehr?« Von Bork seufzte wie jemand, der schon allerhand über sich hat ergehen lassen müssen.

»Ich meine die ungeschriebenen Gesetze der Engländer in all ihren seltsamen Erscheinungsformen. Ich möchte hier als Beispiel einen meiner schlimmsten Schnitzer anführen – Ihnen gegenüber, der Sie meine Arbeit gut genug kennen, um sich meiner Erfolge bewußt zu sein, kann ich es mir ja ruhig leisten, von meinen Schnitzern zu sprechen. Es war kurz nachdem ich hier angekommen war. Ich war zu einer Wochenendzusammenkunft im Landhaus eines Kabinettsministers geladen. Die Gespräche waren von einer ganz erstaunlichen Indiskretion.«

Von Bork nickte. »Ich war auch schon dort«, sagte er trocken.

»Ja, ganz recht. Nun, natürlich sandte ich ein *Résumé* der so erhaltenen Informationen nach Berlin. Unglücklicherweise ist unser guter Kanzler ein wenig plump in solchen Dingen und ließ irgendwo eine Bemerkung fallen, aus der hervorging, daß er vom Inhalt der Gespräche wußte. Und dies führte natürlich in direkter Linie zu mir. Sie können sich nicht vorstellen, wie sehr mir diese Sache geschadet hat. Bei dieser Gelegenheit war von der Weichheit unserer englischen Gastgeber überhaupt nichts zu spüren, das können Sie mir glauben. Zwei Jahre brauchte ich, um die Scharte auszuwetzen. Sie hingegen mit Ihrer Sportlerpose...«

»Halt, halt, sprechen Sie nicht von Pose. Eine Pose ist etwas Künstliches. Für mich hingegen gibt es nichts Natürlicheres. Ich bin ein eingefleischter Sportsmann. Ich liebe den Sport.«

»Nun, das macht die Sache um so überzeugender. Sie segeln mit ihnen um die Wette, Sie gehen mit ihnen auf die Jagd, Sie spielen Polo, Sie stehen bei jedem Spiel Ihren Mann, und mit Ihrem Viergespann könnten Sie den Siegespreis im *Olympia* erringen. Ja, ich habe sogar gehört, daß Sie so weit gehen, sich mit den jungen Offizieren im Boxen zu messen. Und was ist das Resultat von alledem? Kein Mensch nimmt Sie so richtig ernst. Sie sind ein ›netter Kumpel‹, ein ›ganz patenter Kerl für einen Deutschen‹, ein Zechbruder, Nachtschwärmer, Herumtreiber und junger Heißsporn. Und dabei geht die Hälfte all dessen, was in England an Unheil gestiftet wird, von diesem ruhigen Landhaus hier aus, und der sportliche Gutsherr ist der gerissenste Geheimagent ganz Europas. Genial, mein lieber von Bork – wirklich genial!«

»Sie schmeicheln mir, Baron. Wenn ich andererseits auch gewiß mit Recht bemerken darf, daß die vier Jahre, die ich in diesem Land verbracht habe, nicht ganz unergiebig gewesen sind. Ich bin gar nie dazu gekommen, Ihnen mein kleines Lager zu zeigen. Wenn Sie für einen Augenblick mit mir hineingehen möchten...«

Von seinem Arbeitszimmer führte eine Tür direkt auf die Terrasse hinaus. Von Bork stieß sie auf und knipste im Vorangehen das elektrische Licht an. Darauf schloß er die Tür hinter der massigen Gestalt, die ihm folgte, und zog den schweren Vorhang sorgfältig vor das vergitterte Fenster. Erst als all diese Vorsichtsmaßnahmen getroffen und überprüft waren, wandte er sein sonnverbranntes, adlerartiges Gesicht wieder seinem Gast zu.

»Ein Teil meiner Unterlagen ist schon nicht mehr hier«, sagte er. »Als meine Frau und die übrigen Haushaltsmitglieder gestern nach Flushing abgereist sind, haben sie die weniger wichtigen mitgenommen. Für den Rest muß ich selbstverständlich den Schutz der Botschaft in Anspruch nehmen.«

»Ihr Name figuriert bereits auf der Liste des persönlichen Gefolges. Weder Sie noch Ihr Gepäck haben irgendwelche Schwierigkeiten zu gewärtigen. Natürlich ist es immer noch möglich, daß wir gar nicht gehen müssen. Es könnte ja sein, daß England Frankreich seinem Schicksal überläßt. Wir sind ganz sicher, daß zwischen den beiden Staaten kein verbindliches Abkommen besteht.«

»Und Belgien?«

»Belgien desgleichen.«

Von Bork schüttelte den Kopf. »Das kann ich mir nicht vorstellen. Da gibt es einen eindeutigen Vertrag. Das wäre eine Demütigung, von der England sich nie wieder erholen würde.«

»Aber dafür hätte es für den Moment seine Ruhe.«

»Und seine Ehre?«

»Pah, mein lieber Freund, wir leben in einem Zeitalter des Nützlichkeitsdenkens. Ehre ist ein Begriff aus dem Mittelalter. Zudem ist England gar nicht vorbereitet. Es ist kaum zu glauben, aber nicht einmal die Sondersteuer für Rüstungszwecke von über fünfzig Millionen, die unsere Pläne so deutlich gemacht haben müßte, wie wenn wir sie auf der Titelseite der *Times* bekanntgegeben hätten, hat dieses Völkchen aus dem Schlaf geweckt. Hie und da taucht einmal eine Frage auf – darauf muß ich dann eine Antwort finden. Hie und da zeigt sich jemand irritiert – den muß ich dann besänftigen. Aber ich kann Ihnen versichern, was das Wesentliche anbelangt – Munitionsvorräte, Vorbereitung auf einen U-Boot-Krieg, die Produktion hochexplosiver Sprengstoffe – ist nichts vorbereitet. Wie sollte England also eingreifen können, zumal wir ihnen noch so ein teuflisches Süppchen eingebrockt haben aus Irischem Bürgerkrieg, Fenster zertrümmernden Furien und weiß Gott was sonst noch für Ingredienzien – das dürfte sie erst mal im eigenen Land beschäftigt halten.«

»Aber England muß doch auch an seine Zukunft denken.«

»Ah, das ist ein anderes Kapitel. Was die Zukunft betrifft, so haben wir mit England doch wohl feste Pläne, und da dürften Ihre Informationen von größter Wichtigkeit für uns sein. Für Mr. John Bull heißt es heute oder morgen. Sollte ihm heute lieber sein, so sind wir bestens gerüstet. Zieht er morgen vor, sind wir noch besser gerüstet. Ich persönlich würde meinen, sie täten besser daran, zusammen mit Verbündeten zu kämpfen statt allein, aber das ist ihre Sache. Diese Woche noch wird sich ihr Schicksal entscheiden. Aber Sie wollten von Ihren Unterlagen sprechen.« Er saß, behaglich seine Pfeife schmauchend, in einem Lehnstuhl, und auf seinem großen, blanken Schädel widerspiegelte sich das Licht.

Im hinteren Teil des geräumigen, eichenholzgetäfelten, von Büchern gesäumten Zimmers hing ein Vorhang von der Decke. Als dieser beiseitegezogen wurde, kam ein großer, messingbeschlagener Safe zum Vorschein. Von Bork löste einen kleinen Schlüssel von seiner Uhrkette, und nach einigen komplizierten Manipulationen am Schloß schwang die massive Tür endlich auf.

»Sehen Sie sich das an!« sagte er, ein wenig zurücktretend, mit einladender Geste.

Helles Licht fiel in den offenstehenden Safe, und der Botschaftsrat blickte mit gebannter Aufmerksamkeit auf die Reihen vollgepfropfter Fächer in seinem Innern. Jedes Fach war beschriftet, und als er seinen Blick daran entlangschweifen ließ, konnte er eine endlose Reihe von Ordnungswörtern wie »Furten«, »Hafenverteidigungsanlagen«, »Flugzeuge«, »Irland«, »Ägypten«, »Befestigungsanlagen Portsmouth«, »Ärmelkanal«, »Rosyth« und vielen anderen mehr entziffern. Jedes einzelne Abteil war zum Bersten voll mit Unterlagen und Plänen.

»Kolossal!« sagte der Botschaftsrat, legte seine Zigarre hin und klatschte mit seinen feisten Händen gedämpft Beifall.

»Und all dies innerhalb von vier Jahren, Baron. Gar keine schlechte Leistung für einen Landjunker, der nichts anderes im Kopf hat als Trinken und Pferde. Aber das kostbarste Juwel meiner Sammlung kommt erst noch, die Fassung dafür ist allerdings schon vorbereitet.«

Er deutete auf ein Fach, über dem in Drucklettern »Flottensignale« geschrieben stand.

»Aber Sie haben ja schon ein ganz anständiges Dossier beisammen.«

»Alles überholt und zu Makulatur geworden. Aus irgendeinem Grund hat die Admiralität Lunte gerochen, und jeder einzelne Code ist verändert worden. Das war eine herbe Enttäuschung, Baron – der schlimmste Rückschlag während meiner ganzen Unternehmung. Aber dank meinem Scheckbuch und dem wackeren Altamont wird die Sache heute abend wieder im Lot sein.«

Der Baron warf einen Blick auf seine Uhr und stieß einen kehligen Laut der Enttäuschung aus.

»Jetzt kann ich wirklich nicht länger warten. Sie können sich gewiß vorstellen, daß sich bei uns in Carlton Terrace einiges tut und wir deshalb alle auf unseren Posten sein müssen. Ich hatte allerdings gehofft, mit Nachrichten von Ihrem großen Coup dorthin zurückkehren zu können. Hat Altamont denn keine Uhrzeit genannt?«

Von Bork schob ihm ein Telegramm zu.

Komme garantiert heute abend und bringe neue Zündkerze.

ALTAMONT.

»Zündkerze – was soll denn das?«

»Wissen Sie, er gibt sich als Automobilfachmann aus, und ich habe eine reich bestückte Garage. In unserem Code trägt alles, was zur Sprache kommen könnte, den Namen irgendeines Ersatzteiles. Spricht er von einem Kühler, so ist ein Schlachtschiff gemeint; eine Ölpumpe ist ein Kreuzer und so fort. Und Zündkerzen sind Flottensignale.«

»Heute mittag in Portsmouth aufgegeben«, bemerkte der Botschaftsrat, der den Absender genauer betrachtet hatte. »Wieviel bezahlen Sie ihm übrigens?«

»Für diese spezielle Aufgabe fünfhundert Pfund. Aber natürlich bezieht er außerdem ein Fixum.«

»Ein raffgieriger Gauner! Nützlich sind sie zwar, diese Verräter, doch ich mißgönne ihnen ihr Blutgeld.«

»Ich mißgönne Altamont nichts. Er leistet großartige Arbeit. Wohl bezahle ich ihn reichlich, aber dafür macht er auch die Ware rüber, um es mit seinen eigenen Worten auszudrücken. Im übrigen ist er kein Verräter. Ich kann Ihnen versichern, unser pangermanischster Junker ist, was seine Gefühle gegenüber England betrifft, eine zahme Taube im Vergleich mit einem wirklich erbitterten Irisch-Amerikaner.«

»Ah, er ist Irisch-Amerikaner?«

»Wenn Sie ihn sprechen hörten, würden Sie keinen Moment daran zweifeln. Ich sag's Ihnen, manchmal verstehe ich ihn kaum. Er scheint dem Englisch des Königs ebenso den Krieg angesagt zu haben wie dem englischen König. Müssen Sie wirklich gehen? Er sollte jeden Moment hiersein.«

»Nein, bedaure, aber ich bin jetzt schon zu lange geblieben. Wir erwarten Sie also morgen in aller Frühe, und sobald sich einmal die kleine Tür bei der Duke-of-York-Treppe hinter diesem Codebuch geschlossen hat, können Sie ein triumphales ›Finis‹ unter Ihre Arbeit in England setzen. Was! Tokaier?« Er deutete auf eine dick versiegelte, verstaubte Flasche, die neben zwei langstieligen Gläsern auf einem Tablett stand.

»Darf ich Ihnen ein Glas davon anbieten, ehe Sie sich auf die Reise machen?«

»Nein, danke. Aber es sieht nach einer Feier aus.«

»Altamont hat einen recht guten Geschmack in Sachen Wein und hat an meinem Tokaier Gefallen gefunden. Er ist ein empfindlicher Bursche und will stets durch kleine Aufmerksamkeiten bei Laune gehalten werden. Ich muß ihn mit Samthandschuhen anfassen, das können Sie mir glauben.« Sie waren wieder auf die Terrasse hinausgetreten und schlenderten bis zu deren entferntem Ende, wo der große Wagen des Barons auf einen Handgriff des Chauffeurs hin zu tuckern und beben begann. »Das da drüben müssen wohl die Lichter von Harwich sein«, sagte der Botschaftsrat, indem er in seinen Staubmantel schlüpfte. »Wie still und friedlich alles scheint. Und doch könnten hier binnen einer Woche andere Lichter aufleuchten und die englische Küste sehr viel weniger ruhig sein! Und selbst das Himmelszelt dürfte dann nicht mehr ganz so friedlich aussehen, wenn die Versprechungen des wackeren Zeppelin Wahrheit werden. Übrigens, wer ist das hier?«

Nur ein einziges Fenster im Haus hinter ihnen war erleuchtet. Das Licht kam von einer Lampe auf dem Fensterbrett, und daneben an einem Tisch saß eine alte Frau mit einer bäurischen Haube und einem gutmütigen rotbäckigen Gesicht. Sie war über ihre Strickarbeit gebeugt und hielt hin und wieder inne, um die große, schwarze Katze zu streicheln, die neben ihr auf einem Schemel saß.

»Das ist Martha, die einzige Bedienstete, die noch hiergeblieben ist.«

Der Botschaftsrat schmunzelte.

»Fast schon eine Verkörperung der Britannia«, sagte er, »mit ihrer vollständigen Selbstvergessenheit und diesem Gefühl behaglicher Schläfrigkeit. Nun aber *au revoir*, von Bork!« Mit einem letzten Winken sprang er in den Wagen, und einen Augenblick später schossen die beiden goldenen Lichtkegel der Scheinwerfer bereits durch die Dunkelheit davon. Der Botschaftsrat ließ sich in die Polster seiner Luxuslimousine zurücksinken, und der Gedanke an die bevorstehende europäische Tragödie nahm ihn so sehr gefangen, daß er kaum bemerkte, daß sein Wagen, als sie im Dorf um eine Ecke bogen, um ein Haar einen kleinen Ford gerammt hätte, der ihnen entgegenkam.

Als sich das letzte Aufblinken der Autolichter in der Ferne verloren hatte, schritt von Bork gemächlich zu seinem Arbeitszimmer zurück. Im Vorbeigehen registrierte er, daß die alte Haushälterin ihre Lampe gelöscht und sich zurückgezogen hatte. Die Stille und Dunkelheit seines weitläufigen Hauses waren eine neue Erfahrung für ihn, denn bisher war er von einer großen Familie und Dienerschaft umgeben gewesen. Er verspürte indessen Erleichterung bei dem Gedanken, daß sie sich alle in Sicherheit befanden und daß er, abgesehen von dieser alten Frau, die sich in der Küche aufgehalten hatte, nun das Haus ganz für sich allein hatte. Es gab eine ganze Menge aufzuräumen in seinem Arbeitszimmer, und so machte er sich ans Werk, bis sein intelligentes, gutgeschnittenes Gesicht von der Hitze des brennenden Papiers mit Röte übergossen war. Neben seinem Schreibtisch stand eine lederne Reisetasche, und in diese begann er nun, fein säuberlich und systematisch, den kostbaren Inhalt seines Safes einzupacken. Er hatte indessen kaum recht damit angefangen, als ein fernes Wagengeräusch an sein wachsames Ohr drang. Mit einem Ausruf der Befriedigung schnallte er die Reisetasche zu, schloß den Safe, sicherte das Schloß und eilte hinaus auf die Terrasse. Er kam gerade recht, um die Lichter eines kleinen Wagens vor der Gartenpforte zum Stillstand kommen zu sehen. Ein Passagier sprang heraus und kam rasch auf ihn zugesteuert, während der Chauffeur, ein kräftig gebauter, älterer Mann mit einem grauen Schnurrbart, es sich darin bequem machte wie jemand, der sich auf eine lange Nachtwache gefaßt macht.

»Nun?« rief von Bork begierig, während er seinem Besucher entgegenlief.

Zur Antwort schwenkte der Mann ein kleines, in Packpapier eingeschlagenes Paket über dem Kopf.

»Heut abend können Sie den roten Teppich für mich ausrollen, Mister«, schrie er. »Das letzte Schäfchen ist nun auch im Trockenen.«

»Sie haben die Codes?«

»Ganz wie's in meinem Telegramm steht. Jeden ohne Ausnahme; Flaggenzeichen, Lichtsignale, Funkcode – natürlich bloß 'ne Kopie davon, nicht etwa das Original. Das war zu gefährlich. Aber alles der wahre Jakob, darauf können Sie Gift nehmen.« Er klopfte dem Deutschen mit einer derben Vertraulichkeit auf die Schulter, was diesen zusammenzucken ließ.

»Kommen Sie herein«, sagte von Bork. »Ich bin ganz allein zu Hause. Ich habe nur noch auf dies hier gewartet. Selbstverständlich ist eine Kopie besser als das Original. Wenn ihnen ein Original abhanden käme, würden sie das Ganze sofort wieder ändern. Und Sie denken, mit dieser Kopie ist alles in Ordnung?«

Der Irisch-Amerikaner war ins Arbeitszimmer getreten und streckte nun, im Lehnstuhl sitzend, seine langen Gliedmaßen von sich. Er war ein hochgewachsener, hagerer Mann um die sechzig mit scharfgeschnittenen Zügen und einem kleinen Bocksbärtchen, das ihm eine gewisse Ähnlichkeit mit den Karikaturen von Uncle Sam verlieh. In seinem Mundwinkel hing eine zur Hälfte gerauchte, durchnäßte Zigarre, und als er sich setzte, entzündete er ein Streichholz und steckte sie wieder in Brand. »Alles zum Aufbruch bereit, was?« versetzte er, sich im Zimmer umsehend. »Nanu, Mister«, fügte er hinzu, als sein Blick auf den Safe fiel, von dem der Vorhang noch immer zurückgezogen war, »Sie wollen doch hoffentlich nicht sagen, daß Sie Ihre Papiere in diesem Ding da aufbewahren?«

»Warum denn nicht?«

»Heiliger Strohsack, das Ding ist ja das reinste Scheunentor! Und dabei hält Sie alle Welt für'n eins a Spion. Du lieber Gott, den knackt Ihnen jeder Yankee-Gauner mit'm Büchsenöffner. Wenn ich das geahnt hätte, daß auch nur ein einziger Brief von mir in so 'nem Ding rumliegen würde, wär ich nicht so blöd gewesen, Ihnen überhaupt zu schreiben.«

»Diesen Safe aufzubrechen würde jedem Gauner ganz schöne Schwierigkeiten machen«, entgegnete von Bork. »Es gibt kein Werkzeug, mit dem sich dieses Metall kleinkriegen läßt.«

»Aber das Schloß?«

»Nein; es handelt sich um ein doppeltes Kombinationsschloß. Wissen Sie, was das ist?«

»Keinen Schimmer«, erwiderte der Amerikaner.

»Nun, man muß sowohl ein Wort als auch eine Zahlenkombination einstellen, um das Schloß aufzukriegen.« Er erhob sich und zeigte auf zwei drehbare Skalen um das Schlüsselloch. »Die äußere da ist für die Buchstaben und die innere für die Zahlen.«

»Schon gut, ganz nett.«

»Die Sache ist also nicht ganz so einfach, wie Sie angenommen haben. Ich hab sie mir schon vor vier Jahren installieren lassen, und was glauben Sie wohl, was für ein Wort und was für eine Zahl ich ausgewählt habe?«

»Keine Ahnung.«

»Nun, ich habe mich für das Wort August und die Zahl 1914 entschieden; und da wären wir jetzt.«

Das Gesicht des Amerikaners spiegelte Erstaunen und Bewunderung.

»Mensch, sowas von gerissen! Sie haben es haarscharf getroffen!«

»Ja, einige unter uns waren damals schon imstande, das genaue Datum vorauszusagen. Jetzt ist es da, und morgen früh mache ich hier den Laden dicht.«

»Nun, ich schätze, dann müssen Sie auch mir ein sicheres Plätzchen besorgen. Ich hab nicht vor, mutterseelenallein in diesem gottverdammten Land zu sitzen. Wenn ich recht sehe, geht es noch 'ne Woche, oder nicht einmal, dann wird John Bull sich auf die Hinterbeine stellen und wie wild um sich schlagen. Das möcht ich mir lieber von jenseits des großen Teiches mitansehen.«

»Aber Sie sind doch amerikanischer Staatsbürger!«

»Na ja, das war Jack James auch, ein amerikanischer Staatsbürger, und trotzdem sitzt er jetzt in Portland ein. Da schert sich 'n englischer Bulle doch 'n Dreck drum, wenn ich ihm sage, daß ich 'n amerikanischer Staatsbürger bin. ›Hier sind wir in England, und hier gilt englisches Recht und Gesetz‹, wird er mir sagen. Übrigens, Mister, wo wir gerade bei Jack James sind, mir scheint, Sie machen nicht gerade viel, um Ihre Leute zu decken.«

»Was wollen Sie damit sagen?« fragte von Bork scharf.

»Na ja, Sie sind doch der Arbeitgeber von denen, oder etwa nicht? Dann müssen Sie sich auch drum kümmern, daß sie nicht unter die Räder kommen. Aber sie *kommen* unter die Räder, und wann hätten Sie je einem wieder aufgeholfen? Da wäre mal James...«

»Es war James' eigene Schuld. Das wissen Sie so gut wie ich. Er war zu eigensinnig für diese Arbeit.«

»James war ein Holzkopf – da haben Sie recht. Dann kam die Sache mit Hollis.«

»Der Mann war verrückt.«

»Na ja, gegen den Schluß zu ist er 'n bißchen wirr im Kopf geworden. Aber kein Wunder, daß einer durchdreht, wenn er von morgens früh bis abends spät 'ne Rolle spielen muß, wo hundert Kerle um ihn rum sind, die nur darauf warten, ihm die Bullen auf den Hals zu hetzen. Aber jetzt auch noch Steiner...«

Von Bork fuhr heftig zusammen, und sein rotes Gesicht wurde um eine Nuance blasser.

»Was ist mit Steiner?«

»Na ja, sie haben ihn geschnappt, das ist alles. Gestern abend haben sie seine Bude auf den Kopf gestellt, und jetzt ist er samt seinen Papieren im Gefängnis von Portsmouth. Sie machen sich dünne, und der arme Teufel muß die Sache ausbaden und kann noch von Glück sagen, wenn er mit dem

Leben davonkommt. Drum bin ich auch so scharf drauf, über den Teich zu kommen, sobald Sie sich absetzen.«

Von Bork war ein Mann, der etwas vertragen konnte und sich zu beherrschen wußte, jetzt aber war ihm anzusehen, daß diese Nachricht ihn erschüttert hatte.

»Wie ist es bloß möglich, daß sie Steiner auf die Spur gekommen sind?« murmelte er. »Das ist der schlimmste Schlag bisher.«

»Nun, Sie hätten beinahe einen noch schlimmeren einstecken müssen; ich glaube nämlich, die sind mir ganz schön dicht auf den Fersen.«

»Das darf doch nicht Ihr Ernst sein!«

»Und ob! Bei meiner Vermieterin in Fratton drunten hat einer Erkundigungen eingezogen, und als ich das gehört hab, dacht ich mir, Junge, nun mußte vorwärts machen. Aber eins wüßt ich zu gern, Mister: Woher haben die Bullen Wind bekommen? Steiner ist nun schon der fünfte Mann, den Sie verloren haben, seit ich bei Ihnen mit von der Partie bin, und ich weiß auch schon, wie der sechste heißt, wenn ich mich nicht schleunigst auf die Socken mache. Wie erklären Sie sich das? Ja, schämen Sie sich denn nicht, einfach so zuzusehen, wie Ihre Leute, einer nach dem andern, unter die Räder kommen?«

Von Borks Gesicht lief dunkelrot an.

»Wie können Sie es wagen, so zu mir zu sprechen!«

»Wenn ich nichts wagen täte, Mister, würd ich wohl kaum in Ihren Diensten stehen. Aber ich will Ihnen geradeheraus sagen, was mir im Kopf herumgeht. Ich hab gehört, Ihr deutschen Politiker seid gar nicht mal so unglücklich, wenn es einem Agenten, nachdem er seine Aufgabe erfüllt hat, an den Kragen geht.«

Von Bork sprang auf.

»Sie wagen es, mir gegenüber anzudeuten, ich hätte meine eigenen Agenten verraten?«

»Das nicht gerade, Mister, aber irgendwo sitzt da 'n Spitzel oder Doppelagent drin, und es ist Ihre Sache, herauszufinden, wo. Ich jedenfalls lasse es nicht drauf ankommen. Für mich heißt es ab ins sichere Holland, und zwar je schneller desto besser.«

Von Bork hatte seinen Ärger niedergekämpft.

»Wir sind zu lange Verbündete gewesen, um ausgerechnet jetzt, in der Stunde des Sieges, miteinander zu streiten«, sagte er. »Sie haben phantastische Arbeit geleistet und große Risiken auf sich genommen, und das werde ich Ihnen nie vergessen. Gehen Sie auf jeden Fall nach Holland, und in Rotterdam können Sie dann ein Schiff nach New York nehmen. In einer Woche ist das die einzige Linie, die noch sicher ist. Und Ihr Buch da pack ich jetzt gleich ein, zusammen mit dem übrigen.«

Der Amerikaner hielt das kleine Paket noch immer in den Händen, machte indessen keine Anstalten, es herzugeben.

»Was ist mit den Piepen?« fragte er.

»Den was?«

»Den Moneten. Meiner Prämie. Den fünfhundert Pfund. Der Geschützoffizier ist zum Schluß verdammt aufsäßig geworden, und ich mußte ihm nochmals hundert Pfund in den Rachen werfen, sonst wär's Sense gewesen für Sie und mich. ›Nix zu machen‹, sagt er zu mir, und das hat er auch so gemeint, aber mit dem zusätzlichen Hunderter war die Sache dann geritzt. Zweihundert Pfund hat mich die Sache alles in allem gekostet, drum ist es 'n bißchen viel verlangt, wenn ich es rausrücken sollte, ohne meinen Zaster zu kriegen.«

Von Bork lächelte mit etwelcher Bitterkeit. »Sie scheinen keine sehr hohe Meinung von meiner Ehrenhaftigkeit zu haben«, sagte er, »daß Sie das Geld wollen, ehe Sie das Buch aus der Hand geben.«

»Na ja, Mister, Geschäft ist Geschäft.«

»Gut, ganz wie Sie wollen.« Er setzte sich an den Schreibtisch, füllte einen Scheck aus und riß ihn aus dem Scheckbuch, zögerte dann aber, ihn seinem Partner auszuhändigen. »Im Grunde, Mr. Altamont, wenn es denn sein muß, daß wir nun in diesem Stil miteinander verkehren, sehe ich nicht ein, weshalb ich Ihnen mehr Vertrauen entgegenbringen sollte als Sie mir«, sagte er. »Sie verstehen?« fügte er mit einem Blick über die Schulter hinzu. »Der Scheck liegt auf dem Tisch für Sie bereit. Ich fordere das Recht, den Inhalt dieses Pakets überprüfen zu können, ehe Sie das Geld an sich nehmen.«

Wortlos überreichte ihm der Amerikaner das Paket. Von Bork löste die Verschnürung und entfernte zwei Lagen Packpapier. Dann saß er einen Augenblick lang sprachlos vor Erstaunen da und blickte auf das kleine, blaue Buch, das vor ihm lag. Auf dem Umschlagdeckel stand in goldenen Druckbuchstaben *Praktisches Handbuch der Bienenzucht*. Nur ein einziger Augenblick blieb dem Meisterspion, um diesen merkwürdig nichtssagenden Titel wütend anzustarren. Schon im nächsten wurde er mit eisernem Griff beim Nacken gepackt, und gegen sein sich verzerrendes Gesicht wurde ein chloroformgetränkter Schwamm gedrückt.

»Noch ein Glas, Watson!« sagte Mr. Sherlock Holmes, die Flasche kaiserlichen Tokaiers hinstreckend.

Der stämmige Chauffeur, der sich inzwischen am Tisch niedergelassen hatte, schob ihm eifrig sein Glas hin.

»Ein guter Wein, Holmes.«

»Ein ausgezeichneter Wein, Watson. Unser Freund da drüben auf dem Sofa hat mir versichert, daß er aus Franz Josephs Privatkeller auf Schloß Schönbrunn stammt. Dürfte ich Sie vielleicht bemühen, das Fenster zu öffnen; die Chloroformdämpfe sind der Gaumenfreude nicht eben zuträglich.«

Der Safe war halboffen, und Holmes, der davor stand, war damit beschäftigt, ein Dossier nach dem anderen herauszunehmen, einen kurzen, prüfenden Blick darauf zu werfen und es dann säuberlich in von Borks Reisetasche zu verstauen. Der Deutsche lag schnarchend auf dem Sofa, mit einer Fessel um die Oberarme und einer zweiten um die Beine.

»Wir brauchen uns nicht zu beeilen, Watson. Kein Mensch wird uns hier stören. Wären Sie wohl so gut, die Dienstbotenklingel zu drücken? Es ist niemand mehr im Haus als die alte Martha, die ihre Rolle mit Bravour gespielt hat. Ich habe ihr die Stelle hier verschafft, als ich anfing, mich mit dieser Angelegenheit zu beschäftigen. Ah, da sind Sie ja, Martha; es freut Sie bestimmt zu hören, daß alles gut vonstatten gegangen ist.«

Die liebenswürdige alte Dame war in der Türöffnung erschienen. Sie knickste lächelnd vor Mr. Holmes, blickte dann aber mit einiger Besorgnis zu der Gestalt auf dem Sofa hinüber.

»Alles in Ordnung, Martha. Es ist ihm kein Haar gekrümmt worden.«

»Das freut mich, Mr. Holmes. Auf seine Art ist er nämlich immer ein guter Herr gewesen. Er wollte mich gestern mit seiner Frau nach Deutschland schicken, aber das hätte wohl nicht in Ihre Pläne gepaßt, nicht wahr, Sir?«

»Ganz und gar nicht, Martha. Solange ich Sie hier wußte, war ich beruhigt. Heute mußten wir allerdings eine ganze Weile warten auf Ihr Signal.«

»Es war wegen dem Botschaftsrat, Sir.«

»Ich weiß. Sein Wagen hat den unseren gekreuzt.«

»Ich dachte schon, er will überhaupt nicht mehr gehen. Ich wußte, das paßt nicht in Ihre Pläne, wenn Sie ihn noch hier antreffen.«

»Nein, beileibe nicht. Nun, es hat ja nichts ausgemacht, wir mußten einfach etwa eine halbe Stunde warten, bis ich Ihre Lampe ausgehen sah und wußte, daß die Luft rein war. Sie können mir morgen in London rapportieren, Martha, im Claridge's Hotel.«

»Sehr wohl, Sir.«

»Ich nehme an, es liegt alles bereit und Sie können jetzt gehen?«

»Ja, Sir. Heute hat er noch sieben Briefe abgeschickt. Ich habe die Adressen, wie üblich.«

»Sehr gut, Martha. Ich werde sie mir morgen ansehen. Gute Nacht. Diese Unterlagen da«, fuhr er fort, als die alte Dame verschwunden war, »sind nicht von besonderer Wichtigkeit, denn natürlich sind die Informationen, die sie enthalten, schon längst an die deutsche Regierung weitergeleitet worden. Was wir hier haben, sind lediglich die Originale, die außer Landes zu bringen zu riskant gewesen wäre.«

»Dann sind sie also wertlos.«

»So weit würde ich nun auch wieder nicht gehen, Watson. Zumindest können sie unseren Leuten darüber Aufschluß geben, was drüben bekannt ist und was nicht. Ich darf Ihnen verraten, daß ein schöner Teil dieser Papiere durch mich hierhergelangt ist, und ich brauche wohl nicht hinzuzufügen, daß die Informationen alles andere als zuverlässig sind. Es würde sehr zur Erheiterung meines Lebensabends beitragen, wenn ich erleben sollte, daß ein deutscher Kreuzer den Solent nach den von mir gelieferten Karten verminter Gewässer befährt. Aber jetzt zu Ihnen, Watson« – er hielt in seiner Arbeit inne und faßte den alten Freund bei den Schultern – »ich habe Sie noch gar nicht recht bei Licht betrachtet. Wie haben Sie all diese Jahre überstanden? Sie sind ja noch der gleiche muntere Springinsfeld wie eh und je.«

»Ich fühle mich zwanzig Jahre jünger, Holmes. Selten bin ich so glücklich gewesen, wie als ich das Kabel erhielt, in dem Sie mich baten, Sie mit dem Wagen in Harwich abzuholen. Aber Sie, Holmes – Sie haben sich kaum verändert, abgesehen von diesem gräßlichen Bocksbärtchen.«

»Das sind so die Opfer, die man seinem Vaterlande bringt, Watson«, sagte Holmes und zupfte an dem schütteren Haarbüschel. »Morgen schon wird das Ganze nichts weiter mehr sein als eine böse Erinnerung. Ein Haarschnitt und ein paar andere oberflächliche Veränderungen, und ich tauche morgen im Claridge's wieder ganz so auf, wie ich war, ehe ich diese amerikanische Nummer abgezogen – ich bitte um Verzeihung, Watson, der klare Urquell meines Englisch scheint eine bleibende Trübung erfahren zu haben – ehe ich diese Rolle als Amerikaner übernommen habe.«

»Aber Sie hatten sich doch zur Ruhe gesetzt, Holmes. Das letzte, was wir von Ihnen gehört haben, war, daß Sie auf einer kleinen Farm in den South Downs, umgeben von Bienen und Büchern, ein Einsiedlerleben führten.«

»Ganz recht, Watson. Hier liegt die Frucht meiner süßen Mußestunden, das *opus magnum* meiner reifen Jahre!« Er nahm den Band vom Tisch und las mir den vollständigen Titel vor: *Praktisches Handbuch der Bienenzucht, nebst einigen Beobachtungen zur Segregation der Königin.* »Allein habe ich das vollbracht. Sie sehen hier die Frucht gedankenvoller Nächte und fleißerfüllter Tage, während deren ich die kleinen Arbeitstrupps mit derselben Aufmerksamkeit beobachtet habe wie einst die Verbrecherwelt von London.«

»Aber wie kommt es, daß Sie zu Ihrer Arbeit zurückgekehrt sind?«

»Ja, darüber habe ich mich auch des öfteren gewundert. Dem Außenminister allein hätte ich noch widerstehen können; jedoch als auch noch der Premierminister meine bescheidene Hütte aufzusuchen geruhte . . . ! Die Sache ist ganz einfach die, Watson, daß der Gentleman da drüben auf dem Sofa ein bißchen zu gut war für unsere Leute. Er war eine Klasse für sich. Vieles ging schief bei uns, und keiner verstand so recht, weshalb es schiefging. Leute wurden der Spionage verdächtigt, einige sogar überführt, aber alles sprach dafür, daß es eine mächtige und gut getarnte Schlüsselfigur im Hintergrund geben mußte. Diese zu entlarven war das Gebot der Stunde, und ich wurde heftig unter Druck gesetzt, mich der Sache anzunehmen. Sie hat mich zwei Jahre meines Lebens gekostet, Watson, aber sie waren nicht ohne Reiz. Wenn ich Ihnen sage, daß ich meine Pilgerreise in Chicago begann, in einem irischen Geheimbund in Buffalo meine Sporen abverdiente, der Polizei von Skibbereen ernstlich zu schaffen machte und so schließlich die Aufmerksamkeit eines der subalternen Agenten von Borks auf mich zog, der mich ihm als einen vielversprechenden Mann empfahl, so können Sie sich ausmalen, daß die Sache recht komplex war. Von jener Zeit an hat von Bork mich mit seinem Vertrauen beehrt, was jedoch nicht verhüten konnte, daß die meisten seiner Pläne haarscharf danebengingen und fünf seiner besten Agenten im Gefängnis gelandet sind. Ich habe sie nicht aus den Augen gelassen, Watson, und sobald sie reif waren, habe ich sie gepflückt. Nun, Sir, ich hoffe, Sie haben keinen Schaden genommen!«

Die letzte Bemerkung war an von Bork gerichtet, der nach einer Phase ausgiebigen Prustens und Blinzelns wieder still dagelegen und sich Holmes' Erzählung angehört hatte. Nun aber brach eine wilde Sturzflut deutscher Schmähworte aus ihm heraus, und sein Gesicht war ganz verzerrt vor Wut. Holmes fuhr mit der raschen Überprüfung der Dokumente fort, während sein Gefangener ihn mit Flüchen und Verwünschungen überschüttete.

»Deutsch ist zwar unmusikalisch, aber ohne Zweifel die ausdrucksvollste aller Sprachen«, bemerkte Holmes, als von Bork vor schierer Erschöpfung verstummt war. »Ei, sieh da!« fügte er hinzu, während er mit scharfem Blick die Ecke einer Pauskopie musterte, ehe er diese in das Köfferchen steckte. »Das sollte ausreichen, einen weiteren Vogel in den Käfig zu sperren. Daß der Zahlmeister ein solcher Schuft ist, hätte ich wirklich nicht gedacht, obwohl ich ihn schon seit längerer Zeit im Auge hatte. Herr von Bork, Sie haben eine ganze Menge auf dem Kerbholz.«

Der Gefangene hatte sich mit etwelcher Mühe auf dem Sofa aufgesetzt und starrte mit einer eigenartigen Mischung aus Verwunderung und Haß auf den Mann, der ihn überwältigt hatte.

»Das werde ich Ihnen heimzahlen, Altamont«, sagte er, jedes Wort bedächtig abwägend. »Und wenn ich mein ganzes Leben daran wenden muß, ich werde es Ihnen heimzahlen!«

»Die altbekannte, holde Weise«, versetzte Holmes. »Wie oft in längst vergangenen Tagen habe ich ihr schon gelauscht. Es war ein Lieblingslied des allzufrüh von uns gegangenen Professors Moriarty, und auch Colonel Sebastian Moran soll es des öfteren geknödelt haben. Und doch bin ich noch immer am Leben und züchte Bienen in den South Downs.«

»Hol Sie der Teufel, Sie Doppelverräter, Sie!« schrie der Deutsche, sich gegen seine Fesseln aufbäumend, und aus seinen Augen sprühte wilde Mordlust.

»Nein, nein, so schlimm ist es auch wieder nicht«, meinte Holmes lächelnd. »Wie Sie gewiß aus meiner Art zu sprechen schließen können, hat es einen Mr. Altamont aus Chicago in Tat und Wahrheit nie gegeben. Ich habe mich seiner bedient, und jetzt hat er sich in Luft aufgelöst.«

»Aber wer sind Sie dann?«

»Im Grunde genommen tut es nichts zur Sache, wer ich bin, aber da es Sie zu interessieren scheint, Herr von Bork, darf ich Ihnen sagen, daß dies nicht meine erste Begegnung mit einem Mitglied Ihrer Familie ist. Ich habe früher eine ganze Menge Geschäfte in Deutschland abgewickelt, und mein Name ist Ihnen vermutlich bekannt.«

»Den möchte ich jetzt gern mal hören«, sagte der Preuße grimmig.

»Ich war es, der die Trennung zwischen Irene Adler und dem verstorbenen König von Böhmen in die Wege leitete, zu der Zeit, als Ihr Cousin Heinrich Kaiserlicher Gesandter war. Ich war es auch, der den Grafen von und zu Grafenstein, den älteren Bruder Ihrer Mutter, vor der Ermordung durch den Nihilisten Klopman rettete. Ich war es ...«

Von Bork richtete sich voll ungläubigen Erstaunens auf.

»Da wüßte ich nur einen!« rief er aus.

»Eben«, sagte Holmes.

Von Bork stöhnte auf und ließ sich auf das Sofa zurücksinken. »Und der größte Teil dieser Informationen stammt von Ihnen!« rief er. »Was können die denn wert sein! Was habe ich bloß getan! Ich bin für alle Zeiten ruiniert!«

»Zweifellos ist dies und das nicht ganz zuverlässig«, sagte Holmes. »Es bedürfte der Überprüfung, und dafür fehlt Ihnen eigentlich die Zeit. Ihr Admiral wird wahrscheinlich feststellen müssen, daß unsere neuen Geschütze ein Stück größer sind, als er erwartet hat, und die Kreuzer vielleicht eine Spur schneller.«

Von Bork packte sich vor Verzweiflung selbst an der Kehle.

»Eine ganze Reihe anderer Kleinigkeiten wird wohl noch früh genug ans Tageslicht kommen. Aber Sie verfügen ja über eine Eigenschaft, die bei Deutschen sehr selten anzutreffen ist, Herr von Bork; Sie sind ein Sportsmann, und als solcher werden Sie gewiß keine bitteren Gefühle gegen mich hegen, nun, da Sie, der Sie so viele Leute übertölpelt haben, zu guter Letzt selbst übertölpelt worden sind. Schließlich haben Sie Ihr Bestes für Ihr Land gegeben, und ich mein Bestes für das meinige, und was könnte denn natürlicher sein? Und zudem«, fügte er nicht unfreundlich hinzu und legte dem gebrochenen Mann die Hand auf die Schulter, »ist das immer noch besser, als von einem weniger würdigen Gegner zu Fall gebracht zu werden. Die Papiere sind nun bereit, Watson. Wenn Sie mir behilflich sein wollten mit unserem Gefangenen, so könnten wir uns nun wohl unverzüglich nach London aufmachen.«

Es war keine leichte Aufgabe, von Bork vom Fleck zu bringen, denn der Mann war kräftig und außerdem verzweifelt. Schließlich faßten ihn die beiden Freunde je bei einem Arm, und so gelang es ihnen, ihn ganz langsam die Gartenpromenade entlangzuführen, über die er nur wenige Stunden zuvor mit so viel stolzer Zuversicht geschritten war und wo er die Glückwünsche des berühmten Diplomaten entgegengenommen hatte. Nach einem letzten kurzen Gerangel wurde er, noch immer an Händen und Füßen gebunden, auf den Rücksitz des kleinen Wagens verfrachtet. Seine kostbare Reisetasche wurde neben ihn geklemmt.

»Ich hoffe, Sie befinden sich so bequem, wie es die Verhältnisse gestatten«, sagte Holmes, als die letzten Vorkehrungen getroffen waren. »Würde ich mich einer Unziemlichkeit schuldig machen, wenn ich eine Zigarre anzündete und Ihnen zwischen die Lippen steckte?«

Doch an den erbosten Deutschen waren alle Höflichkeiten verschwendet.

»Sie sind sich doch wohl bewußt, Mr. Sherlock Holmes«, sagte er, »daß Ihre Tat, falls Sie darin von Ihrer Regierung unterstützt werden, als ein kriegerischer Akt betrachtet werden muß.«

»Und was ist mit Ihrer Regierung und diesen Taten da?« gab Holmes, auf die Reisetasche klopfend, zurück.

»Sie sind eine Privatperson. Sie haben keinen Haftbefehl

gegen mich. Ihr ganzes Vorgehen ist empörend und absolut gesetzeswidrig!«

»Absolut«, sagte Holmes.

»Entführung eines deutschen Staatsbürgers.«

»Unter Entwendung seiner ganz privaten Papiere.«

»Nun, Sie sind sich offenbar Ihrer Lage bewußt, Sie und Ihr Komplize da. Wenn ich es mir zum Beispiel einfallen ließe, beim Durchqueren des Dorfes um Hilfe zu rufen ...«

»Mein lieber Sir, wenn Sie etwas so Törichtes tun sollten, so würden Sie allenfalls etwas Farbe in die phantasielose Namengebung unserer Dorfgasthöfe bringen, indem Sie uns das Wirtshausschild ›Zum baumelnden Preußen‹ bescherten. Der Engländer ist zwar ein geduldiges Wesen, aber im Augenblick ist sein Gemüt ein wenig erhitzt, und es wäre wahrscheinlich von Vorteil, ihn nicht zu sehr zu reizen. Nein, Herr von Bork, Sie begleiten uns jetzt schön ruhig und vernünftig zu Scotland Yard, von wo aus Sie nach Ihrem Freund, Baron von Herling, schicken lassen können, um abzuklären, ob Sie vielleicht auch jetzt noch jenen Platz im Botschaftsgefolge beanspruchen können, den er für Sie reserviert hat. Was Sie betrifft, Watson, so haben Sie, wenn ich recht verstehe, vor, bei Ihrer alten Truppe wieder Dienst zu tun, und so dürfte London kein Umweg für Sie sein. Bleiben Sie doch noch ein Weilchen hier mit mir auf der Terrasse, denn es könnte gut sein, daß dies das allerletzte Mal ist, daß wir in Ruhe miteinander sprechen können.«

Die beiden Freunde plauderten ein paar Minuten lang in inniger Vertrautheit und beschworen einmal mehr vergangene Zeiten herauf, während ihr Gefangener sich vergeblich wand, um sich der Fesseln, die ihn banden, zu entledigen. Als sie sich wieder dem Wagen zuwandten, wies Holmes zurück auf das mondbeschienene Meer und schüttelte nachdenklich den Kopf.

»Es ist ein Wind von Osten her im Anzug, Watson.«

»Das glaube ich nicht, Holmes. Es ist sehr warm.«

»Guter, alter Watson! Sie sind der einzige Fixpunkt in einer sich wandelnden Zeit. Und dennoch, es ist ein Ostwind im

Anzug, ein Wind, wie noch nie einer über England hinweggefegt ist. Es wird ein bitterkalter Wind sein, Watson, und manch einer von uns wird unter seinem Ansturm welken. Aber dennoch ist es Gottes eigener Wind, und ein reineres, besseres, stärkeres Land wird im Licht der Sonne erstrahlen, wenn sich der Sturm gelegt hat. Lassen Sie den Motor an, Watson; es ist Zeit, daß wir uns auf den Weg machen. Ich habe nämlich einen Scheck über fünfhundert Pfund in der Tasche, der so rasch als möglich eingelöst werden muß, denn der Herr, der ihn ausgestellt hat, ist durchaus imstande, ihn sperren zu lassen, falls sich ihm die Gelegenheit dazu bietet.«

Editorische Notiz

Die vorliegende Neuübersetzung folgt den englischen Standardausgaben von *His Last Bow*. Sie ist vollständig und wortgetreu. Offensichtliche Irrtümer von Dr. Watson oder Conan Doyle wurden nicht ausgemerzt, mit Ausnahme der Schreibweise »Von Bork« und »Count Von und Zu Grafenstein«, die das Vertrauen der deutschen Leserschaft denn doch allzusehr erschüttert hätte.

Anmerkungen

Vorwort

Seite 7
Watsons Titel ›M.D.‹ (abgekürzt von lat. *medicinae doctor*) ist das englische Äquivalent zu unserem Dr. med.

Wisteria Lodge

The Adventure of Wisteria Lodge. ›Collier's Weekly‹, 15. August 1908. ›The Strand Magazine‹, September/Oktober 1908

Seite 9
Die beiden Episoden, die Holmes hier als besonders prägnante Beispiele für das Umschlagen des Grotesken ins Verbrecherische anführt, sind unter den Titeln *Die Liga der Rotschöpfe* und *Die fünf Orangenkerne* in der frühesten Holmes-Geschichten-Sammlung *Die Abenteuer des Sherlock Holmes* (1892; dt. Zürich: Haffmans 1984) enthalten.

Seite 12
Constabulary – Polizeitruppe eines Bezirks, Gendarmerie. Ein *Constable* ist ein Polizist.

Seite 18
»Boi« – Woll- oder Baumwollflanell.

Seite 25
Mehr noch als *Wisteria Lodge*, zu deutsch etwa ›Villa Glyzinie‹, verweisen

die hier aufgelisteten Häusernamen alle recht deutlich auf die soziale Stellung ihrer Besitzer: die Namen *Oxshott Towers* (*towers* = Türme, also ein mit Türmen versehenes, vermutlich im neogotischen Stil des 19. Jahrhunderts gehaltenes Bau-, wenn nicht Bollwerk), *Forton Old Hall (Old Hall*: Stammsitz eines Adelsgeschlechtes) oder *High Gable* (wörtlich: hohe Giebel) beschwören Bilder von herrschaftlichen, ja geradezu schloßähnlichen Landsitzen herauf, während bei *The Dingle* (wörtlich: waldiges Tal) die exklusive Lage betont wird und sich bei *Purdey Place* und *Nether Walsling* die Häusernamen so aufplustern, als wären sie Ortsnamen. Die Titel ihrer Bewohner – ein Lord, ein J.P. (*Justice of the Peace*, d. h. Friedensrichter) und ein Rev. (*Reverend*, Ehrentitel englischer Geistlicher, etwa unserem ›Hochwürden‹ vergleichbar) – tun ein übriges, um Holmes' Aussage, man bewege sich in gehobenen Kreisen, zu dokumentieren.

Seite 27
»Schuhgröße zwölf« im englischen System entspricht der kontinentalen Größe sechsundvierzig.

Seite 30
»daß er sein Wild aufgestöbert hatte« – Im Original: *»that the game was afoot.«* Ein Anklang an Shakespeares *König Heinrich der Fünfte*, Akt III, Szene 1, wo König Heinrich seine Getreuen, die er mit Jagdhunden vergleicht, mit dem Ruf *»The game's afoot«* in die Schlacht gegen Frankreich schickt.

Seite 43
»und hier auf Erden keinen Seelenfrieden« – Dazu Arthur Schopenhauer im *Handschriftlichen Nachlaß*: »Hat aber einer ein großes Unbild erlitten oder nur gesehn, und rächt es indem er sich selbst der Rache geradezu opfert; so ist das Strafexempel für ihn als Individuum ohne allen Nutzen: auch ist hier kein Verein, Staat, der fortbesteht: vielmehr liegt in der Natur der Sache da dieser das Unbild nicht rächen konnte oder wollte, da das Individuum die Rache so theuer erkauft. Auch muß man nicht etwa an ein *tyrannicidium* denken, welches Befreiung des Vaterlandes, nicht Rache, ist. Sondern bloße Rache soll da seyn: wie es mehrere Fälle gab, wo einer einen mächtigen Unterdrücker, noch nach Jahren, aufsuchte und mordete und nachher dafür selbst auf dem Schafott starb, wie er vorhergesehn, ja oft nicht zu vermeiden strebte, da sein Leben nur noch seine Rache zum Zweck hatte, die nun erfüllt ist.
Wenn ein solcher sich das eigentliche Motiv auch nicht *in abstracto* deutlich denkt, so ist es doch dieses: daß in dem Schauspiel des Lebens (dessen

ganzer Wille er selbst ist) kein so ungeheures Unbild wieder vorkommen soll, sondern daß jeden künftigen Unterdrücker das Beispiel schreckte von einer Rache, gegen die er sich nimmer schützen kann, da Todesfurcht dem Rächer keine Wehrmauer ist.«

Die Pappschachtel

The Cardboard Box. ›The Strand Magazine‹, Januar 1893

Dies ist die älteste der in dieser Sammlung erhaltenen Geschichten. Nach Conan Doyles Willen hätte sie bereits in den 1894 erschienenen Sammelband *The Memoirs of Sherlock Holmes* (dt. *Die Memoiren des Sherlock Holmes* Zürich: Haffmans 1985) aufgenommen werden sollen, was jedoch wegen der für den damaligen Zeitgeist etwas heiklen Thematik verhindert wurde.

Seite 51
»ein Thermometerstand von neunzig« – Gemeint sind natürlich neunzig Grad Fahrenheit, d. h. etwa zweiunddreißig Grad Celsius.
Der »New Forest« ist ein ausgedehntes Wald- und Moorgebiet in der Grafschaft Hampshire, welches sich im Victorianischen Zeitalter vom Königlichen Jagdrevier, das es seit den Zeiten Wilhelms des Eroberers gewesen war, zum Erholungs- und Feriengebiet für eine breitere Öffentlichkeit wandelte.

Seite 52
»Southsea« ist ein damals beliebter Badeort bei Portsmouth.
»aus einer von Poes Skizzen« – Gemeint ist hier eine der ersten Detektivgeschichten der Weltliteratur, Edgar Allan Poes *The Murders in the Rue Morgue* (1841; deutsch von Hans Wollschläger *Die Morde in der Rue Morgue*). Der *»close reasoner«* oder »logische Geist« in Poes Geschichte, C. Auguste Dupin, Amateurdetektiv, Meister des Deduzierens und Exzentriker, hat ohne Zweifel Pate gestanden beim Entwurf der Figur des Sherlock Holmes.

Seite 53
»General Gordon« – George Gordon (1833–1885), englischer Heeresführer, berühmt durch seine Erfolge im Anglo-Chinesischen Opiumkrieg.
Henry Ward Beecher (1813–1887), Pfarrer der Presbyterianischen Kirche in den USA, begnadeter Redner; Bruder von Harriet Beecher-Stowe, der Verfasserin von *Onkel Toms Hütte*. In seinen Predigten und Reden begnügte er sich nicht damit, die Heilslehre zu verkündigen, sondern nahm regelmäßig auch zu sozialen und politischen Tagesthemen Stellung, wobei er

eine liberale Haltung vertrat. So setzte er sich am Vorabend des Amerikanischen Bürgerkriegs für Abraham Lincoln und die Sklavenbefreiung ein, später für Darwins Evolutionstheorie und das Wahlrecht für Frauen. Die Episode, von der in dieser Geschichte die Rede ist und die seinen Ruf in England begründete, ist seine 1863 unternommene Vortragsreise durch England, auf welcher er die Sklaverei in den Südstaaten anprangerte und so bei den Engländern, deren Sympathien bisher auf seiten des aristokratisch regierten Südens, der zudem Englands wichtigster Baumwollieferant war, gelegen hatten, einen beachtlichen Stimmungsumschwung zugunsten des Nordens herbeiführte.

Seite 57
»Honeydew-Tabak« – mit Melasse getränkter Kautabak.

Seite 66
»Claret« ist die traditionelle englische Bezeichnung für leichtere französische Rotweine, insbesondere Bordeaux.

Seite 74
»wie ein frischgeprägter Dollar.« – Jim Browners Vergleich ist weniger weit hergeholt, als man zuerst annehmen möchte: gemeint ist hier nicht ein amerikanischer Dollar, sondern eine englische Münze, die *crown*, deren Wert fünf Shilling betrug und die im Slang auch Dollar genannt wurde.

Der Rote Kreis

The Adventure of the Red Circle. ›The Strand Magazine‹, April/Mai 1911

Seite 96
Der Anfang der Passage über die Lichtsignale, die Holmes und Watson mitverfolgen, mußte für den deutschen Text leicht abgewandelt werden. Das englische Original lautet folgendermaßen:
»A single flash – that is ›A‹, surely. Now, then. How many did you make it? Twenty. So did I. That should mean ›T‹. AT – that's intelligible enough! Another ›T‹. Surely that is the beginning of a second word. Now, then – TENTA. Dead stop. That can't be all, Watson? ›ATTENTA‹ gives no sense. Nor is it any better as three words – ›AT. TEN. TA‹, unless ›T.A.‹ are a person's initials ...«
Das buchstabenweise signalisierte ›ATTENTA‹ löst also bei Holmes schon nach den ersten zwei Buchstaben eine ganz bestimmte Erwartung aus, da er ›AT‹ als die englische Präposition *at* (um/am/beim) liest, wodurch sich die Buchstabenfolge für ihn fast wie von selbst zu den drei englischen Worteinheiten AT TEN TA (UM ZEHN TA) gliedert.

Holmes' erster Begeisterung folgt allerdings schon bald die Ernüchterung, da das dritte Wort nicht hält, was die ersten beiden zu versprechen schienen: der Zeitangabe folgt nicht wie erwartet eine Ortsangabe, ja, das letzte Wort scheint gar nicht vollständig zu sein, es sei denn, es handle sich um eine Art Unterschrift von einem T.A., wie Holmes mutmaßt.
Um nun in der Übersetzung ein ähnliches System des erwartungsvollen Spekulierens und (Fehl-)Interpretierens zu schaffen, mußte eine deutsche Lesart für die Buchstabenreihe ATTENTA gefunden werden. Da aber eine Zerlegung der Reihe im Deutschen – im Unterschied zum englischen Original – nicht möglich ist, drängte sich die spekulative Anfügung eines weiteren Buchstabens als Lösung auf.

Seite 98
»Wie sich mal wieder Herz zum Herzen findet« – Eine sehr freie, an Schiller angelehnte Übersetzung von *»Journeys end with lovers' meetings«* (wörtlich etwa: Reisen enden damit, daß Liebende sich wiederfinden), einem von Holmes etwas ungenau zitierten geflügelten Wort aus Shakespeares *Was ihr wollt*, Akt II, Szene 3, das in der Übersetzung von A.W. Schlegel wenig erhellend »Liebe findt zuletzt ihr Stündlein« lautet.
»Pinkerton« – Die *Pinkerton National Detective Agency*, eine Agentur für heikle Spezialaufgaben, spielt eine große Rolle im Roman *Das Tal der Angst* (Zürich: Haffmans 1986).

Seite 102
»Bloomsbury« heißt das Quartier um das British Museum herum, in dem Mrs. Warrens kleine Pension gelegen ist. Conan Doyles Arbeitstitel für diese Geschichte lautete denn auch zuerst *›The Adventure of the Bloomsbury Lodger‹* (›Der Untermieter von Bloomsbury‹).

Seite 106
Die »Carbonari« waren eine Ende des 18. Jahrhunderts in Süditalien gegründete, revolutionäre, d. h. republikanische und nationalistische Ideen verfechtende Geheimgesellschaft. Sie waren die Hauptträger des Widerstandes gegen die konservativen Regierungen, die Italien im Gefolge der Niederlage Napoleons und des Wiener Kongresses von den Mächten der Restauration aufoktroyiert worden waren. In Conan Doyles Manuskript steht allerdings nicht »Carbonari«, sondern ›Camorra‹, was sinnvoller erscheint, da es auf die Camorra, das neapolitanische Pendant zur Mafia, nicht aber auf die Organisation der Carbonari zutrifft, daß sie das Wohlergehen ihrer Mitglieder mit verbrecherischen Mitteln wie Schmuggel, Straßenraub und Erpressungen zu fördern suchte. Die Camorra war es

denn auch, die – wie die Mafia – gegen Ende des 19. Jahrhunderts von italienischen Auswanderern nach Amerika exportiert wurde. Ob sie auch in englischen Verlagen des frühen zwanzigsten Jahrhunderts soviel Einfluß hatte, daß sie nicht ganz einsehbare Veränderungen an Manuskripten von Bestsellerautoren veranlassen konnte, entzieht sich dem Wissen der Übersetzerin.

Die Bruce-Partington-Pläne
The Adventure of the Bruce-Partington Plans
›The Strand Magazine‹, Dezember 1908, Collier's Weekly, 12. Dezember 1908

Seite 112
»Pall Mall« ist eine elegante, in den Trafalgar Square einmündende Straße, an der zu Sherlock Holmes' Zeiten tatsächlich eine ganze Reihe exklusiver Clubs lagen, wenn auch der Diogenes Club, der Club für die »ungeselligsten und clubunfähigsten Männer der Stadt«, wie Holmes anläßlich des ersten Auftretens seines Bruders Mycroft in *Der griechische Dolmetscher* (in: *Die Memoiren des Sherlock Holmes*) bemerkt, rein fiktiv ist. Nur wenige Schritte von Mycrofts Quartier und seinem Club entfernt liegt auch sein Arbeitsplatz, Whitehall, eine kurze, von repräsentativen, klassizistischen Gebäuden gesäumte Straße, wo die meisten Regierungsämter untergebracht sind, weshalb »Whitehall« im Englischen oft geradezu als Synonym für »die Regierung« verwendet wird.

Seite 114
Unter »Bimetallismus« versteht man ein historisch dem 19. Jahrhundert zugehöriges Währungssystem, bei dem die Grundzahlungseinheit eines Landes sowohl in Gold als auch in Silber definiert war, was eine gesetzliche Fixierung des Verhältnisses zwischen Gold- und Silberwert implizierte. Probleme ergaben sich v. a. dadurch, daß in wirtschaftlich unsicheren Zeiten das wertvollere Metall aus dem Umlauf verschwand und gehortet wurde und daß das Gold-Silber-Wertverhältnis von Land zu Land verschieden festgelegt war, was sich angesichts des zunehmenden Handelsaustausches mehr und mehr als ein Hemmschuh erwies.

Seite 115
»im Londoner Untergrundbahnnetz« – In London, der Hauptstadt des fortgeschrittensten Industrielandes des 19. Jahrhunderts, wurde bereits 1863 die erste, allerdings nur 3,5 Meilen lange U-Bahnstrecke, die sogenannte *Metropolitan Line*, in Betrieb genommen. Diese wurde in den folgen-

den Jahren von verschiedenen, konkurrierenden Privatbahnunternehmen zu einem geschlossenen Oval, dem sogenannten *Inner Circle*, ausgebaut, welches das Gebiet der eigentlichen Londoner Innenstadt abdeckte und 1884 vollendet war. An dieser Linie, die unter dem Namen *Circle Line* in das heutige U-Bahn-System integriert ist, liegen denn auch sämtliche für die Geschichte relevanten Stationen wie etwa Aldgate (im Osten des Ovals), Charing Cross (Südosten), Gloucester Road (Südwesten) oder die »Verbindungsstation zum Bahnhof London Bridge« (vermutlich Cannon Street), wo Reisende nach Woolwich umsteigen mußten. Die Züge jener U-Bahn-Pionierzeit bestanden aus achträdrigen, gaslichtbeleuchteten Waggons und dampfgetriebenen Lokomotiven, und die Tunnels, durch die sie fuhren, waren allesamt nach der *cut and cover*-Methode erbaut, d. h. sie waren eigentlich ausgehobene Gräben, die dann mit Gewölben überdeckt wurden.

Seite 117
»die Konstruktionspläne für das Bruce-Partington-Unterseeboot.« In Wirklichkeit wurde das erste englische Unterseeboot erst 1903 erbaut, und zwar nach Plänen, die in Amerika gekauft worden waren.
Conan Doyle befaßte sich jedoch nicht nur als Schriftsteller, sondern auch als Patriot mit den technischen Neuerungen, die das Gesicht des Krieges so grundlegend verändern sollten: 1913 versuchte er mittels Artikeln und der Erzählung *Danger*, Öffentlichkeit und Heeresleitung auf die Gefahren hinzuweisen, die England in einem modernen Krieg von (deutschen) Unterseebooten und Luftschiffen drohen würden. Wie sich im *Sherlock-Holmes-Handbuch* (Haffmans 1988) nachlesen läßt, wurden seine Warnungen aber in den Wind geschlagen.

Seite 119
»in einem Adelslexikon« – Im Original *a book of reference*, d. h. ganz unspezifisch ein Nachschlagewerk. Da dem englischen Leser aber aus dem Kontext sogleich klar wird, daß hier nicht eine Enzyklopädie, sondern eines jener im englischen Kulturkreis so verbreiteten »Handbücher der guten Gesellschaft« wie etwa der *Who's Who* oder *Burke's Peerage* gemeint ist, scheint eine interpretierende Übersetzung gerechtfertigt zu sein.

Seite 137
»mit allen Recken und Rossen der Königin« – Anspielung auf einen alten englischen Kindervers, der seinen Ursprung vermutlich in einem politischen Spottlied hatte: *Humpty Dumpty sat on a wall, / Humpty Dumpty had a great fall. / All the king's horses and all the king's men / Couldn't put Humpty*

together again. Seinen schönsten Auftritt hat Humpty Dumpty in Lewis Carrolls *Through the Looking-Glass, and what Alice found there* (1872), dem zweiten Teil seiner Alice-Erzählung.

Seite 141
»Wir sollten es besser über das Untergeschoß versuchen.« Die Einbruchstechnik, deren sich Holmes und Watson hier bedienen, erklärt sich aus einer architektonischen Besonderheit zahlreicher im 19. Jahrhundert erbauter Londoner Reihenhäuser. Der Haupteingang liegt oft nicht ebenerdig, sondern in der Beletage und ist über eine Treppe zu erreichen. Seitlich von dieser Treppe befindet sich dann ein kleiner, *area* genannter Vorgarten oder Vorhof, der meist rundum eingefriedet ist und von dem aus eine (weniger massive) Nebentür zum Küchentrakt führt.

Seite 144
»für England, Heimat und Schönheit« – engl. *for England, home and beauty*, ein alter Trinkspruch der Britischen Marine.

Seite 145
»Lassus« – auch Orlando di Lasso (1532–1594). Im 16. Jahrhundert gefeierter Komponist vorwiegend sakraler Musik. Seine über 500 Motetten, eine choralähnliche Musikform, deren Platz in der Messe zwischen dem *credo* und dem *sanctus* war, sind für zwei bis zwölf Singstimmen geschrieben und haben auf Bibeltexten basierende, meist lateinische Texte.

Seite 150
»Windsor« – Themsestädtchen in Berkshire, 34 km westlich von London; Standort von Windsor Castle, das seit dem 14. Jahrhundert Residenz der englischen Könige war. Der erhabene Name der Lady, mit der sich Holmes dort getroffen hat, ist also wirklich nicht schwer zu erraten. Für Unsichere: Er fängt mit einem ›V‹ an.

Der Detektiv auf dem Sterbebett
The Adventure of the Dying Detective. ›Collier's Weekly‹, 22. November 1913

Seite 154
»Rotherhithe« – südöstlich von London an der Themse gelegenes Dockgebiet.

Seite 160
»Half-crown« – englische Silbermünze im Wert von zwei Shilling und sechs Pence.

Seite 168
»Feurige Kohlen, Holmes« – Culverton Smith gehört zu den bibelfesten Bösewichtern. Er zitiert hier aus dem Neuen Testament, Römer 12,20: »Wenn dein Feind hungert, so speise ihn; dürstet ihn, so tränke ihn. Wenn du das tust, so wirst du feurige Kohlen auf sein Haupt sammeln.«

Das Verschwinden der Lady Frances Carfax

The Disappearance of Lady Frances Carfax. ›The Strand Magazine‹, Dezember 1911

Seite 175
»Alterantium« – Mittel zur Umstimmung des Stoffwechsels.

Seite 176
»Hansom« – eines der beiden Standardgefährte, die in London als *cab* (Mietdroschke) verwendet wurden. Der *Hansom* ist ein mit einem Verdeck versehener, seitlich jedoch offener, zweirädriger Einspänner, bei dem der Fahrer auf einem erhöhten Sitz hinter dem eigentlichen Wagengehäuse sitzt, während der *Four-wheeler*, das andere in den Sherlock-Holmes-Geschichten immer wieder auftauchende *cab*-Modell, wie schon sein Name sagt, vierrädrig ist und einen geschlossenen Wagenkasten hat.

Seite 181
»Midianiten« – eine im Alten Testament erwähnte Gruppe nomadischer Stämme, die mit den Israeliten in verwandtschaftlicher Beziehung standen.

Seite 184
Beim *ouvrier*, der um des französischen Lokalkolorits willen aus einem *cabaret* geschossen kommt, handelt es sich um einen Arbeiter, der aus einer Schenke kommt.

Seite 187
»Holy Peters« – wörtlich »Heiliger Peters«, ein Beiname, den der Mann sich offenbar durch sein wiederholtes betrügerisches Auftreten als Geistlicher oder Missionar erworben hat.

Seite 194
»Dreimal bewehrt ist der gerechte Streiter.« – Holmes zitiert hier aus Shakespeares *König Heinrich der Sechste*, 2. Teil, Akt III, Szene 2. Der Ausspruch lautet im Original *»Thrice is he armed who hath his quarrel just«* und wird hier in der Schlegel-Tieck-Fassung wiedergegeben.

Seite 200
»Sovereign« – Münze im Wert von 1 £. Laut Gisbert Haefs' Anmerkungen in *Die Abenteuer des Sherlock Holmes* sollte man die Pfund-Beträge mit 100 bis 150 multiplizieren, um den heutigen DM-Wert zu erhalten.

Der Teufelsfuß

The Adventure of the Devil's Foot. ›The Strand Magazine‹, Dezember 1910

Seite 209
»... saßen sie bei bester Gesundheit und Laune um den Eßtisch herum und spielten Karten.« Da im weiteren Fortgang des Textes ausnahmslos vom *sitting-room* als der Szene der Tragödie die Rede ist, muß angenommen werden, daß Mr. Roundhay sich hier in der Hitze des Gefechts vertan hat, wenn er von *dining-room table* spricht. Im Vertrauen darauf, daß der deutsche Leser am gemilderten Widerspruch zwischen ›Eßtisch‹ und ›Wohnzimmer‹ nicht allzuviel Anstoß nehmen wird, folgt die Übersetzung dennoch dem Original.

Seite 234
»schlossen das Fenster hinter sich« – was deshalb möglich war, da in England Schiebefenster üblich waren, was auch Kapitel XVII. in Bd. V. von Laurence Sternes *Leben und Ansichten von Tristram Shandy, Gentleman* (Zürich: Haffmans 1988) eindrücklich, ja einschneidend beweist.

Seite 236
»im Lande des Ubanghi« – Der Ubanghi ist ein Fluß in Zentralafrika, der damals die Grenze zwischen dem französisch und dem belgisch verwalteten Kongo bildete.

Seite 240
Die »große keltische Sprachfamilie« zerfällt in einen gaelischen und einen kymbrischen Hauptzweig. Gaelische Dialekte haben sich bis heute, über zwei Jahrtausende hinweg, in Irland und dem schottischen Hochland erhalten, während das Kymbrische, einst die Sprache ganz Englands,

bereits im 5. und 6. Jahrhundert durch den Einfall der Angeln und Sachsen zurück- oder, geographisch gesprochen, in den Westen der Insel, nach Cornwall und Wales und schließlich über das Meer in die Bretagne abgedrängt wurde. Der kymbrische Dialekt Cornwalls, das Kornische, ist seit Ende des 18. Jahrhunderts völlig ausgestorben.

Seine Abschiedsvorstellung

His Last Bow. ›The Strand Magazine‹, September 1917,
Collier's Weekly‹, 22. September 1917

Seite 241
»am zweiten August« – Gemeint ist natürlich der 2. August 1914. Deutschland und Oesterreich-Ungarn hatten damals bereits mobilgemacht und Serbien bzw. Rußland den Krieg erklärt. Einen Tag später, am 3. August, wurde klar, daß auch ein Krieg im Westen unvermeidlich war: Deutschland erklärte Frankreich den Krieg und begann mit dem Einmarsch in Belgien.

Seite 243
Das *Olympia* war ein riesiges, einem Amphitheater nachempfundenes, überdachtes Stadion im Londoner West End, das 10 000 Zuschauer aufnehmen konnte und hauptsächlich für sportliche Anlässe und Militärparaden benutzt wurde.

Seite 244
»Flushing« – englischer Name für Vlissingen, eine holländische Hafenstadt.

Seite 245
»John Bull« – Spottname für England oder den typischen Engländer.

Seite 246
»Portsmouth« – Haupthafen der englischen Kriegsmarine an der Südküste Englands.
»Rosyth« – wichtiger Flottenstützpunkt in Schottland, westlich von Edinburgh.
»Carlton Terrace« – In diesem Haus direkt neben der Duke-of-York-Treppe befand sich die deutsche Botschaft.

Seite 247
»Englisch des Königs« – im Original *»King's English«* (heute entsprechend *»Queen's English«*); gemeint ist die reine, korrekte englische Hochsprache.

Seite 248
»Harwich« – Hafen in der Grafschaft Essex, Basis für die englischen Zerstörer und Unterseeboote.
Der »wackere Zeppelin« (Graf Ferdinand von Zeppelin, 1838–1917) hatte tatsächlich keine leeren Versprechungen gemacht: Sein 1900 für zivile Zwecke konstruiertes und nach ihm benanntes Luftschiff wurde weiterentwickelt und im Ersten Weltkrieg für den Bombenabwurf über England eingesetzt.

Seite 252
»Portland« – Gefängnis auf der Halbinsel Portland an der Südküste Englands. Die Sträflinge mußten im Steinbruch arbeiten.

Seite 257
Der »Solent« ist eine zwei bis fünf Meilen breite Meerenge zwischen der Isle of Wight und der englischen Südküste.

Seite 259
Professor Moriarty (nach Holmes' eigenen Worten der ›Napoleon des Verbrechens‹) und Colonel Sebastian Moran sind die einzigen zwei Verbrechergestalten innerhalb der Holmes-Mythologie, die Holmes (beinahe) ebenbürtig sind. Beide versuchten mehrmals, Mordanschläge auf ihn zu verüben, was aber, wie in *Das letzte Problem* (in: *Die Memoiren des Sherlock Holmes*) und *Das leere Haus* (in: *Die Rückkehr des Sherlock Holmes*, Zürich: Haffmans 1985) nachzulesen ist, weder dem einen noch dem anderen gut bekam.

Seite 260
»Irene Adler« – für Sherlock Holmes immer »*die* Frau«. Nachzulesen in *Ein Skandal in Böhmen* in *Die Abenteuer des Sherlock Holmes*.

L. G.

SIR ARTHUR CONAN DOYLE
SHERLOCK HOLMES
WERKAUSGABE IN NEUN EINZELBÄNDEN
NACH DEN ERSTAUSGABEN NEU UND GETREU
ÜBERSETZT

Eine Studie in Scharlachrot
Romane Bd. I.
Aus dem Englischen von Gisbert Haefs

Das Zeichen der Vier
Romane Bd. II.
Deutsch von Leslie Giger

Der Hund der Baskervilles
Romane Bd. III.
Deutsch von Gisbert Haefs

Das Tal der Angst
Romane Bd. IV.
Deutsch von Hans Wolf

Die Abenteuer des Sherlock Holmes
Erzählungen Bd. I.
Deutsch von Gisbert Haefs

Die Memoiren des Sherlock Holmes
Erzählungen Bd. II.
Deutsch von Nikolaus Stingl

Die Rückkehr des Sherlock Holmes
Erzählungen Bd. III.
Deutsch von Werner Schmitz

Seine Abschiedsvorstellung
Erzählungen Bd. IV.
Deutsch von Hans Wolf

Sherlock Holmes' Buch der Fälle
Erzählungen Bd. V.
Deutsch von Hans Wolf

sowie

Sherlock-Holmes-Handbuch
Conan-Doyle-Chronik, Die Plots aller Stories,
Who-is-who in Sherlock Holmes, Holmes-Illustrationen,
Holmes-Verfilmungen, Karten, Fotos etc.
Herausgegeben von Zeus Weinstein